나의 아가,
나의 악마

나의 아가, 나의 악마

조예 스테이지 장편
이수영 옮김

BABY TEETH

RHK
알에이치코리아

나의 아빠,
존 스테이지를 위해

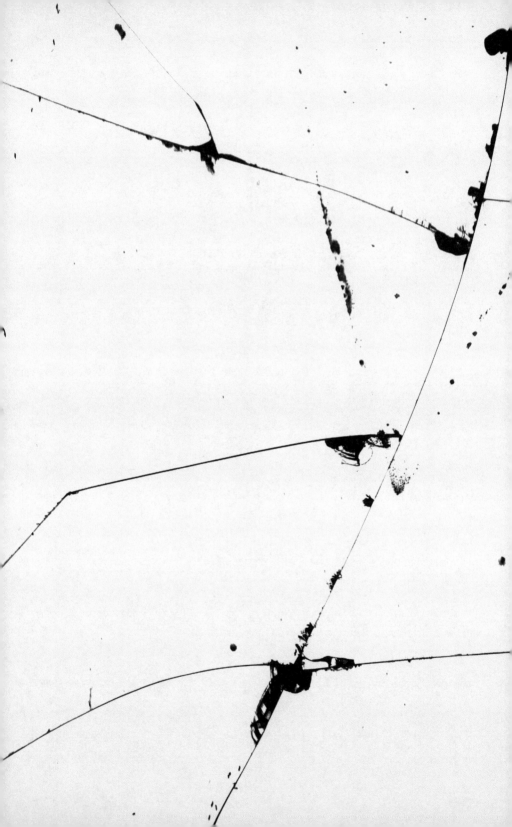

HANNA
해나

해나가 절대 하지 않는 말들을, 기계는 알아챌 수 있을지도 모른다. 해나의 뼛속에서 타오르는 말들이 기계에게는 보일지도 모른다. 하얀 가운 입은 사람들이 사진을 확대하면, 희끄무레 떠오른 두개골을 가로지르는 생각들을, 마치 지도에 표시된 산맥과 철도처럼 알아볼 수 있을지도 모른다. 해나는 자신이 잘못된 게 없다는 걸 알지만 엄마는 그들이 무엇이든 찾아내기를 원했다. 또다시.

병원 지하의 그 감옥 같은 방에선 독약 든 레몬 사탕 냄새가 났고, 주삿바늘의 위협이 끊이질 않았다. 해나는 꼬마 땐 기계들을 무서워했다. 하지만 일곱 살이 된 지금은 그냥 우주비행사가 됐다고 생각할 수 있다. 로켓 우주선이 윙윙 돌고 삑삑거리면 해나는 좌표를 훑어보고 경로를 재확인했다. 둥근 창밖에선 조그만 지구가 쏙 사라지고 어둠 속에 빛나는 별들만이 남아 멀어져 갔다.

"움직이지 말아요. 거의 끝났어요. 착하게 잘하네."

운항 관리자가 모니터로 해나를 지켜보았다. 이 지구 관제소 사람들, 만들어 붙인 미소를 지으며 쾌활한 척 떠들다가 순식간에 얼굴을 일그러뜨리는 하얀 가운 입은 사람들을 해나는 증오했다. 다 똑같은 거짓말쟁이들이었다.

해나는 이런 말들을 혼자만 간직했다. 밖으로 내뱉지 않고 순수하게 간직할 때 힘을 얻는 것 같아서였다. 해나는 엄마와 다른 어른들을 꼼꼼히 관찰해 왔다. 연구해 보았다. 그들의 입에서 말들이 죽은 벌레처럼 떨어져 나왔다. 아주 드문 어른, 아빠 같은 사람만이 나비처럼 말들을 날려보냈다. 화사한 색을 피워 올리는 말들이 해나를 깜짝 놀라게 했다. 해나의 내면은 만화경처럼 갖가지 색으로 소용돌이쳤고 부풀어 나오는 경이의 느낌표와 물음표로 가득했다. 곳곳의 비밀의 주머니마다 도둑질해 오거나 우연히 발견한 보물을 챙겨두었다. 아직 조그만 소녀임에도 해나는 자기 내면을 표현하려고 노력해 왔다. 하지만 플라스틱 구슬들처럼 말이 안 되는 지껄임만 굴러 나왔다. 해나가 듣기에도 실망스러웠다. 방에서 혼자 연습을 해봤지만 해나의 입에서도 벌레들이 쏟아져 나왔다. 무섭도록 재빠른 벌레들이 살갗과 침구 위를 마구 기어 다녔다. 해나는 손으로 쳐낸 벌레들이 닫힌 방문 아래로 빠져나가는 모습을 지켜보았다.

말들은 믿을 수 없는 것, 누구에게도 친구가 아니었다.

하지만 솔직해지자면, 다른 이유도 있었다. 해나의 침묵은 엄마를 미치게 만들었다. 불쌍한 엄마는 모든 게 너무 빤히 드러났다. 엄마는 너무나 오랫동안 해나가 말하길 간절하게 바라며, 애원하곤 했다.

"제발, 내 딸, 엄-마, 해볼래? 엄-마?"

반면 아빠는 애걸하거나 속상해한 적도 없었다. 아빠는 해나를 안을 때면 초신성이라도 목격한 사람처럼 눈을 반짝 빛냈다. 아빠만이 정말 해나를 알아보았고, 그러면 해나는 미소를 지어 보였고, 그 미소는 입맞춤과 간지럼 태우기로 보답받았다.

"자, 다 끝났다." 운항 관리자가 말했다.

관제소 사람들이 단추를 누르자 해나의 머리는 거대한 기계통에서 빠져나왔다. 로켓 우주선이 다시 지구로 쿵 떨어졌다. 못생긴 것들로 가득한 분화구에 불시착한 것이다. 풍선맨 같은 사람들이 나타났고 한 명은 해나에게 손을 뻗어 엄마에게 되돌려 보내주겠다는 자세를 취했다. 그게 무슨 상이라도 되는 것처럼.

"정말 잘 해냈어!"

저건 또 무슨 거짓말이람. 해나는 아무것도 하지 않았고 지구로 너무 빨리 돌아왔다. 가만히 있는 건 어렵지 않았다. 게다가 해나는 원래 말을 안 했다. 우울한 엄마와 또 다른 숨 막히는 방으로 가고 싶지는 않지만 그냥 여자가 손을 잡게 내버려 두었다. 차라리 병원의 끝없는 복도들을 탐험해 보고 싶었다. 해나는 거대한 용의 창자 속을 걸어 다닌다고 상상했다. 용이 분노의 불을 뿜으면 해나는 다른 세계로 쏘아 보내질 것이다. 해나가 원래 속한 세계에서 듬직한 검을 들고 음산한 숲을 질주하며 부하들을 소환할 고함을 지를 텐데. 해나가 공격을 이끌면 부하들이 먼저 달려 나갈 것이다. 쉬익, 쾅, 헉, 쿡, 하면서 검이 피를 맛볼 것이다.

SUZETTE
수제트

수제트는 검사를 받느라 헝클어진 해나의 뒷머리를 쓰다듬어 주었다.

"별로 나쁘지 않았지? 이제 의사 선생님 말씀 들으러 가자." 경직된 미소를 짓느라 눈이 떨렸다. 눈가를 검지로 꾹꾹 눌렀다. 공포가 피부를 콕콕 찌르며 평정심에 작은 균열을 냈다. 진료실들, 종합 병원들, 모두 고문 시설이나 마찬가지였다. 묵직한 석판에 짓눌리는 기분이었다. 해나는 무표정하게 의자에 앉아 텔레비전을 볼 때처럼 꼼짝하지 않았다. 수제트는 딸의 관심을 끈 그림 액자를 흘긋 보았다. 수채화로 그린 네모들. 해나의 눈동자 움직임으로 보아 네모들의 수를 세고 있거나 비슷한 색끼리 분류해 보는 게 아닐까 싶었다. 해나는 바로 옆의 수제트를 의식하지 않는 척했지만 늘 그렇듯 그 무시에선 비난이 읽혔다. 너무 오랜 시간이 지나, 이제는 수제트가 언제 잘못한 것인지도 일일이 기억할 수 없게 돼버렸다.

어쩌면 바나나를 사놓지 않아서 아직 화가 난 건지도 모른다. 해나는 바나나가 빠진 시리얼 그릇을 노려보며 식탁을 쾅 내려쳤다. 어쩌면 전날 밤이나 지난주 혹은 지난달에 뭔가 못마땅했던 게 아직 용서가 안 된 건지도 모른다. 수제트가 이번 시티 촬영을 반대했다는 걸 해나는 모른다. 시티 촬영을 할 때 엑스레이의 500배에 달하는 방사선을 쬐게 되는데, 알렉스가 또 고집해서 이쩔 수 없었다. 남편은 해나의 언어 발달 지연이 단순한 신체적 문제일 거라고 생각했다. 수제트에게는 보이는 것이 그에게는 보이지 않았다. 하지만 뭐가 진짜 문제인지 말해줄 수 없었다. 전부 잘못이었다는 말을 할 수가 없었다. 수제트는 엄마가 되는 법을 몰랐다. 왜 엄마가 되면 좋을 거라고 생각했을까? 이번에도 그냥 남편의 뜻에 따라 해나가 다시 검사를 받게 했다. 물론 뭔가 신체적 문제가 있다면 알아내긴 해야 했다.

수제트는 딸아이를 찬찬히 살펴보았다. 수제트와 해나는 서로 너무나 닮았다. 새카만 머리, 커다란 갈색 눈. 금발인 알렉스를 좀 닮았더라면 좋았을 텐데. 수제트는 해나에게 멋진 원피스를 입히고 최신 스타일의 무릎 양말과 에나멜 구두를 신겼다. 수제트는 실크 셔츠드레스 위에 느슨하게 벨트를 매어 몸매를 드러냈고 거금을 들인 구두를 신었다. 병원에 오면서 이렇게 차려입는 게 우스울 수도 있다는 걸 알지만, 수제트는 혹시나 자격 없는 엄마로 보일까 봐 두려웠다. 누구에게라도 적어도 자신의 딸이 방임되거나 아픈 아이처럼 보이지 않길 바랐다. 게다가 둘 다 늘 집에만 있으니 달리 좋은 옷을 입을 기회가 따로 있는 것도 아니었다. 수제트도 예전엔 멋지게 차

11

려입고 알렉스의 회사 파티에 참석하곤 했다. 와인을 홀짝이고 재담을 나누며 남편의 은근한 시선과 모처럼 다른 이들과 어울리는 기회를 즐겼다. 하지만 다시 해나를 맡으려는 베이비시터를 찾을 수 없게 되자 포기하고 말았다. 알렉스도 이 점을 감안해서 모임을 되도록 줄이고 간단히 했다. 수제트는 피오나, 사샤, 응고지와 어울리던 평범했던 그 생활이 그리웠다. 알렉스가 회사에서 해나 이야기를 하는지, 아니면 거기 사람들이 아예 해나를 없는 존재로 취급하는지, 수제트는 묻지 않았다.

의사가 뭐라고 할지, 무슨 비난을 받진 않을까 불안해져서, 수제트는 해나의 팔을 초조하게 토닥였다. 해나는 팔을 빼면서도 여전히 색색의 네모 판화에 빠져 고개를 움직였다. 수제트는 잔뜩 긴장해 몸 전체를 꽉 죄었다. 다리는 꼬고 어깨를 움츠리고 주먹은 꽉 쥐었다. 배 속도 뒤틀릴 정도로 힘을 줘서 꾸르륵 소리가 났다. 수제트는 손가락을 펴며 긴장을 풀어보았다. 8주 전 대수술 이후 처음 있는 큰 외출이었다. 이번에는 복강경 수술이어서 표피 상처는 빨리 아물었지만, 수제트는 이 김에 기존의 끔찍한 흉터도 함께 없애달라고 의사에게 요청했다.

배꼽 오른쪽에서 비스듬히 15센티미터가량 구불구불 뻗어나간 깊은 흉터가 늘 신경이 쓰였다. 알렉스는 그것도 수제트의 아름다움과 강인함을 드러내는 부분이라고 말했다. 살아남은 자의 표식, 수제트가 10대 때 견뎌야 했던 고통의 흔적이었다. 그 외롭고 끔찍했던 시절과 어머니의 지독한 무관심을 떠올리게 하는 흔적은 수제트에게 필요 없었다. 열일곱 때의 첫 수술이 너무 무서워서, 얼마 전다시 절제술을 받으라는 스테판스키 박사의 권유를 거절했다. 그렇게 미루고 또 미루다가 내장에 천공이 생길 뻔했다. 염증이 가라앉자 좁아진 창자 부근으로 흉터가 형성되었다.

"너무 많이 떼지 마세요!" 수제트는 의사에게 애원했었다. 마치 의사가 건강을 회복시켜 주려는 사람이 아니라 강도라도 되는 것처럼.

알렉스가 꼭 쥐어진 수제트의 주먹에 키스하며 말했었다. "괜찮을 거야, 앨스클링(연인, 부부 사이에 부르는 스웨덴어 호칭), 훨씬 나아질 테니까. 그리고 음식도 더 잘 먹게 될 거야."

그랬다. 합리적인 예측이었다. 그러나 작은창자를 너무 많이 잘라 내 보통 사람처럼 변기에 앉아서 똥을 눌, 절대 포기할 수 없는 권리를 잃어버릴 거라는, 감당할 수 없는 공포에 대한 위로는 될 수 없었다. 어떤 사람들은 매일 그러고 살아간다. 배에 배변 주머니를 차고서. 하지만 수제트는 그럴 수 없었다. 그럴 수 없었다. 생각만 해도 고개를 내젓게 되었다. 해나가 흠칫 놀라며 인상을 확 구기고 엄마를 노려봤다. 마치 벌써 냄새가 풍기기 시작한 듯이.

수제트는 정신을 차리려 애썼다. 적어도 딸아이가 이상하게 생각할 정도가 되어선 안 된다. 그래도 암울한 생각은 계속됐다. 수술 후 몇 주가 지나도록 편하게 마음을 먹을 수가 없었다.

또 구멍이 생기면 어쩌지?

대수술 이후 8주가 지났으니 위험은 줄어들었을지 모른다. 하지만 수제트의 머릿속에선 창자 양쪽에서 똥이 차오르다 못해 줄줄 새는 모습이 떠올랐다. 그리고 알렉스가 수제트의 어머니가 했던 간병인 역할을 맡아, 아물지 않는 상처에서 더러운 주머니를 교체해야 한다면 어쩔 것인가…….

검사실 문을 빠르고 짧게 두드리는 소리에 상념에서 빠져나왔다.

어쩔 때는 의사를 만나는 것만으로도 트라우마가 심해진다. 하지만 이 의사는 해나 때문에 만나는 것이다. 수제트는 좋은 엄마, 딸에 관심 많은 어머니로서 여기 와 있는 것이다. 수제트 자신의 어머니와는 다르게 말이다. 따끔거리는 복부에 손바닥을 댄 채로 새로운 의사가 휭하니 들어오는 것을 보고 수제트는 미소를 지어 보였다. 지난번 의사보다 머리가 더 세었다. 다듬을 필요가 있어 보이는 눈썹에 시선이 가지 않도록 노력했지만, 코털까지 너무 눈에 띄었다.

"젠슨Jensen 부인." 의사가 악수를 건넸다.

역시나 수제트의 성을 잘못 발음했다. 스웨덴 태생인 알렉스와 달리 수제트는 그다지 신경 쓰지 않았다. 알렉스는 미국에서 19년을 살아왔으면서도 미국인들이 J를 Y로 발음하지 못한다는 사실을 받아들일 수 없어 했다. 의사는 바퀴 달린 의자에 앉아 해나의 검사 기록을 컴퓨터에 띄웠다.

"달라진 게 없네요. 지난번 시티 촬영이 언제였죠? 2년 반 전이었나요? 뇌에도 그렇고 턱, 목, 입에도 이상이 없어요. 좋은 일이네요, 그렇죠? 해나는 건강한 아이입니다." 의사가 해나를 보며 미소를 지었지만 해나는 고개를 돌렸다.

"그럼, 이상이 전혀……?" 수제트는 실망한 기색을 비치지 않으려 애썼다. "이제 1학년을 마쳐야 하는 나이인데, 학교도 못 보내고 있어요. 말을 안 하니까. 우린 특수학교가 필요하다고 생각하진 않아요. 해나는 똑똑하죠. 제가 집에서 가르치는데 해나는 아주 똑똑해요. 읽을 수도 있고 수학도……"

"젠슨 부인……"

"하지만 홈스쿨링이 좋을 것 같지 않아요. 고립되는 게 좋지 않죠.

친구도 없고 또래와 상호작용도 못하니까요. 우리도 격려하고 도와주려 해봤어요. 우리가 할 수 있는 일이 있을 거예요. 뭔가 해결 방법이……"

"훌륭한 언어 치료사를 소개해 드릴 수 있습니다."

"언어 치료도 해봤어요."

"받아볼 수 있는 검사는 많습니다. 언어 신경 불능, 사회적 의사소통 장애……" 의사가 컴퓨터상의 기록을 훑어 내리며 뭔가를 찾았다. "청각 정보 처리 장애일 수도 있어요. 전형적인 경우는 아닌 것 같지만. 이런 검사들은 받아봤나요?"

"전부 받아봤어요. 청각은 정상이에요. 근위축도 없고, 인지 문제도 아니고요. 일일이 기억하지 못할 정도로 검사를 받았어요. 해나는 재밌어 하는 것 같았지만 말은 한마디도 안 하려 해요."

"안 하려 한다고요?" 의사가 고개를 돌려 수제트를 보았다.

"안 하는 건지, 못하는 건지 모르겠어요. 그래서…… 알아내려는 거예요."

의사가 호기심 가득한 눈으로 재빨리 엄마와 딸을 번갈아 관찰하자 수제트는 움찔했다. 무슨 생각을 하는지 알 수 있었다. 제정신이 아닌 딸아이와 공들여 꾸몄지만 엉망이 돼버린 엄마.

"해나가 읽고 쓸 수 있다고요? 그럼 그렇게 의사소통을 하나요?"

"학습장에는 답을 써요. 그건 괜찮나 봐요. 그러니 해나가 글을 이해한다는 걸 알아요. 하지만 지금 무슨 생각을 하는지, 뭘 원하는지 써달라고 하면, 그런 의사소통은 전혀…… 그렇게도 말을 안 하려 해요." 깍지 긴 손가락이 아프기 시작해서 내려다보니, 얼마나 있는 힘을 다해 손가락을 조이고 있었던지 좀 놀라웠다. 수제트는 대

15

신 핸드백 끈을 잡고 비틀기 시작했다. "해나는 목소리를 낼 수 있어요. 그러니 어쩌면 말소리도 낼 수 있을 거예요. 툴툴거리거나 비명도 지르고 노래를 흥얼거리기도 해요."

"만일 해나가 말하기를 거부하는 거라면 다른 분야의 의사가 필요하겠네요."

수제트는 얼굴이 붉어지는 것을 느꼈다. 마치 손이 목으로 올라와 숨통을 죄는 듯했다. "전, 우리는…… 어떻게 해야 할지 모르겠어요. 이렇게 살 수는 없어요." 호흡이 가빠졌다.

의사는 깍지를 끼더니 좀 뻐딱해 보이지만 연민 어린 미소를 보냈다. "행동적 어려움 역시 신체적 어려움만큼 다루기 힘들 수 있죠. 오히려 더 힘들 수도 있어요."

수제트가 고개를 끄덕였다. "늘 궁금해요. 제가 뭔가 잘못하고 있는 걸까 하고요."

"가족에게도 괴로운 일이죠. 이해합니다. 이제 해보실 건…… 아동 심리학자를 추천해 드릴 수 있어요. 아직 진단을 받지 않았으니 정신과 의사는 추천하지 않을게요. 이 나이에는 너무 빨리 처방전을 내주니까요. 이 점은 고민해 보세요."

"네, 저도 그 편이 좋겠어요. 감사합니다."

"보험회사를 통해서 추천서를 보내겠습니다." 의사가 다시 컴퓨터로 몸을 돌렸다.

수제트는 꼬여있는 핸드백 끈을 풀며 안도감과 함께 살짝 현기증을 느꼈다. 해나의 머리칼 가닥을 귀 뒤에 꽂아주었다.

"유독 물질 사용은 피하려고 해요." 수제트가 의사의 구부정한 등에 대고 말했다. "모든 약물이 유독 물질은 아니겠지만, 말씀하셨듯이, 부작용은 생각 안 하고 너무 쉽게 약을 처방하는 시대가 돼서요. 만일 이게 장애 때문이 아니라면…… 알맞은 해결책을 찾아보고 싶네요." 수제트가 해나 쪽으로 고개를 돌렸다. "우리가 해결할 수 있을 거야. 네가 말을 할 수 있게 해주는 분을 찾자."

해나는 부산을 떠는 수제트의 손을 확 쳐내고 나서 입을 뒤틀어 으르렁거리는 표정을 지었다. 수제트는 해나에게 경고하는 눈빛을 쏘아 보내고 의사가 못 봤는지 확인했다.

해나가 벌떡 일어나 팔짱을 끼고 문 옆에 가서 섰다.

"조금만 기다려. 거의 끝났어." 수제트는 무한한 인내심이 담긴 목소리로 말했다.

의사가 의자를 빙글 돌리더니 쿡쿡 웃었다. "이해해 줄게요, 꼬마 아가씨. 이렇게 화창한 날 병원에 갇혀 있다니."

의사가 일어서자 수제트도 일어났다. "추천서는 며칠 걸릴 겁니다. 그러고 나서 야마모토 박사와 직접 날짜를 잡으세요. 아동 발달 심리학자이고 아이들을 정말 잘 다루죠. 인정받는 전문가예요. 해나와도 교감이 잘 되었으면 좋겠네요. 접수계에서 연락처를 출력해 줄 겁니다."

"정말 감사해요."

"그분이 학교도 추천해 줄지 몰라요."

"그럼 좋겠네요." 수제트는 딸아이를 흘긋 보았다. 예상대로 분노로 일그러져 있었다. 해나는 문제 행동으로 세 군데 유치원과 두 군데 초등학교에서 거부당했다. 이제 수제트는 해나가 학교에 가서 모녀 사이에 거리가 생겨야 관계가 나아질 거라고 생각하게 되었다. 둘의 관계가 개선되기를 바랐다. "해나, 그만!" 하고 고함치는 데 지쳤다. 어쩌면 고함쳐서는 안 되는지도 모르겠다. 하지만 그렇게 할 수밖에 없는, 크고 작은 수많은 이유가 끝없이 이어졌다. 식물들 잎을 전부 따버리고, 모든 끈은 다 잡아당기고, 오렌지 주스와 매니큐어 리무버를 섞어놓고, 유리에 공을 던지고, 꼼짝도 하지 않고 눈도 깜빡이지 않는 채 엄마를 노려보고, 뾰족한 연필을 다트처럼 던져대고. 해나는 용납될 수 없는 행동을 하며 재밌어했다. 그 재미를 위해 온갖 방법을 찾아냈다.

신체적 문제가 없는 게 의학적으로 확인되었으니, 이제 수제트는 자신의 건강과 안정을 위해서라도 해나를 위한 학교를 찾아야 한다고 알렉스를 설득해야 할 때였다. 누군가는 저 아이를 통제할 방법을 찾아내겠지. 수제트는 혼자만의 시간과 공간이 절박하게 필요해서 그런다고 알렉스에게 말할 수 없었다. 사실은 다 자신을 위한 거라고도 할 수 없었다. 알렉스가 있으면 해나는 꽤 사랑스럽게 행동했다. 해나의 못된 행동도 알렉스는 그냥 아이다운 철없는 행동으로 보아 넘겼다. 공격적이고 기묘한 장난도 그저 똑똑함의 발현으로만 보았다. 알렉스는 자신의 위선에 눈멀어, 모든 것이 정상적이라고 해석하거나 조숙한 행동이라고 칭찬했다. 그러니 수제트는 이렇게 주장할 수밖에 없었다. 재능이 뛰어난 해나는 이제 지루해한다고. 집에서 얻을 수 있는 것 이상의 자극이 필요하다고.

이렇든 저렇든 수제트는 해나가 더 이상 자신의 삶을 망치도록 놔두지 않을 것이었다.

둘은 손을 잡고 상담실을 나서며 누가 더 손을 세게 쥐는지 소리 없는 대결을 벌였고 수제트는 간호사들에게 미소를 지어 보였다.

HANNA
해나

　가끔 엄마는 날카로운 검을 쥔 문어가 됐다. 엄마가 해나의 마음을 멍들게 했을 때는, 해나의 내면을 온통 끈적거리고 파삭거리게 만들었을 때는, 해나도 엄마에게 상처 주는 게 공평한 것 같았다. 해나는 송충이 눈썹 의사가 엑스레이 같은 눈초리로 해나를 꿰뚫어보며 뭐가 잘못됐는지 알아내려고 하는 게 싫었다. 엄마가 해나에 대해 하는 말도 마음에 들지 않았다. 마치 고장 났다는 듯이, 나쁜 아이라는 듯이, 쓸모없다는 듯이. 게다가 심지어 전부 연기라는 것처럼 말하기까지 했다. 엄마는 그저 해나를 되돌려보낼 구실을 찾고 있을 뿐이었다. 전에도 그랬다. 상점에서 그러듯 말이다.
　"이거 결함이 있네요. 환불되나요?"
　엄마가 해나를 없애고 싶어 하는 거, 안다. 엄마는 늘 해나를 어디로 보내버리고 싶어 했다. 학교는 그래서 알아보는 것이었다. 하지만 해나에게는 학교에 갈 수 없는 이유가 여러 가지 있었다. 소음들, 정신없는 아이들, 자기만의 공간을 확보할 수 없어서 붉게 차오르던 공포의 절규들. 네 살 때는 엄마의 또 다른 수작, 베이비시터를 해결해야 했다. 용납할 수 없는 일이었다. 엄마는 모성애를 증명해야 하는 시험에 자꾸 실패하고 있었다. 엄마가 아무리 실패를 해도, 해나는 만회의 기회를 주려 애썼다. 모녀의 전쟁놀이에 규칙이 항상 명확한 것은 아니었다. 그리고 아무리 머리를 쥐어짜도 누가 이 게임을 시작했는지 기억이 안 났다.

아바는 해나의 마지막 베이비시터였다. 아빠가 태어난 나라의 음악 그룹과 이름이 같아서 기억을 했다. 아빠는 해나를 안고 빙빙 돌면서 '댄싱퀸'이라는 노래를 불러주길 좋아했다. 아바에겐 잘못이 없었다. 아바가 초인종도 누르기 전부터 해나는 한바탕 할 준비가 돼 있었다. 해나는 예쁘게 차려입고 파티에 가고 싶었다. 아빠 친구들의 미소를 받으며 멋진 말을 듣고, 영롱한 비눗방울 같은 저녁 시간을 보내려 했다. 또 다른 퉁방울눈의 낯선 사람과 함께 집에 버려지기 싫었다.

그래서 엄마 방에 몰래 들어갔다. 엄마가 기름처럼 미끈한 원피스를 입고 욕실 거울 앞에 서 있는 것을 보고 얼른 몸을 숙여 침대 옆 탁자로 기어갔다. 잠입 탈취 임무를 맡은 게 이번이 처음은 아니었다. 해나는 엄마의 버릇을 전부 알고 있었다. 엄마는 옷을 입기 전에 먼저 장신구를 골라 방치된 보물처럼 탁자에 내버려 두곤 했다. 엄마는 반짝이는 작은 고리 귀걸이와 섬세한 사슬에 달린 새파란 보석 목걸이를 걸 예정이었다.

해나는 탁자에서 귀걸이를 집어 들고 서둘러 자기 방으로 왔다.

시간이 별로 없었다. 엄마는 갈 준비가 거의 다 됐다. 해나는 귀걸이를 멍고의 등에 난 작은 구멍에 집어넣었다. 멍고는 아주 아주 오래된 원숭이 인형인데, 해나가 물건 숨기는 걸 기꺼이 도와준다. 그리고 해나는 재빨리 은은한 라벤더 원피스로 갈아입었다. 한동안 안 입었더니 좀 작아진 감이 있지만 옷장에 있는 것들 중 제일 좋은 옷이었다.

다시 부모 침실로 경중경중 돌아가 보니 엄마는 아직 욕실에서 얼음 결정이 매달린 하얀 세면대에 몸을 기대고 마스카라를 바르고 있었다. 해나가 레이스 달린 치맛단을 잡고 폴짝폴짝 들어가 몇 바퀴 돌아 보였다. 여전히 참 예쁜 원피스였다. 어깨가 좀 끼긴 했지만.

"잠옷 입고 있는 줄 알았는데." 거울 속에서 짝짝 눈의 엄마가 노려보았다.

해나는 제자리에서 폴짝폴짝 뛰다가 엄마를 손가락으로 가리켰다. '나도 갈래, 나도 갈래'라고 머릿속으로 말했다.

엄마는 마스카라 솔을 용기에 쑤셔넣고 해나를 향해 돌아섰다. 해나가 얼마나 특별해 보이는지, 파티에 가기 충분할 정도로 화려하고 성숙해 보인다는 것을 엄마가 알아챘을 거라고 확신했다. 그리고 아빠가 안아올리며 "나의 다람쥐 소녀, 예쁘네"라고 말해주리라는 생각에 키득키득 웃음이 나왔다.

"아까 말했지. 아빠도 아침에 말했고. 어른들만 가는 데야. 애들은 하나도 없어. 네가 먹거나 마실 것도 없고. 그리고 곧 자야지. 좀 있으면 베이비시터가 올 거야."

해나는 고개를 휙 젖히고 저항의 소리를 꽥 질렀다. 엄마가 서둘러 욕실에서 나오며 뒤쪽으로 늘어진 영롱한 드레스 자락을 허겁지

겹 움켜잡았다. 이럴 순 없었다. 너무했다. 엄마는 하루 종일 둥둥 떠다녔다. 파티 전에 이걸 해야 해, 파티 갈 옷 갈아입어야 해, 하면서. 들뜬 티가 너무 났다. 베이비시터 소개 업체에 확인 전화를 하고 아빠에게 전화해 뭐 필요한 거 없어? 내가 뭐 가져갈 거 있을까? 하면서 너무 즐거워 보였다. 엄마가 아래층 작은 화장실에서 머리를 올리는 동안 해나는 혼자 저녁을 먹어야 했다. 하루 종일 엄마가 원한 것은 파티뿐이었다. 해나를 내버려 두고 오로지 나갈 생각뿐이었다.

해나는 손을 뻗어 엄마의 팔뚝에 살며시 손가락을 얹고 자신의 염원이 맨 살갗을 통해 속삭여지도록 했다. 해나는 그렇게 '제발'이라는 말을 전달했다. 눈물이 차올라 목이 메었다.

하지만 너무 늦었다. 엄마는 침대 옆 탁자를 노려보았다.

"내 귀걸이 어딨지?" 엄마는 작은 목걸이를 하면서 방 안을 둘러보았다. 드레스를 홱 젖히고 쪼그려 앉은 다음 바닥을 두리번거렸다. 심지어 귀걸이가 투명 물체로 변하기라도 한 것처럼 손으로 바닥을 쓸어보았다. 엄마가 고개를 들자 해나와 눈높이가 일치했다. "내 귀걸이 가져갔니?"

해나는 움직이지 않았다. 눈조차 깜빡이지 않았다.

"그거 다이아몬드야. 굉장히 비싼 선물…… 네가 가져갔니?"

초인종이 울렸다.

엄마가 일어섰다. 해나를 내려다보며 호흡하는 엄마의 배가 오르내렸다.

"제발, 해나. 지난번에, 그것들은 그냥 별거 아니었지만…… 제발."

해나는 움직이지도 않고 눈을 깜빡이지도 않았다.

초인종이 다시 울렸다.

엄마가 씩씩거리며 나갔다. 해나도 뒤를 따랐다. 어쩌면 엄마가 폭발해 베이비시터를 돌려보내고 귀걸이를 찾아 온 집 안을 뒤집어 놓을지도 몰랐다. 엄마가 집을 엉망으로 만들면 대단해 보일 것이다! 해나는 귀걸이를 '찾아서' 갖다줄 것이고 그러면 엄마는 너무 기뻐서 해나를 파티에 데려갈 것이다.

반짝이는 검은 드레스를 입은 엄마는 부서지는 파도처럼 움직이며 계단을 흘러내려 현관문으로 갔다.

"안녕하세요, 와줘서 고마워요. 전 수제트이고 얘는 해나랍니다."

"안녕, 해나. 난 아바라고 해." 쭉 곧은 검은 머리의 아바가 웃으며 해나에게 몸을 숙이자 머리칼이 앞으로 훅 쏟아졌다.

"들어오세요. 해나는 아직 언어가 안 돼요."

"배변 훈련은 됐나요?"

아바가 들어오며 물었다.

"아, 네."

해나는 가시에 발을 찔린 사자처럼 울부짖었다. 멍청한 아바는 해나를 아기 취급한 대가를 치를 것이다.

엄마는 아바에게 주방을 보여주고 "뭐든 드셔도 돼요"라고 한 다음 텔레비전 리모컨 사용법을 알려주었다. "뭐 보고 싶을 수 있으니까요."

"해나가 잠든 다음 공부할 거리를 가져왔어요."

"대학생인가요?" 엄마가 물었다.

"네, 3학년이에요."

해나도 엄마와 아바를 따라 2층으로 올라가며 점점 커가는 실망감에 으르렁거렸다. 엄마는 귀중한 다이아몬드 귀걸이도 못 찾았는데 베이비시터에게 해나를 남겨두고 가려는 게 분명했다.

"해나가 부모 침대에서 자겠다고 떼를 좀 쓸지도 몰라요. 다른 베이비시터에게 그런 적이 있거든요. 하지만 자기 침대에서 자야 한다는 걸 잘 알고 있어요." 엄마가 해나의 방 전등을 켰다. "제가 나가고 나서 15분 정도 텔레비전을 보여줘도 돼요. 그 다음엔 올라와서 자야 하고요. 책을 읽어주셔도 돼요."

"해나가 공주 옷을 입었네요. 너 공주인 거니?"

이건 파티 드레스야, 얼간아.

"베개 아래 깨끗한 잠옷이 있어요."

아바가 해나에게 손을 내밀었다. "텔레비전 좀 볼래? 무슨 프로 좋아하니?"

엄마가 앞장서 아래층으로 내려갔고 해나는 아바의 손을 잡지 않았다. "봐도 되는 채널이 뭔지 해나가 알아요. 우리 휴대전화 번호는 냉장고에 붙여뒀어요."

해나가 앞서 달려가 소파 위에 뛰어 올라갔다. 드레스가 찢어지는 소리가 좀 났지만 뭐 어떤가. 아빠한테 보여주면 새 옷을 사야겠다고 할 것이다. 해나가 커다란 텔레비전을 조종하는 작은 단추들을 눌렀지만 엄마는 계속 아바에게 말을 하고 있었다.

"음, 소개 업체에 정말 경험 많은 사람을 부탁했었어요. 왜냐하면 해나가……" 엄마가 해나를 돌아보았다. "다루기 힘들 수 있거든요. 확인 좀 하고 싶네요. 아바가 정말……"

"걱정 마세요. 저는 심폐소생술 자격증이 있어서 기도가 막힌 아이 처지도 할 수 있고요, 두 살짜리 쌍둥이도 1년 동안 돌봤고, 형제자매가 많은 집에서 자라 이모 노릇을 하면서 평생 아이들과 같이 지내왔어요."

"알았어요, 난 그저…… 해나가 말을 안 하니 힘들 수도 있어요. 그러니, 혹시라도…… 뭔가 문제가 생기면 전화해도 돼요."

"그럴게요. 걱정 마세요."

"잘 자, 아가. 잘 지내야 해." 엄마는 키스를 날렸지만 그건 소파 위에 앉은 해나에게 닿기도 전에 증발해 버렸다. "텔레비전 보기 전에 잠옷 먼저 입지 그래. 내 귀걸이 어딨는지 정말 모르니?"

해나는 텔레비전 음량을 올렸지만 엄마가 떠나며 문을 닫는 소리가 들렸다. 아바가 옆자리에 앉자 해나는 아바의 긴 머리를 잡아채고 싶은 충동을 느꼈지만 꾹 참았다. 베이비시터는 미소를 지어 보였다. 해나는 째려보기만 했다. 배 속의 쓰라림이 최고의 묘책을 떠올려주기 전까지는 말이다.

해나가 벌떡 일어나 소파 등받이를 뛰어넘어 위층으로 달려올라갔다.

"잠옷 입으러 가는 거니?" 아바가 물었다.

해나는 계획을 실행시킬 생각에 너무 기분이 좋아서 씩 웃으며 끄덕였다.

드레스를 반쯤 벗은 채 방에 도착했다. 바닥에 패대기쳤다. 그리고 1분 후 팬티를 발목에 걸고 화장실 문턱 위에 서서 울부짖기 시작했다. 텔레비전 소리 때문에 아바가 못 들을 수 있으니 꽥 소리도 한두 번 질렀다. 깜짝 놀란 아바가 허둥지둥 계단을 올라왔다. 해나는 웃고 싶었지만, 아바가 문제를 제대로 인지할 때까지 열심히 울었다. 해나가 바닥에 마련해 둔 오줌 웅덩이와 똥 덩어리 말이다.

"아, 이런, 실수한 거니?"

해나가 고개를 끄덕이며 계속 울었다.

"다 치울 수 있어. 괜찮아." 하지만 아바는 있는 대로 얼굴을 찡그렸다. 역겨운 상황이긴 했다. 하지만 아바에게 합당한 대우였다. 해나가 똥오줌도 못 가릴 거라고 생각했으니까. 해나는 아바가 해나를 씻기고 잠옷을 입히게 내버려 두었다. 해나 혼자서도 얼마든지 할 수 있었지만 복도 난간을 잡고 까치발을 하며 아바의 똥오줌 청소 실력을 열심히 구경했다. 엄마의 방법은 알고 있었다. 한 번 본 적이 있으니까. 해나가 아직 두 살밖에 안 되었을 때, 응가 통에 제때 도착하지 못해서 그랬던 것이다. 싱크대 아래 장갑이랑 청소 도구가 잔뜩 있지만 아바는 몰랐다.

아바는 양손을 허리에 올리고 고민을 했다. "주방에 세정제랑 걸레 있니?"

해나가 고개를 끄덕이며 웃지 않으려고 입술을 깨물었다. 꽤 재밌는 저녁이 될 듯했다. 해나는 아바를 따라 깡충거리며 아래층으로 내려가면서 기대에 부풀었다.

아바가 은색 반지들을 빼더니 싱크대 위에 올려놓았다. 해나는 거기 온통 신경이 쏠려서 더 이상 아바에겐 관심을 두지 않았다. 질문에 대충 고개만 끄덕이고 아바가 종이 타월과 장갑과 청소 도구를 들고 위층으로 돌아가도 따라가지 않았다.

모두 네 개의 반지였다. 전부 매혹적이었지만 해나는 제일 작은 걸 골랐다. 땋은 모양의 고리에 붉은 돌이 박힌 반지였다. 아바가 좀 있다가 "내 반지 어디 갔니?" 하고 물을 것이었지만 해나는 또 '꼼짝 않고 눈도 깜빡이지 않기' 게임을 하기는 싫었으므로 얼른 침대에 들어갈 생각이었다. 하지만 먼저 리모컨을 숨겨서 아바가 밤새 시끄러운 만화를 볼 수밖에 없도록 만들었다.

계단을 올라가 보니 오물은 다 치워졌고 아바는 엎드려서 바닥을 문지르고 있었다. 해나는 하품을 하고 방으로 들어갔다.

"자려고?"

물론이지.

"금방 마무리하고 이불 덮어줄게."

침대로 들어가기 전에 멍고에게 또 다른 보물을 안전하게 보관시켰다. 화장실에서 아바가 물을 콸콸 틀고 손가락을 박박 닦는 소리가 들렸다. 몇 분 후 아바가 들어와서 해나의 이마에 손등을 대보았다. 아바의 손이 축축했다.

"아프진 않니?" 아바가 물었다. 해나가 고개를 끄덕였다. "다행이네. 책 읽어줄까?"

해나는 고개를 저었다. 책은 아빠가 읽어주는 것만 좋았다. 하지만 손가락으로 자기 뺨을 한쪽 또 한쪽 가리키며 굿나잇 키스를 해달라고 했다.

쪽. "좋은 꿈 꿔." 쪽.

아바가 몸을 떼려 할 때, 그 숱 많은 머리칼 한 주먹을 해나가 그러쥐었다. 머리칼이 튼튼해서 밧줄처럼 매달려도 될 것 같았다. 해나는 시험삼아 조금 당겨 보았다.

"아!"

아바가 자기 머리칼을 빼내려 했지만 해나는 놓지 않고 양손으로 그러쥐었다.

"뭐 하는 거야?"

해나는 그냥 빤히 쳐다보며 씩 웃었다.

"나 이제 일어나야 해."

하지만 해나는 머리를 놓아줄 생각이 없었다.

"해나……" 아바가 해나의 손가락을 펴려 했지만 해나는 더욱 더 꽉 움켜쥘 뿐이었다. 그리고 다시 머리칼을 확 잡아채 아바의 얼굴을 가까이 당겼다. 아바는 좀 겁에 질려 보였다.

"그만해, 이러면 못 써."

확.

"악! 해나!"

해나는 계속 당겼다. 천천히, 더 가까이. 아바가 벗어나려 하면 더 아파질 뿐이라는 걸, 해나는 알고 있었다.

둘은 코와 코가 맞닿을 정도로 가까워져 서로 초점이 맞지 않는 눈싸움이 시작됐다.

"엄마한테 말한다!"

해나는 어깨를 으쓱했다. 하지만 아바의 입 냄새가 고약했다. 계속 맡고 있을 수는 없었다. 슬슬 놔줘야 했다.

웍! 해나가 짖었다. 굉장히 위협적인 소리였다.

아바는 깜짝 놀라 펄쩍 뛰며 소리까지 질렀다. 한 손은 두피를 누르고 또 한 손은 자기 머리채 한쪽을 잡은 아바의 눈에 눈물이 차오르기 시작했다.

해나는 웃으며 머리를 놔주었다.

아바는 혼이 나간 사람처럼 해나를 향해 눈을 희번덕거리더니 전등을 끄고 문을 닫고 방에서 나갔다. 없어진 반지고 뭐고, 다시는 들어오려 하지 않을 게 뻔했다. 엄마랑 아빠에게 말은 하겠지만 상관없었다. 엄마는 해나가 아바의 반지를 훔치고 바닥에 일부러 똥을

쌌을 거라고 의심하겠지만, 아빠는 "불쌍한 릴라 굼만(나의 귀염둥이), 낯선 사람과 있는 게 싫었던 거야"라고 할 게 분명했다.

한참 자고 일어났더니 집 안은 어둡고 고요했다. 그날 밤 복수극의 마지막 장을 위해, 멍고의 보드라운 등에서 반지를 꺼냈다. 하지만 생각을 고쳐먹고 다시 반지를 집어넣었다. 반지가 마음에 들었다. 언젠가, 해나가 더 자라면 손가락에 끼어보고 싶었다.

퐁당, 퐁당. 두 개의 다이아몬드 귀걸이를 변기에 넣었다. 거기에 더해 소변도 보았다. 그러고 나서 모든 것을 흘려보냈다. 해나는 두 개의 반짝이는 방울들이 빙빙 돌다가 영원히 쓸려 내려가는 것을 지켜보았다.

엄마는 다시는 침대 옆 탁자에 장신구를 올려놓지 않았다. 다시는 베이비시터를 부르지도 않았다. 그 기억을 떠올리며 해나는 만족스러운 미소를 지었다. 하지만 차 안은 덥고 해나는 배가 고팠다. 차라리 그 원통 속으로 다시 돌아가 궤도를 순환하는 우주선처럼 빙글빙글 돌고 싶었다. 가끔 해나는 자신이 어디에 있고 싶은지 알 수 없었다. 저 멀리 우주 밖? 아니면 그 어느 곳보다 가까운 곳에.

때로 해나는 엄마 배 속에 있을 때를 기억했으면 싶었다. 그때는 둘 다 정말 행복하지 않았을까? 둘의 혈액이 온통 뒤섞이고 생의 수수께끼를 나눠 가졌던 그때는?

SUZETTE
수제트

   안전띠를 매기 전에 여행용 베개를 복부에 댔다. 이제는 꼭 그럴 필요는 없었지만 도로에 팬 구멍에 자동차가 덜컹거리면 절로 신음이 나왔다. 배 속의 장기들이 서로 얽히고 꼬이는 느낌이라고 알렉스에게 설명했었다. 두 사람이 사귄 지 얼마 안 됐을 무렵, 식물원에서 느긋하게 데이트를 하던 날이었다. 이 온실에서 저 온실로 두서없이 다니며 관심이 가는 특이한 식물들 앞에서 한없이 노닥거리던 둘은 햇빛 가득한 밀폐 유리 공간 안에서 어깨를 나란히 맞댄 채 사삭사삭 솟아오르는 초본 식물들의 성장을 홀린 듯 지켜보았다. 그때 소리가 먼저 주의를 끌었다. 식물이 자라는 소리가 들렸던 것이다!

   "가끔 배 속도 그런 느낌이야. 세포들이 확 퍼지면서 수선되는 것처럼 근섬유들이 뻗어나가 서로 얽히는 것 같아. 식물원에서 봤던 식물들처럼."

"기분 이상하겠다." 알렉스가 수제트의 부드러운 살갗을 쓰다듬으며 상냥하게 말했다.

"아프지는 않아. 하지만 깜짝 놀라." 수제트는 자신의 몸이 스스로 회복되는 법을 알고 있다는 생각에 안심했다. 물론 자칫 어긋나서 또 구멍이 생기지 않도록 제대로 고쳐야 하겠지만 말이다.

수제트는 눈앞의 도로에 집중했다. 오클랜드 한낮의 교통 정체는 늘 엉망이었다. 다른 길로 갈걸 하고 후회했다. 그 길로 갔더라면 알렉스의 회사에 들를 수 있었을 텐데. 알렉스의 회사는 맥키 플레이스에 있는, 한때 교회였던 건물을 개조해서 쓰고 있었다. 알렉스와 동업자인 매트가 전면 리모델링을 한 것이었다. 탁 트인 본관은 재활용 종이로 만든 거대한 탁자를 놓고 회의실로 사용했다. 해나는 특히 중앙홀을 좋아했다. 천장에 창을 내어 나무들이 자연광을 받으며 자라날 수 있게 한 곳이었다. 아빠의 회사 방문이 해나에게 큰 보상이 될 수 있었을 텐데. 알렉스는 딸에게 힘들 것 하나 없는 키스와 애정을 내어줄 것이다. 알렉스의 존재만으로도 환해지는 해나 때문에, 서로 그렇게 다정하기만 한 두 사람 때문에, 수제트는 가끔 속상했다. 수제트는 해나를 더 사랑하려고 노력했지만 계속 자신을 밀어내기만 하는 해나 때문에 점점 애정이 시들해지는 걸 느꼈다. 그래도 오늘은 병원에서 해나가 너무 잘했으니 상을 주어야만 했다.

"해나, 오늘 너무 잘해줘서 고마워." 수제트가 백미러로 보았지만 해나는 눈을 맞추지 않았다. "마트에 들러서 너 좋아하는……"

해나가 불쑥 기쁨의 박수를 쳐댔다. 수제트도 미소를 지었다.

"아주 어른스럽더라. 검사 결과도 좋았고. 너한테 아무 문제도 없대. 완전히 건강한 거지. 이제 다시 학교를 알아보는 게 좋을 것 같

아. 시간이 좀 지났으니 너도……"

해나가 창문을 손으로 딱 치며 꽥 소리를 질렀다. 마치 관에서 벌떡 깨어난 사람처럼.

"그만둬!" 유리창을 깰 정도로 힘이 세지는 않겠지만 해나는 가만있지 않으려는 듯했다. 수제트는 좋았던 분위기를 망친 게 후회가 됐다.

"알았어! 지금 당장은 안 가도 돼. 가을까지 기다렸다가……"

해나는 분노의 고함을 지르며 창문을 계속 두드렸다. 수제트는 몸을 돌려 해나의 무릎을 찰싹 때리고 싶었지만 차들이 꼬리에 꼬리를 물고 바짝 다가들고 있어서 그럴 수 없었다. 왜 또 말을 시작했을까? 또다시 부모 노릇을 제대로 못하는 바보가 되고 말았다. 다행히도 빨간 신호등으로 바뀌었고 수제트는 브레이크를 콱 밟았다. 안전띠를 풀고 몸을 돌렸다.

"당장 그만두지 못해? 계속 못된 짓 하면 마트에 안 갈거야!"

해나가 생떼를 뚝 멈추었다. 둘은 노려보기 시합을 하다가 수제트가 먼저 신호등을 보느라 지고 말았다. 하지만 수제트는 얼른 다시 시선을 딸에게 돌렸다.

"넌 이게 재밌지? 계속 이렇게 네 멋대로 굴 순 없어. 언젠가 한번 정말 크게 혼날 거야."

해나가 미소를 지었다. 그리고 고개를 저었다.

뒤에서 경적이 빵 울렸다. "알았다고!" 수제트가 엑셀을 밟으며 앞으로 확 나갔다. 한쪽 손으로 다시 안전띠를 맸다. "그리고 마트에서도 얌전히 굴어야 해. 얌전히 굴면 원하는 거 고르게 해줄게."

수제트는 딸아이의 얼굴에 떠오른, 거만하게 히죽거리는 표정을 보았다. 해나는 자기가 이겼다고 생각하는지도 몰랐다. 하지만 학교 문제는 그렇게 간단히 포기할 게 아니었다. 다시 그 주제를 꺼내려면 알렉스도 같이 있어야 했다. 그때까지는, 운이 좋다면, 다크 초콜릿 입힌 블루베리 한 봉지로 해나를 달랠 수 있을 것이다. 그렇게 남은 하루의 평화가 유지되기를 바랐다.

마트에서 해나가 좋아하는 것들을 카트에 던져넣는 동안 수제트는 카트를 밀며 생각에 빠졌다. 알렉스, 벌거벗은 몸, 알렉스의 입, 알렉스의 아늑한 품, 알렉스의 몸 그리고 서로 맞아 들어가는 둘의 방식. 수제트는 알렉스가 기르기 시작한 수염이 마음에 들지 않았지만, 연노란색 머리칼보다 좀 더 붉은 빛이 도는 턱수염이 그에겐 잘 어울렸다. 알렉스는 수염을 늘 깔끔하게 다듬었다. 그는 아내 수제트와 딸 해나도 아름답게 꾸미는 걸 좋아했다. 알렉스는 패션 감각도 있고 몸매도 잘 유지했지만 전형적인 미남은 아니었다. 눈코입이 너무 가운데 몰려 있었다. 수제트의 첫 직장이자 유일한 직장이었던 그곳에서 그들이 처음 만났을 때, 수제트는 그의 뺨을 양쪽으로 잡아당겨서 눈코입을 서로 좀 떨어뜨리고픈 충동을 느꼈다. 하지만 커피 머신 옆에서 대화를 시작했을 때, 알렉스의 진가가 드러났다. 너무나 따뜻하고 재미있는 사람이었다. 그의 친절이 그의 외모마저 매력적으로 변화시키는 듯했다.

냉동식품 구역까지 오고 나서야 수제트는 바나나를 까먹었다는 사실을 깨달았다. 카트를 훑어보니 웬일로 해나가 이상한 물건을 하나도 안 넣어서 기뻤다. 펭귄 인형, 복숭아 통조림, 유기농 토티야

칩, 냉동 시금치 피자뿐이었다. 정말 오랜만에 뿌듯한 기분이 들었다. 해나에게 건강한 식습관은 그럭저럭 가르친 듯했으니까.

"블루베리 안 사니?" 다시 과일, 견과, 초콜릿 구역으로 돌아가며 수제트가 해나에게 물었다.

해나가 초콜릿 씌운 과일을 다양하게 여러 봉지 집었다.

"하나씩만 사는 게 어떨까?" 그래도 평소보다 많이 허용한 거였다. 해나가 받은 보상을 알렉스에게 보여주고 싶었다. 수제트는 알렉스가 자신의 가족을 어떻게 생각하고 있는지 알았다. 좋은 딸과 완벽한 아내. 무서운 기계들에 대한 딸아이의 두려움을 잘 달래가며 아이의 건강과 행복을 위해 계속 고민하고 새로운 길을 발견하는, 사랑으로 노력하는 엄마. 하지만 완벽하고 헌신적인 아내는 자신의 가족이 실은 부서지는 중이 아닐까 걱정하고 있었다. 그 아내는 알렉스를 만나기 전 지옥 같은 세월을 보냈으며 또 그렇게 되면 견디지 못할 것이다.

해나가 말을 듣지 않자 수제트는 여분의 봉지들을 카트에서 꺼냈다. 해나는 조금 징징거리며 건성으로 발을 굴렀다.

"그래도 평소보다 네 배나 많아."

해나는 의기양양하게 씩 웃으며 깡충깡충 농산물 구역으로 갔다.

어디선가 아이 우는 소리가 들렸다. 고집스레 생떼를 쓰는 긴 울부짖음이라는 걸 깨닫고 수제트는 즉시 그 부모에게 연민을 느꼈다. 농산물 구역으로 가니 울음소리가 더 커졌다. 어느 엄마가 한손으로는 울음이 멈추지 못하는 어린 아이를 붙들고 다른 손으로는 물건을 가득 실은 카트를 밀고 있었다. 아이의 울부짖음이 더 커지고 고집스러워지면서 "내놔", "안 돼" 하는 단어도 드문드문 터져 나왔다.

해나에게 레몬을 핥지 말라고 하려는데, 해나가 레몬을 내버리고 생떼 현장을 구경하러 갔다. 수제트는 해나를 지켜보면서 재빨리 바나나와 사과, 양배추, 샐러드 재료를 담았다.

"해나, 이리 와."

얼굴이 벌게진 아이는 엄마의 손아귀를 벗어나려 용을 쓰다가 불가능하다는 걸 깨닫고 몸을 뻣뻣이 젖히더니 천장을 올려다보며 포효했다. 그 소동 주변의 다른 쇼핑객들이 멀찍이 물러서며 인상을 썼다. 해나는 통곡하는 남자애 앞으로 곧장 다가가더니 허리를 숙이고 한 손가락을 입에 댔다. 쉬잇.

남자애가 깜짝 놀라 잠시 조용해졌다.

"해나, 이리 와. 가야지."

"정말 착한 아이네요." 그 엄마가 말했다.

"고맙습니다." 해나가 착하다니, 수제트는 손을 뻗었다. 해나가 잡지 않으리라는 건 알았지만 혹시나 해서였다.

아이는 다시 날카로운 울음을 터뜨렸다. 이번에는 해나를 향해 분노를 폭발시키며, 작은 주먹까지 어설피 휘둘렀다.

"브랜든, 이러지 말랬지……." 그 엄마가 말했다.

수제트가 말릴 새도 없이 해나는 주먹을 꽉 쥐고 뒤로 한 번 당기더니 브랜든의 머리 옆을 후려쳤다. 브랜든은 비틀거리더니 쿵 주저앉았다.

"아, 안 돼!" 수제트가 달려들어 해나를 떼어냈다. "정말 죄송해요! 너무 죄송해요!"

그 엄마는 아이를 안아올리며 경악한 표정을 지었다. 브랜든이 고통에 숨을 헐떡이며 울음을 터뜨렸다.

"괜찮아요? 정말 죄송해요!" 수제트는 해나를 노려보았다. "사람을 때리면 어떡해?"

해나가 아이를 가리켰다. 그 애가 잘못했다고 선고하는 해나의 방식이었다.

그 엄마가 아들을 안고 등을 돌리며 눈을, 귀를 확인하고 머리를 쓸어보았다. 그리고 어르면서 눈물을 닦아주었다.

증오를 담아 수제트와 해나를 쏘아보는 엄마의 눈에서 원망이 읽혔다. 수제트는 해나의 손을 끌어당기며 계산대로 도망쳤다. 부끄러움을 아는 사람이라면 카트를 버리고 그냥 나가는 게 옳았지만, 해나가 자기 간식을 두고 그냥 갈 리 없었다.

계산을 하면서 수제트는 손을 떨며 뭐라고 마구 지껄였다.

"해나, 폭력은 절대 안 된다는 거 알잖아. 게다가 그 애는 아직 아기…… 아니, 상관없어. 사람은 절대 때리면 안 되는 거야. 정말 그러면 안 돼. 너도 알잖아."

해나가 지겹다는 듯 한숨을 쉬었다. 수제트는 고개를 푹 숙이고 마트를 떠났다. 모두가 자신을 폭력적인 아이를 통제 못하는 무능한 엄마로 기억할 게 분명했다. 아이를 때리다니.

"네가 그런 짓을 하다니."

해나는 카시트에 앉아 스스로 안전띠를 매고 나서 수제트를 가만히 바라보았다. 눈을 똑바로 뜨고 고개를 갸웃하더니 입을 실룩거리기 시작했다. 수제트는 해나의 위협을 잘 알고 있었다. 초콜릿을 건네지 않으면 성질을 부릴 차례였다.

수제트는 해나의 손이 닿지 않도록 쇼핑백을 앞좌석에 놓았다. 그리고 다크 초콜릿을 입힌 블루베리를 꺼냈다.

"네가 마트에서 한 짓 때문에 주는 게 아니야." 수제트가 봉지를 건네기 전에 말했다. "병원에서 얌전히 굴어서 주는 거야. 하지만 네가 한 짓에 대해 아빠랑 얘기할 거야. 주먹질은 절대 안 되는 거야. 알겠니?"

해나는 씩 웃으며 봉지를 뜯었다. 수제트는 딸아이의 얼굴에서 악마 같은 자부심밖에 보이지가 않아서 겁이 났다. 봉지를 딸아이의 손에서 뺏고 싶었다. 하지만 너무 지쳤다. 너무 지쳐서 그냥 집에 가고 싶었다.

하루 전체가 다 잘 풀리기를 바라는 건 언제나 너무 무리한 희망이었다.

집으로 운전해서 가는 동안 해나는 블루베리를 우물거리며 콧노래를 불렀다. 마치 아무 일 없는 즐거운 하루인 것처럼. 수제트는 알렉스가 집에 올 때까지 그 초콜릿 한 봉지면 충분하기를 빌었다. 알렉스가 돌아오면 해나는 천사 가면을 쓰고 아빠의 착한 어린 딸이 될 것이었다.

HANNA
해나

그들의 집은 '셰이디사이드'의 다른 빡빡한 집들과는 달랐다. 마치 미래에서 온 집 같았다. 해나는 안전하고 익숙하고 아빠가 모든 것을 디자인한 이 집을 사랑했다. 아빠는 늘 엄마가 실내 장식을 도와주었다고 말했지만 엄마는 그저 가구를 골랐을 뿐이라는 걸 해나는 알고 있다. 이케아 광고지에서 본 것과 별로 다를 게 없는 가구들이었다. 모든 게 하얗거나 원목처럼 보이는 나무였다. 하지만 마법 같은 부분들은 모두 아빠가 한 거였다. 넓은 정원이 내려다보이는 통창의 유리 벽은 초현대식 계단으로 2층까지 이어졌고 깔끔한 내부 전체가 비행접시보다 더 세련되고 좋았다.

ㄴ자형 거실 소파는 맞춤 가구였는데, 양끝에 달린 판석에서 풀쩍 뛰면 재미있었다. 엄마는 늘 "탁자 위에 올라가면 안 돼!"라고 소리치지만 해나에겐 꼭 다이빙대처럼 보였다. 해나는 식물들이 물이

필요한가 알아보려고 화분에 손가락을 찔러넣는 것도 좋아하는데, 역시 엄마는 흙이 흩어진다고 고함을 질렀다. 엄마는 깨끗한 걸 좋아했다. 그리고 아빠가 없으면 고함지르는 것도 좋아했다. 높은 펜스와 산울타리가 다른 집들을 가려주고 이웃의 호기심 어린 시선에서 그들을 숨겨주는, 담으로 둘러싸인 정원에서 노는 게 해나는 좋았다. 가라앉는 배에서 여기저기를 뛰어다니며 승객들을 전부 구해내도 아무도 방해하지 않았다. 승객들을 구명정으로 밀어 넣기 전에 주머니에서 돈을 훔치고 목에서 보석을 슬쩍 잡아채기도 했다. 때로는 엄청 멋진 회색 말을 타고 사방을 뛰어다니기도 했다.

해나는 거대한 텔레비전 앞에 서서 채널을 돌렸다.

"해나, 지금은 텔레비전 보는 시간이 아니야. 오늘 공부 아직 안 했잖아."

엄마가 마트에서 산 물건을 찬장에 넣었다. 찬장은 안개를 닮았다. 해나가 아기 때 조리대 위로 기어 올라가 조심스레 접시와 그릇을 모두 꺼낸 적이 있었다. 안개 같은 찬장 안을 보고 싶었다. 그 안에 들어가면 마치 구름 속에 있는 기분일 듯했다. 막 몸을 집어넣으려는데, 아빠가 해나를 휙 안아올렸다.

"꼬마 원숭이, 뭐 하고 있니?"

아빠는 화난 게 아니었고 해나는 킥킥 웃었다.

해나가 끈끈한 손가락으로 리모컨 버튼을 계속 눌렀다. 해나는 다 알 수가 있었다. 엄마가 어떻게 할지 훤히 보였다. 쿵쿵거리며 와서 리모컨을 빼앗았다. 짜증나는 표정을 지었다.

"초콜릿이 묻었잖아……."

엄마는 혀를 차고서 텔레비전을 껐다. 리모컨을 가지고 주방으로 돌아가 종이 행주와 근사한 세정제 병을 꺼내 해나의 지지를 닦아냈다. 해나는 웃으며 손을 핥아먹었다.

"이리 와. 낱말 맞추기 먼저 해보자. 재미있을 거야. 어려운 단어를 얼마나 많이 아는지 볼까?" 엄마가 학습 용품을 보관하는 서랍에서 문구를 꺼냈다.

해나는 느릿느릿 걸어와서 거실과 주방 사이에 놓인, 거목을 잘라 만든 탁자의 의자에 걸터앉았다.

엄마가 연필을 전동 연필깎이에 넣었다. 연필은 눈을 찌를 수 있을 정도로 날카롭게 갈렸다. 해나는 이 과정이 좋아서 엄마가 두 번째 연필을 깎는 모습도 찬찬히 지켜보았다. 엄마가 두 자루 다 해나에게 건네고 종이 한 장을 내밀었다.

"오늘은 몇 가지만 짧게 하자. 병원도 갔다 왔으니까." 첫 단어는 '좋다'였다. "나는 잠이 좋아. 너는 노랑을 좋아해. 좋다."

해나가 답을 쓰는 동안 엄마는 해나가 답을 보지 못하게 교재를 겨드랑이에 끼고 주방으로 갔다. 물을 한 컵 따라 하얀 약을 두 알 삼키고 돌아왔다.

"다 썼어? 다음 문제 낼까?" 엄마가 해나 맞은편에 앉았는데 상태가 안 좋아 보였다. 머리 양쪽을 잡고 문질렀다.

해나는 종이를 들어 올려 자기가 쓴 글자를 보여주었다.

싫다

"이건 반대말 쓰기가 아니야. '좋다'를 써볼래?"

해나는 고개를 흔들었다. 공부를 할 때면 엄마가 없던 인내심까지

다 짜내려 노력한다는 것을 해나는 알고 있었다. 중요한 일이었으니까. 아빠도 늘 공부는 중요하다고 했다. 해나는 자기가 얼마나 똑똑한 딸인지 부모가 칭찬을 퍼부을 수 있게 보통은 최선을 다했다. 하지만 해나에게 학교 가는 걸 강요하면 어떤 일이 벌어질지 엄마는 알아야 했다. 다시는 아예 학교 얘기조차 꺼내면 안 됐다.

"좋아, 다른 단어를 하자. 그럼…… '여름'은 어때? 몇 달만 있으면 여름이 돼. 할머니, 할아버지도 놀러올 거고."

이건 너무 쉬웠다. 해나는 종이에 글자를 적은 다음 돌려서 엄마에게 보여주었다.

개년

엄마는 한숨과 함께 반쯤 무너지는 듯했다. 흐느적거리는 자신을 똑바로 가누기도 힘들어 보였다. "그런 건 좋은 말이 아니야. 그런 말을 어떻게 알았는지 놀랍지도 않다. 제발 내가 쓰라고 한 단어를 쓸 수는 없을까? 빨리 끝내야 다음 차례로 넘어가지."

해나는 똑바로 앉아 다음 말을 적을 준비를 했다.

"딸기. 딸-기. 그 애는 한 개의 딸기도 먹을 수 없었다."

해나는 종이를 손으로 가려 자신이 쓰는 글자를 엄마가 못 보게 했다.

"낱말 하나 치고는 너무 긴데, 뭘 쓰는 거니?"

해나는 킥킥 웃으며 계속 썼다. 다 쓰고 나서 자신의 작품을 들어올려 보여주었다.

허약하고 멍청한 엄마, 꺼져.

엄마는 이를 악물었고 눈가 핏줄이 꿈틀거렸다.

"그래, 이제 그만하자. 당분간 너 혼자 할 수 있겠네." 엄마는 일어나면서 해나의 종이를 향해 손을 뻗었다.

해나가 더 빨랐다. 종이를 잘게 찢어 탁자 위에 뿌렸다.

"물론 아빠한테 증거를 남기면 안 되겠지. 해나, 오늘은 정말 이러지 않았으면 해. 시티 촬영이랑 새로운 의사가 마음에 들지 않았던 거 알아. 남은 하루만이라도 편히 보내고 싶지 않니?" 엄마가 종잇조각들을 그러모았다.

편하자고 이러는 게 아니었다. 재밌자고 이러는 거였다. 그런데 엄마는 인내심을 잃어가고 있었다. 정말 나쁜 엄마였다. 어쩌면 엄마에 대한 보고서를 작성해서 아빠에게 보여줄 수도 있었다. 커다랗고 뚱뚱한 F자를, 실패Failing를 나타내는 기호를 써서 말이다. 하지만 엄마는 아직 포기할 준비가 안 됐다. 다른 학습지를 폈다.

"이 지문 읽을 수 있지? 고대 이집트에 대한 글이야. 피라미드랑 파라오랑…… 왕과 왕비 이야기하고 비슷해. 재미있을 거야. 그리고 다음 쪽도 봐. 글을 상형문자로 써보면 어떨까? 비밀 언어 비슷한 건데, 아빠한테 비밀 메시지를 쓸 수 있겠지? 네가 원하는 걸 써보는 거야. 마트에서 아이를 때렸다고, 나쁜 말들도 잘 익혔다고, 다 써봐 다." 엄마는 주방으로 갔다. 재활용 쓰레기통에 종잇조각을 버린 후 청소 도구와 듬직한 고무장갑을 챙겼다. "참, 그리고, 너 글자 틀렸어. '허약하고'가 맞아."

해나는 웃어야 할지 찡그려야 할지 알 수 없었다. 교정받는 게 싫었다. 하지만 엄마가 저러는 건 언제 봐도 재밌었다. 미워하고 포기하는 게 천성인 사람. 아빠도 저 모습을 봐야 하는데. 그럼 아빠도 엄마가 사기꾼임을 알게 될 것이다. 아빠만 있으면 엄마는 사랑이 넘치고 헌신적인 체했지만 그런 연기는 지속될 수 없었다. 해나가 노력을 계속하면 엄마의 가면은 녹아내릴 것이고 아빠는 깜짝 놀라 엄마를 집 밖으로 던져버릴 것이다.

해나는 지문을 읽으며 소리를 연습해 보았다. "냐. 뱌. 퍄. 콰. 봐. 돠." 프랑스어 같은 소리가 나서 마음에 들었다. 노래처럼 만들어 불러보았다. "디 디 디 디 디 디 돠 봐 콰. 미 미 미 미 미 미 냐 퍄 뱌."

엄마가 식초와 물을 따르다가 돌아보았다. "노래는 좀 줄이고 더 읽는 게 어때?"

"비 비 비 비 비 비 라 라 라 라 라 라아아아아! 디 디 도 도 이 이 도 이 바 바 바아아아!"

"그런 소리를 내려면 말이라도 해. 말할 수 있는 게 분명하잖아."

해나는 입을 합죽 다물고 속눈썹을 파닥거렸다. 엄마는 한동안 노려보더니 이미 깨끗한 주방을 또 문지르기 시작했다. 얼간이.

해나는 피라미드 모양이 마음에 들었지만 그 안에 들어가 살긴 싫었다. 창문도 없고 말이다. 그러다가 피라미드가 파라오들을 위한 무덤이라는 걸 읽었다. 죽은 사람들을 위한 집. 괴상해. 금과 음식과 함께 묻혔다니. 정말 이상해. 죽은 사람이 장신구를 하고 배가 고파 진단 말인가. 해나가 인터넷에서 찾아보았던 내용이 생각났다. (아빠는 가끔 자기 컴퓨터를 해나가 쓰게 해줬다.) 동화에는 유령과 마녀가 잔뜩 나온다. 보통 사람들 같지 않은, 황홀하고 오싹한 일들을 할 수 있는 사람들이다. 예전에 할로윈 때 해나도 까만 드레스를 입고 뾰족한 모자를 쓴 적이 있다. 정말 그런 사람들이 있을까? 해나는 간절히 알고 싶었다. 도서관에서 빌려온 마녀에 대한 책들을 아빠의 무릎에 잔뜩 쌓아 올렸다. 아빠는 오해를 하고 참을성 있게 해나와 같이 책들을 읽었다. 하지만 해나가 무엇을 알아내고 싶은지는 이해하지 못했다. 해나는 직접 인터넷 검색을 해보았다.

그랬다. 마녀는 존재했다.

많이 있었다. 특히 황금기 때는. '진짜 마녀들'이라고 검색했더니 마더 십턴과 아그네스 샘슨이 나왔다. 산 채로 불태워지거나 돌에 매달려 강물에 던져진 소녀들에 대해 읽었다. 멍청한 주민들은 환호를 보냈다. 아무도 마녀들을 좋아하지 않았다. 그건 분명했다. 하지만 해나는 이해할 수 없었다. 마녀 친구가 생기면 해볼 재밌는 게임을 생각하면 즐거운 웃음이 나왔다. 그런 친구라면 해나가 혼자서 해내려고 애쓰고 있는 일을 드디어 도와줄 수 있을지도 모른다. 엄마를 멀리 보내버리고 다시는 돌아오지 못하게 만드는 것. 마녀 사냥에 대해 호기심이 생겨 좀 더 파고들자, 살해당한 수많은 사람들의 명단이 나왔다. 그중 하나의 이름이 아주 마음에 들었고 아직도 기억하고 있었다. 부드러운 글자들로 된 예쁜 프랑스 이름. '해나 옌슨'처럼 'ㄴ' 소리가 뭉개지는 짜증나는 이름이 아니었다.

해나는 소리를 내지 않고 입술과 혀를 움직여 보았다. 마리앤 뒤포세. 자꾸 되풀이하다 보면 프랑스 소녀의 영혼이 해나를 찾아와 둘도 없는 친구가 될지도 모른다. 해나와 마리앤은 노래를 지어서 함께 부를 수 있을 것이다. 마리앤은 아무도 이해하지 못하는 말로 주문을 거는 법을 가르쳐줄 수 있을 것이다. 엄마의 심장을 터져버리게 만들 수 있는 주문을.

마리앤 뒤포세. 마리앤 뒤포세.

와, 된다! 해나가 제대로 발음할 수 있도록 마리앤이 도움을 준 것이다.

"냐 냐 냐 냐. 부 디 부 디 바! 봐 봐 봐 봐 루 리 루 리 라!"

엄마는 고개를 갸우뚱하고 바라보았다. 해나는 그 시선이 너무 좋았다. '포기할게'라고 말하는 그 시선.

"좋아." 엄마는 양동이와 스펀지를 챙겨 고개를 꼿꼿이 들고 가버렸다. 우주선 계단을 올라 부모 침실로 들어갔다.

해나는 낄낄 웃었다. 이제 시작이었다. 마리앤과 힘을 합쳐 엄마를 보내버릴 수 있게 되었다.

SUZETTE
수제트

    끊임없는 관심을 요구하며 무럭무럭 자라나는 아기를 돌보듯 집을 돌보았다. 어떻게 하면 집이 누추해지는지 수제트는 알고 있었다. 지저분한 양동이, 새는 오수관, 그 밑에 놓아둔 이 빠진 그릇, 벗겨지는 천장의 페인트가 그려내는 지형도. 알렉스와 함께라면 그런 것들을 다시 볼 일이 없었다. 촉감을 즐기기 위해 맨발로 집을 돌아다니기 가장 좋은 곳은 욕실이었다. 차갑고 부드러운 석재에 닿는 발뒤꿈치의 까슬거림이 몸을 타고 올라왔다. 머리가 쿡쿡 쑤실 때는 그것이 타이레놀보다 더 나은 위안을 전해주었다. 수제트는 석영 세면대를 둥글게 문지르며 닦아나갔다. 알렉스는 주 침실에 딸린 욕실을 수제트가 염원하던 호화로운 모습으로 만드는 데 비용을 아끼지 않았다. 긴 세면대와 미끈한 굴곡의 깊은 욕조는 마치 자궁처럼 두 사람을 함께 품어주기에 충분했다. 소나기형 샤워기도 두 대라 그 아래 나란히 서서 눈을 감으면 떨어지는 물줄기가 어딘가 먼 곳, 안개비 흩뿌리는 아일랜드나 향기로운 태국 같은 곳으로 데려다주었다. 변기, 비데, 위아래로 길게 낸 창의 아래쪽 절반은 서리 무늬 처리가 돼 있었다. 모든 것이 하얗고 깨끗했다. 알렉스가 유일하게 못해준 건 2층 천장에 채광창을 내는 것이었다. 3층에 홈 오피스를 만들었으니까.

막대한 비용이 든 작업이었다. 내부를 전부 들어내고 더 크고 열효율이 좋은 창을 위해 창틀을 다시 짜고, 계단을 옮겼다. 알렉스가 회사 옌센&골드스타인을 막 시작한 시점이었고 피츠버그에는 집과 사무실을 스칸디나비아풍으로 개조하려는 녹색 인테리어 열풍이 한창이었다. 가장 세련된 마감재, 최신 재활용 자재, 창조적으로 재이용된 설비와 건축 요소들. 그들은 젊고 똑똑한 젊은 몽상가들을 고용했고 또 그런 사람들에게 고용되었다. 회사와 회사의 명성이 빠르게 높아졌다. 도시 전역에서 흥미로운 주택과 건물들을 설계하고 개조했다. 지역 신문에서 회사를 특집으로 다룬 이후, 옛 교회를 용도 변경하는 작업이 그들의 특기 중 하나가 되었다. 그렇게 알렉스와 수제트가 결혼한 직후 구입한, 그토록 별 볼 일 없던 주택을 알렉스는 꿈의 집으로 바꿔놓았다. 그때 이미 수제트는 회사를 그만두고 아이를 낳기로 결정했었다. 적어도 몇 년은 그러려고 했다.

그게 실수였다는 걸, 얼룩을 찾아 거울을 살펴보면서 수제트는 깨달았다. 왜냐하면 눈에 보이는 것은 수제트뿐이었으니까. 검게 탔지만 폭발하지 않은 다이너마이트 토막처럼 보였다. 수제트는 장갑을 벗었다. 머리칼을 매만져 쓸어내렸다. 번진 마스카라를 닦아냈다. 벨트를 풀고 드레스를 들어 올려 나아지는 흉터들을 살펴보았다. 각각 2센티쯤 되는 세 개의 복강경 자국이 옛날 흉터 주변에 전략적으로 배치돼 있었다. 울퉁불퉁 구불구불했던 살점들을 제거하고 살갗을 잡아당겨 모아 깔끔하게 다시 꿰맸다. 보기 좋아졌다. 비키니를 입을 정도는 아니지만, 이런 정도면 예전의 트라우마는 옅어질 것이다.

수제트는 두 번째 데이트 때 공원으로 소풍을 가서 알렉스에게 자신의 건강 상태를 말했었다. 영화를 보며 피자를 먹은 첫 번째 데이트 때 둘은 키스를 했는데, 더 친밀한 관계가 된 뒤에 수제트의 흉터를 보고 알렉스가 기겁할까 봐 걱정돼서였다. 처음에 알렉스는 온전히 이해하기 힘들어했다. 그는 정상적인 가정에서 자랐으니까. 하지만 알렉스는 수제트의 상황을 잘 들어주었다. 열심히 들었다. 그의 귀 기울임이 위안이 되었고 수제트는 처음으로 자신의 이야기를 모두 털어 놓았다. 열세 살에 복부 통증이 시작되었고 이후 설사가 끊이지 않았던 인생을. 그렇게 빙글빙글 추락한 인생을.

"내 어머니는 별거 아니라는 식이었어. 자기도 같은 나이에 그랬다면서. 호르몬 때문에."

"하지만…… 이제 좋아진 거 아니야?" 알렉스가 물었다.

"이제는 환자라고 생각하지는 않게 됐어. 그냥 일상이 됐지."

하지만 수제트에게도 어머니에게도 일상이란 다른 사람들이 크론병이라고 부르는 만성 질환을 의미했다. 수제트의 세상은 축소되었고 음식을 두려워하게 되었다. 먹기를 멈추면 배 속도 좋아질 것 같았다. 하지만 그렇진 않았다. 열일곱 생일 전날 밤, 누워 있던 수제트는 내장이 뭔가 잘못 꼬여 비명을 지르는 것을 느꼈다. 때로 수제트는 그렇게 누운 채로, 느리고 고통스러운 죽음을 받아들일 용기가 있었으면 하고 바랐다. 대신 수제트는 어머니를 깨웠다. 그들은 병원에 도착했고, 어머니는 숨어 있던 재주를 최대한 발휘해 평범한 사람으로 탈바꿈했다. 좋은 옷을 입고서 걱정하는 부모의 표정을 지었다. 복부 통증을 겪은 지 얼마나 되었냐고 초진 간호사가 묻자 수제트는 밤새도록 그랬다고 대답했다. 수제트의 어머니는, 어머니다워 보이는 변장을 하고서 고개를 끄덕이며 정말 이상한 일이라고 주장했다. "난 바로 데려왔거든요."

수제트는 검사실에 어머니가 들어오는 것을 거부했다.

의사들이 진단을 위해 수제트의 몸에 있는 구멍들을 모두 유린했다. 맹장을 의심해 응급 수술을 실시했다가 내장 아래쪽이 뒤틀려 있는 것을 발견했다.

복부를 쿡쿡 쑤시며 불타오르는, 말로 형용하기 어려운 급박한 감각에서 깨어나 보니 코에 관이 삽입된 채 어두운 방 안에 있었고 어머니는 없었다. 몇 주 후, 잘 회복되고 있는 듯했는데, 구멍이 생겼다. 정신을 차려보니 수술대 위에 누워 얼굴에 천을 덮고 있었다. 마취도 없이 목을 절개 당하고 정맥관이 삽입되었다. "젊은 사람은 고통을 잘 견디니까"라며 외과의가 누군가에게 설명하는 소리가 들렸다. 수제트는 비명을 지르고 싶었지만 지르지 않았다. 잊고 싶었지만 잊을 수도 없었다. 그리고 몇 분 후 마취가 되어, 개복 수술을 다시 했다.

해결책은 절개 부위를 계속 열어두어 구멍이 저절로 낫게 만들자는 것이었다. 그 구멍에서 똥과 분비물이 4년 내내 줄줄 흘러나왔다. 그 4년 동안, 다시 정상적인 삶을 사는 것은 불가능하게 보였다. 소년과 키스를 하거나 직업을 가지는 것처럼 평범한 일들을 할 수 없게 되었다는 생각에 자살할 생각도 종종 했다. 하지만 수제트는 진로 계획을 세워나갔고 결국 예술대학에 들어갔다. 그리고 알렉스를 만났다.

"당신을 못 만났다면…… 내 인생의 기괴함은 영원히 계속되었을지도 몰라."

알렉스는 눈물 어린 눈으로 수제트에게 키스했다. 그리고 몇 달 후, 알렉스는 두 번째 데이트 때 수제트와 사랑에 빠졌다고 인정했다. 그토록 취약한 상태에도 불구하고 수제트의 놀라운 결기와 내면의 힘에 감명받았다고 했다.

문 뒤에서 작게 노크 소리가 들렸다.

수제트는 이를 악물고 눈을 질끈 감았다. 저리 가, 저리 가, 제발 저리 가버려.

똑, 똑, 똑.

"잠시만." 수제트는 드레스 자락을 다시 내렸다. 오른쪽 복부를 잠깐 문지르며 빨리 낫도록 기원했다.

똑, 똑, 똑.

"엄마는 1분 더 있어야 돼."

똑, 똑, 똑, 똑, 똑, 똑.

수제트가 이를 드러내며 문을 확 열었다. "빌어먹을! 뭐가 그렇게 급한데?"

딸아이는 너무나 작아 보였다. 예쁜 옷을 입은 착한 소녀 그림 같았다. 충격과 두려움으로 약간 벌어진 입. 학습장이 왼손에 들려 있고 오른손에는 연필을 쥐고 있었다.

해나는 질문을 하러, 도움을 청하러 온 것뿐이었다. 엄마라면 당연히 해줘야 하는 일이었다. 적어도 그렇게 빨리 이성을 잃어버리면 안 되는 거 아닌가. 수제트의 가슴에서 뭔가가 파사삭 부서져 내렸다. 이렇게 간단한 일조차 힘들어졌다. "좀 있다 내려갈게. 미안. 얼른 가서 도와줄게."

수제트는 재빨리 문을 닫아 잠갔다. 우는 모습을 해나에게 보여주지 않으려 했다.

지난 몇 달 동안 수제트는 마라톤의 막바지에 다다른 선수처럼 헐떡이며 자신을 추스르려 노력했다. 정신 차리자, 정신 차리자, 정신 차리자. 절개 부위에서 경고라도 하듯 찌릿한 통증이 일었다. 분노, 좌절, 스트레스 같은 것들은 수제트의 육체를 과도한 흥분 상태로 몰아가 기진맥진하게 만들었다. 당장 뛰어나가 적을 죽이라는 명령을 받은 병사들처럼 앞뒤 가리지 않고 초토화시켰다. 자가 면역 질환을 지니고 사는 삶이었다. 이런 고통을 더 이상 감당할 수 없을 듯했다. 다른 사람들은 잘 모르는, '해나 엄마'로서의 비참한 삶이 어떤 영향을 가져올지 걱정됐다.

배설물 주머니가 수제트를 놀려댔다. '널 더욱 역겨운 인간으로 만들어 줄게. 네 내장을 직접 손에 들고 똥주머니가 넘치지 않는지 확인해야 할 거야.' 어떻게 해야 이 사태를 면하고 다가오는 미래를 막을 수 있을까? 가정주부가 되기로 한 것은 스트레스가 적은 생활을 위해서였다. 수제트에게 욕심이나 재능이 없어서 그런 선택을 한 게 아니었다.

수제트와 알렉스가 만났을 때, 수제트는 인테리어 디자이너였다.

알렉스 못지않게 야심차고 일에 능숙했다. 둘은 녹색을 사랑하는 신입 사원으로 한 프로젝트에서 함께 일하게 되었고 곧바로 사귀기 시작해 떨어질 수 없는 사이가 되었다. 하지만 야근과 마감의 줄다리기는 대가를 낳았다. 수제트의 첫 직장이었다. 비참한 창자들이 점점 더 예측불가가 되어가면서 수제트의 야망도 부서져 내리기 시작했다. 뚱, 뚱, 뚱.

약혼을 하고 알렉스의 아파트로 이사를 들어간 수제트는 일할 필요가 없었다. 처음에는 외주 일을 할 수 있을 거라고 생각했지만 대부분 집에서 요리를 하고 청소를 하고 알렉스가 돌아오기를 기다렸다. 크론병도 잠잠해졌다. 수제트는 다시 스케치를 시작했다. 그저 우아하고 기능적인 인테리어가 아니라 상상력에서 나온 더 추상적인 것이었다. 옌센&골드스타인이 시작되고 나서 알렉스는 수제트를 데려가 파트타임 자문가로 일하게 하고 마음에 드는 프로젝트를 직접 고르게 했다. 수제트는 알렉스의 사랑이 그녀의 건강을 회복시켰다고 믿었다.

그러다가 수제트가 임신했다.

신의 계시인가 싶었지만 오히려 임신은 엄청난 상실감의 시작점이 되었다. 자아의 상실, 소중하고 유일한 동료였던 알렉스의 상실, 되찾았던 건강의 상실.

자신의 몸이 점점 이질적으로 느껴졌고 갈수록 고통스러워졌다. 임신 중반기에 이르러 체중이 늘고 몸이 불어야 하는데, 모든 신체 체계는 반항에 돌입한 듯했다. 경련과 설사가 너무 심해 좀처럼 몸무게가 늘지 않았다. 스테판스키 박사는 지사제 복용을 두 배로 늘리는 게 좋겠다고 했지만 최고의 치료제는 쓸 수 없었다. 주사 요법은 자라나는 태아에게 무척 위험했다. 너무 기력이 허해져서 출산 후에도 건강이 나아지지 않으면 종일제 베이비시터를 고용할 계획이었다. 수제트는 아기가 빨리 나왔으면 하고 바라게 되었다. 약간 조숙아가 되어도 상관없었고 현재의 고통을 덜기 위해서라면 아무리 유독한 약품 사용이라도 좋았다.

최악의 순간에는 처음 알렉스를 만나던 당시, 아름다웠던 나날들에 대한 추억에 매달렸다. 수제트와 알렉스가 환하게 빛을 뿜던 날들을. 그들의 사랑이 창조해 낸 살아 있는, 숨을 쉬는 존재가 언젠간 두 눈에 우주를 담으며 모든 것을 경이롭게 바라보리라는 것을. 하지만 수제트도 느낄 수 있을 만한 크기로 자라난 태아는 아기 같지 않고 그냥 덩어리 같았다. 그리고 영화 〈에이리언〉을 다시 보는 실수를 저질렀다. 수제트는 불쑥 울음을 터뜨리고 말았다. 그녀의 아기가 바로 저렇게 탄생할 것 같았다. 그녀를 갈가리 찢고 나올 괴물.

"당신을 괴롭히는 건 크론병이잖아. 아기는 괜찮아." 알렉스가 달래며 눈물을 닦아주었다. 수제트의 부른 배를 쓰다듬었다. "아기가 태어나면 바로 새 약을 쓰자."

알렉스가 아무리 안심시키려 해도, 수제트는 영화의 장면이 자꾸 떠올랐다. 결국엔 임신도 의학적 고난이었다. 영적 깨달음 같은 게 아니었다.

수제트는 병원에 가서 받아야 하는 검사들이 전부 끔찍했다. 자신의 사적인 부위를 까발리고 아기를 위해 고문을 참아내야 하는 게 무서웠다. 자신의 몸을 다른 사람이 차지해서, 자신의 필요가 아닌 그 사람의 필요를 위해 쓰이는 것 같았다. 수제트는 이기심과 분한 마음이 들 때마다 생각했다. 내 어머니도 이렇게 해서 모성애의 책임감을 증오하게 된 거라고. 수제트는 마음을 바꿔 자신의 소중하고 연약한 아기를 껴안게 될 것이었다. 무슨 일이 있어도 해낼 것이었다. 사랑하는 아기 괴물이 수제트를 필요로 하고 있으니, 폭력적인 검사의 모욕감을 견뎌내려 했다. 어머니로부터 배운 것이 없음에도 불구하고 자신의 모성애 본능은 강력함을 증명해 냈다. 수제트는 알렉스의 눈에서 공포의 기미가 반짝 일어날 만큼 맹렬하게 맹세를 했다. 자식의 고통을 무시하는 어머니는 되지 않겠다고. 자식을 돌보지 않는 어머니는 결코 되지 않을 것이며, 자식의 삶의 질에 무관심하지 않을 것이라고 말이다.

"당연히 당신은 그렇지 않아." 알렉스가 말했다. "당신은 사랑이 넘치고 능력 있고 훌륭한 여성이야. 당신은 훌륭한 엄마가 될 거야. 사랑과 생명력으로 가득한 엄마 말이야."

하지만 수제트에게 생명력을 준 것은 알렉스의 사랑이었다. 수제트에게는 사랑을 나눠줄 여유가 있었나? 왜 자꾸 아기가 수제트의 썩어가는 내장과 비슷하게 느껴질까. 40주간의 임신이 크론병의 재발로 인한 고통이라든지 벅찬 의료 과정으로 기억되어서는 안 되었다. 차라리 농촌으로 가서 농가를 빌려 양배추를 수확하다가 흙 위에 쪼그려 앉아 출산을 하고 싶다고, 수제트는 알렉스에게 여러 번 말했다. 결국 하반신 마취를 하고 소처럼 힘을 주어야 했다. 그리고 알렉스가 태어난 아기를 받아 안았을 때, 그의 얼굴에 떠오른 표정은 모든 것을 보상하고도 남았다. 알렉스에게 그 순간은 모든 것을 봉인했다. 해나는 완벽했고 수제트는 영웅이었다. 그 후로 지금까지 수제트는 평온한 가정이라는 알렉스의 신기루를 균열시키지 않으려 최선을 다했다. 적어도 그들 중 한 명은 계속 행복할 수 있게.

주사 요법을 시작한 이후 수제트의 건강과 소화력은 극적으로 향상되었다. 하지만 아기를 젖먹이지 못했다는 죄책감이 남았다. 그래서 해나가 의도치 않게 해를 입었던 게 아닐까? 해나가 영아 때 수제트의 젖에 담긴 항체를 공급받았더라면 다르게 자라지 않았을까? 대신 수제트는 해나에게 젖병을 물리면서 온갖 정성을 기울이려 애썼다. 해나의 유아기는 수제트에게 너무나 소중한 시기였다. 해나가 태어난 지 백일쯤 되었을 땐 수제트도 자신의 엄마 노릇이 자랑스러울 만큼 능숙해졌다. 아기 해나는 날마다 새롭게 변하는 예술 작품 같았다. 표정이 풍부한 눈과 걱정이 있으면 꿈틀거리던 조그만 눈썹.

해나가 기어 다닐 수 있게 되고 자기만의 정체성을 형성해 나가면서, 상황은 점점 더 좋아졌어야 했다. 수제트와 알렉스는 떼쓰기와 반항의 시기도 대비했다. 해나가 "싫어!", "내 거야!" 같은 말을 하게 될 거라 예상했다. 하지만 떼쓰기는 예정대로 시작되었을지언정 다른 이정표들은 나타나지 않았다. 처음 해나의 언어 발달이 걱정되기 시작했을 때, 해나를 가르치는 일은 수제트에게 이때까지 겪은 그 어떤 일보다 강력한 목표의식을 심어주었다. 매일 발음 연습을 하며 재밌는 놀이도 만들어 보려 했다. 하지만 해나는 점점 불안할 정도로 회의적인 시선으로 수제트를 빤히 보기만 하는 일이 잦아졌다. 그러다가 알렉스가 나타나면 환한 웃음을 지었다. 수제트는 오래 노력했지만 시간이 지날수록 쌓여만 가는 실패는 복부에 가하는 지속적인 가격처럼 축적되었다. 더 이상의 충격을 견딜 수가 없을 듯했다.

수제트는 다시 고무장갑을 꼈다. 어쩔 때는 전신을 감싸는 고무옷을 입고 싶었다. 병균에 대항하는 갑옷처럼 말이다. 약품이 수제트의 면역체계를 약화시키기도 했지만, 더 중요하게는, 고무장갑이 마음을 다잡아 주었다. 고무장갑은 목적의식적인 노동과 생산을 의미했다. 청결, 최종적으로는 아름다움을 상징했다. 수제트가 갈구하는 것은 바로 그것, 육체적 완벽함이었다. 온갖 노력을 기울여 보완하려 해도 수제트의 육체는 늘 문제가 있을 수밖에 없지만, 이 집만큼은 완벽하게 만들 수 있었다. 그 노력을 통해 수제트는 자신의 가치를 드러내 보였다.

수제트는 양동이를 바닥에 놓고 엎드렸다. 자신이 왔다 갔다 했던 길을 따라 문지르며 보이지 않는 발자국을 지웠다. 보통 이런 체계적 움직임은 수제트를 멍하고 몽환적인 상태로 만들어 주었다. 정신적 긴장을 누그러뜨릴 수 있는 순간이었다. 하지만 알렉스에게 뭐라고 말해야 할지 걱정이 되었다. 좋은 소식은 있었다. 해나에게 신체적인 문제가 없다는 것. 나쁜 소식은 정신적인 문제가 있을 수 있다는 것이었다. 알렉스는 해나가 훨씬 어린 아이를 때리는 모습을 본 적이 없었다. 유치원 교사가 전해준 나쁜 행동들도 별로 믿지 않았다. 해나가 평범한 아이가 아니기 때문에 교사들이 과장하는 거라고 확신했다. 둘 사이에서 '해나의 문제'라는 말을 쓰기 시작했지만 알렉스는 그런 차이에 대해 세상이 좀 더 너그럽고 포용적이어야 한다고 고집을 부렸다. 그들이 해나를 입학시키려 했던 영재 학교는 그렇지 않았다면서.

"해나는 정말 똑똑해. 말이 없어도 평균보다 훨씬 뛰어나지." 알렉스는 뿌듯해하곤 했다.

좀 늦어지긴 했어도 알렉스가 여전히, 해나의 온전한 일반 교육을 원한다는 걸 수제트는 알고 있었다. 이제는 충분한 시간이 지난 걸까? 이번 가을이면 될까? 어쩌면 새로운 심리학자가 도움이 될지도 모른다. 알렉스가 모든 걸 알지는 못한다는 게 수제트는 걱정이 되었다. 알렉스가 점점 짜증스러운 표정을 짓는 것을 보고, 수제트는 매일 해나의 새로운 문제 행동들을 알려주던 일을 몇 년 전부터 멈추었다. 자신이 불평불만자, 무능력자로 느껴졌기 때문이다. 해나에 대한 소식을 전해주지 않으면 그들의 관계도 훨씬 순조로웠다. 하지만 '말을 할 수 없는 아이'보다 '말을 안 하는 아이'가 더욱 치료하기 어렵다는 의사의 진단을 들려준다면, 해나의 어떤, 아니 대부분의, 아니 모든 행동들이 고의적이라는 점을 알렉스도 받아들일지 모른다. 딸아이는 별난 방식으로 부모를 가지고 게임을 하고 있었다. 부모를 망가뜨리고 있었다. 가학적 목적으로 부모를 교묘히 조종하고 있었다.

수제트는 스펀지를 양동이에 집어던지며 생각을 멈추려 애썼다. 일곱 살짜리를 가학성 정신병자로 몰아붙이는 건 너무 지나쳤다. 하지만 아무리 애를 써도, 딸아이의 게임을 이해할 수 없었다. 아기 때, 걸음마를 할 때까지만 해도 아무런 힘을 들이지 않고도 딸아이를 사랑할 수 있었다. 사람들은 아이가 자기가 원하는 걸 말할 수 있게 되기 전까지가 가장 힘든 시기라고들 했다. 하지만 수제트에게는 그때가 가장 쉬웠다. 해나가 아기였을 때는 단순하고 직관적인 필요만 요구했다. 소녀가 된 해나는 상자 속에 또 다른 상자가 들어 있고 각 상자는 복잡하기 짝이 없는 매듭으로 꽁꽁 싸인 존재인 듯했다. 예전의 수제트와 알렉스는 서로에게 이끌리며 궤도를 도는 두 별처럼 손을 맞잡고 완벽한 원을 그리며 살아왔다. 거기에 끼어든 해나가 모든 것을 흐트러뜨렸다.

갑자기 소행성이 해나를 치고 지나가는, 그들 궤도에서 해나가 사라지는 광경이 머릿속에 퍼뜩 떠올랐다. 만일 그들 둘뿐이라면 다시 평화를 찾을 수 있을 텐데.

똑, 똑, 똑.

수제트는 불경한 생각을 확 떨쳐버렸다.

해나가 계속 저기 있었나? 아래층으로 내려간 게 아니었나? 수제트는 잠시 도사리고 앉아 대답하지 않았다.

똑, 똑, 똑, 똑, 똑, 똑.

"곧 내려간다고 했지."

쾅, 쾅.

해나가 닫힌 문을 손바닥으로 쳤다. 발로 찼다. 화난 비명을 꽥 내질렀다.

"해나! 아래층으로 내려가! 너 혼자 할 수 있는 다른 문제 풀고 있어. 그럼 곧 내려갈 테니까!"

수제트는 귀를 기울였다. 짜증스레 한숨 쉬는 소리와 돌아가는 작은 발소리가 들리기를 기다렸다. 하지만 아니었다. 손잡이가 이리저리 비틀렸다. 처음에는 약간씩, 그러다가 신경질적으로. 해나가 문을 다시 발로 찼다.

그들은 체벌을 하지 않았다. 알렉스는 고함조차 지르지 않았다. 해나 앞에서 욕설을 할 때는 스웨덴어로만 했다. 하지만 아이는 이제 밀어붙이고 있었다. 수제트는 잠갔던 문을 확 잡아당겼다.

"대체, 빌어먹을, 왜! 해나, 내 말을 왜 이렇게 안 듣는 거야?"

소녀는 팔을 늘어뜨리고 서서 자신의 엄마를 찬찬히 보았다. 그러더니 눈이 뒤집어지며 흰자만 남았다. 눈동자가 있던 곳에 죽음과도 같은 허무만이 남았다.

"왜냐하면 나는 해나가 아니니까." 소녀가 속삭였다.

HANNA
해나

"뭐?"

엄마는 그 한마디뿐이었다. 그러더니 고개를 젓고 또 저었다. 점점 세게 흔들다가 눈알이 데굴데굴 굴렀다. 배를 움켜쥐고 문을 쾅 닫아버렸다. 해나는 문에 귀를 가져다 댔다. 잠금장치가 달칵 걸렸다. 엄마는 신음했지만 울거나 비명을 지르지는 않았다. 너무 조용해져서 해나는 손톱으로 문의 나뭇결을 긁어댔다. 물을 틀고 철벅거리는 소리가 들렸다. 해나는 납작 엎드려 문아래 틈으로 들여다봤지만 개수대 아래 엄마 발밖에 안 보였다.

해나가 기대한 반응은 아니었다. 엄마가 더 놀랄 줄 알았다. 아니면 겁을 먹거나. 질문을 해댈 경우에 대비해, 인터넷 검색 때 기억나는 걸로 짧은 답도 준비해 놨는데. 해나의 특별한 친구에 대해 엄마가 알고 싶어 하지 않는다니 좀 실망스러웠다. 응가 같은 상황이었다. 나중에 다시 해봐야 했다.

해나는 깡충깡충 복도로 나가 계단 위에 학습장을 던졌다. 자신의 방엔 재미있는 게 아무 것도 없었다. 그래서 다시 복도로 나와 아빠의 서재가 있는 다락으로 올라갔다. 지금까지는 이 집에서 최고의 방이었다. 기울어진 천장이 아늑한 분위기를 자아냈다. 벽들이 안아주는 듯했다. 아빠의 서재는 아빠가 엄마와 닮은 점이 하나도 없다는 것을 보여주었다. 온갖 물건이 뒤죽박죽이었고 커다란 작업 책상하나만이 깔끔했다. 푹신한 의자, 보드라운 깔개, 책장과 선반엔 책과 희한한 물건이 가득했다. 천창으로 햇살이 쏟아져 들어왔다. 해나는 아빠의 바이킹 배 모형 하나를 집어 들었다. 제일 좋아하는 그모형을 가지고 창유리가 바닥까지 이어진 창문으로 가서 거리를 내다보았다. 소형 자동차가 탱크만 한 은색 자동차 두 대 사이에 주차하려 애를 쓰고 있었다. 간신히 사이로 들어가자 어떤 아줌마가 나와서 요가 매트를 꺼내 서둘러 가버렸다.

아빠는 셰이디사이드에선 어디든 걸어갈 수 있어서 좋다고 늘 말했다. 아빠가 자란 곳도 그런 도시였다고 했다. 아빠는 늘 스웨덴 이야기를 하며 환한 표정을 지었다. 해나는 자주 그곳에 대해 묻고 싶었다. 어떨 때는 아빠가 10대 때 부모와 함께 미국으로 오게 된 이야기를 들려주었다. 파르모르(친할머니)가 카네기멜론 대학에서 일하게 되었기 때문이었다. 파르모르는 아들이 자신의 뒤를 따르게 된 것을 자랑스러워했다. 하지만 파르모르와 파르파르(친할아버지)가 나중에 왜 애리조나 투손까지 이사를 갔는지는 알 수가 없었다. 아빠는 거기서는 걸어다니려 하지 않았다. 늘 차만 타고 다녔다.

해나는 보이지 않는 바다에 바이킹 배를 띄웠다. 육지에 상륙하자 해나는 전투용 도끼를 들고 해안으로 달려 나갔다. 마을 사람들을 조각내고 금을 훔칠 것이었다. 아빠는 대부분의 바이킹이 농부였고 습격 같은 건 거의 하지 않았다고 말했다. 하지만 해나는 지루한 농부가 될 생각은 없었다. 가져갈 수 있을 만큼의 금을 다 가지고 난 뒤에 배를 다시 제자리에 놓고 불을 껐다. 커다란 부모 침실을 지나갔지만 그 안의 욕실 문은 여전히 닫혀 있었다. 해나는 책과 연필을 주워들고 아래층으로 내려갔다.

아빠가 회사에서 돌아왔을 때 해나는 계속 텔레비전 앞에 앉아 상형문자 쓰기를 연습하고 있었다. 해나는 달려가 아빠를 맞이했다. 아빠는 키가 정말 커서 해나를 안아줄 때면 언제나 한쪽 무릎을 꿇었다.

"우리 다람쥐 어떻게 지냈어?"

해나는 팔짝팔짝 뛰어 아빠의 붉은색 턱수염을 잡아당기며 장난을 쳤다. 입에서 커피 냄새가 났다. 아빠는 세상에서 제일 잘생긴 사람이었다. 옷도 멋지게 입고 빳빳한 셔츠에 색색의 넥타이를 맸다. 해나가 골라주는 넥타이를 제일 좋아했다. 해나가 자라면 아빠랑 결혼할 거고 엄마는 더 이상 경쟁자가 안 될 것이었다.

"그렇게 좋았어?"

해나는 고개를 힘차게 끄덕이며 들쭉날쭉한 이를 드러내고 활짝 웃었다. 이가 빠지고 있어서 신경 쓰였지만 엄마는 그게 정상이라고 했다. 이가 빠질 때마다 축하를 받았지만 해나에게는 끔찍하게 느껴졌다. 해나는 자신의 조그만 젖니가 좋았다. 어른들처럼 커다란 이가 가득한 입은 싫었다. 적어도 해나의 얼굴이 더 자라기 전까지는.

아빠는 도시락 가방을 싱크대 위에 올리고 점심을 담았던 도시락을 꺼냈다.

"엄마는 어딨니? 오늘 커다란 기계에 들어갔어?"

그렇다고, 해나의 고개가 대신 대답했다.

"어땠어?"

해나가 입술을 오므리고 어깨를 으쓱했다.

아빠 목소리에 정신을 번쩍 차렸는지 엄마가 슬금슬금 계단을 내려왔다.

"멋지게 차려입은 나의 숙녀들이 다 모였네." 아빠가 말했다.

엄마가 까치발을 하고 아빠에게 키스했다. "아까 벨트도 하고 구두도 신었을 때 더 멋졌는데." 수제트는 붉어진 눈으로 해나를 흘긋 보았다.

"울었어?" 아빠가 물었다.

"피곤하고 좀 힘들어서."

아빠는 즉시 근심 어린 얼굴이 되어 엄마의 손을 잡았다.

해나는 주방 싱크대 옆에 기대서 모든 광경을 지켜보았다.

"다 괜찮은 거지? 그……" 아빠가 고개를 해나 쪽으로 까딱였다.

"응." 엄마가 가짜 미소를 지어냈다. "나중에 얘기하자. 저녁 준비 해야지."

"뭐 도와줄까?" 아빠가 바짝 다가서며 엄마만 바라보았다.

"해나 숙제 도와줄래?"

"물론이지. 앨스클링, 당신 괜찮아?"

엄마는 산산이 흩어지기 직전의 삐걱거리는 해골처럼 고개를 끄덕였다. 아빠는 마지못해 엄마를 놓아주었다. 그리고 드디어 해나에게 손을 내밀었다.

"자, 다람쥐 소녀. 우리 둘만의 시간이네. 오늘 무슨 공부 했어?"

해나가 책과 무시무시한 연필 두 자루를 들고 위쪽을 가리켰다.

"내 서재에서 하고 싶어?"

신이 난 해나는 아빠의 손을 잡고 깡충거렸다.

"좋은 생각이네."

계단을 올라가며 아빠는 넥타이를 풀기 시작했다. 2층에 올라가서 해나는 고개를 돌려 엄마를 내려다보았다. 엄마는 허리에 손을 올리고 냉장고를 들여다보고 있었다. 엄마도 해나를 돌아보았다. 그래서 해나는 미소를 지으며 손을 흔들어 주었다. 엄마는 얼굴을 확 굳혔다.

SUZETTE
수제트

보통은 알렉스를 위해 좀 더 좋은, 정성이 들어간 음식을 만들어 주었다. 하지만 수제트는 야채를 썰고 재료를 챙기고 할 기분이 아니었다. 빨리 알렉스와 단둘이 있고 싶었다. 알렉스에게 해나가 한 말을 들려주고 싶었다.

그게 무슨 뜻이었을까? 수제트가 잘못 들었을까? 해나가 흥얼거리는 노래들처럼 그냥 말이 안 되는 소리였을까? 하지만 분명한 발음이었다. 말도 안 되는 일이었다. 해나가 처음 한 말이라니, 축하할 일인데, 수제트는 혼란스럽고 괴로울 뿐이었다. 그리고 무서웠다. 제대로 들었다면…… 해나가 아니라면…… 다시 또다시, 의심과 공포의 쳇바퀴가 빙글빙글 돌아갔다. 수제트와 해나 둘 중 하나가 미쳐가는 것일까? 둘 다일까? 그리고 그 뒤집어지던 눈을 생각하면 아직도 덜덜 떨렸다.

수제트는 어제 남은 야채와 마늘로 올리브 오일 파스타를 만들었다. 샐러드는 새로 만들었지만 수제트는 먹지 않았다. 알렉스에게 말해야 하는 걸까 고민했지만 말해봤자 드디어 해나가 말을 했다는 사실에만 기뻐하며 불길한 내용에 대해서는 그다지 신경 쓰지 않을 게 뻔했다. 더구나 해나는, 인상을 구기며 완전히 어리둥절한 척, 없었던 일인 척, 연기를 할 것이다. 알렉스는 누구 편을 들 것인가? 심지어 수제트 자신마저, 근심의 수렁에 빠져 있다가 착각한 건 아닌지 어리둥절할 지경이었다. 삶을 파고드는 악몽, 비현실성.

수제트는 알렉스가 대화를 주도하게 놔두며, 그가 만들어내는 경쾌한 일상을 감사히 느꼈다. 알렉스는 사업의 최근 성과에 대해 들려주었다. 시내 중심가의 조그만 빈터에 완전히 새롭고 친환경적인 건물을 의뢰받았다고 했다.

"재료 선택에도 많은 재량이 주어질 거야. 우리에겐 정말 인상적인 경력이 될 테고. 예전부터 그런 비좁고 특이한 공간 작업을 해보고 싶었어."

"이 집은 연습이었지." 수제트가 말하며 알렉스와 함께 기쁨을 나누려 노력했다.

"정말이야. 의뢰인들에게 사진을 몇 장 보여줬어. 당신도 인테리어에 참여해 줘. 의뢰인들이 당신 스타일을 좋아해. 당신의 미학만큼 내 깔끔한 선을 보완해 줄 수 있는 건 없어."

늘 수제트를 끌어들이고 싶어 하는, 사려 깊고 든든한 멋진 남편이었다.

"건배!" 수제트가 스웨덴어로 외치며 와인잔을 부딪쳤다. "축하해."

수제트는 자신이 알렉스의 성공을 진심으로 기뻐하는 것처럼 보였으면 했다. 최대한 그러모아 낸 것은 진심이었으니까. 수제트가 밍밍한 파스타를 포크로 이리저리 굴리는 동안 알렉스는 자랑을 이어갔다.

"네 개 층이 될 거야. 배처럼 보이게 만들 방법을 생각하고 있어. 둥근 창이랑……"

수제트는 이야기를 안 할 수가 없었다. 그들이 너무 기다려왔던 일이었다. 해나가 다른 말을 했더라면……. 얼마나 감동적인 순간이 됐을까. "엄마"라고 했더라면. 해나가 아기 때 "마마마마"라고 옹알이를 했던 이후로 아이의 입에서 그 말 비슷한 것도 들은 적이 없었다. 그랬더라면 알렉스가 얼마나 자랑스러워했을까. 둘 다를 말이다. 키스를 하며 둘을 향해 애정을 퍼부어주었을 것이고 수제트도 마침내 좋은 엄마로 인정받을 수 있었을 것이다.

악마처럼 나타나 심지어 네 딸이 아니라고 선언하는, 그런 딸을 가진 엄마가 또 있을까? 그리고 해나가 정말 자신이 해나가 아니라고 생각하는 거라면, 수제트가 우려했던 것보다도 더 문제가 심각한 게 아닐까?

"그리고 장애인 편의시설도 완전히 갖출 거지만, 매트는 입구에 긴 경사로를 만들어서……"

"해나가 오늘 말을 했어."

알렉스와 해나가 일순간 움직임을 멈추고 전기 충격이라도 받은 사람들처럼 일시에 고개를 돌려 수제트를 바라보았다.

"해나가 어쨌다고?"

"말을 했어. 단어들을 발음했어. 큰 소리로."

알렉스의 얼굴이 웃음으로 번졌다. "앨스클링……." 그리고 해나를 보았다. "릴라 굼만, 그게 정말……"

"자기가 해나가 아니라고 했어."

웃음이 멈칫거렸다. "뭐?"

수제트가 어깨를 으쓱했다. "한 말이 그거였어. '나는 해나가 아냐.' 눈을 뒤집어서 마치…… 뭐처럼 보이려고 했던 건지 모르겠다. 뭔가…… 괴물 같은 모습이었어."

알렉스는 당혹스러운 일을 당하거나 심각한 고민에 빠질 때면 무심결에 짓는, 볼품없는 표정을 지었다. 눈코입이 한데 모여드는 대륙들처럼 무정형의 판게아 덩어리로 변형되었다. 의심의 먹구름이 얼굴을 뒤덮었다. 그러다가 혼란스러움을 애써 감추며 미소 지었다.

"정말 그렇게 말했어, 릴라 굼만? 엄마한테 말을 했니?"

수제트는 해나가 고개를 저을 거라고만 생각했다. 눈을 휘둥그레 뜨고 무섭다는 표정을 지으며 아빠 옆으로 쪼르르 가서 안기기까지 할 줄은 몰랐다. 해나는 손으로 조그만 가슴을 반복적으로 치며 알렉스에게 억울함을 호소했다.

"너는 해나야?"

해나는 끄덕이며 눈물을 글썽이고 끙끙 소리를 내기 시작했다. 가슴을 더 세게 쳤다.

"당연히 넌 해나지. 아무도 네가 해나가 아니라고 말하지 않을 거야. 엄마한테 말한 건 맞니?"

해나가 다시 고개를 젓고 안아달라며 손을 뻗었다.

수제트가 땅이 꺼지도록 한숨을 쉬며 팔꿈치로 식탁 위를 짚고 힘없이 이마를 받쳤다. 뭐하러 그딴 고민을 했을까?

알렉스는 해나를 꼭 안고 머리에 입을 맞췄다. "잠깐 방에 올라가 있을래? 엄마랑 얘기 좀 하게."

수제트는 해나가 승리의 표정을 짓는 걸 눈치 채고 작전을 바꾸었다. 해나가 거실과 텔레비전을 가리켰지만 수제트는 해나의 거짓 억울함에 장단을 맞춰줄 생각이 없었다.

"오늘 텔레비전은 충분히 본 것 같은데."

해나가 발을 구르고 화난 표정으로 고개를 저었다.

"충분히 봤어. 위층 욕실에 있는 동안 내가 다 들었어." 알렉스가 수제트를 돌아보며 의문스러운 표정을 지었다. "내 상태가 좀 안 좋았어서." 수제트가 알렉스에게 말했다.

수제트는 식탁을 치우며 아무도 쳐다보지 않았다. "방에 가서 장난감 가지고 놀든지, 책을 읽으면 어때?"

수제트는 자신의 등 뒤에서 무슨 일이 벌어질지 알고 있었다. 해나는 슬픈 표정을 지으며 알렉스를 항복시키려 할 것이었다. 알렉스는 그런 요구를 반쯤 들어주었다. 타고난 주선자인 그는 언제나 공평했다. 오늘 알렉스는 수제트 편이었다.

"엄마 말 들어. 이따 올라가서 동화 읽어줄게."

해나가 고개를 푹 숙이고 무거운 발걸음으로 부엌을 나갔다. 수제트는 딸아이의 앙증맞은 발이 천천히 계단을 올라가는 것을 지켜보았다. 계단참에서 휙 돌아보며 엄마를 노려보지 않을까 했는데, 조용히 방으로 물러갔다.

알렉스가 싱크대로 다가와 수제트의 등을 쓰다듬었다. "그래서, 어떻게 된 거야?"

"내가 욕실에 있는데 해나가 문을 두드리고 말했어. '나는 해나가 아니야'라고. 당신은 안 믿을 줄 알았지."

"믿고 싶지 않은 게 아니라, 해나가 말을 했다니 얼마나 기뻐. 하지만 그건 정말 이상한…… 그런 말을 하는 게 도저히 상상이 안 돼. 그게 대체 무슨 뜻인 거야?"

"나도 몰라."

"해나는 겁을 먹은 것처럼 보이던데……."

수제트는 싱크대에 기대 눈썹 옆쪽 쑤시는 부위를 엄지와 검지로 꾹꾹 눌렀다. 해나 때문에 두통이 악화되었다.

"오늘 안 좋아?"

"병원에 갔다 왔잖아."

알렉스는 수제트의 이마에 키스를 하고 두피를 지압해 주기 시작했다. "좀 생각해 봤어? 이야기할 사람을 찾는 거 말이야."

"내가 미친 게 아니야. 해나가 정말……."

"외상 후 장애잖아. 그렇게 말하는 거 싫어. 누가 도움을 줄 수도 있잖아. 오늘 약은 먹었어?"

수제트가 알렉스를 밀쳤다.

"안 먹었어! 약에 취해서 그런 게 아니야! 말하는 게 아니었는데."

"통증이 있으면 약은 먹어야지."

"알렉스, 내 말 제대로 듣고 있는 거야?"

부부는 잠시 꼼짝 않고 서 있었다. 사냥꾼처럼 신중하게 혹은 총을 맞기 직전의 짐승처럼 경계하며.

"응. 듣고 있었어. 논리적인 설명을 찾아내려고……."

"논리적인 설명은 없어. 그냥 잊어버려. 잊으라고."

수제트는 남은 음식을 용기에 쏟아붓고 냉장고에 처넣었다. 알렉스는 조심스러운 표정으로 수제트를 찬찬히 살펴보았다.

"해나가 흥얼거린 거 아니야? 그냥 노래 부를 때처럼……"

"그래. 그랬을 거야. 나랑 있을 때랑 당신이랑 있을 때 완전히 다른 아이가 될 수는 없으니까. 그렇게 생각하는 거지? 마트에 갔을 때 해나가 걸음마 하는 아이를 때리기도 했어."

"언제?"

"오늘. 상을 주려고 데리고 갔었어."

"직접 보지 않은 다음에야 도저히…… 내가 항상 같이 있을 수도 없고……."

"그게 문제지." 수제트는 다시 냉장고를 열어 반쯤 빈 화이트 와인 병을 꺼냈다. "해나는 똑똑해서 당신이 나를 믿지 못하게 만드는 방법을 잘 아니까."

수제트가 식탁에서 와인잔을 들어 소파로 가며 와인을 따랐다. 병을 거실 탁자에 내려놓고 다리를 편 다음 텔레비전 뉴스를 틀었다. 잠시 후 알렉스도 수제트 옆에 앉아 자기 잔을 채웠다. 뉴스에서 극단적 날씨 재난과 기후 변화 효과에 대한 분석 특집이 끝나도록 둘 다 말이 없었다.

결국 알렉스가 수제트의 손에서 리모컨을 빼앗고 음량을 줄였다. 수제트 곁으로 다가붙어 머리를 어깨에 기댔다.

"미안해."

알렉스가 이럴 때가 수제트에게 기회였다. "해나는 심심했던 거야. 너무 똑똑해서…… 나랑만 하루 종일 있기는 지겨운 거지. 나도 지쳤고."

"내가 미안해. 당신도 회복된 지 얼마 안 됐는데 해나까지 병원에 데리고 가게 하다니."

"아냐, 병원은 잘 갔던 것 같아. 새 의사가 도움이 됐어."

그들은 서로를 마주보았다. 뉴스는 더 이상 귀에 들리지 않았다.

"의사가 뭔가 발견했어?"

"신체적 문제는 아무것도 없대. 그 걱정은 아예 접어둬도 되겠어."

"그건 잘 된 거겠지?"

"그런 것 같아. 심리학자를 추천해 줬어. 발달 심리학자를. 정신과 의사는 추천하지 않는다고 하더라. 약물 치료는 필요 없을 것 같다면서."

"그랬구나……."

"하지만 뭔가 다른 문제가 있는 건지도 몰라. 뭔가…… 해나를 괴롭히는, 잡아두는 문제가 있는지도."

알렉스는 잠시 생각에 잠겼다. "그럴지도 모르겠네. 우린 해나가 어떤 아이인지 잘 알고 있어. 하지만 해나에게 기회가 주어지지 않는다는 게, 다른 사람들이 해나를 이해하려 하지 않는 것 같아서 난 속상해. 해나는 대체 왜…… 해나가 내는 소리들을 보면 표현력이 너무 풍부하잖아. 아무래도 말을 할 수 있는 것 같아."

"그렇지?" 수제트는 그러고서 입을 오므리며 알렉스의 위선을 지적하고 싶은 걸 꾹 참았다.

"처음에는 잘 안 됐던 건지도 몰라. 그러다가 자의식을 가지게 되었고. 어쩔 때는 혼잣말은 하는 게 아닐까 하는 생각이 들어. 말을 더듬거리거나 혀 짧은 소리가 나서, 그런 소리를 내고 싶지는 않은데, 해결 방법을 모르는 거지. 그러다가 강박이 되었을 수도 있어. 그게 제일 걱정되는 것 같아. 부정적인 생각들을 스스로 주입하고 있는 거 말이야. 그게 뭔지 우리가 알지 못하면 우리도 해결해 줄 수 없잖아."

수제트는 와인잔을 손가락으로 문질렀다. 또다시 알렉스는 해나의 침묵에 대해 다른 방식의 설명을 찾아냈다. 반항적인 게 아니라 자의식이 강한 거라는, 희망이 가득 담긴 견해였다.

"글쎄…… 우리는 못했지만 심리치료사가 해나를 설득할 수 있으면 좋겠어. 정말 그랬으면 좋겠다."

알렉스가 수제트의 뺨을 감쌌다. 진심과 연민이 가득한 표정이었다. "당신이 해나를 위해 최선을 다하고 있다는 거 알아. 실패했다고 생각하지 말아줘."

수제트는 자신의 어떤 실패가 가장 쓰라린지 더 이상 알 수 없었다. 해나가 말을 하지 않는 것인지, 아니면 알렉스가 수제트를 완전히 믿지 못하는 것인지, 아니면 수제트 스스로가 자신의 직감을 믿지 못하게 된 것인지. 왜냐하면 너무나 오래, 그들은 각각 서로 다른 방식으로, 정상을 벗어난 해나의 행동들을 합리화하려 애써왔으니까. 심리치료사를 찾아가자는 제안을 둘 중 하나는 더 일찍 했어야 했던 게 아닐까? 결국 그들은 수제트가 답습하지 않으려고 애썼던, 그녀의 어머니처럼 행동해 왔던 게 아닐까?

"해보는 게 좋을 것 같아. 야마모토 박사는 경험이 많은 분 같더라." 생각보다 다급한 어조가 되었다. 마치 지금도 계속 해나에게 가해지고 있는 어떤 손상을 한시라도 빨리 막아야 한다는 듯이.

"나도 최대한 도울게." 알렉스가 수제트의 손을 잡으며 다정한 표정을 지었다. "당신 혼자 다 하게 놔두지 않을게. 더구나 당신 먼저 회복이 잘 돼야지. 내가 어떻게 해야 할지 잘 모를 때도 있지만, 돕고 싶어."

조그맣고 딱딱한 고무공이 계단을 튀어 내려왔다. 곧바로 또 다른 공이 튀어 내려왔다. 1층까지 내려온 공들이 사방으로 튀었고 해나가 공들을 쫓아 다다다 뛰어 내려왔다. 이리저리 공을 쫓아다니며 잡으려고 빙빙 돌았다.

"해나, 방으로 돌아가렴."

해나는 수제트의 말을 무시했다. 공 하나를 잡아서 다시 던졌다. 그리고는 정신없이 튀기는 그 공을 따라가며 팔을 벌리고 경중거렸다.

"해나?" 수제트가 벌떡 일어나 소파를 돌아나갔다. 팔짱을 끼고 알렉스에게 등을 돌렸다. 해나의 심술을 제어하려 할 때 수제트가 얼마나 긴장을 하는지 알렉스에게 보여주고 싶지 않았다. 수제트는 후려치고 싶었다. '네까짓 게 누군지는 모르겠지만!' 하고 소리를 빽 지르고 싶었다. 하지만 그럴 수 없었다. "우리 얘기 마칠 때까지 위층에 올라가서 놀래?"

공 하나가 수제트를 지나 튀어갔다. 해나는 수제트에게 눈길 한 번 주지 않고 공을 쫓았다.

"릴라 굼만? 엄마랑 나랑 얘기중이잖니. 이제 올라가. 나도 곧 올라갈게."

해나는 쿵쿵거리며 공들을 줍더니 결국 계단을 올라갔다. 해나의 말썽이 조금 줄어들긴 했지만 고문 같은 반항은 계속되었다. 예민한 피부를 꼬집거나 단단하게 잘 조준된 한 방처럼 뼈아픈 공격들이었다. 수제트는 얼굴이 붉어지고 머리가 멍해져, 알렉스의 반대편 소파에 주저앉았다. 표정을 숨길 기운이 남아 있지 않았다.

"늘 당신 말만 듣지."

"나는 많이 보지도 못하는데."

"당신을 더 좋아해."

"그렇지 않아."

"그래."

"나한테는 말을 안 하잖아, 앨스클링."

그렇긴 했다. 이런 것도 경쟁이 된다면, 섬뜩한 내용이긴 했어도, 해나는 수제트에게 먼저 말을 했다.

"서니브리지에 연락을 해야 할 때인지도 모르겠어." 알렉스가 말했다.

수제트는 숨을 삼켰다. 안도의 한숨을 내쉬며 모두 드러내 보일 수는 없었다. 천천히 와인잔을 더듬어 한 모금 마셨다.

알렉스는 늘 '서니브리지'에 대해 내키지 않아 했다. 한심한 이름도 그랬지만, 학습보다는 예술에 중점을 두는 대안적 (히피) 학교라는 점도 불만스러워했다. 해나가 아직 어릴 때 그린힐 아카데미로 보낼 것이냐 프릭 스쿨로 보낼 것이냐를 두고 논쟁을 벌인 적이 있다. 둘 다 학습 분야를 인상적으로 개척하고 있는 학교였다.

해나는 그린힐에서 5주 만에 퇴학 요청을 받았다. 수제트와 알렉스는 교사들과 직원 몇 명과 함께 둘러앉아 해나가 이곳에 들어올 정서적 준비가 안 돼 있다는 말을 들었다. 해나의 '상호작용 불능'이 '예상보다 훨씬 문제'라고 했다. 면담 시간이 길어지고 교사들의 정중한 가면이 흩어지기 시작하자 알렉스는 특히 기분 나빠 했다. 그는 한 번도 해나가 '위협적으로 으르렁거리는' 모습을 본 적이 없었고 '다른 아이들이 사용할 수 없도록 장난감을 숨겼다'거나 '악의적으로 물건을 망가뜨렸다'는 비난을 믿을 수 없어 했다. 교사들은 해나가 결국 다른 아이들을 해칠 거라고 두려워했다. "우리는 해나가 식당 쓰레기통에 불을 냈다고 의심하고 있습니다." 그 부분에서 알렉스는 남은 수업료의 환불을 요구하고 자리를 박차고 나갔다.

수제트는 힘없이 사과하고 서둘러 남편을 따라 나갔다.

그린힐 퇴학 사태 이전에는 알렉스처럼 흥분을 안 하고, 했다고 하더라도 금방 누그러뜨리는 사람을 본 적이 없었다. 하지만 그 후로도 알렉스는 며칠을 씩씩거렸다.

수제트는 해나를 프릭 스쿨에 입학시켰고 알렉스의 기분은 다시 평소대로 돌아왔다. 새 교사에게 도움이 되기를 바라면서 전 학교에서 문제가 있었다는 경고도 미리 주었다.

손목에 섬세한 달팽이 문신을 하고 코에 조그마한 피어싱을 한 젊은 여성 교사는 자신이 어떤 일을 겪게 될지 알 수 없었다. 그래도 수제트는 해나가 발랄하고 기운 넘치는 교사를 따르게 되지 않을까, 교사의 달팽이, 혹은 반항적인 미니 피어싱에 매혹되지 않을까 기대하고 기도했다. 그리고 혹시 잘 안 되더라도 알렉스는 진실로부터 최대한 보호하리라 마음먹었다. 그린힐 퇴학 때처럼 알렉스가 돌변하고 우울해하는 모습을 본 적이 없었기 때문에 그런 상태가 계속되면 수제트는 감당할 수 없을 것이었다.

첫날 수제트가 해나를 데리러 갔더니 교사가 말했다. "조용할 수는 있지만 수줍은 아이는 아니에요. 꽤 발끈하는 성격이네요." 벌써 끝이 보였다. 다섯째 날, 젊은 여성은 기다란 손가락을 걱정스레 비틀며 해나가 잘 적응을 못하고 있다고 알렸다. 크레파스를 전부 계속 잘게 부수면서 말려도 듣지 않는다고. 하지만 더 문제는 어항에서 금붕어를 건져내는 걸 좋아한다는 것이었다. 몇 번 그러는 걸 붙잡았는데 결국 죽은 금붕어는 비슷한 크기의 플라스틱 장난감 동물들 사이에서 발견되었다. 8일째 되던 날, 수제트는 학교로 불려갔다. 해나가 배고픔으로 기절한 척 했던 것이다. 학교에서는 해나가 주의력 결핍 과잉 행동장애인가 의심했고 수제트의 양육 방식에 대해서도 의문을 품었다.

수제트는 더 기다릴 것 없이 해나를 자퇴시켰다. 알렉스에게는 진실이 분명한 부분만 들려주었다. 해나가 말을 할 수 없으니 새로운 사람들 사이에서 힘들어했다고. 수제트는 해나를 집에서 가르치겠다고 했다. 벌써 읽는 법과 간단한 산수는 가르친 터였다. 알렉스는 환영하며 받아들였다.

알렉스가 마침내 서니브리지에 대해 언급을 하게 됐다는 것은 더 큰 문제가 있다는 것을 깨닫기 시작했다는 의미일 수 있었다. 알렉스는 수제트가 염려했던 것처럼 해나가 심리학자를 만나야 한다는 점에 모욕을 느끼지 않았다. 어쩌면 중심가의 새 프로젝트를 수제트가 도와줄 시간이 나지 않을까 하는, 좀 더 이기적인 욕구 때문인지도 몰랐다. 아니면 썩어가는 내장과 배변 주머니에 대한 수제트의 공포에 감응한 건지도. 알렉스를 움직이는 동기가 무엇인지 수제트가 항상 알 수는 없었다. 수제트나 해나를 위해서인지 아니면 자기 자신을 위해서인지. 하지만 좀 더 놀이 중심적인 접근법을 가진 학교라면 해나도 즐거움을 찾을 수 있을지도 몰랐다.

"벌써 4월이야. 올해는 너무 늦었어." 수제트는 남은 와인을 잔에 따르며 말했다. "하지만 2학년으로 받아줄 수 있는지 알아볼게."

"당연히 받아줄 거야." 딸아이에 대한 알렉스의 자부심은 대단했다. "나이에 비해 학습 능력이 훨씬 앞서잖아. 침묵하는 천재라는 걸 금방 알아볼 거야." 미소 짓는 알렉스의 눈가 피부가 섬세하게 주름졌다.

"내가 약속을 잡아볼게."

알렉스가 수제트에게 건너와 키스했다. "그렇지? 심리학자에, 새 학교에, 다 잘 풀릴 거야. 해나가 가을까지 말을 하게 된다면 선택할 학교가 더 많아질 수도 있지."

정말 그렇게 믿는 건가?

알렉스가 일어나 긴 팔다리를 쭉 폈다. "올라가는 게 좋겠어. 내가 해나에게 어떻게 말해보면 좋을까?"

"내가 차 안에서 말을 꺼냈다가…… 시간이 좀 지났으니 해나도 학교에 대해서 좀 마음이 열리지 않았을까 했거든. 자기가 어떤 기회들을 놓치고 있는지 몰라. 그래도 당신이 말을 하면……"

수제트가 와인잔을 싱크대로 옮겼다.

"심리학자에 대해서는 뭐라고 하지?"

"그건…… 우리가 아니라 해나만을 위한 특별한 일이라는 데 초점을 맞춰서, 그런 생각을 심어주면 좋겠어. 부모도 아니고 조부모도 아닌 다른 사람과 색다른 관계를 맺는 거라고."

알렉스가 끄덕였다. "아주 조금만, 조심스럽게 이야기할게. 순간적인 압박은 잘 받아들이지 못하는 것 같으니까."

"그래." 수제트는 안도감을 감추지 못했다. "당신이 이해해 줘서 고마워. 야그 앨스카르 디그(사랑해)." 수제트는 스웨덴어로 애정 표현을 하면 알렉스가 기뻐한다는 것을 알고 있었다.

"야그 앨스카르 디그." 알렉스는 손 키스를 날리고 계단을 두 개씩 뛰어 올라갔다.

아무도 없는 아래층에서, 수제트는 앞으로 어떻게 될지 상상할 수 있었다. 서랍에 책들을 집어넣으면 해나의 흔적은 남지 않았다. 그렇게 학교에 가게 된다면 수제트에게는 하루에 여섯 시간의 개인 시간이 주어질 것이다. 다시 스케치를 시작할 수 있을지도 모른다. 옌센&골드스타인의 주변을 떠도는 유령 같은 존재가 아니라 가치 있는 일원이 될 수도 있다. 요리 수업이나 댄스 수업을 들을 수도 있다. 블로그를 시작하거나, 진짜 정원을 가꿔서 가족에게 먹일 신선한 유기농 야채를 가득 기를 수도 있다. 수제트는 야채를 잘 먹지 못했다. 때로 그녀의 까다로운 소화기관들이 화려한 색깔의 재료들, 흡수하기 쉽지 않은 음식들에 거부반응을 일으키기 때문이다. 하지만 왠지 자신이 직접 기르면 보상도 따를 것 같았다. 마트에서 산 것보다 좋을 뿐 아니라 진정한 친환경이 될 것이다.

다른 엄마들, 낮 동안 아이들을 비싼 소규모 학교에 보낸 엄마들은 모두 이미 하고 있는 것들이니까. 수제트는 더 잘하고 싶었다. 더 실질적인 삶의 기술들을 익히고 싶었다. 가족을 위한 수제트의 친환경적인 노력을 알렉스도 지지할 게 틀림없었다.

수제트는 힘들거나 지저분한 육체노동을 싫어하지 않았다. 배워야 할 게 많겠지만 말이다. 이밖에도 완벽한 삶을 위해 분투하고 수제트의 가치를 증명할 길은 많았다.

HANNA
해나

아빠가 뒷마당이 내려다보이는 커다란 창의 블라인드를 잡아당겼다. 해나의 방은 집에서 가장 작지만 아주 아늑했다. 아빠랑 같이 방에 있을 때가 제일 좋았다. 아빠는 이 밋밋한 네모 공간에 색색의 파장과 흐름을 일으켰다. 오래전엔 해나도 굵은 크레용으로 흰 벽에 색칠하며 놀았지만, 그건 이미 아기 때 그만뒀다. 엄마가 매번 다시 페인트칠을 해버렸기 때문이다. "사다준 종이들을 쓰지 그러니? 색칠 공부 책은 어때?" 엄마는 장난감도, 침구도, 책들도 색색일 수 있다고 했다. 하지만 장난감은 하얀 통 속에 완벽하게 정리되어 보관되었고 노란 이불이 방 전체를 채울 수는 없었다. 해나는 노란 이불에 숨을 불어넣고 잔뜩 부풀려 거대한 태양처럼 혹은 열기구처럼 만들어 멀리 날아가고 싶었다.

엄마는 해나가 한쪽 구석에 떡 버티고 선 이젤에만 그림을 그리고 색칠을 하길 원했다. 그래서 해나는 그 커다랗고 하얀 종이에 손끝 하나 대지 않았다. 그저 엄마에게 불복하기 위해서만은 아니었다. 엄마는 "작은 거 하나만이라도 그려볼래? 아주 작아도 되니까! 너무 작아서 보이지 않는 거라도?"라고 애원하곤 했다. 그때만 해도 엄마 가 아직 슬픔 단계에 있을 때, 즉 분노 단계 전이었다.

엄마는 포기하지 않았다. 크리스마스이브 때마다, 그리고 유대교 축제인 하누카 날에도 해나에게 미술 도구를 선물로 주었다. 해나는 사용하기 전 상태의 연필과 크레파스의 모양을 좋아했다. 뾰족한 끝 이 마음에 들었다. 무지개에서 뚝뚝 떨어져 얼어버린 웅덩이들처럼, 동전 크기의 동그라미들로 이루어진 수채화 물감도 좋았다. 그것들 을 망가뜨리고 싶지 않았다. 완벽한 색색의 둥지에서 꺼내버리면 되 돌려놓을 수 없었다. 해나는 엄마의 선물이 좋았다. 하지만 그것들 을 가지고 엄마가 원하는 일을 하지는 않을 것이다. 대신에 가끔 그 것들을 만지작거리는 모습을 엄마가 보게끔 했었다. 크레파스들을 쭉 훑거나 마른 물감들을 살짝 쓸어보았다. 특별히 좋아하는 색에 는 뽀뽀를 하기도 했다. 그러면 엄마는 화를 내지 않았다. 꼼짝 않고 지켜보며 눈물을 글썽였다. 엄마가 좋아하는 건지 싫어하는 건지 알 수 없었다. 가끔은 찡그리기도 했지만 아름다운 상자에 담긴 물 감들을 계속 사주었고 그거면 됐다. 해나가 이길 때마다 지는 건 엄 마였다.

아빠가 침대 위 책장에서 책 하나를 꺼내어 해나 옆에 앉았다.

"자, 읽어볼까? '내 침대 아래는 숲이 하나 있었다. 내가 오래 가 꾸어온 숲이었다.'"

아빠의 영어에는 스웨덴 억양이 약간 남아 있었다.

"숲은 열대에 가까워서 곰팡이와 원숭이와 아주 작은 것들이 살아서……'"

아빠의 발음이 독특했다.

"머리털 덩굴에서 그네를 타거나 거미줄에서 트램펄린을 타고 놀았다.'"

해나는 미소를 지으며 다음 줄을 기다렸다.

"나는 꽤 오래, 그곳에 '꿀잠붕붕짐승'이 살고 있는 게 아닐까 궁금했다. 어둠 속에 누워 자려고 할 때마다 침대 아래서 나는 소리를 들었다.'"

해나도 침대 아래를 지저분하게 만들고 싶었지만 엄마와 엄마의 걸레와 양동이가 이 집 어느 곳 아래서도 그런 숲이 자라도록 놔둘 리 없었다. 해나는 이 동화에 나온 웃기게 생긴 친구들을 가지고 싶었다. 그래서 늘 그 책을 아빠에게 읽어달라고 하는 거였다.

"가끔 녀석이 음식을 찾아서 뒤지는 발톱 긁는 소리가 들렸다.'"

해나도 그래놀라 바를 부숴서 바닥에 뿌려 작은 짐승들을 먹이고 싶었다.

"또 어떤 때는 긴 풀숲 아래서 조그만 벌레들이 노래를 부르는 듯한 소리가 들렸다. 심지어 한 번은 버스가 가파른 언덕을 올라가는, 부릉대는 엔진 소리와 끼익 거리는 브레이크 소리를 분명히 들었다. 내 침대 아래 상태가 꿀잠붕붕짐승이 나타나기에 충분할 만큼 지저분하다는 걸 알 수 있었다.'"

잡동사니. 해나가 침대 아래 친구들을 끌어들이기 위해 필요한 건 그거였다. 이런저런 잡동사니 조각들이 있어야 그들이 거기서 스스로 생겨날 것이다. 망가진 장난감들과 반쯤 먹은 캔디의 끈적한 조각들처럼 엄마가 장갑 낀 손으로 집어 올려버릴 물건들.

엄마가 와서 문기둥에 기대 아름다운 아빠가 책 읽는 모습을 지켜 보았다.

"'하지만 본 적은 한 번도 없어서 언제 만나게 될지는 알 수 없었다. 그냥 어느 날 밤 갑자기 짠 나타나는 게 아닐까 싶었다. 분명 침대 아래 괴물이 살고 있다는 걸 알기에 어이? 하고 수없이 작은 소리로 불러 보았지만 응답을 들은 적은 없었다. 수줍은 녀석인 듯했다. 아니면 언어가 다르거나.'"

해나는 손을 흔들어 엄마에게 가라는 시늉을 해보였다. 아빠가 엄마를 돌아보더니 책의 펼쳐진 페이지에 손가락을 쫙 펴서 가볍게 얹었다. 풀밭에 내려앉은 거대한 나방처럼.

"엄마도 여기서 들을 수 있어. 해나처럼 엄마도 이 이야기를 좋아할 수도 있잖아."

해나는 까악 하는 투덜거리는 소리를 날카롭게 내고 나서 고개를 세게 한 번 저었다.

아빠는 엄마에게 인상을 찌푸렸다. "해나와 엄마만의 시간은 충분히 가졌으니 해나와 아빠만의 시간도 좀 가져야지."

"알았어."

엄마는 원망스러운 눈길로 해나를 흘겨본 후 가버렸다. 언젠가 엄마는 입을 열어 유리 파편으로 만든 이를 드러낼 것이다. 저렇게 미움을 가득 담고 해나를 노려본 후 자기 손을 먹기 시작할 것이다. 징그럽겠지만 해나는 보고 싶어질 지경이었다.

엄마를 조금만 더 밀어붙이면 될 것 같았다. 운 좋게도 마리앤의 도움으로 엄마를 영원히 사라지게, 죽게 만들 끝내주는 방법이 생각났다.

아빠는 다시 읽기 시작했고 해나는 햇살 같이 따뜻한 이불을 턱 밑까지 끌어당기고 미소를 지었다.

"'침대 끝에서 고개를 내밀고 아래쪽을 손전등으로 비추다가 갑자기 녀석을 발견했다! 콧수염으로 보아 남자였다. 녀석은 눈부신 빛에 눈살을 찌푸리며 막대사탕처럼 생긴 팔을 들어 예민한 눈을 보호했다. 우와! 나는 외쳤다. 우리는 서로를 똑바로 마주보고 있었다! 나한테 녀석이 그런 것만큼이나 나도 녀석에게 희한하게 보일까 하는 생각이 들었다. 녀석의 크기는 고구마만 했고 하늘색 니트 반바지를 입고 있었다.'"

해나와 알렉스는 함께 낄낄 웃으며 니트 반바지를 입고 콧수염이 난 고구마를 상상했다.

해나는 언제 잠들었는지 기억이 나지 않았지만, 깨어나서 보니 어둡고 아빠는 보이지 않았다. 책 속의 소녀처럼 침대에서 고개를 내밀어 밑에 꿀잠붕붕짐승이 돌아다니는지 보았다. 침대 위 책장에 조그만 보라색 손전등이 있었지만 아무리 환하게 비춰보아도 엄마가 완벽히 청소한, 매끈한 바닥뿐이었다. 해나는 침대에서 나와 부드러운 고슴도치 잠옷을 잡아내리고 살금살금 서랍장으로 갔다. 몇 가지를 잡히는 대로 꺼냈다. 양말 한 짝, 갈색 머리핀, 빨간 머리끈, 화구가 담긴 통도 들여다보았다. 하지만 크레파스, 색연필, 사인펜 세트 중 어느 것도 망가뜨릴 순 없었다.

적절한 조합의 물건들은 아니었지만 없는 것보다는 나았다. 침대 아래 다 던져넣었다. 엄마가 발견하고 기겁하기 전에 하루나 이틀 정도 물건을 더 모아놔야 했다. 엄마는 무릎을 꿇고 엎드려서 진공 청소기를 검처럼 휘두르며 아무리 작은 먼지 침입자들의 무리라도 박멸시키는 것을 사명으로 여겼다. 꿀잠붕붕짐승이 생겨나기에 충분한 시간은 아닐지 모르지만 한 번 시도해 볼 순 있었다. 혹시 나타나면 엄마는 모르는 안전한 곳에 숨겨놔야지.

어디선가 알 수 없는 소리가 들렸다. 해나는 살금살금 방에서 나왔다. 부모 방문 아래로 새어나오는 빛을 따라 복도를 걸었다. 헐떡이는 숨소리와 신음. 해나는 평생 그런 소리를 들어왔다. 엄마와 아빠가 둘만 있을 때 사용하는 비밀 언어라는 것을 알고 있었다. 해나와는 한 번도 저 말을 쓰지 않는다는 게 속상했다. 몇 번이나 그 소리를 흉내 내보았지만 아빠는 원시 소녀 같다면서 웃었다. 엄마는 눈썹에 주름을 지으며 걱정스러운 표정을 지었다. "제대로 된 말을 해야지." 해나의 발음이 정확하지 않아서 부모가 못 알아듣는 게 아닌가 싶었다.

그래서 해나는 좀 더 들어보았다. 헐떡이는 소리와 신음에는 아무 의미도 없어 보였다. 좀 무섭기까지 했다. 엄마는 우주선 주위를 표류하며 공기가 떨어져가는 사람 같은 소리를 냈고 아빠는 뭔가를 뚫고 또 뚫는 소리를 냈다. 해나가 어릴 때는 바로 대화에 끼어들려고 했지만, 부모는 해나가 방에 들어가자마자 멈추곤 했다. 그러고 나서 먼저 노크를 하라고 가르쳤다. 특히 방 안에서 사람들이 뭔가를 하고 있을 때는 그래야 한다고. 물론 비상 상황일 때는 방해를 해도 되지만 말이다. 어쨌든 부모는 해나가 '제대로 된 말'보다 훨씬 흥미롭다고 생각하는 언어로는 해나와 소통하려 하지 않았다. 어쩌면 어른들만 쓰는 언어이거나 두 사람끼리만 쓰는 언어인지도 몰랐다. 부모도 다른 사람과는 그 언어를 쓰지 않았으니까 말이다. 가끔 해나는 자신이 거부하는 말이라도 사용해서 부모에게 묻고 싶었다. "왜 나는 끼워주지 않아?"

해나는 방으로 돌아가며, 소리를 내지 않을 수 있는 자신의 마법 능력에 감탄했다. 해나는 말을 억제할 수 있을 뿐만 아니라, 마치 공기로 만들어진 사람처럼, 바닥을 딛는 자신의 발소리도 안 나게 만들 수 있었다. 떠다니는 유령처럼, 환생한 마녀처럼.

몇 시간 후, 해나는 인쇄물을 들고 아빠의 서재에서 내려와 아침 햇살 가득한 복도로 들어섰다. 마당이 내려다보이는 창가에 서자 햇빛을 받은 발이 따뜻해졌다. 잘 다듬어진 덤불들과 발목까지 오는 잔디, 이웃집들의 지붕을 쭉 훑어보았다. 산울타리 앞에 나란히 줄을 맞춘 수선화들이 활짝 피어, 돌격을 기다리는 군대처럼 대기하고 있었다. 튤립들은 아직 피지 않아 분홍 꽃봉오리가 화살처럼 모여 터질 준비를 했다. 어느 집의 벚나무가 하얀 꽃잎을 눈처럼 불어보냈다. 유리창에 코를 대고 킁킁거려 보았지만 꽃향기 대신 엄마가 뿌린 식초를 혼합한 세정제 냄새뿐이었다.

아빠도 한참 전에 일어났을 것 같았다. 해나는 벌써 옷을 입고, 머리를 빗고, 특별한 계획에 착수한 상태였다. 아빠의 컴퓨터에서 몇 가지를 찾아보고 나서, 이면지에 이미지들을 잔뜩 출력했다. 좀 얼룩덜룩했지만 상관없었다. 인터넷 사진들은 아주 오래된 것들이었기에 해나는 몇 가지를 흑백 대신 컬러로 인쇄했다. 아직 할 일이 한

가지 남았으므로 살금살금 자기 방으로 가서 사진을 숨겼다.

그리고 나서 부모 방에 귀를 대어보니 고요했다. 자는 동안 방에 들어가면 안 된다는 규칙은 없었기에, 조심스레 문손잡이를 돌리고 들어갔다. 아빠는 벌거벗고 누워 있어서 남자들의 중요 부위가 일부 보이긴 했지만, 다리 한쪽을 구부려 세워서 다 보이지는 않았다. 한쪽 팔을 베개 아래 넣고 다른 쪽 팔은 가슴 위에 얹은 상태였다. 입을 벌려 숨을 쉬며 해나는 물론 아무것도 모르고 자고 있었다.

해나는 잠시 아빠를 쳐다보다가 다시 임무를 재개했다. 책 두 권, 휴지, 거의 빈 물잔, 동전 단지 등이 놓인 아빠 옆쪽 협탁에서 휴대폰을 집어 들었다. 그리고 침대를 돌아 엄마 쪽으로 갔다.

엄마도 다리를 구부리고 비슷한 자세로 누워 있었다. 양손으로 베개를 기도하듯 움켜쥐고 검은 머리가 얼굴 위로 흩어졌다. 엄마의 가슴이 한 쪽으로 쓰러져 있었다. 해나는 자신의 몸 특정 부위에서 뭔가 더 자라야 한다면 꼬리가 좋겠다고 결론내렸다. 엄마의 새 흉터는 볼 수가 없었다. 옛날 흉터는 멋졌는데 말이다. 입술처럼 벌어진 하얀 피부 사이를 보라색 벌레가 붙잡고 있던 흉터였다. 해나가 아주 어릴 때 그 흉터를 만져본 적이 있다. 쇼핑몰에서 엄마가 옷을 입어볼 때였는데, 엄마는 아프기라도 한 것처럼 몸을 뺐다.

해나는 휴대폰을 가로로 들고 엄마의 자는 모습 전체를 찍기 위해 한두 걸음 뒤로 물러섰다. 엄마가 창문 쪽에서 자고 있어서 블라인드는 내려졌어도 부드러운 빛을 받고 있었다. 해나가 버튼을 누르자 찰칵 소리가 났다. 해나가 한 번 더 찍으려고 버튼을 누르자 엄마가 고개를 벌떡 들더니 마치 죽어서 누워 있던 사람이 깨어나듯이 숨을 들이쉬었다. 기분 좋은 생각이 들었다. 엄마는 얼굴에서 머리칼을 쓸어내더니 눈을 몇 번 깜빡였다. 해나는 도망갈 수도 있었지만 그러지 않았다.

대신 해나는 슬쩍 침대 옆으로 몸을 붙였다. 엄마는 몸을 약간 빼며 혼란스러운 표정을 지었다.

"해나? 무슨 일이니?"

해나는 허리를 굽혔다. 점점 굽혀서 겁먹은 엄마에게 얼굴을 가까이 가져다 댔다.

"내 이름은 마리앤 뒤포세." 해나가 최대한 프랑스 억양을 사용해 엄마의 귀에 속삭였다. 엄마는 해나가 '프랑스인이 가르쳐주는 프랑스어' 컴퓨터 게임을 해봤을 거라고 생각도 못할 것이다.

엄마가 팔꿈치를 짚고 몸을 벌떡 일으키자 가슴이 흔들렸다. 해나가 킥킥 웃자 엄마가 이불을 끌어 몸을 가렸다.

"뭐라고?" 엄마가 자고 있는 아빠를 흘긋 보더니 좀 더 조용히 말했다. "말을 해서 기쁘네. 그런데 뭐라고 했지?"

"내 이름은. 마리앤 뒤포세. 잊지 마." 해나의 목소리는 많이 사용해보지 않아 약하고 작게 들렸다.

엄마의 입술이 '그게 누구'라고 말하려는 듯 했지만 해나는 깔깔 웃으며 깡충깡충 뛰어 방을 나갔다. 손에는 아빠의 휴대폰이 들려 있었다.

SUZETTE
수제트

수제트는 알렉스가 좋아하는 검고 진하게 볶은 이탤리언 로스트 원두로 커피를 내렸다. 알렉스는 늦었는데도 해나가 조르는 대로 서재로 올라갔다. 잠시 싫은 티를 내긴 했다. 중심가의 협소 건물을 위한 프로젝트 구상을 얼른 시작하고 싶은 눈치였다. 주말 동안 집에서 일을 하거나 자기가 원하는 걸 할 수 있었다. 수제트는 해나가 침실로 들어와 사진을 찍은 것이 별일 아니라고 생각하고 싶었다. 하지만 짜증날 정도로 허약한 심성은 좀처럼 불안을 가라앉히지 못했다. 나체 사진이었기 때문만은 아니었다. 해나는, 그 애가 자신을 뭐라고 불러달라고 하든, 순진하고 정상적인 아이가 아니었다.

보통의 아이들은 카메라와 사진 찍기를 좋아한다. 수제트도 어릴 때 그랬다. 몇 년에 한 번씩 어머니가 새 카메라를 사주었다. 폴라로이드, 필름 카메라, 디지털 카메라를. 수제트의 어머니는 다른 결함들에도 불구하고 선물을 주는 데는 통이 컸다. 그리고 선물은 보통 세심하게 고르고 아름답게 포장된 것이었다. 수제트는 그것이 어머니의 유일한 사랑 표현 수단이었음을 어른이 되어 알게 되었다. 그때 받은 선물 포장에 쓰인 리본들 중에서 금속 재질로 은은하게 빛나거나 크리스마스 체크무늬처럼 유독 멋진 것들은 아직도 특별한 상자에 보관하고 있었다. 수제트의 마음속에서 그 포장재들은, 한 번도 받아보지 못한 어머니의 포옹과 마찬가지였다.

수제트는 알렉스에게 커피를 내렸다고 문자를 보냈다. 마침 수제트의 휴대폰에 이메일이 왔다는 알림이 떴다. 미소가 지어졌다.

알렉스가 해나를 데리고 계단을 내려왔다.

"알았어, 약속할게, 약속할게. 입 꾹 다문다고." 알렉스가 말했다.

"뭘 약속해?"

알렉스가 다문 입 위로 지퍼를 채우는 시늉을 했다. 해나는 자신의 영웅의 팔에 매달려 사악한 웃음을 지으며 팔딱거렸다.

"입에 지퍼가 채워졌으면 커피는 못 마시겠네." 수제트는 알렉스의 텀블러를 저쪽으로 치웠다. 해나가 알렉스에게 뭘 해달라고 했는지는 모르겠지만 기분 좋은 깜짝 선물일 리는 없었다. 알렉스가 수제트에게 해가 되는 일을 했을 수도 있다고 생각하니 기분이 좋지 않았다. 자기가 무슨 일을 하게 되었는지도 모른 채로 했다고 해도 말이다. 해나에게 유쾌한 비밀은 없었다. 마지막으로 딸아이가 뭔가 착한 일을 했다고 생각했던 때, 수제트가 작은 선물 상자를 열어보니 거미가 가득했다. 죽은 지 오래되어 찌그러진 것도 있었지만 여전히 꿈틀거리는 것들도 있고 몇 마리는 아주 활발히 살아 있었다. 알렉스는 마치 고양이가 그러듯, 해나가 제일 좋아하는 사람에게 귀중한 쥐를 가져온 거 아니냐고 농담을 했지만, 유쾌한 선물은 아니었다.

"아니지, 아니지, 아니지. 커피는 죄가 없어." 알렉스가 수제트에게 눈을 끔뻑 하고 텀블러를 향해 손을 뻗었다. 수제트가 속상해하는 줄은 전혀 모르는 듯했다.

"알았어. 그리고 좋은 소식이 있어." 수제트는 다 같이 있을 때 알렉스에게 말을 하고 싶었다. 해나가 고약한 반응을 보일 수도 있으니까. 해나가 성질을 부리면 알렉스는 목격할 뿐 아니라 해결도 해야 할 것이다. 수제트가 텀블러를 알렉스에게 건넸다.

"고마워, 앨스클링." 알렉스가 수제트의 뺨에 키스를 하고 커피를 홀짝이며 싱크대에 기댔다.

수제트가 이메일을 보여주었다. "어젯밤에 서니브리지에 이메일을 보냈는데, 방금 답장을 받았어. 기꺼이 우리를 면담하겠다고. 심지어 오늘 마침 시간이 된다네."

"잘됐네." 알렉스가 새침하게 수상쩍은 표정을 짓고 있는 해나를 돌아보았다. "릴라 굼만, 기억해? 어젯밤에 가을에 들어갈 새 학교 얘기해 줬지. 우리가 가봤던 다른 데보다 훨씬 재미있는 곳이야."

"오늘 오후에 가보는 게 좋을 것 같아. 어떻게 생각해?" 수제트는 이런 기습이 먹히지 않을까 하는 희망을 품었으면서도 다정하고 사심 없는 말투로 말했다.

해나는 그저 흘긋 노려볼 뿐이었다. 휙 돌아서 계단을 달려 올라가더니 문을 쾅 닫았다. 수제트는 은근히 원했던 사건이 벌어지지 않아서 실망의 한숨을 쉬었다. 학기 중간에 해나를 학교에 보내려고 알렉스를 설득하기가 쉽지 않게 됐다.

"걱정 마. 어느 학교든 큰 변화가 될 테니까. 적응할 시간이 필요할 거야. 그래도 아직 여름 내내⋯⋯"

"지금부터 다닐 수 있는지 물어볼까 하고." 수제트는 유쾌한 척을 집어치웠다.

알렉스가 깜짝 놀랐다. "지금? 여름방학까지 두 달 반밖에 안 남았는데⋯⋯"

"당신은 요즘 해나가 어떤지 모르겠어?"

"글쎄, 딱히."

"점점 더 교묘히 우리를 조종하고 있어. 자기가 하는 짓을 나만 보게 꾸미고 내가 당신한테 알리면⋯⋯ 당신은 믿을 수 없게 만들잖아. 아이를 때린 것도, 욕을 쓰는 것도. 게다가 말하는 것까지⋯⋯ 나를 조롱하고 있다고. 오늘 아침엔 당신한테 뭘 얘기한 거야?"

"별거 아냐." 알렉스가 좀 당황해했다. "뭘 좀 하려고 하는 것 같더라고. 당신도 좋아할 것 같아서."

춥지는 않지만 수제트는 집에서 즐겨 입는 회색 요가복의 지퍼를 올리고 손을 주머니에 집어넣었다. 수제트는 옷을 갖춰 입고 학교에 전화를 하고 싶었다. 하지만 알렉스는 꼼짝 않고 수제트를 보고 있었다. 수제트는 그가 시선을 돌렸으면 했다.

"좋아, 내가 알아서 할게."

"있잖아." 알렉스가 움직이려는 수제트의 팔을 잡았다. "해나가 학교에 가야 한다는 당신 생각에 반대하지는 않아. 당신이 옳겠지. 해나는 지루해하고, 변화가 필요할 거야."

"나에게도 변화가 필요해. 당신은 그 애가 어떤지 몰라. 당신한테는 최고의 모습만 보여주니까. 당신한테는 착하기만 하니까."

"나도 알아. 당신 말 믿어. 하지만 지금 학교에 가기는 너무 늦었 잖아. 이미 얘기도 끝났고……"

"난 이러고 있을 수 없어. 저 애가 감당이 안 돼! 당신은 내 말을 듣지도 않고."

"듣고 있어, 앨스클링." 알렉스가 팔을 벌려 그 넉넉한 품에 수제 트를 안았다.

보통 알렉스의 품은 너무 포근했지만 이제 수제트는 숨이 막혔다. 하루 또 하루 해나의 엄마 노릇을 시도하다가 쌓여간 좌절감에, 그 리고 자신의 육체에 대한 만성적인 실망에 완전히 소진된 상태였다. 수제트는 전력을 다해 집의 전면 유리창으로 돌진하고 싶었다. 그러 다가 새처럼 목이 부러져도 상관없었다. 부딪치고 또 부딪치다가 유 리를 피범벅으로 만들 것이었다.

수제트는 알렉스를 밀어내고서 비명을 지르지 않으려 애썼다. 알 렉스의 얼굴에 비친 자신의 광기와 공포가 보였다. 그 겁에 질리고 불안한 표정은 이 집에 어울리지 않았다. 차츰 진정이 되자, 수제트 는 자신의 손으로 알렉스의 눈과 코와 입을 쓸어내려 그의 평상시 편안한 표정을 되돌려놓고 싶었다.

"미안해. 하지만 당신은 절대 해나가 하는 일들을……" 수제트가 알렉스에게서 한 발 떼놓으며 어쩔 줄 모르고 손으로 입을 막았다. 입에서 쏟아져 나오는 말을 막으려 했다. "그 애는 일을 꾸미고 있 어. 뭔지는 모르겠지만 게임을 하고 있다고."

"무슨 게임?"

"마리앤 뒤포세가 누구지?"

"뭐라고?"

아, 알렉스의 표정은 마치, 수제트의 몸통이 쫙 갈라져 용수철과 톱니가 덜렁덜렁 튀어나온 모습을 목격한 듯했다.

"마리앤 뒤포세! 당신이 읽어준 동화에 나오는 거 아니야? 아니면 둘이 같이 본 영화에 나오는 프랑스 사람이거나? 당신이 얘기해 준 거 아냐?" 수제트는 다시 알렉스에게 다가가며 손을 들어 올려 호소했다. "대체 누구야?"

"수제트, 그만해."

자신의 이름을 듣고 수제트는 움직임을, 폭발을, 숨을 멈췄다. 늘 알렉스는 스웨덴어로 '여보'라는 뜻의 앨스클링이라는 호칭을 사용했기에 수제트가 자신의 이름이 불리는 것을 듣는 일은 거의 없었다. 호칭이 싫은 것은 아니었지만 가끔은 이름이 있다는 것도 잃어버릴 지경이었다.

"나도 마리앤 뒤포세가 누군지 몰라. 어떻게 알겠어? 그게 대체 어디서 나온 이름인데?" 너무나 완벽하게, 순수하게 어리둥절한 표정. 분노라고는 찾아볼 수 없고 근심만이 가득한.

수제트가 정신이 나갔던 걸까?

"내가 검색해 볼게. 신경 쓰지 마. 당신 늦었잖아. 난 학교에 전화해야겠어."

"내가 오늘 집에 있을까? 함께 가줄까? 당신 오늘 아무래도……"

"내가 알아서 할게. 괜찮을 거야."

알렉스는 수제트가 너무나 좋아하는 자세를 취했다. 그녀의 팔을 붙잡고 이마를 맞대왔다. 그의 몸이 온기를 발산했고 커피 향 아래로 치약 냄새가 났다. 수제트는 알렉스의 체취를 깊이 들이마셨다. 알렉스도 수제트를 가만히 안고 서 있었다.

"미안해. 흥분하려던 건 아닌데."

"수제트, 우리는 필요한 일은 무엇이든 할 거야. 당신 건강도 못지 않게 중요하고. 당신이 다시 아픈 건 싫어."

"나도 알아. 주사를 맞고 있으니까 도움이 되겠지."

"그래도 당신이 그렇게 흥분하는 건 처음 봐. 내가 집에서 일하는 시간을 더……"

"당신 벌써 2주 동안 집에 있었잖아. 언제까지 내 간병인 노릇만 할 순 없어."

"그래서 좋았어?"

얼마나 편했던지 생각하는 것만으로도 쿵쿵대던 심장이 천천히 진정하는 듯했다. 그 수술 후 꽉 찬 2주 동안은 휴가 같았다. 알렉스는 내내 집에서 온갖 일을 해주었고 해나의 태도도 최고였다.

"그랬지." 수제트가 대답했다.

"사무실에는 오후 근무만 가면 돼."

"그러면 안 돼."

"괜찮아. 그러니까 학교에서 지금 당장은 안 된다고 해도 속상해 하지 마. 가을에 다른 곳에 입학시킬 수도 있고. 나도 집에서 더 지낼게. 알겠지? 어쩌면 우리가 역할을 좀 바꿔보는 것도 좋겠다. 당신은 가끔 사무실로 가고 말이야. 오랜만인데, 그것도 도움이 되지 않을까?"

"어쩌면. 모르겠다. 피곤해…… 늘 그러네."

전에 설명하려 했던 적이 있었다. 귀중한 실 꾸러미에 담겨 있는 기력이 원하는 것보다 훨씬 빠른 속도로 풀려나가는 것 같은 그 기분을. 수제트가 다른 사람의 기분을 다 알 순 없듯이, 알렉스 역시 노력했지만 정말로 이해할 수는 없었다. 수제트는 다른 사람들과 자신을 비교해 보았다. 이 세상을 어떻게 살아가는지. 그들은 종일 업무를 보고 볼일을 보고 잡일을 하며, 사회생활과 가정생활을 영위하면서 하루를 꽉 채워 살아가고 있었다. 그런데도 살기 힘들 정도로 피곤해 보이지는 않았다. 하지만 수제트는, 종종 오후 네 시만 되면 텔레비전을 보고 있기조차 힘들었다. 청소에 대한 자신의 무분별할 정도의 집착 역시 아무도 이해하지 못했다. 수제트는 하루에 몇 번씩 분리될 필요가 있었다. 보통의 배터리와는 달리, 충전기가 연결이 돼 있지 않을 때 충전되는 배터리처럼 말이다. 크론병 때문이었다. 소화기내과 의사들은 관심 없어 하는 증세이긴 했지만 스테판스키 박사는 그 문제를 전문의가 아닌 일반의와 상의하라고 말했다. 규칙적으로 먹고 자는 생활을 유지하면 도움이 되었다. 때로 아침에 약간의 가벼운 운동을 하면 기력이 생기기도 했다. 하지만 나이가 들수록, 해나와 함께하는 시간이 늘어갈수록 아무것도 도움이 되지 않는 듯했다. 태엽이 고장난 장난감이 되어갔다.

"나한테 말을 해야지. 더 해야 돼. 내가 돕게 해줘." 알렉스가 호소했다.

수제트가 고개를 끄덕이고 마침내 남편에게 팔을 둘렀다.

"뭐든 오늘 다 할 필요는 없어." 알렉스가 말했다.

"하고 싶어. 그래야 해. 괜찮을 거야. 당신은 가. 얼른 가고 싶은 거 알아."

"나중에 더 얘기해. 알았지?"

알렉스는 수제트에게 키스한 뒤 커피와 자동차 키를 챙겨 나갔다.

수제트도 한때는 남자가 필요 없는 여자가 될 수 있다고 상상했다. 아버지 없이도 살아남았으니까. 세상은 남자들을 중심으로 돌아가지 않았다. 하지만 알렉스와 사랑에 빠진 후, 수제트는 진실을 깨달았다. 거친 삶의 그을린 가장자리를 그가 매만져주고 위태롭거나 잔혹하지 않은 삶을 선사한다는 것을. 부족한 에너지와 부족한 수입으로 혼자서는 이렇게 잘 살 수 없다는 것을 알게 되었다. 수제트가 할 수 있는 일은 너무 적어서 장애인 우대를 받는다고 해도 보수는 형편없을 것이었다. 둘이 함께하면 의미 있는 삶의 순환을 지속할 수 있었다. 태양, 토양, 강우, 뿌리, 열매, 지속가능성, 기쁨이 충만했다.

수제트는 서니브리지에 전화를 했고 11시에 오라는 제안을 받아들였다.

위층으로 올라가니 해나의 방문은 닫혀 있었다. 수제트는 귀를 대고 들었다. 가위로 종이를 자르는 소리가 들렸다. 알렉스한테 해나가 뭘 만든다고 들었는데, 직접 손으로 만든다기보다는 알렉스의 컴퓨터로 하는 건 줄 알았다. 자기 방에서 뭔가 열심히 하고 있다니, 수제트는 희망도 느꼈다. 마침내 사인펜과 색연필을 사용하려나 보았다. 수제트는 해나가 그림 도구를 좋아하면서 왜 쓰지는 않는지 알 수 없었다. 나중에 바닥에 흩어진 종잇조각들을 발견해도 짜증내지 않을 수 있었다. 오히려 그런 생각을 하니 미소가 지어졌다.

"나 샤워 잠깐 하려고 하는데. 별일 없니?"

해나가 바닥을 콩콩 두드렸다. 볼 수 없는 상황에서 대답을 해야 할 때 사용하는 신호였다.

"그래." 수제트는 잠시 머뭇거리며 가위 조심하라는 주의를 주어야 할지 갈등했다. 그러지 않기로 했다. 해나는 수제트가 주변에서 얼쩡거리거나 자기를 아기 취급하는 걸 좋아하지 않았다. 수제트는 60초 동안의 희망을 즐기며 자신의 딸이 무엇을 만들지 상상했다. 해나의 창의력은 뛰어났다. 통상적인 방식으로 발현되는 경우는 드물지라도 말이다. 혹시 그것이 의사소통을 향한, 좀 낯설지만 환영할 만한 과정의 다음 단계가 될지도 몰랐다.

수제트의 희망은, 휴대폰으로 마리앤 뒤포세를 검색해 보고서 끝이 났다.

욕실에 들어가 문을 잠그고 있었지만 벌거벗고 있으니 무방비 상태가 된 기분이었다. 샤워하고 있을 때 해나가 커다란 가위를 휘두르며 들어와 찔러 죽일 것 같은 생각을 멈출 수가 없었다. 끔찍하도록 신파적인 근심이었다. 더구나 마리앤 뒤포세는 지나간 역사 속의 아주 사소한 인물에 지나지 않는데 말이다. 위키피디아에 의하면 1679년 열여덟 살 때 프랑스에서 마녀로 화형당한 마지막 여성이었다. 이 10대 소녀가 조금이라도 마녀 비슷한 일을 했는가 하는 점은 중요한 문제가 아니었다. 해나가 이 여성을 알뿐 아니라 웬일인지 존경하게 되었다는 게, 아이의 정신을 일깨웠다는 것만으로도 충분히 문제였다.

이제 수제트는 게임의 이름을 알게 되었다. '엄마를 공포로 몰아넣기'. 수제트는 자신을 방어해야 했다. 따뜻한 물 아래서도 딸을 생각하면 소름이 돋았다. 눈을 까뒤집던 행동. 수제트가 자는 동안 살금살금 다가올 수 있던 능력도.

HANNA
해나

재미. 유치원에서 약속했던 건 그거였다. 초등학교에서도. 해나는 그린힐에서 가장 오래 버텼다. 자그마치 5주를 매일 무지하게 노력했다. 화가 나도 벽에 머리를 찧지 않으려고 애써 참았다. 한 번 그랬더니 해나를 붙잡아서 땅딸막한 보건교사에게 데리고 갔고 이마에 얼음 조각을 대주고서 엄마에게 전화를 했다. 뚱뚱하고 꿈틀거리는 아이들을 가지고 놀 만한, 그러니까 살아 숨 쉬는 장난감으로 만들어 보려고도 해봤지만 힘들었다. 아이들을 해나가 의도한 대로 만들려는 시도는 저항만 불러 일으켰다. 누구도 해나가 재미있게 노는 방식을 이해하지 못했다.

하나도 재미가 없었다. 한 번은 주황색 네모 양탄자 위에 앉아서, 마치 거인들을 위한 레고처럼 생긴 플라스틱 블록으로 탑을 만드는 세 아이를 지켜보았다. 세 아이는 누가 다음 블록을 쌓을 것인지,

무슨 색 블록을 사용할 것인지를 두고 다퉜다. 해나는 그들이 애초에 왜 모여서 그러고 있는지 이해할 수가 없었다. 곱슬머리는 파란 블록만 좋아했다. 분홍 안경은 대장 노릇을 하려고 계속 애를 썼다. 코 후비는 애는 만지는 모든 것을 누런 코딱지로 오염시켰다. 심지어 코를 후비지 않을 때도 콧구멍에 손가락 하나를 넣고 있었다. 거기가 손가락이 사는 곳이라는 듯이. 해나는 마침내 질려서 자리에서 일어났다. 플라스틱 탑 앞으로 가서 만들어진 모습을 살펴보았다. 똥 무더기나 다름없었다. 빨강, 노랑, 파랑으로 멋진 문양을 만들 수도 있었는데 말이다.

"너도 같이 놀아도 돼." 분홍 안경이 말했다.

마치 해나에게 자신의 허락이 필요하다는 듯이. 아기 돼지 세 마리가 해나를 기다렸다. 해나가 블록 하나라도 탑에 덧붙일 줄 알았던 걸까? 아니면 한심한 칭찬이라도 할 줄 알았던 걸까? 그들이 만든 건축물에 눈을 버린 해나는 가운데를 발로 찼다. 탑이 와르르 무너졌다. 그렇게 재밌는 일은 아니었지만 가만히 앉아 있는 것보다는 나았다.

"야!" 분홍 안경이 소리쳤다.

곱슬머리는 와락 울음을 터뜨렸다.

해나는 돌아서 가버렸다. 어떤 어른 목소리가 해나를 불렀지만 무시했다.

밖에서 노는 것도 별로 나을 게 없었다. 모두가 소리를 지르며 운동장을 뛰어다녔다. 해나는 귀가 아팠다. 땋은 머리가 헐렁해진 채로 착한 척하는 절친 두 아이가 줄무늬 줄넘기를 가지고 놀고 있었다. 폴짝폴짝, 깡충깡충, 서로 발을 엇갈리며, 웃으며. 해나는 한 아이 목에 줄을 감으면 훨씬 신나는 게임이 될 거라고 생각했다. 끌고 다니는 장난감처럼 질질 끌 수도 있을 것이다. 다른 아이들도 도우려고 할까? 몸부림치고 비명을 지르는 걸 보면 재미있을 텐데.

하루는 한 무리의 아이들이 킥킥대면서 서로 특이한 신체 부위를 비교하고 있었다. 여자애 하나가 혀를 내밀어 코끝에 댔다. 남자애 하나는 눈동자를 양쪽으로 벌려, 고장 난 인형처럼 보였다.

"난 귀를 꼼지락거릴 수 있어!" 다른 여자애가 빽 소리를 지르며 자기 머리를 잡아들고 다른 애들이 볼 수 있게 했다.

누가 혀를 양옆으로 말 수 있는지 차례로 알아볼 때, 해나가 방방 뛰면서 다들 자기를 주목하게 했다. 그러고는 씩 웃으며 눈동자를 뒤집어 흰자만 남게 했다. 거울을 보면서 오래 연습한 능력이었다. 오줌을 누고 손을 씻는 그런 때 말이다. 아이들이 아까처럼 감탄하며 오오, 아아, 할 줄 알았다. 하지만 눈동자가 뒤로 돌아가 앞이 안 보이는 동안 꺄악 비명과 함께 다들 도망가는 소리가 들렸다.

그 후로 대부분의 시간을 해나는 짙은 파란색 점퍼와 흰 셔츠 교복차림으로 서서 그저 지켜보기만 했다. 해나는 저 아이들과 같지 않았지만 그들 중 하나로 보였다. 아빠가 해나의 조그만 교복을 너무 좋아해서 초등학교는 유치원보다 나은 곳일지도 모른다고 해나는 잠시 생각했었다. 하지만 그렇지 않았다. 유치원과 마찬가지로, 그네를 먼저 탈 수 있을 만큼 빨리 달릴 수 없었다. 다른 아이들이 온갖 곳에 쌩쌩, 윙윙 몰려들어, 나중에 땡벌로 변하는 건 아닌가 싶을 정도였다. 그래서 해나는 멀찍이 떨어져 섰다.

입학 때부터, 해나는 햇살 같은 금발 머리를 한 어느 소녀에게 계속 눈길이 갔다. 금발 아이가 혼자만 그런 완벽한 머리를, 아빠와 똑같은 색의 머리를 가지고 있다는 게 불공평한 것처럼 느껴졌다. 해나는 소녀를 바라보면서 칼을 가지고 금발의 두피를 벗기는 상상을 했다. 그렇게 직접 만든 가발을 자랑스레 쓰고, 이마와 턱으로 뚝뚝 흘러내릴 피는 개의치 않을 것이었다.

미술 수업 시간에 해나는 비닐 덧옷을 입고 이젤 앞에 서 있었지만 그림은 그리지 않았다. 처음엔 미소 선생이 붓을 쥔 해나의 손을 잡고 시범을 보여주려 했다. 물감에 붓을 담갔다가 종이를 슥 그었다. 하지만 미소 선생이 손을 놓으면 해나도 손을 놓았고 붓은 바닥에 떨어져 물감이 튀었다. 미소 선생은 바로 포기하고 해나가 그냥 서 있게 내버려 두었다. 하루는 다른 아이들이 엉망으로 번진 자기만의 걸작을 그리느라 바쁜 동안, 해나도 재미있게 놀 방법을 생각해 냈다.

다들 금발 아이가 과일 주스만 좋아한다는 걸 알고 있었다. 물은 거절하고 우유는 똥이라도 든 것처럼 질색했다. 처음에는 금발 아이만 간식 시간에 과일 주스를 받았다. 그러자 다른 아이들이 불평했고 미소 선생은 한숨을 쉬며 모두의 컵에 금발 아이의 붉은 영약을 따라주었다. 하지만 그걸 안 부모들은 자신의 아이가 (해나의 엄마에 따르면) 색소 40호로 물들인 붉은 설탕물을 마시는 걸 원치 않았다. 그래서 금발 아이는 혼자만 그 주스를 먹게 되었다.

미소 선생이 다른 아이들을 도와주느라 바쁜 동안 해나는 빨간 물감이 담긴 컵을 찾아냈다. 아무도 못 보게 가져와서 종이컵도 하나 훔친 다음, 조그만 세면대와 변기가 있는 화장실로 슬쩍 들어갔다. 조그만 설비들로 이루어진 화장실은 이 학교에서 해나가 가장 좋아하는 장소였다. 집에서 쓰는 화장실도 아빠가 다시 만들어 주었으면

하고 바랄 정도였다. 해나는 종이컵에 빨간 물감을 조금 붓고 물을 채웠다.

희석시키자 영락없는 주스 같아 보였다.

미소 선생은 자기 코딱지랑 똑같은 탁한 녹색 그림을 그려놓은 코후비는 소년을 돕고 있었다. 금발 소녀는 꽃을 그렸다. 정확히는 꽃이라고 짐작할 수 있는 물체를 그렸다. 심한 펑크 머리를 한 키 큰 사람을 그렸다고 볼 수도 있었다. 해나는 금발 옆에 서서 미소를 지었다. 사람들은 미소만 지어주면 쉽게 무너뜨릴 수 있다는 걸, 해나는 아기 때 배웠다.

"밀지 마." 금발이 입을 내밀고 한 걸음 물러섰다. 해나가 좀 밀거나 실수로 한두 번 부딪친 적이 있는 모양이었다. 하지만 해나는 그럴 의도가 아니었다.

해나는 고개를 흔들어 금발에게 걱정 말라는 뜻을 전달했다. 금발은 그래도 경계심을 풀지 않는 듯했다. 해나가 붉은 액체가 가득 담긴 컵을 내밀었다. '너 좋아하는 거야.' 금발의 눈동자에 욕심이 반짝했다.

"과일 주스?"

해나가 고개를 끄덕였다.

"아, 고마워." 금발은 예의바른 소녀였다. 엄마라면 좋아했을 것이다. 엄마는 해나에게 '고마워'와 '미안해'에 대해 여러 번 가르쳤다. 해나가 말도 하지 않는데 말이다.

금발은 컵을 받아 벌컥벌컥 들이켰다. 해나는 자기도 모르게 손을 뻗어 소녀의 고운 금발 머리를 쓰다듬었다.

하지만 금발은 액체를 다 마시기도 전에 구역질을 하며 마시던 걸

뿜어냈다. 액체가 턱으로 피처럼 흘러내렸다.

해나는 미소 지으며 유리 조각을 갈아서 더 재밌는 장난을 쳐야겠다고 생각했다.

"으악! 이게 뭐야! 맥낼리 선생님……" 미소 선생이 왔다. "얘가 이걸 마시게 했어요!"

"이게 뭐니?" 미소 선생이 컵을 받아 냄새를 맡았다. 킁. 킁. "물감? 아리아한테 물감을 준 거니?"

해나가 어깨를 으쓱했다. 이들에게도 상상력이라는 게 있다면 과일 주스인 척 할 수 있을 터였다.

교사는 쯧쯧 하면서 금발의 턱에 묻은 붉은 액체를 닦아냈다. "혹시 모르니 보건실에 가자. 독성은 없지만…… 그리고 너……"

해나는 교장실로 갔다.

대체 몇 번이나 교장실로 갔는지 셀 수가 없었다. 하지만 마지막 날은 기억했다. 해나는 '도움이 되려고' 그랬다는 말 이외에는 할 말이 없었다. 식당의 쓰레기통 주변 바닥에서 개미들을 발견했다. 공공의 이익을 위해 해나는 개미들을 모두 밟아 버렸다. 다음날 또 발견하고 다시 밟았다. 아무래도 쓰레기통 안에 새로운 개미들이 매일 태어나는 개미집이 있는 모양이었다. 아빠 서재에 있는, 여러 곳에서 모은 예쁜 종이성냥을 훔치기는 쉬웠다. 그중 파란 머리가 달린 게 제일 마음에 들어서 한 갑 가져왔다. 해나는 그저 끈질긴 개미들의 공격으로부터 학교를 보호하려던 것뿐이고 해나가 성냥을 쓰레기통에 넣는 것을 본 사람도 사실상 없었다. 하지만 불꽃이 확 일어날 때 해나가 근처에 서서 환호하는 모습을 들켰다. 그리고 아예 교실로 돌아가지도 못했다. 교장실에 앉아서 엄마와 아빠가 헐레벌떡 들어올 때까지 기다려야 했다.

"애는 성냥불 켤 줄도 몰라요!" 아빠가 분노해서 소리쳤다.

결국 다시는 그린힐에 가지 않게 되어 오히려 잘 되었다. 하지만 학교에서 무슨 애길 더 들었는지 집에 돌아와서도 아빠의 분위기가 심상치 않아서 눈치를 봐야했다.

그린힐 이후 프릭 스쿨에서는 엄마가 자퇴시켜줄 때까지 2주를 버텼다. 동화책 읽는 시간에 해나가 기절한 척 했기 때문이었다. 교사가 깩깩거리는 소리로 동화를 읽어서 불타는 걸레로 그 입을 막고 싶었다. 해나는 그린힐에 비하면 칸막이나 다름없는 프릭 스쿨의 허름한 보건실로 옮겨졌고 수많은 예, 아니오 질문을 받아야 했다. 엄마가 데리러 오자 보건교사는 엄한 목소리로 뼈와 뇌가 자라나는 아이들은 열량과 영양이 필요하므로 굶기는 벌을 내려서는 안 된다고 경고했다.

엄마가 깜짝 놀란 새처럼 입을 딱 벌리고 얼어붙은 모습에 웃지 않고 배기기 힘들었다.

"뭐라고요? 난 절대…… 해나가 그렇게 말하던가요?"

해나는 정말 배가 고팠고, 그러니 완전히 거짓말은 아니었다. 게다가 수많은 아이들이 훌쩍거리거나 토를 하거나 온갖 아프다는 핑계로 집에 가는 것을 보아왔던 것이다. 그다지 재미있는 방법은 아니었지만, 꽤 효과적인 전략이었다.

"그저 우리 집에는…… 저녁식사 시간에 식탁에 올라온 것을 먹어야 한다는 규칙이 있어요. 어머니한테 배운 규칙인데 주어진 것을 먹든지, 저녁을 먹지 말라는 것이죠. 하지만 그래도…… 해나는 조금 먹긴 했어요. 그리고 저는 늘 해나가 좋아하는 음식을 하려고 노력해요. 하지만 해나가 더 이상 안 먹겠다고 해서…… 나중에 간식을 따로 주지는 않았어요. 저녁을 건너뛰었을 경우에는 보상 같은 걸 줄 수 없으니까요. 그러고 나서 오늘 아침을 먹었어요. 늘 먹는 아침을요……." 엄마는 얼굴이 붉어졌다.

보건교사가 말했다. "이해합니다. 우리는 그저 모든 부모들이 아이들의 영양 상태에 책임을 지게 할 의무가 있어서요."

"그럼요. 우리는…… 전 책임감을 가지고 있어요."

"우리는 아이들이 갑자기 쓰러져 죽기를 바라지 않아요."

보건교사가 정확히 그렇게 말한 것은 아니었지만 해나와 엄마는 그렇게 알아들었다.

그러고 나서 깩깩거리는 목소리의 교사가 엄마와 몇 분간 얘기했다.

"이제 진짜 어떡하니." 프릭 스쿨을 떠나며 엄마는 말했다. 그리고 두 번 다시 가지 않았다. 비록 해나는 아무 잘못도 하지 않았지만 말이다.

그것으로 학교는 영원히 끝이라고 생각했다. 엄마는 해나를 집에서 가르치기 시작했고 해나는 '모든 것을 스펀지처럼' 빨아들였다. 엄마는 그렇게 말하면서 감격하는 듯했다. 해나도 엄마가 청소를 얼마나 좋아하는지 알기에, 그 말을 칭찬으로 받아들였다. 집에 있는 건 훨씬 좋았다. 차를 타고 도로를 왔다 갔다 할 필요도 없었고 원하는 일을 할 시간도 많아졌다. 집에만 있는 생활은 엄마의 인내심을 시험하기도 했지만, 해나는 그 역시 좋은 일이라고 생각했다. 왜냐하면 연습 없이 좋아지는 능력은 없고 엄마의 인내심은 더 강해져야 하니까.

하지만 결국 이렇게 되었다. 차 안에 앉아, 또다시 재미있을 거라고 장담하는 새로운 학교로 가고 있다. 다른 학교들보다 더 재미있을 거라니, 그게 대체 무슨 소리란 말인가?

가는 동안 생각할 시간은 있었다. 그리고 지난 번 학교에 보내졌을 때보다 해나는 더 크고 똑똑해졌다. 노력을 덜 들이고도 금방 재미있는 일을 시작할 수 있을 것이다.

SUZETTE
수제트

    시내 교통 정체를 지나 사우스 힐로, 서니브리지까지는 꽤 먼 길이었다. 피츠버그 지역 채널 대안 방송을 들었다. 수제트는 이따금씩 뒷좌석의 카시트에 앉은 해나를 흘긋 보았다. 음악에 맞춰 고개를 까딱이는 것을 보고 약간 놀랐다. 알렉스의 노력에도 불구하고 해나는 음악에 별 관심을 보인 적인 없었다. 수제트가 해나에게 미술 도구들을 사준 것과 같이 알렉스는 해나에게 시디와 소형 음악 재생기, 어린이용 콩가 드럼, 우쿨렐레를 사주었다. 혹시 몰라 해나는 알렉스의 시범을 관심 있게 지켜보았지만 드럼을 두드린 적도 우쿨렐레 줄을 튕긴 적도 없었다. 해나를 청력 전문가에게 데려가서 검사도 해보았다. 해나의 침묵이 혼란 때문인가 걱정하기도 했다. 해나가 아기 때 알렉스는 스웨덴어로, 수제트는 영어로 말을 했던 것이다. 많은 사람들이 자녀를 2개 국어 사용자로 잘 키웠지만, 해나가 말을 안 하자 그 탓인가 싶었다. 시간이 지나며 상호작용 능력이 오히려 조금 더 후퇴하는 듯했고 자폐 증상까지 나타나는 게 아닐까 두려웠다. 하지만 해나는 아빠의 목소리에는 계속 반응을 했다. 아무리 구슬려도 대답을 이끌어 내거나 악기를 연주하게 만들지는 못했지만 말이다.

광고가 나왔다. 청취자들에게 라디오를 후원해 달라는 요청이었다. 수제트는 음량을 줄여 거의 안 들리게 했다. 알렉스가 회사 이름으로 지역 라디오와 공영 텔레비전에 매년 기부를 하고 있었다. 안전하게 띠에 묶여 손이 닿지 않는 곳에 있는 해나를 백미러로 살펴보았다. 눈꺼풀에 잠이 가득했다. 해나에게 말을 이끌어 낼 좋은 기회였다.

"해나, 내가 마리앤 뒤포세를 찾아봤어."

아이가 이름을 듣고 움찔 하면서 고개를 들었지만 창문에서 고개를 돌리지는 않았다.

"아주 흥미로운 소녀였던 것 같구나. 비극적 결말이고. 어머니랑 같이 화형을 당하다니. 마녀도 아니었는데 말이야."

해나는 고개를 돌려 거울 속에서 엄마를 보았다. 딸아이가 새로 획득한 인물형에 대한 불안감을 조금이나마 없애보고자, 수제트는 위협적인 요소들의 해체를 시도하고 있었다.

"마녀 광풍이 다 그랬어. 넌 몰랐겠지만, 그때는 사람들이 미신을 많이 믿었어. 자기가 고발당하는 걸 피하기 위해선 다른 사람을 고발하는 수밖에 없을 때도 있었지. 진짜 마녀는 다른 사람이라고 말이야. 물론 그 사람들도 진짜 마녀는 아니었어. 마리앤 뒤포세도 그렇게 된 거야. 다른 사람이 먼저 고발당했는데, 그 사람이 자기가 살려고 마리앤 뒤포세를 포함해서 많은 다른 사람들의 이름을 댔지. 어쨌든 마리앤 뒤포세가 화형당한 마지막 사람이긴 한 것 같아. 그녀 이전의 다른 죄 없는 여자들이 그랬던 것처럼."

해나가 고개를 저었다. "진짜 멍청해."

해나의 어눌한 발음이 정말 프랑스인의 억양 같아서, 수제트는 감탄했다. 그러나 딸아이를 말하게 만드는 데 성공했다는 뿌듯한 표정을 드러내지 않기 위해 무표정을 유지했다. "어째서?"

해나는 다시 창으로 고개를 돌렸다.

"만일 내가 틀렸다면 네가 설명해 줄 수 있겠지. 해나? 마리앤?"

그러자 다시 주의를 끌 수 있었다. 딸아이 장단에 맞추는 수밖에 없었다. 게임을 너무 잘 했으니까. 수제트는 운전에 신경을 써야 했다. 학교에 거의 다 왔고 출구를 지나칠 수는 없었다. 하지만 해나가 수제트를 찬찬히 바라보며 다음 수를 궁리하는 게 보였다.

수제트가 주차하자 해나가 스스로 안전띠를 풀었다. 건물 외관과 주변 공간은, 더 비쌌던 이전 학교들만큼 잘 관리되어 있지는 않았다. 놀이 기구들은 녹슬기 직전 같았다. 진흙투성이 운동장에는 교통 통제용 형광 주황색 원뿔과 다양한 크기와 색상의 바람 빠진 공들이 흩어져 있었다. 예전에는 공립 학교였다가 현대적 시설의 부족으로 버려진 게 아닐까 싶었다. 정문 옆에는 지나치게 크고 위험할 정도로 뾰족뾰족한 노란 태양이 그려진 큰 간판이 있었다.

놀랍게도 조그마한 손이 수제트의 손 안으로 슬쩍 들어왔다. 해나는 정말 학교 가는 것이 두려운가 보았다.

학교로 걸어가는데 해나가 다시 가녀린, 새로 찾은 목소리로 말을 했다. "나를 믿어?"

수제트는 어떻게 대답할까 잠시 고민했다. 이렇게 직접적으로 묻는데 거짓말을 하는 건 옳지 않은 듯했다. 게다가 둘이 처음으로 나누는 진짜 대화였다.

"아니." 수제트가 대답했다.

"잘됐네. 날 불태운 건 옳은 일이었어."

맙소사. 프랑스 영화배우라도 되는 것 같네.

조그만 손이 수제트의 손을 더 꼭 쥐었다. 공포가 파르르 몸을 휘감았다. 딸아이가 선택한 우상을 만류하기는 이쯤 해둘까 싶었다. 그 자리에서 뒤돌아 서둘러 차를 타고 남편의 회사로 가고 싶은 충동이 일었다. 알렉스는 해나가 무슨 말을 했는지는 신경도 안 쓸 것 같았다. 해나가 이렇게 말을 더 하고 있다는 게 중요했다. 그렇게 오래 침묵했던 해나가 이번 학교 입학 면담을, 자신의 새로운 정체성을 확인받는 자리로 만들려 하면 어쩌지? 해나가 자신을 이러저러한 삶을 살아온 마리앤 뒤포세라고 말하는 장면이 놀랍도록 쉽게 머릿속에 그려졌다. 중세 시대 프랑스에서 마녀로 오인받고 죽은 여성의 이름이라는 것을 알게 되면 어떻게 될까.

둘은 울퉁불퉁한 시멘트벽에 좀 뿌연 조명이 켜진 복도를 지나갔다. 노란색과 주황색의 작은 사물함들은 페인트가 조금씩 벗겨지고 파인 자국이 보였다. 암모니아 냄새가 섞인 소독제가 후각을 자극했지만, 그래도 깨끗하긴 했다. 어린 영혼들을 키워내는 장소라기보다는 무슨 군대 막사 같은 느낌이 들었다.

수업 중인 아이들이 한 줄로 서서 그들을 지나갔다. 아래쪽에 커피 자국까지 묻은 볼품없는 시골풍 블라우스를 입은 중년 교사가 맨 뒤에서 따라왔다. 수제트는 갑자기 아버지에 대한 드문, 그러나 생생한 기억이 떠올랐다. 아버지는 늘 한 손에 커피잔을 들고 셔츠엔 자국이 묻어 있었다. 손에 들린 잔에서 갈색 액체가 튀어나오는지도 모르고 웃던 모습이 생각났다. 그 생각에 수제트는 미소를 지었고 교사도 수제트에게 미소를 지어 보였다. 그러고 나서 교사는 아이들을 현관문 밖으로 내보냈다. 조용했던 아이들은 문을 넘어가자마자 꺅꺅 비명을 지르기 시작했다.

"봤지? 너도 밖에 나가 놀게 될 거야." 수제트가 해나에게 말했다. 아이와 학교가 잘 맞기를 바랐지만 학교를 보면 볼수록 마음 한 구석에서 의구심이 자라났다.

사방에서 돈이 부족한 티가 풍겼다. 심지어 벽에 걸린 그림들까지, 평범한 아이들이 뻔한 과제를 받아 제출한 작품들로 보였다. 나무는 기다란 갈색 선 위에 녹색 동그라미를 얹어 그렸고 뾰족한 지붕에 현관문 양쪽으로 일그러진 창문들이 나 있는 주택은 어디서나 볼 수 있는 모양이었다. 창의적 교육을 자랑하는 학교에서 볼 거라고 기대했던 그림은 아니었다. 알렉스도 보면 싫어했을 것이다. 수제트도 싫었다.

수제트는 사무실로 찾아가 행정 직원을 발견했다. 배바지를 입고 약간 줄어든 듯한 티셔츠를 끊임없이 잡아 내리고 있었다. 그 직원은 미소를 지으며 교장실 밖에 한 줄로 놓인 의자를 가리켰다.

"웨이드 교장 선생님이 지금 통화 중인데 끝나면 바로 나오실 거예요."

"감사합니다."

수제트와 해나는 딱딱한 의자에 나란히 앉아서 기다렸다. 얼마나 많은 대기실에 앉아 있었는지 모른다. 의사, 전문가, 학교…… 대기

실은 수제트를 불안하게 만들었고 보통의 경우 실망스러운 결말로 이어졌다.

무의식중에 수제트는 핸드백 끈을 작게 접고 또 접었다가 더 이상 접을 부분이 남지 않으면 푸는 손장난을 계속했다. 이 학교의 허술한 건물 상태를 볼 때, 장학금을 받는 학생은 몇이나 되고 비싸지 않은 금액이긴 하지만, 수업료를 다 내지 못하는 학생은 얼마나 될까 궁금했다. 학교에 돈이 궁하다면 오히려 유리할 수도 있었다. 해나를 받아준다면 다른 재정적 후원을 약속할 수도 있으니까. 하지만 수제트는 그럴 수 없다는 걸 깨닫고 핸드백 끈을 또 꽉 쥐었다. 알렉스는 그 어떤 형태의 뇌물에도 질색할 게 분명했다. 그는 해나를 입학시키기 위해, 더구나 서니브리지 정도에 입학시키기 위해 뇌물이 필요하다는 생각 자체를 받아들이지 못할 것이었다.

수제트는 컴퓨터 앞에 웅크리고 있는 행정 직원을 찬찬히 살펴보았다. 불그레한 머리에서는 거무스름한 뿌리가 엿보였다. 셔츠가 밀려 올라갈 때마다 실용적인 속옷의 밴드가 보였다. 지금까지 본 모든 사람의 옷차림이 엄청나게 편해 보였다. 여기 직원들이 급여를 많이 받지 못하는 걸까 아니면 그냥 외모 꾸미는 데 관심이 없는 걸까 궁금했다. 수제트는 자기 옷차림을 의식했다. 일부러 과하게 입지 않으려 신경을 썼다. 한가한 엄마처럼 보이려는 의도였다. 완벽하게 바랜 청바지와 완벽하게 하얀 티셔츠를 입었다. 거기다 느슨하게 짠 가디건을 입어 4월에도 여전히 슬슬 파고드는 추위에 대비했다. 알렉스는 수제트의 몸매를, 수제트가 좋아하지 않을 때도 좋아했고 잘 맞는 옷을 입어서 뽐내라고 격려했다. 알렉스를 만나기 전에는 과하게 입지 않으려 노력할 일이 없었다. 서니브리지는 수제트가 다녔던 형편없는 고등학교를 떠올리게 해주었다. 퇴보와 실망으로 점철됐던 시절이 떠오르니, 학교에 대한 인상도 수제트의 기분도 좋을 리 없었다.

옷이 정말 중요했던 10대 시절, 패션에 대한 수제트의 관심을 어머니는 후원해 주지 않았다. 수제트는 '델리아'의 카탈로그에 나와 있는 모든 아이템을 원했다. 맥시스커트, 통굽 슬리퍼, 특히 옆선에 줄이 들어간 우체부 바지. 원숭이 로고가 붙어 있는 줄리어스 제품이라면 살인도 할 수 있을 듯했다. 수제트의 어머니는 그런 유행이 실없거나 예의 없다고 생각했다. "안 돼"라고 말함으로써 자신의 권위의 상당 부분을 행사했다. 수제트가 좋아하는 옷도 안 돼, 운전 면허증도 안 돼, 방과 후 남자아이들과 노는 것도 안 되었다. 수제트가 겨우 또래들과 어울릴 수 있게 될 만한, 혹은 정상적이 될 만한 기회를 모두 금지했다. 어머니는 돈, 할 일, 나쁜 친구들 등의 이유를 댔지만, 수제트는 어머니가 딸의 어떤 욕망에 대해서도 이유를 따로 생각해 볼 만큼의 관심을 기울인 적이 없다고 생각했다. 어머니는 자신의 부모로부터 배운 말을 되풀이할 뿐이었다. "10대들은 판단을 제대로 내릴 수 없다, 그들의 이기적 욕망에 호응해 줄 필요 없다, 단호하게 제재해야 한다."

중고 상점에서는 수제트가 직접 쇼핑하게 했다. 어머니는 "거기는 싸니까"라고 말했다. 수제트는 차선이 '쿨 스타일'이라고 생각했다. 화려한 무늬의 폴리에스터 셔츠, 종아리까지 접어 올린 남성용 청바지 같은 것들을 입었다. 반 아이들의 감탄을 받지는 못했지만 그런 옷 때문에 사교 생활이 망가진 것은 아니었다. 건강이 더 나빠지고 수치스러운 설사가 계속되어 연극부 무대 디자인 같은 방과 후 활동을 포기했다. 한때 몇 안 되는 좋은 친구들과 단골 커피숍에서 만나는, 그런 편한 모임도 매번 거절할 수밖에 없었다. 결국 사람들은 멀어져갔다. 수제트는 혼자 방에서 고통의 시간을 보내야 했다. 힘든 시절이었고 어머니는 전혀 알아차리지 못했다. 그럼에도 불구하고 수제트가 집안을 돌보는 시간이 어머니보다 많았다. 요리, 청소, 장보기, 작은 정원 관리까지. 어머니는 고마워하기는커녕 종종 비꼬는 투로 말했다. "내가 자식을 낳은 건 입주 도우미가 필요해서였지."

고등학교를 제때 졸업할 수 있었던 것만도 행운이었다. 장 절제술로 몇 주를 빠지고 구멍이 생겨 또 몇 주를 빠지고 했으니까. 담임 교사는 수제트가 모든 과제를 집에서 받아서 할 수 있도록 도와주고 다시 등교할 수 있게 격려해 주었다. 수제트는 처음에는 학교에 안 가려고 했다. 셔츠 아래 붕대를 뚫고 스며 나오는 똥 냄새를 모두가 맡을 거라고 생각했다.

졸업하고 3년간은 쇼핑과 도서관을 갈 때를 제외하고 집 밖을 거의 안 나갔다. 하지만 혼자 있던 시간을 알차게 보냈다. 공부하고 그림을 그리고 자료 조사를 하면서. 그 당시 생활의 낙은 매달 배달되던, 아름다운 집과 현대적 가구들의 사진이 반짝이던 잡지들이었다. 수 시간, 수개월, 수년 동안 잡지들을 오려내고, 폴더에 정리하고, 무엇이 될지 알 수 없는 퍼즐 조각들처럼 늘어놓으며 보냈다. 어머니는 하루에 두 번씩, 좀처럼 낫지 않는 수제트의 흉터에 얇고 허술한 면 붕대를 갈아주었다. 대학을 다닐 수 있는 상태가 되었을 때는 사교력이 너무 떨어져서 그냥 수업에만 집중했다. 동기들은 몇 살 어릴 뿐이었지만, 수제트는 삶에 있어서나 연애에 있어서나 자신이 너무 나이 들고 뒤쳐진다고 느꼈다. 무리를 해서 예술대학을 1년 일찍 졸업했다. 수제트의 포트폴리오는 알렉스가 젊은 스타로 떠오르던 그 회사에 취직하기에 충분할 정도로 인상적이었다. 그리고 스물네 살의 수제트가 성장을 마치도록 알렉스가 도와주었다.

처음 일하던 날부터 알렉스는 수제트의 재능을 알아보았다. "타고났네. 미학적 통찰력도"라며 칭찬해 주었다. 빠른 속도로 우정이 피어났고 어느 날 수제트는 대담하게 알렉스에게 데이트를 신청했다. 이제라도 기회를 잡아야겠다고 단단히 결심했기 때문이었다. 데이트 신청을 받고 환하게 미소 짓던 알렉스의 모습을 수제트는 아직도 이따금씩 떠올린다. 안도하면서도 순간적으로 부끄러워진 수제트 대신, 알렉스는 고개를 끄덕이며 둘이 같이 할 수 있는 수십 가지를 제안했다. 마치 오래 전부터 수제트와의 데이트를 꿈꿔왔던 사람처럼. 처음 두 번 데이트를 하고 나서는 순조로운 리듬에 맡겨졌다. 수제트는 세상을 제대로 경험하지 못한 자신에 대해, 영영 뒤처질까 하는 두려움에 대해, 알렉스에게 전부 말했다. 알렉스는 수제트에게 운전을 가르쳐 주었고 돌이켜보면 너무 부족했던 그녀의 결함들을 비웃지 않았을 뿐 아니라 그녀의 의지와 자의식을 칭송하기까지 했다.

"당신한테는 아무도 없네." 알렉스는 좀 자랑스러우면서도 슬픈 기색으로 말했다.

수제트는 완전히 동의하지는 않았다. "어머니가 있는데. 어머니만도 너무 벅차지." 더 일찍 탈출하지 못했다는 게, 병적으로 상호 의존적인, 무의미한 삶에 그렇게 함께 갇혀 있었다는 게, 부끄러웠다.

하지만 알렉스는 그렇게 간단히 모든 것을 기각하도록 놔두지 않았다. "당신은 최선을 다했어. 혼자서 그 많은 걸 배우고, 불가능한 상황에서도 최고의 결과를 이끌어냈지. 당신이 해낸 거야. 그렇게 당신은 내게 왔어."

가끔 수제트는 알렉스를 만나지 못했더라면 자신이 어떻게 되었을까 감히 상상을 해보았다. 그녀는 살아남지 못했을 것이다. 삶이, 그리고 어머니가 그녀를 무너뜨렸을 것이다. 어린 시절의 기억 중에 영구적인 얼룩처럼, 도무지 지워지지 않는 광경이 있다. 어머니가 집 안이 떠나가라 코를 골면서 잠으로 세월을 보내는 모습. 한부모 가정으로서의 책임감은 안중에 없고 혹은 책임을 회피한 채 거실에서 자신의 왕좌에 앉아 텔레비전에 푹 빠진, 번득거리던 눈동자의 황량함. 코를 푼 휴지는 바닥에 그냥 던져 쌓아놓던 장면. 어머니의 게으름은 남편의 이른 죽음으로 가능해졌다. 넉넉한 생명보험 설계와 시댁의 도움 덕분이었다. 어머니는 자신이 우울증이라고 했지만 결코 나아지지 않았다. 수제트가 네 살 때 아버지가 죽지 않았더라면……. 이 가정 역시 생각하지 않으려 애쓰는 것들 중 하나였다.

부모 노릇은 힘들었다. 하지만 수제트는 자신의 어머니는 해주지 못했던 방식으로 부모의 의무를 수행하려 애썼다. 건강한 음식, 멋진 옷가지, 그리고 해나의 복지를 위한 부단한 투자. 수제트는 자신이 어릴 때 원했던 모든 것을 해줄 결의에 가득 차서 부모 노릇을 시작했더랬다. 하지만 해나는 수제트가 해줄 수 있는 것을 원하지 않았다. 어쩌면, 학교에 보낼 수만 있다면, 그리고 이 새롭게 등장한 이 괴상한 마녀 문제를 심리학자와 함께 풀 수 있다면. 적어도 말은 시작했으니까 모녀 관계도 다시 시작할 수 있을지 몰랐다. 수제트는 자신의 엄마 노릇이 어떤 면에서는 너무 지나치고 다른 면에서는 너무 부족한 게 아닐까 고민이 됐지만, 어디에서부터 무엇이 잘못됐는지 도저히 알 수가 없었다.

　교장실 문에 쓰여 있는 '웨이벌린 웨이드 부인'이라는 교장 선생이 사무실에서 문을 벌컥 열고 나왔다. 나이가 들고 풍만하긴 했지만 다른 서니브리지 교직원들과 마찬가지로 편한 차림이었다. 따뜻한 미소를 지어 보이더니 들어오라고 손짓했다.
　"숙녀분들 기다리게 해서 미안해요. 오늘 이렇게 만날 수 있어서 기쁘네요."
　"바로 만나주셔서 감사합니다." 수제트는 검지를 들어 해나에게 기다리라는 손짓을 했다. 해나는 의자에서 벌떡 일어나 어른들을 따라 교장실로 들어갔다. 수제트의 얼굴이 굳어졌다. 해나가 계속 반항적으로 굴까 봐 두려웠다.
　교장은 문을 닫고 어지러운 책상 뒤편으로 가서 앉았다. 교장실은 책과 찰흙 조각이 뒤섞인 책장으로 가득했다. 플라스틱 빨대로 만든 모빌과 판지에 펠트 천을 씌운 별들이 천장에 매달려 있었다. 촌스러운 작품을 보며 수제트는 예산 부족이 문제일지 한 번 더 고민했다. 해나가 이전에 다녔던 엘리트 학교들처럼 금박 종이나 소형 베틀, 멋진 나무 구슬 같은 세련된 재료들을 확보할 여력이 안 되기 때문일 것이다. 수제트는 논평을 하거나 질문을 하지는 않고 그냥 서 있었다.
　"몇 분 정도 교장 선생님과 제가 먼저 얘기할 수 있을까요?"
　해나는 교장의 책상 맞은편 의자에 풀썩 앉았다. 콧구멍으로 불을 뿜고 싶은 걸 참았다.

118

교장이 말했다. "네, 물론이죠. 하지만 우리 학교에 처음 오셨으니 서로 알아가는 시간을 가지면 어떨까 싶어요. 우리 얘기도 들려 드리고, 두 분도 조금씩 얘기하고요." 교장이 수제트에게 빈 의자를 가리켰다.

수제트가 앉자 해나가 의기양양하게 히죽 웃는 게 눈에 들어왔다.

교장은 외모에서나 태도에서나 수제트가 좋아했던 드라마 〈너스 재키〉에서 애나 데버 스미스가 연기했던 인물, 약물 중독 간호사의 상사와 무척 닮았다. 수제트는 뭔가 곧 들켜버릴 것만 같은 기분이 들었다. 해나는 천장의, 흔들리는 모빌로 관심을 돌렸다.

"웨이벌린 웨이드라고 합니다. 여기 교장이죠. 이 학교의 설립자 가운데 하나고요."

"수제트라고 해요. 이쪽은 제 딸 해나예요."

"안녕, 해나."

해나는 천장에 시선을 고정한 채, 자기 이름이 불리는 것도 모르는 듯했다.

"말을 거의 안 해요. 먼저 말씀 드리려고 한 점들 중 하나였어요."

"그렇군요. 차차 말씀 하시죠. 들은 바에 의하면 부모님 두 분 다 창의적인 직종에 종사하시더군요."

"알렉스는 친환경 자재와 기술을 전문으로 다루는 건축가예요."

"멋지네요!"

"저는 인테리어 디자이너지만 지난 몇 년은 거의 집에만 있었죠."

"해나도 창의적이고요?" 교장은 해나에게 다정한 미소를 지었지만 해나는 계속 어른들의 대화가 전혀 들리지 않는 듯 행동했다.

수제트는 머뭇거렸다. 허풍을 떨고 싶지는 않았다. 진실은 창피스

러운 수준이었다. 해나가 세 살이 넘어가면서는, 냉장고에 붙여둘만
한 낙서한 종이조차 없으니까. 아이의 성취만 놓고 보면 예술 학교
에 입학시킬 아무 근거가 없었다. 잠재력이나마 있다고 보는 건 알
렉스뿐이었다. 서니브리지마저 갈 수 없게 된다면…… 이 학교라도
잡아야 한다는 절박함에 수제트는 진실을 자신의 필요에 맞춰 확장
시키기로 했다. 단 몇 주의 휴가라도 감사할 것이었다. 해나의 행동
때문에 결국 쫓겨나게 되더라도 말이다. 아무것도 없는 것보다는 뭐
라도 있는 게 나았다.

"남편 말에 따르면…… 해나는 늘 자기표현이 창의적이에요. 심
지어 세상을 탐험해 나가는 방식에서도요."

"멋지네요! 그럼, 제가 이해하기로는, 홈스쿨링을 했다고요?"

"맞아요. 워낙 똑똑해서 벌써 2학년 과정을 하고 있고, 3학년 과정
도 조금 들어갔어요."

"하지만 가을에 2학년으로 입학시키려는 거죠?"

"그게……" 수제트는 스웨터 단을 잡고 손가락에 빙빙 감았다.
"혹시 방법이 있다면…… 이번 학년이 두 달 정도밖에 남지 않은 건
알지만 해나는…… 이제 사회생활을 하고 아이들과 어울려 놀 때가
됐어요. 정말로."

언뜻 보니 수제트의 거짓말을 들은 해나가 이를 악물고 콧구멍에
서 불을 뿜고 있었다.

"그래서 혹시…… 해나가 지금 1학년으로 들어가 다른 아이들과
함께 학년을 마칠 수 있을까 하고요."

교장은 고개를 조금 끄덕이며 가능성을 저울질해 보는 듯했다.
"물론 절대 안 되는 건 아니지만, 잘 모르겠네요. 전에 학교를 다니

지 않았다면 학년이 바뀔 때가 적응하기 가장 무난할 텐데요." 교장이 해나를 보았다. "넌 어떠니 해나? 학교에서 하고 싶었던 일이 뭐가 있었니?"

수제트는 숨을 죽였다. 해나가 어떻게 반응할지 알 수 없었다. 옛날 옛적의 해나라면 계속 침묵을 지키며 무관심을 유지할 거라 짐작했다.

해나가 사나운 개처럼 으르렁거리기 시작하자 수제트는 교장 못지않게 깜짝 놀랐다. 해나는 교장의 눈을 똑바로 쳐다보며 이를 드러내고 목구멍에서부터 나오는 으르렁 소리를 내더니 곧 난폭하게 왈왈 거리며 짖기 시작했다. 딸이 무슨 짓을 벌일까 두려워진 수제트는 해나의 팔을 잡았다.

"해나! 그만해!"

해나는 멈추지 않았고 자리에서 일어나기까지 하며 더욱 빠르게 짖었다. 교장은 바퀴 의자를 굴려 몇 뼘 뒤로 물러났다. 그 흉포한 얼굴에서, 한때는 그토록 행복 가득했던 아기의 모습은 도저히 찾아볼 수 없었다. 수제트와 알렉스가 노래를 불러주면 미소 짓던 아기의 흔적은 아예 사라진 듯했다. 지금 눈앞에는 잔혹하게 눈빛을 번뜩이는 야생의 짐승뿐이었다. 수제트는 그 안에 자신의 아이가 아니라 다른 누가, 다른 어떤 것이 들어간 건 아닐까 두려웠다. 아이를 잡아 흔들며 악마를 몰아내고 고함을 지르고 싶었다. "내 아이를 돌려줘!" 하지만 그럴 수는 없었다. 낯선 이가 보고 있는 앞에서는.

"그만해! 해나!" 수제트는 다른 이름을 부르고 싶지는 않았다. 하지만 절박함에 몰려 외치고 말았다. "마리앤, 당장 멈춰!"

그러자 해나가 멈췄다. 그녀는 미소를 짓고 꽃무늬 스커트를 가다듬으며, 다과회라도 초대 받은 소녀처럼 자리에 다시 앉았다. 심지어 손을 모아 무릎 위에 올려놓고 교장을 바라보며, 질문을 더 하라는 듯 환하게 웃었다.

잠시 두 여자 다 말이 없었다. 둘 다 해나를 보며 겁에 질려 어떤 반응을 보여야 할지 알 수 없어 했다. 수제트도 다시 자리에 앉아 열패감에 부들부들 떨었다. 수치심에 얼굴도 붉게 물드는 것을 느꼈다. 자신의 딸에 대해 어떻게 설명해야 할 것인가? 교장에게, 알렉스에게.

하지만 교장은 재빨리 정신을 차렸다.

"왜 따로 얘기를 나누자고 했는지 알겠네요." 교장은 일어나 문을 열었다. "해나, 잠시 대기실에서 기다려 주겠니? 혹시 책 읽고 싶으면 탁자 위에 몇 권 있단다. 크레파스와 종이도 있고."

해나는 으쓱대며 밖으로 나갔다. 교장은 해나가 의자에 앉는 것을 지켜보고 문을 닫은 후 돌아왔다.

수제트는 한쪽 팔꿈치를 의자 팔걸이에 대고 태양을 가리듯 한 손으로 눈을 가렸다. 어디로 숨고 싶었다. 해나와 알렉스가 아직 서재에 있던 아침으로 시간을 되돌리고 싶었다. 가방에 몇 가지 물건만 넣고 누구도 모르게 집을 빠져 나갔더라면. 아니, 아니다. 알렉스와 함께 가는 것이 아니라면 안 된다.

"정말 미안합니다."

"괜찮아요. 이제 둘만 있으니 무슨 문제인지 말씀해 주실 수 있을까요?"

수제트는 핸드백을 들었다. "죄송해요. 여기 오지 말았어야 했는데……" 수제트는 일어나며 뛰쳐나갈 준비를 했다.

"잠깐만요. 전 35년째 아이들을 가르치고 있어요. 온갖 일을 겪었습니다. 도와 드릴게요." 교장은 의자를 향해 손을 뻗었다.

수제트는 결국 의자에 주저앉았다. 한동안 할 말을 찾지 못해 고개만 절레절레 저었다. "항상 이렇게 안 좋지는 않아요. 이 정도는……" 수제트는 눈을 감았다. 눈앞이 붉게 물들었다. 눈을 급히 깜빡여 핏빛 시야를 지워내려 했다. 교장의 표정은 희망의 등대처럼 차분한 이해심으로 가득해 보였다.

"최선을 다해 보았지만 도대체 어디서부터 잘못된 건지, 어떻게 고칠 수 있는지……"

"해결하려고 노력하고 있잖아요. 그게 중요한 거죠." 교장은 손깍지 낀 손을 책상 위에 올리며 경청의 자세를 취했다.

"해나는 저를 좋아한 적이 없어요. 아니, 아기 때는 그렇지 않았어요." 너무 사적인 이야기라는 생각이 들긴 했지만 말을 멈출 수 없었다. "언제부턴가 전쟁이 시작됐어요. 그리고 저는 지고 있죠. 지고 있어요. 남편한테는 말을 할 수가 없고요. 왜냐하면, 말을 해도…… 남편은 이해를 못 해요. 제가 어쩌겠어요. 저는 좋은 엄마가 되어야 해요. 좋은 엄마가 되고 싶었어요. 남편에게 그렇게 약속했어요. 저 자신에게도요."

교장은 의자에 기대며 다리를 꼬았다. 마치 두 여자가 먼 옛날부터 알아온, 늘 조언을 구해왔던 사이인 듯했다. "부모 노릇은 세상에서 가장 힘든 일이에요. 엄마라면 누구나 알고 있죠. 아이들이 마침내 학교에 가면 얼마나 많은 부모가 한시름 놓는지 몰라요. 물론 부모는 최대한 많은 시간을 아이와 보내고 싶어 하니까 아쉽기도 하지만요."

수제트가 격하게 고개를 끄덕였다. "유치원에 들어가면 나아질 거라고 생각했어요. 하지만 해나는 말을 하지 않았고 그렇게 모든 문제가 시작됐어요. 병원에 가봤지만 몸에 아무 이상도 없대요. 하지만 입학시키려 했던 곳마다, 집으로 부른 베이비시터마다…… 아이가 저를 고문하고 싶어 하는 것 같아요. 저만요."

"그렇게 보일 수 있다는 거, 그런 기분이 들 수 있다는 거 알아요. 하지만 아이들은 때로 자신이 무슨 일을 하는지, 왜 그러는지 알지 못 해요. 자신이 원하는 걸 표현할 방법을 모르는 거죠. 게다가 의사소통 장애가 있는 경우는…… 해나도 그런 것 같은데, 치료는 시도해 보셨나요?"

"하려고요. 발달 심리학자에게요. 소아과 의사가 추천한 분이 있어요."

"잘됐네요. 시작이 좋습니다."

"이런 이야기를 털어놓을 사람이 없었어요." 수제트는 울지 않으려 노력했다. 웨이벌린 교장 같은 엄마를, 나이든 여성의 지혜에 기댈 수 있는 삶을 얼마나 바라왔는지 몰랐다.

"엄마가 된다는 건 외로운 일이기도 합니다. 다른 사람들은 이해를 못 할 때도 있죠. 아이는 엄마라는 우주의 중심이니까요. 아이를 학교에 입학시키려는 생각은 좋은 겁니다. 하지만 해나가 지적으로 적합한 수준이라고 해도…… 실망하실 수 있다는 거 압니다. 종종 우리가 아이에게 바라는 바가 아이의 현실과는 맞지 않을 때가 있어요. 해나가 전형적으로 재능이 있는 아이들을 위한 환경에서 잘 성장해 나가리라고 기대하는 건 합리적인 생각이 아닐 수 있어요. 티스데일 스쿨이라고 들어봤나요?"

수제트가 고개를 저었다. "특수 아동을 위한 학교라면 알렉스는 절대 받아들이지 않을 거예요."

교장은 어깨를 움츠리며 어쩔 수 없이 눈살을 찌푸렸다. "특수하다는 게 뭘까요? 자폐와 다른 행동 장애가 있어도 매우 뛰어난 아이들을 저는 직접 본 적이 있답니다."

"해나가 자폐아라고 생각하세요?"

교장은 책상 위의 이면지에 뭔가 쓰면서 말을 했다. "세상에는 수많은 다양한 모습의 사람이 존재하지만 우리 사회는 '정상'이라고 정해진 아주 좁은 범위 내에 맞아 들어가지 않으면 용납을 잘 못 해요. 저는 편견을 가지지 않습니다. 두 분도 그러셔야 하고요. 두 분의 딸아이가 남들과 다르다고 해서 부족한 사람이라고는 생각하지 않으실 테죠?" 교장은 수제트에게 종이를 건네주었다. "구티에레즈 박사가 거기 교장입니다. 전화해서 제가 티스데일을 추천했다고 말하세요. 저랑 오래 알고 지낸 사이입니다. 거기서 해나를 바로 받아줄 거예요."

"아아, 너무 감사합니다." 갈고리 모양의 흘림체가 구원의 장소를 알려주고 전화번호가 약속의 빛을 발했다. 그리고 마침내 도움이 되어줄지 모르는 누군가의 이름이 적혀 있었다. 해나를 수제트에게서 덜어내 줄…… "정말 감사합니다."

"때로 바로 우리 눈앞에 있는 걸 보는 게 제일 힘든 법이죠. 해나의 필요에 잘 맞는 곳을 찾으면 가족 전체가 더 행복해질 거예요. 해나도 마찬가지고요." 교장이 수제트를 문까지 안내했다.

"해나가 너무 똑똑해서 우리가 부정하고 있었던 부분이었는지도 모르겠어요." 두 여자는 악수를 나누었다. "이렇게 도와주셔서 어떻

125

게 감사해야 할지 모르겠어요."

"돕게 되어 기쁜걸요. 다 잘 되기를 빕니다." 교장은 해나가 있는 쪽을 내다보았다. "해나, 만나서 반가웠다."

해나는 읽던 책을 내던지고 복도로 성큼성큼 나갔다. 수제트도 빠른 걸음으로 해나를 따라잡아 나란히 출구로 향했다.

"잘했어. 웬일로 딱 필요한 순간에 네 모습을 보여줬구나. 정말 잘됐지." 수제트는 딸아이를 비스듬히 내려다보았고 반신반의하는 걱정스러운 표정이 스쳐가는 순간을 포착했다. 수제트는 씩 웃으며 오늘의 성공적인 반전을 확신했다. 집에 도착하자마자 구티에레스 박사에게 전화를 걸 예정이었다. 그리고 알렉스와 의논할 좋은 방법을 찾아낼 것이었다. 티스데일이 해나를 받아주기만 한다면, 당연히 받아줄 것 같은데, 그 누구도 수제트의 의지를 막을 수는 없을 것이었다. 수제트는 저 앞에서 기다리고 있는 보상을 생각해 보았다. 시간, 휴식, 평화. 그리고 제정신을 되찾는 것.

HANNA
해나

제일 좋아하는 점심을 엄마가 만들어 주었다. 그릴에 구운 치즈 샌드위치와 계피 가루를 뿌린 사과 슬라이스 그리고 최고의 바닐라 아몬드 우유를 해나 혼자 앉아서 먹는 동안 유리 벽 너머 정원에서 엄마는 왔다 갔다 하며 전화를 했다. 집으로 들어온 엄마는 더 기분이 좋아 보였다.

"이제 다 된 거나 마찬가지야, 해나, 수자나, 포파나, 바나나!"

엄마에게 그렇게 행복에 부푼 에너지 넘치는 상태는 비정상이었다. 해나는 풍선으로 변해버린 엄마를 바늘로 찔러서 팍 터뜨리고 싶었다. 피시식 꺼져서 쭈그러드는 모습을 보고 싶었다.

해나는 뭘 잘못했는지 알 수 없었다. 해나가 짖자 교장은 진심으로 겁에 질린 듯 보였다. 하지만 엄마는 깡충깡충 뛰며 그 학교를 나섰다. 거기가 나쁜 아이들을 위한 학교였나? 해나가 거기에 딱 맞게 행동했기 때문인가? 상관없었다. 해나가 부릴 수 있는 책략은 수만 가지가 더 있으니까. 해나는 어른들이 뭘 좋아하고 뭘 싫어하는지 잘 알았다. 토끼처럼 꼼짝 않고 앉아서 목소리를 높이지 않는 소녀는 좋아하고, 용처럼 포효하고 쿵쿵거리고 날아다니며 불을 뿜어내는 소녀는 싫어했다. 해나가 원하지 않는다면 해나를 서니버니푸푸브리지에 다니게 만들 수 있는 사람은 아무도 없었다.

점심을 먹고 엄마가 수학 책 한 쪽을 풀자고 했다. 해나는 수학 문제를 좋아했다. 수학은 한심하지 않은 수수께끼 같았다. 숫자들은 예와 아니오로 이루어진 순수한 세상에 살았다. 게다가 아침에 하던 일을 마저 끝내고 싶기도 했다. 그게 엄마의 명랑한 기분을 없애줄 거라 믿었다. 마침 그러고 싶었던 티를 내지 않기 위해, 해나는 책 모서리를 집어 탁자 위로 질질 끌며 들어 올렸다. 그러고는 연필을 입에 물고 터벅터벅 걷는 척하며 계단을 올라갔다.

"그래, 물론, 해나, 원하면 네 방에서 할 수도 있겠지. 30분 후에 올라가서 얼마나 했는지 확인할 거야."

엄마는 꼭 과열 직전의 로봇 같았다. 해나는 엄마가 꼼짝 못하고 굳어버려 귀에서 연기를 피워올리는 모습을 상상하고 하마터면 웃을 뻔했다. 안에서부터 녹기 시작해 무릎이 꺾이며 무너질 것이다. 눈은 휘둥그레 뜨고 멍해진 채 코에서 뇌수가 뚝뚝 떨어지겠지. 아빠가 집에 와서 그 모습을 발견하면, 엄마가 얼마나 엉터리였는지 깨닫게 될 것이다.

위층에 올라간 후에는 서둘러 방으로 가서 문을 닫았다. 30분밖에 시간이 없었다. 엄마가 올라오면 준비가 돼 있어야 했다.

아빠는 처음엔 사진을 보고 의아해했다. "왜 엄마가 벌거벗었어?" 하지만 해나가 눈을 감고 합장한 양손을 귀 옆에 대어 잠을 자는 몸짓을 해보였다. 아빠는 어깨를 으쓱하고서 해나의 요청대로 흑백 출력을 해주었다. 서니브리지로 출발 전에 엄마의 사진과 해나가 몰래 출력해 둔 사진들에서 하얀 가장자리를 오려냈다. 아빠 컴퓨터의 비밀번호는 모두가 알았다. 이제 전부 조립할 준비가 되었다. 그래서 이젤 위의 두꺼운 종이첩에서 한 장을 찢어낸 다음, 바닥에서 딱풀을 가지고 작업했다.

웹사이트 〈오싹한 사진들〉에는 사진이 많았다. 그중에서 살아 있는 인물로 오해할 수 있는 사진들은 제외시켰다. 해나는 관 속의 여자들 사진이 마음에 들었다. 레이스로 장식된 하얀 천 위에 판자처럼 뻣뻣하게 누워있는 여자들도. 사실 해나는 엄마 품에 안겨 있는 죽은 아이들 사진이 가장 좋았다. 조그마한 관에 들어 있거나, 살아 있는 형제자매에 둘러싸여 있는 사진도. 살아 있는 아이들의 표정은 겁을 먹은 게 아니라 그냥 지루해 보였다. 마치 죽음이란 너무 흔한 일이어서 '또야? 또 죽었네' 하는 것처럼. 하지만 해나는 엄마가 다른 여인들, 다른 엄마들 사진만 보기를 바랐다.

어떤 여인들은 꽃으로 둘러싸여 있었다. 우스꽝스러운 구식 옷을 입은 친척들에 둘러싸여 있기도 했다. 미소를 짓고 있는 사람은 아무도 없었는데, 딱 하나 죽은 여자가 입을 괴상하게 옆으로 벌리고 멍한 눈을 뜨고 있는 사진이 있었다. 마리앤 뒤포세의 사진이 있으면 얼마나 좋을까. 화형 후 바삭하게 구워진 걸로. 하지만 당시에는 사진기가 없었다. 거기 적힌 글에 의하면 때로 이 사진들은 사랑하는 가족에게 남은 유일한 사진이었다. 그때는 사람들이 자신의 삶을 전부 기록해 인터넷에 올릴 수 없었다. 해나에겐 새로운 사실이었다. 그래서 그들은 사후 사진에 많은 돈을 썼다. 해나는 죽은 사람을 실제로 보고 싶었다. 아무리 다른 사진들에 맞춰 흑백으로 출력을 했어도 엄마는 죽은 게 아니라 그냥 잠이 든 것처럼 보였다. 하지만 이게 해나가 할 수 있는 최선이었다.

해나는 엄마 사진을 특히 추한 여자 사진 옆에 붙였다. 눈이 너무 쑥 꺼져서 눈꺼풀이 눈알 위로 제대로 덮이지도 않은 여자였다. 얇은 입술이 찌그러져 벌어진 채로 굳은 입구멍에선 비뚤어진 이빨 두 개가 뒤어나와 있었다. 부패가 꽤 진행된 상태여서 왜 그렇게 늦게 찍었을까 의아한 사진이었다.

작업을 끝내고 나서 오려내고 남은 종잇조각들에 손에 묻은 풀을 문질렀다. 그런 다음 둥글게 뭉쳐서 침대 아래에 던져넣었다. 다른 얇은 종잇조각들도 모두 불어서 침대 아래로 몰았다. 하도 열심히 불어서 어지러웠지만 다른 부스러기와 찌꺼기들과 함께 아무도 들여다보지 않는 밤의 마법으로 꿀잠붕붕짐승이 생겨나길 기원했다. 딱풀과 가위는 다시 원래 위치로 돌아갔다. 모든 게 깔끔하게 정돈돼 있는지 확인한 후, 마지막으로 해나의 걸작을 이젤 위에 놓았다. 방 안에 흑과 백으로 조형된 작품의 등장은 절대 그냥 지나칠 수 없는 새로운 비명 같았다.

해나는 침대에 앉아서 식은 죽 먹기인 수학 문제들을 순식간에 해치웠다. 배 속이 간질간질했다. 엄마에게 작품을 보여줄 생각에 흥분이 가라앉지 않았다. 아예 엄마를 부르고 싶었다. 계단 위에서 꽥 소리를 지르기만 하면 되었다. 엄마가 달려올 테니까. 해나가 종이에 베였나, 연필 촉의 날카로움을 시험해 보려 자신을 찍었나, 아니면 욕실에서 수천 개 다리가 달린 벌레를 발견했나 걱정하면서 말이다. 엄마는 그런 벌레들을 무엇보다 싫어했다. 해나는 벌레들이 머리칼처럼 얇은 천 개의 다리로 그렇게 멍청하게 빠르지만 않았어도 잡을 수 있을 것만 같았다. 그러면 엄마가 소리 지르며 펄펄 뛰는 꼴을 볼 수 있을 텐데.

아직도 30분이 안 됐나?

해나는 엄마가 바로 들어올 수 있게 문을 열었다. 그때 엄마의 발소리가 들렸다. 해나는 침대로 다시 뛰어가 수학 문제를 푸는 척했다. 웃음을 참기가 힘들었다.

"도와줄 거 없니? 오, 열심히 하고 있네?" 엄마가 문기둥 양쪽을 손으로 짚고 서서 마치 액자에 들어가는 듯한 자세를 취했다.

해나가 모든 이를 드러내고 씩 웃으며 고개를 저었다.

"다 풀었어?"

해나가 끄덕였다.

그러고 나서 보았다. 엄마는 이젤로 천천히 다가갔다. 어리둥절한 표정이었다.

"이게 뭐지?"

해나는 한껏 높은 소리로 깩깩거리며 목구멍에서 터져 나오는 웃음을 참았다. 엄마는 휘둥그레진 눈으로 작품을 이리저리 살폈다.

"해나, 이게 뭐니?"

엄마는 점점 더 빨리 작품을 이리저리 훑으며 예쁜 드레스를 입은 시체들을 확인하고 다른 하나를 발견했다. 자신이 벌거벗은 채 죽음의 잠을 자고 있는 사진을.

"네가 만들었니? 그래서 내 사진을 찍은 거야?" 엄마는 이제 전혀 행복해 보이지 않았다. 누가 목이라도 조르는 목소리였다. "왜 이런 걸 만든 거야? 내가 죽어야 하는 거니?"

해나는 자기 목을 손가락으로 긋고 고개를 휙 젖힌 다음 침대에 풀썩 쓰러졌다. 죽은 것이다.

"이게 재밌니? 이 사진들은 다 어디서…… 끔찍해…… 왜 이러는 거야? 해나? 해나! 젠장, 마리앤!"

해나는 벌떡 일어나 앉았다. 자신의 친구도 공을 나눠 가질 수 있어서 너무 기뻤다.

"넌 대체 왜 이러니?"

해나는 다리를 꼰 다음 손을 무릎 위에 포갰다. 얌전한 소녀의 모습. 엄마는 비명이 목을 타고 올라오지만 입에서 막혀 버린 사람처럼 이만 갈았다.

엄마가 이젤에서 콜라주를 낚아챘다. 당장이라도 찢어버리려고 하더니 멈추었다.

"아빠가 보면 좋아할 것 같지? 널 자랑스러워할 줄 알지? 아빠한테 다 말할 거야. 네가 오늘 한 모든 끔찍한 말들과 짖은 거, 이거. 스스로 네 관에 못질한 거나 다름없어."

엄마는 여전히 떨긴 했지만 고개를 높이 들고 방을 나갔다. 침실로 가서 문을 닫는 소리가 들렸다.

해나는 아랫입술을 지그시 물었다. 계산을 잘못했나? 엄마가 정말 아빠에게 다 말할까? 아빠가 해나한테 화를 낼까? 상상하기 힘든 일이었다.

좋은 생각이 났다. 끝내주게 똑똑한 생각이었다. 입고 있던 노란 가디건을 벗어던지고 팔을 살펴보았다. 오른쪽 손으로 왼쪽 팔을 잡고 꼬집었다. 손톱이 분홍색으로 변했다. 그리고 손을 떼자 희미하게 하얀 손가락 자국이 남았다. 자국은 곧 옅어졌다. 그래도 좋은 생각임은 틀림없었다.

해나는 문을 닫았다. 엄마의 위협 따위 신경 안 썼다. 엄마는 저녁 하러 나와야 할 때까지 숨어 있으리라는 걸, 해나는 알고 있었다. 아빠가 돌아올 때까진 모든 걸 정상으로 보이게 만들어야 하니까. 해나가 궁리할 시간은 많았다. 그리고 엄마가 아빠한테 해나가 한 수많은 미친 짓들을 말한다면 오히려 더 잘됐다.

스타킹으로 하면 될 것이다. 스타킹은 많았다. 서랍장에 색깔별로 돌돌 말려 정리돼 있었다. 해나는 얇고 신축성 좋은 하얀 스타킹을 골라 팔에 지혈하듯 둘둘 감은 다음 힘껏 당겼다. 당기고 또 당겨 마침내 불쌍한 왼팔에 감각이 없어질 때까지 죄었다.

SUZETTE
수제트

    옷을 그대로 입고 물기 없는 욕조의 품 안에 웅크리고 있었지만 고개만 살짝 돌려도 그 콜라주가 보였다. 거울에 비칠 수 있는 각도로 욕실 세면대 위에 세워놓은 것이다. 왜 저기 저렇게 둬서 수제트를 비웃게 했을까? 수제트는 손을 뻗어 폭신한 하얀 수건을 집어서 접은 다음 베개를 만들었다. 기다릴 작정이었다. 더 깊숙이 몸을 낮추자 거울과 해나의 정신 나간 예술 작품이 안 보였다. 하지만 여전히, 하염없이 미끄러져 내리는 기분이었다. 다음 발걸음을 내딛기 위해서는 다른 이의 도움이 필요한, 필사적으로 피하고 싶었던 한심한 인간이 되어가는 중이었다. 이제 알렉스의 차례였다. 알렉스가 뭔가 해야 했다. 제발 수제트에게 어머니가 필요했던 예전보다는 더 나은 결과가 있기를.

    열아홉 살이 될 무렵엔 오클랜드 병원까지 혼자 버스를 타고 가는

데 익숙해졌다. 심지어 외과를 갈 때도. 봉합하지 않고 놔둔 복부 절개 부위가 간혹 아무는 듯했지만, 늘 안에서부터 아무는 건 아니었다. 구멍에서는 여전히 피부 밖으로의 배출이 필요했다. 의사가 어떤 마취 주사를 놓았고 수제트는 벌에 쏘이는 것처럼, 불에 지져지는 것처럼 아팠다. 의사가 뭘 하는지 알 수 없었고 물어볼 용기도 없었다. 2년 동안 공식적인 병원 치료의 악몽을 겪는 동안 그냥 치료를 받았고 그 결과를 감내했다. 마취 후에는 아물어 가는 흉터를 의사가 메스로 가르고 다시 벌렸다.

아프지는 않았다. 아픔이 느껴지지는 않았다. 첫 수술 이후에 절개 부위 주변의 신경 말단이 어떻게 되었는지, 병원에서 붕대를 교체할 때마다 모르핀을 투여했다. 그래서 그 고문 같은 과정 동안에도 마비 상태일 수 있었다.

의사는 10센티 너비의 붕대를 접어서 수제트의 배 위에 붙였다. 혼자가 익숙해진 수제트는 멍한 상태로 비틀거리며 집으로 돌아가는 버스에 올랐다. 붕대 밖으로 피가 배어 나오는 일은 흔했다. 버스 정류장에서 집까지 걷는데 피가 티셔츠까지 배어 나와 청바지 허리춤을 타고 뚝뚝 흘렀다.

보통 집에서는 수제트가 소파에 누우면 어머니가 하루에 두 번씩 붕대를 갈아주었다. 혼자서 하기는 손이 모자랐다. 수제트는 흉터를 벌려 잡고 있었는데, 자신의 갈라진 살들, 혹은 흉터의 깊이를 직접 볼 필요가 없어서 좋았다. 생각만 해도 역겨웠다. 집에는 병원에서 쓰는 구토 용기도 있었는데, 거기에는 살균 솜 통, 종이테이프, 가위, 집게 등 각종 의료 물품이 가득 들어 있었다. 하지만 수제트가 피를 흘리던 그날, 붕대를 찾을 수 없었다. 늦은 오후였다. 운이 좋으면 배가 고파진 어머니가 침대에서 일어나 나올 시간이었다.

"엄마, 엄마?"

"응?"

"피가 나. 붕대가 떨어졌어."

"곧 일어날게." 어머니는 신음과 함께 대꾸하고 나서, 돌아눕지도 눈을 뜨지도 않았다. 수제트는 피 묻은 옷을 벗고 피 나는 흉터에 생리대를 붙였다. 자신의 수완이 꽤 자랑스러웠다. 스케치북을 들고 머릿속 가득한 어두운 생각들과 함께 방으로 돌아가 자리를 잡았다. 어머니는 그렇게 한 시간을 더 잤다.

수제트는 필요한 것들을 사가지고 돌아와, 다시 무기력한 환자가 되어 소파 위에 누웠다. 어머니가 생리대를 떼자 흉터에서 검은 피가 울컥 나왔다. 어머니는 웬일로 얼굴을 찡그렸다. 수술용 집게로 벌어진 살갗들 사이에 거즈를 세심하게 채워 넣으며 5미터에 달하는 한 통을 거의 다 썼다. 이렇게 되자 수제트보다는 어머니에게 고역이었고 수제트는 기뻤다.

다음날 어머니가 수제트를 오클랜드로 데리고 갔다. 전날 갔던 병원보다 여섯 블록 덜 가서 멈췄는데, 병원에 간 게 아니라 보상을 해주기 위해서였다. 때로 어머니는 그런 행동을 했다. 말없이 쇼핑을 데려가는 것으로 사과를 대신했다. 수제트에게 그림과 꿈이 어떤 의미인지, 어머니도 어느 정도는 알고 있었다. 화방에서 원하는 걸 다 고르게 했다. 전문가용 연필, 다양한 크기와 질감의 스케치북 등. 그러고 나서 길 건너 그들이 제일 좋아하는 시리아 식당 알리바바에서 점심을 먹었다. 수제트는 늘 먹는 치즈 파이를 먹었고 어머니가 넉넉하게 시킨 곁들임 요리들을 조금씩 맛보았다. 다른 사람들 눈에도 그들이 같이 외출한 평범한 모녀지간으로 보일지, 수제트는 늘 궁금했다. 아니면 어머니가 수제트와 눈을 맞추지 않고, 단 한마디도 먼저 대화를 시작하지 않는다는 사실을 사람들이 알아챌까? 어머니의 침묵, 블라인드처럼 내려진 안개 속에서, 수제트는 혼자 궁금해하곤 했다. 어머니는 밤낮으로 무슨 생각에 골몰해 있을까? 생생한 환상의 세계가 펼쳐지는 것은 아닐까? 아니면 그냥 끝없는 회환뿐일까? 자신의 고통이 계속되는 중에도 수제트는 어머니에 대한 연민의 감정을 느끼지 않은 적이 없었다.

수제트는 욕조를 발로 밀어 몸을 일으키면서, 잠망경처럼 욕조 위로 눈을 내밀었다. 초점을 좀 달리해서 보니, 딸아이의 작품의 장점도 찾을 수 있었다. 오려낸 솜씨가 깔끔했고 배치에도 균형이 잡혀 있었다. 풀도 꼼꼼하게 붙였다. 난리를 치는 대신 그냥 잘 만들었다고 칭찬을 해줄걸 그랬나 싶었다.

수제트는 욕조에서 나와 한숨을 푹 쉬고 혼잣말을 내뱉었다. "난 어른이야!"

수건을 집어 들고 깔끔하게 접은 다음, 다시 선반에 놓았다. 딸아이는 아직 어린 아이였다. 해나가 수제트를 정말 해칠 수는 없었고, 설령 폭력적인 상황이 돼도 수제트의 힘이 훨씬 셀 것이다. 욕조에 들어가 숨어 있다니, 우스웠다. "나는 어른이야." 수제트는 다시 중얼거렸다. "내가 엄마야. 딸이 아니고."

수제트의 휴대폰은 아래층에 있었다. 뭘 해야 할지 알았다. 알렉스에게 해나의 콜라주를 보내야 했다. 수제트는 해나의 작품을 들고 욕실에서 나왔다.

계단으로 향하려다가 돌아서서 딸의 방으로 갔다. 닫힌 문 앞에서 몇 가지 충동과 싸웠다. 주먹을 쥐고 노크를 할까 망설였다. 순간적으로 표정이 굳으며 분노가 끓었다. 주먹을 들어올렸다. 그러나 숨을 내쉬자 화가 빠져나가며 손에 힘이 풀렸다. 그냥 들여다보고 별일 없는지 확인이나 해야겠다. 수제트는 수많은 시간을 방에서 혼자, 고통 속에 보내왔다. 해나가 혼자 괴로움을 느끼며, 자신이 진정으로 필요한 것을 표현하지 못하고 있다는 생각이 들자 참을 수가 없었다.

수제트의 사진 옆에 해나가 붙여놓은 기괴한 얼굴을 흘긋 내려다보았다. 부패로 부서지기 직전의 연약한 여성이 누워 있었다. 코와 광대뼈 주변으로 당겨진 피부 덕에 두개골의 모양이 그대로 드러나 보였다. 수제트의 두려움이 날아갔다. 딸아이를 도와주어야 했다. 티스데일은 특별한 필요를 가진 아이들을 전문적으로 교육하는 곳이니까 그들이라면 방법을 알아낼 수 있을 것이다.

휴대폰은 주방 싱크대에 놓여 있었다. 해나의 걸작을 바닥에 떨어뜨린 다음 카메라가 콜라주 전체를 담도록 프레임을 설정했다. 그러다가 결국 자기 사진과 바로 옆의 기괴한 여성 사진에 초점을 맞춰서 잘 보이게 찍었다. 문자를 보내면서 내용도 덧붙였다. '당신 딸이 나 찍은 사진으로 만든 거야. 죽은 사람들의 콜라주. 얘기 좀 해야 할 듯.'

보내기 버튼을 누르고 휴대폰을 내려놓았다. 그리고 냉장고에서 해동되고 있는 연어를 확인했다. 수제트는 연어를 좋아하지 않았지만 알렉스가 가장 좋아하는 음식이었다. 남편과 딸에게 유기농 새싹 채소 샐러드를 만들어 주고 수제트는 몇 입 먹지 않을 것이다. 그리고 수제트의 주식이 될 현미를 어떻게 하면 색다르게 먹을 수 있을까 생각하는데, 알렉스가 전화를 걸어왔다.

"사진 받았어?"

"응…… 해나가 만들었다고?"

"응. 아름답지? 저기, 당신한테 할 얘기가 더 있는데, 직접 하는 게 좋을 것 같아. 지금 올 수 있어?"

이어진 침묵에서 부정의 대답을 들을 수 있었다.

"우리 지금 '피카 시간'인데." 알렉스가 말했다.

수제트는 눈을 굴렸다. 알렉스는 가끔 너무 스웨덴 생활 방식에 집착했다. 매일 커피와 빵을 곁들인 휴식 시간을 가지는 건 훌륭한 관습이지만 그것 때문에 회사에서 나올 수 없다는 건 아무리 생각해도 너무했다.

"잘됐네. 그럼 당신은 나와도 괜찮을 테니."

"하루 중 우리가 다 함께 모여서 하고 있는 일에 대해 대화를 나누는 유일한 시간이야."

수제트는 다시 눈을 굴렸다. 직원이 그리 많지도 않은 회사인 데다, 다들 사교적이고 수다스럽고 극히 협조적인 동료들이었다. 보기 드물 정도로 친밀함이 넘치는 회사였다. 수제트는 진실을 알고 있었다. 빵을 두고 떠나기 싫은 것이다.

"알렉스, 제발. 오늘 아침에 당신이 한 말 기억해? 해나랑 학교에 갔다 왔던 얘기를 해야겠어." 수제트 앞에 사무실 풍경이 보이는 듯했다. 김이 모락모락 오르는 갓 내린 커피와 근처 빵집에서 매일 배달시키는 맛있는 빵들이 담긴 접시를 바라보는 알렉스의 표정이. "빵 먹고 바로 올 거지?"

"탁, 앨스클링(고마워, 여보)."

알렉스의 미소가 전화 너머로 들리는 듯했다. 너무 어린애 같았지만, 적어도 집에 일찍 올 것이다. 아침에 한바탕 하고 나서 또 갈등 상황과 맞닥뜨리기는 피하고 싶어서 그러는 걸 수도 있었다. 아니 어쩌면 수제트가 디저트 규칙을 좀 누그러뜨려야 하는 건지도 몰랐다. 집에서는, 명절을 제외하면 단 음식을 잘 안 먹었다. 생각해 보면 옌센 가족이 기념하는 명절은 꽤 많은 편이었다. 수제트와 유대인 어머니는 별로 기념하는 날이 없었다. 어머니는 남자아이들만 히브리 학교에 보내는 집에서 자랐다. 그래서 유대교의 명절의식이나 기도에 대해 배우지 못했다. 수제트가 거의 본 적 없는 외조부모는 딸이 유대인 남자와 결혼해서 유대교 전통을 배울 거라고 생각했다. 하지만 딸은 이방인을 선택했다. 건강하지 못한, 심장이 안 좋은 이교도였다. 어머니의 가족들은 거리를 두었고 아버지가 죽은 후에는 연락이 끊겼다.

수제트가 네 살 때 미이라처럼 하얀 양목에 감싸인 아버지를 본 기억이 아직도 생생하다. 그때는 주변 모두가 우는 데도, 슬픔이 느껴지지 않았다. 두려울 뿐이었다. 하지만 외조부모는 그 장례식을 최후의 모욕으로 생각했다. 하얀 양목은 유대인 풍습이었다. 수제트의 어머니는 시신을 방부 처리 하는 관습이 소름 끼친다고 생각해서 하얀 양목에 대해서는 고집을 부렸다. 하지만 외조부모에게는 이방인을 하얀 양목으로 감싸는 건 신성모독이나 다름없었다. 아버지는 유대인 묘지가 아닌 홈우드에 묻혔고 그가 땅속으로 옮겨질 때 수제트의 어머니는 발작적인 울음을 터뜨렸다. 무릎이 꺾이며 하마터면 무덤 속으로 굴러떨어질 뻔했다. 어른이 되어 돌이켜보면 어머니의 일부는 그날 아버지와 함께 흙속으로 가라앉았다고, 다시는 떠오르지 않았다고 볼 수도 있었다.

알렉스가 지나친 보상 심리를 발동시키는 듯했지만, 어차피 그는 모든 것을 기념하길 좋아했다. 유대인 명절에 대한 책을 사서, 소비 지향적인 면은 좀 배제시킨 기독교 명절, 그리고 물론 알렉스가 사랑해 마지않는 미드소마 같은 스웨덴 명절과 함께 기념했다. 마녀들이 잔치를 벌인다는 전설이 내려오는 발푸르기스의 밤도 그들 식으로 즐겼다. 뒷마당에서 모닥불을 피울 수는 없었지만 이동식 구리 화덕에 불을 피우고 봄을 환영하는 노래를 불렀다. 수제트가 빵을 잘 만들지는 못했지만 10월 4일이 되면 '시나몬 번의 날'을 기념해 시어머니 토바의 유서 깊은 비법에 따라 빵을 구웠다. 어쩌면 가족에게 견과류, 과일이 든 초콜릿이나 비유제품 아이스크림 같은 것 이상의 디저트를 맘껏 먹여야 하는지도 몰랐다. 수제트가 빵 굽는 법을 배운다면 건강하게 먹으면서도 즐길 수 있을 것이다. 수제트도 초콜릿 쿠키를 싫어하는 게 아니었다.

갑자기 언젠가 부부가 둘 다 뚱뚱해지는 모습이 쉽사리 상상되었다. 알렉스가 체육관에 가는 시간을 줄이거나, 수제트가 생야채와 비정제 곡물과 다른 건강식보다, 얄궂게도, 더 소화하기 쉬운 도넛과 컵케이크와 양파 튀김에 대한 욕구에 굴복하면 말이다. 채식주의자는 될 수도 없었다. 겨울철에 오렌지 한 개만 맛있게 삼켜도 고문과도 같은 고통과 함께 이런 저런 검사를 한바탕 받아야 했다. 그렇게 창자가 좁아지면 위험했다. 수제트가 준비한 음식을 먹는 가족들을 보면서 억울할 때도 있었다. 다른 사람들은 심장이 계속 뛰는 게 당연하고 피부의 보호를 받는 게 당연하듯이 먹고 싸는 것도 너무나 당연하게 생각했다. 창자가 전부 망가져서 기본적인 소화 기능이 엉망이 될 거라고 생각하지 못한다. 수제트에게 음식은 툭하면 쳐들어오는 적군처럼 위험 요소가 되었다. 얼마나 억울하고 질투가 나는지, 수제트는 알렉스에게 말하지 못했다. 겉으로 볼 때는 정상으로 보이는 수제트를, 알렉스는 거의 정상으로 간주했으니까.

수제트는 위층으로 조용히 올라가서 세탁기에 수건을 잔뜩 넣고 뜨거운 물을 받았다. 세탁기 돌아가는 소리, 규칙적인 회전과 거품 소리는 늘 마음을 편안하게 해주었다. 기계에 손을 올리고 어딘지 파도 같은 진동을 느끼며 잠시 생각에 잠겼다.

해나가 방에서 나오다가 세탁실의 엄마를 발견했다. 편한 레깅스와 좋아하는 티셔츠 원피스로 갈아입고 있을 줄 알았더니 외출할 때 입었던 스커트와 가디건을 그대로 입고 있었다. 수제트가 이제는 알게 된 표정, '나 심심해' 하는 얼굴로 해나가 쳐다보았다.

"잠깐 나가서 놀아도 돼. 날이 좋네."

해나는 얼굴을 찌푸리며 엄마의 제안을 따져보는 듯하더니 슬쩍 희망 섞인, '다른 건?' 하는 표정으로 다시 쳐다보았다.

"나 아직 화 안 풀렸어. 그 사진 말이야. 하지만 아주 잘 만들긴 했더구나."

해나가 고개를 빠르게 까딱, 했다.

"넌 똑똑하고 능력 있는 아이야."

해나가 세탁기에 손을 올리며 엄마의 자세를 따라했다.

수제트는 해나의 표정에서 질문을 이해했다.

"진동하는 느낌이 좋아서 그래. 언젠가…… 너는 지금은 안 믿겠지만, 그리고 네가 두렵다면 유감이지만, 일단 학교에 가면……"

해나가 사납게 왈, 하고 짖었다.

"······상황이 훨씬 좋아질 거야. 너한테도 우리한테도 말이야."

해나가 으르렁거리며 점점 더 사나워졌다. 수제트는 별 감흥 없이 가만히 서 있었다.

"휴대폰을 가지고 올라올걸. 아빠한테 네 진짜 모습을 알려줄 증거를 더 찍게."

해나는 짖기를 멈추었지만 미움을 가득 담고 노려보았다. 수제트의 팔 쪽으로 고개를 휙 돌리더니 입을 한껏 벌렸다. 수제트는 얼른 피하며 본능적으로 다른 한 손은 딸의 머리를 막았다.

"사람은 개처럼 무는 행동 안 해! 정말 이럴래?"

해나가 고개를 비틀며 엄마의 손을 밀고 이를 딱딱거렸다.

"그만해!"

해나가 목구멍 깊숙이에서 나오는 으르렁 소리를 더욱 흉포하고 위협적으로 냈다. 그러더니 수제트의 팔을 잡으면서 물기 위한 몸싸움을 시작했다.

수제트는 펄쩍 뛰어 물러서며 팔을 휘둘러 해나를 쳐내려 했다. "해나! 이 조그만, 망할······!" 수제트는 강해져야 한다고 생각했다. 필요하면 힘으로 제압해야 했다. 하지만 두려웠다. 자기가 잘못할까 두렵고, 딸의 이가 자신의 피부를 뚫을까, 뼈까지 죄어올까 두려웠다. 인터넷에서 어떤 여자와 반려견에 대한, 대서특필된 기사를 본 기억이 났다. 어느 날 여자가 너무 술을 많이 마시고 뻗자, 반려견은 그녀를 핥아서 깨우려 했다. 점점 더 불안해지고 초조해진 개가 더욱 열심히 핥았지만 여자는 의식을 찾지 못했다. 여자의 피부가 헐고 코에서 피가 나기 시작했다. 피에 흥분한 개는 여자의 얼굴을 전부 먹어버렸다.

수제트는 해나의 이가 자신의 피부를 찢는 감각을, 피범벅의 살점을 뜯어내는 기분을 상상할 수 있었다. 개로 변한 소녀는 계속 다가오고 수제트는 물러서며 팔을 휘둘렀다.

"그만해!" 수제트는 고래고래 소리쳤다. "결국 망할 정신 병원을 가야 정신을 차릴래?"

개로 변했던 소녀는 나타날 때만큼이나 갑자기 사라졌다. 수제트는 호흡과 눈물을 다스리려 분투했다. 심장이 미친 듯 비명을 질렀다. '증오'라는 단어가 입속에서 맴돌았지만 입 밖으로 내지 않았다.

"왜? 왜 나한테 이러는 거니?"

딸아이는 가는 어깨를 늘어뜨리고 고개를 살짝 기울였다. 거의 슬퍼 보이는 표정이었다.

"주 시 마리앤. 주 마펠르 마리앤(나는 마리앤. 내 이름은 마리앤)!"

해나는 절박해 보였다. 이해받기를 애원하는 듯했다. 또한 수제트가 듣기에 너무 완벽한, 프랑스 원어민의 발음처럼 들렸다. 하지만 프랑스어 컴퓨터 게임에서 몇 마디 주워들은 것뿐일 터였다. 불가능한 일이었다.

잠시 소강상태 후에, 수제트는 딸아이의 팔을 잡아챘다. 꽉 잡고 계단 아래로 끌고 내려갔다. 해나는 엄마의 손가락을 잡아떼려 했으나 수제트가 훨씬 큰 몸집에서 나오는 힘을 확실히 발휘했다.

아래층으로 내려와서 안뜰로 난 문을 열고 해나를 거의 던지다시피 밖으로 내보냈다.

"가서 놀아!"

수제트는 문을 닫고 잠갔다. 해나는 유리문 밖에서 엄마를 노려보았다. 문을 열어보려 하다가 안 된다는 걸 확인하고, 전혀 당황한 기색을 보이지 않은 채, 허리에 손을 얹고 무사태평한 여왕처럼 경쾌하게 안뜰 가운데로 나갔다.

수제트는 돌격을 고민하는 황소처럼 씩씩거렸다. 잠금장치를 열고 고개를 밖으로 내밀었다.

"여기서 지켜볼 거야! 그리고 아빠도 금방 올 거야!"

해나는 뒤돌아보며 어깨를 으쓱 하고서는 장난감들을 비축해 둔 집 옆 창고로 갔다. 수제트는 문을 닫고 다시 잠갔다.

해나를 죽일 수도 있을 듯했다.

아니, 그럴 수 없었다.

그럴 수 있었다.

절대 그럴 순 없었다.

그럴 수도 있었다.

한 번, 평생 딱 한 번, 누군가를 갈가리 찢어버리고 싶었던 적이 있었다. 아주 잠깐뿐이었지만 말이다. 6학년 어느 날, 비쩍 마른 아이라 블루먼필드는 미술 교사가 들어오기 전에 수제트의 머리칼을 조금 잘라내면 재미있을 거라고 생각했다. 수제트는 웃어야 했던 걸까? 다른 소년들도? 수제트는 아이라에게 늘 친절했다. 수제트가 아직 건강할 때였다. 친구들도 있던 때였다. 하지만 분노가 폭발했다. 어머니도 수제트의 머리를 망가뜨린 적이 한 번 있었기 때문이었다. 미용실에 데려가기가 너무 귀찮아서? 어쨌거나 수제트는 양손으로 비쩍 마른 아이라 블루먼필드의 목을 잡고 확 밀어버렸다.

충격받은 남자애의 표정을 보고 수제트의 분노가 사그라졌다. 그 후로 오랫동안 수제트는 자신의 갑작스러웠던 폭력에 죄책감을 느꼈고 당황스러웠다. 이제 그 기분을 다시 느끼게 되었다.

해나는 유리 벽 너머에서 더 안전했다.

믿음직한 고무장갑을 끼고, 수제트는 걸레와 유리 세정제를 이용해 유리 벽을 닦아나갔다. 한동안 해나는 안뜰 가운데서 훌라후프를 가지고 놀았다. 그러면서도 둘은 서로를 주의 깊게 지켜보았다. 이제 훌라후프는 내버려둔 채, 해나는 유리 벽 너머에 서서 수제트가 세정제를 뿌리고 문지르면 조금씩 따라 움직였다. 한 걸음 옆으로 움직이고, 칙칙 뿌리고, 문지르고. 실제 해를 주지는 않으면서도 해나의 얼굴에 스프레이를 뿌릴 수 있다는 데, 수제트는 분명 쾌감을 느꼈다. 하지만 아무리 노력하고 문질러도 자신의 딸을 먼지와 얼룩처럼 지워버릴 수 없다는 실망감은 남아 있었다.

수제트가 문이 열리는 소리를 듣기도 전에 해나의 얼굴 표정으로 알 수 있었다. 알렉스가 귀가한 것이다. 해나는 활짝 웃으며 달려왔다. 하지만 유리문은 열리지 않았다. 수제트는 장갑을 벗고 알렉스를 맞이했다. 부모가 키스를 하자 해나가 유리를 두드렸다.

"그러지 마, 릴라 굼만." 알렉스가 외쳤다.

해나가 사납게 문을 잡아당겼다. 그제야 알렉스가 알아챘다. "잠긴 거야?"

"응. 괜찮아. 나가서 노는 동안 우리 이야기 좀……"

"들어오고 싶어 하잖아." 알렉스가 수제트를 지나쳐 문을 열었다.

"제발, 알렉스, 들여보내면 이야기를 할 수가……"

해나가 아빠 품으로 달려들었고 수제트는 말을 삼켰다. 알렉스가 무릎을 굽히고 해나는 너무나 다정하게 아빠의 목에 팔을 두르고 뺨에 뽀뽀하는 모습을 보며 수제트는 열패감에 휩싸였다. 알렉스가 무엇을 그렇게 더 잘했기에 딸아이의 사랑을 모두 얻어낸 것일까? 알렉스가 해나를 간지럽히며 얼렀고 해나는 깔깔거렸다.

"다람쥐 소녀가 하루를 어떻게 보냈지?"

알렉스의 질문에 해나는 겁먹은 눈으로 수제트를 쳐다보더니 고통스럽다는 듯 인상을 찡그리고 왼쪽 가디건 소매를 걷어 올렸다.

뭘 보여준 것인지 수제트에게는 잘 안 보였지만 알렉스가 경악한 표정을 지었다. 그러고는 굳은 표정으로 수제트를 보았다.

"무슨 일이야?" 수제트는 다시 한번 자신의 내부, 허약한 부분에서 공포가 끓어오르는 것을 느꼈다. 무르고 깨지기 쉽고 평정심을 파괴할 수 있는 그 부분.

"당신이 이랬어?" 알렉스가 물었다.

"뭐?"

수제트가 다가섰고 해나는 입을 삐죽거리며 팔을 내밀었다. 벌겋게 달아오른 네 개의 손가락 자국. 섬세한 피부에 벌써 멍이 들기 시작했다. 수제트는 딸아이의 부상에 기겁했다. 그리고 둘 다 비난의 시선으로 자신을 쳐다보는 것을 깨달았다. 수제트를 교수대로 보내며 집행인에게 사형시키라고 고갯짓하는 시선이었다. 그들 앞에서 마구 흔들리며 수제트는 생명을 구걸할 수 없었다.

"내가 안 했어!"

그들은 믿지 않는 표정이었다. 수제트가 저 자국을 만들었던가? 해나를 계단 아래로 끌고 내려왔을 때? 그렇게 세게 잡지 않았는데. 게다가 1분도 안 되는 시간이었다. 자기 아이에게 저런 상처를 입힐 수가 있을까?

"알렉스, 난 절대……"

해나가 수제트에게 손가락을 겨누며 아빠를 보았다. 알렉스의 얼굴에서 이글거리는 불. 사형보다 더한 처분도 내릴 수 있는 표정이었다. 땔감을 모아 직접 불을 붙일 것이었다. 화형시킬 불.

수제트가 고개를 저었다. "당신은 저 애가 뭘 했는지 모르잖아! 날 공격하려 했어. 물려고 했다고. 으르렁거리면서 물고……"

"릴라 굼만, 엄마랑 얘기할 동안 방으로 올라가 있어."

"난 그저 팔을 잡고, 그건…… 난 절대……" 수제트가 딸의 팔을 잡고 자세히 살펴보려 했지만 해나는 팔을 가슴에 꼭 붙였다. "얼음 좀 가져올게." 수제트가 뒤돌아 냉장고로 가는데, 알렉스의 화난 시선이 느껴지는 듯했다.

"난 정말 알렉스…… 어떻게 된 일인지……" 수제트가 얼음팩을 행주로 싸서 해나에게 건네려 했지만 알렉스가 대신 받아서 딸아이의 부어오른 팔에 조심스레 대주었다. 그리고는 안아올리더니 위층으로 데리고 갔다.

"한 번에 몇 분 이상 대고 있으면 안 돼. 그러면 너무 차가워져." 수제트가 외쳤다.

알렉스는 듣지도 않는 듯했다.

"얼음이 맨살에 닿지 않게 행주로 충분히 감싸야 하고."

"알아서 할게." 알렉스는 돌아보지도 않고 가버렸다. 그의 판결이 집 안에 울려 퍼졌다.

수제트는 손으로 입을 막고 잠시 숨을 멈추었다.

수제트가 그랬던가?

아닌 게 분명했다.

분명 확신했다.

거의 확신했다.

균열이 생겨나고 의심이 열렸다.

기억이 잘 안 났다.

딸아이에게 무슨 짓을 한 것일까? 그 순간 미움이 이성을 마비시켰던 것일까?

아무 짓도.

수제트는 해나에게 아무 짓도 하지 않았다.

마리앤 뒤포세 때문이었다. 그 여자애가 문제였다.

빌어먹을 조그만 프랑스 마녀.

HANNA
해나

저녁식사는 이상했다. 비린내 나는 물고기, 그리고 엄마와 아빠 사이에 쳐진 벽은 아까 엄마와 해나 사이에 막혀 있던 정원 유리보다 두꺼웠다. 아빠는 물고기를 배고픈 곰처럼 와구와구 먹었고 엄마는 그 분홍 살점이 인간 고기라도 되는 듯 깨작거렸다.

"무슨 일인지 얘기를 해야 할 것 같아." 엄마가 만화에서 쓰는 슬픈 목소리로 말했다. "그보다 앞서서……"

"해나 앞에선 안 돼."

해나는 고개를 들고 눈빛을 반짝였다. 계획했던 것보다도 더, 일이 훨씬 잘 풀렸다. 그리고 부모가 해나에 대해 얘기하고 싶다면 정말로 진짜로 괜찮았다. 아주 좋은 경기를 관전하는 거나 마찬가지일 테니까. 너무 오래 가만히 있으면 폭발할 것 같은 공을 남자들이 급하게 쫓으며 차고 돌아다니는, 아빠만이 '축구'라고 부르는 그 경기처럼 말이다.

"해나의 앞날에 대한 일이야. 해나도 개입하고 있는 일이고."

아빠가 노려보자 엄마가 손바닥으로 뺨을 괴었다. 머리가 너무 무거워서 팔목이 부러질 듯했다.

해나는 씩 웃고 싶은 걸 꾹 참았다. 포크에 조그만 밥알을 한 개씩 끼워서 먹었다. 그렇게 52알을 먹었다. 엄마는 계속 아빠 눈치를 보았지만 아빠는 자기 앞의 음식만큼 흥미로운 걸 본 적이 없다는 듯했다. 샐러드를 한 번 더 덜었다.

"서니브리지에서 안 받아줬어." 수제트가 침묵에 대고 말했다.

알렉스는 계속 고개를 숙이고 있었지만 눈을 획 들어 올려 좀 사나워 보였다. "나중에 얘기해."

"왜인지 알고 싶지 않아? 해나도 아는 이유니까 해나 앞에서 이야기하지 않을 이유가 없어. 해나가 당신한테 직접 얘기하면 얼마나 좋을까. 아니면 직접 보여주든지……"

"수제트……"

"얼마나 훌륭하게 사나운 개 흉내를 냈는지 말이야. 아빠한테 짖는 거 좀 보여줄래?"

해나는 부모가 자신에 대해 이야기하는 건 괜찮았지만 엄마가 자기한테 말을 거는 건 싫었다. 아빠가 야채 잎사귀를 포크로 찍어서 착착 접은 다음 입을 벌려 먹는 모습을 찬찬히 관찰했다. 그리고 그걸 따라했다.

"당신이 해나에 대해 말할 때 사용하는 어투가 마음에 들지 않아." 알렉스가 말했다.

"해나는 아기가 아니야. 자신이 한 행동에 책임을 질 필요가 있어.

당신은 해나가 어떤 짓을 했는지 전혀 모르지. 해나는 똑똑한 아이야. 학교에 들어가지 않기 위해 어떤 짓을 벌여야 하는지 잘 알고 있고, 인터넷 검색하는 법도 알아. 인터넷으로 사진을 출력하는 법도 알고 있어. 다 당신 컴퓨터로 한 거지."

"그런 일도 할 줄 알아야지."

아빠의 대답에 엄마가 입을 떡 벌렸다. 그러자 아빠가 좀 머뭇거렸다.

"우린 디지털 세상에 살고 있으니까."

"해나는 서니브리지 교장을 겁주려고 개처럼 짖었어."

아빠가 포크를 내려놓았다. 해나를 오랫동안 쳐다보았지만 해나는 그를 마주보고 싶지 않았다. 밥알에만 집중했다. 한 번에 한 알씩. 포크로 찍어서 입으로 가져갔다. 결국 아빠는 엄마에게로 고개를 돌렸다.

"그래서 우리가 그…… 다른 걸 얘기하기로 한 거잖아." 아빠가 엄마만 알아듣게 말하려 하고 있었다. 해나는 짜증이 났다. 엄마도 아주 기분 좋아 보이지는 않았다.

"보험 승인이 나길 기다려야 해."

"그럴 필요 없어. 우리가 내면 되니까."

"글쎄, 웨이드 교장이 티스데일 학교에 연락해 주겠다고 해서 내일 약속을 잡았어. 해나와 같은 아이들을 전문으로 하는 학교야."

해나는 깜짝 놀라 수제트를 보았다. 마녀가 되는 법을 배우는 학교인가?

"그게 무슨 의미지?" 아빠의 목소리가 분노로 떨렸다.

엄마는 한참 동안 대답하지 않았다. 부모는 서로 눈으로 레이저

광선을 쏘며 생각만으로 서로의 뇌를 빨아내려는 것처럼 보였다.

"의사가⋯⋯" 결국 엄마가 눈을 깜빡이며 시선을 피했다. "말을 못하는 것과 안하는 건 다르다고 했어. 해나는 오늘 말을 좀 더 했고."

해나가 포크로 자기 혀를 눌렀다. 오톨도톨한 혀를 가는 꼬챙이들로 꿰뚫으면 어떻게 보일지 상상했다. 이제는 아주 집중하고 있었다. 특히 아빠의 반응을 살폈다. 아빠는 벼락이라도 맞은 듯했다.

"정말 말을 했어? 뭐라고 했는데?"

아빠가 해나를 보았다. 해나가 그에게도 무슨 말을 하리라는 희망에 가득 차 있는 표정이었지만, 마리앤은 그에겐 관심이 없었다. 이게 최선이라는 것을 아빠는 이해하지 못했다.

엄마가 한숨을 쉬었다. "자기가 마리앤 뒤포세라고 말했어. 내가 물어봤던 거 기억하지? 17세기 마녀, 그러니까 프랑스에서 마녀로 화형당한 마지막 사람이더라고."

이제 아빠는 핀볼 기계에 갇힌 사람 같은 표정을 지었다. 조그만 은색 공들이 사방에서 튀어나오는 것처럼 어쩔 줄 모르고 딸과 아내를 번갈아 보았다.

"해나가 그런 말을 했다고? 당신이 그랬다고?"

"무슨 뜻인지는 나도 몰라, 알렉스. 농담하는 것도 아니고. 나도 무슨 영문인지⋯⋯ 혼 스크라머 미그, 이블란드."

엄마가 스웨덴어로 숨기려 해도 소용없었다. 옛날에 아빠는 집에서 늘 스웨덴어를 썼다.

'아이가 나를 가끔 겁나게 만들어'가 엄마가 한 말이었다. 해나는 안도하며, 간질거리는 승리감을 느꼈다. 밥알이 카누처럼 배 속으로 흘러내려갔다.

"릴라 굼만, 엄마한테 그렇게 말했니? 나도 듣고 싶구나."

해나는 가장 좋아하는 프로그램인 〈스타 트렉〉의 테마 음악을 소리 높여 흥얼거렸다. 아빠는 엄마 말을 아무래도 믿지 못하는 듯했다. 하지만 상관없었다. 엄마 말이 옳다는 걸 증명해 줄 생각은 없으니까. 그러고 나면 아빠는 누구 편을 들지 결정해야 할 것이다.

별들 사이를 여행하는 엔터프라이즈호처럼 해나가 손을 움직이자 아빠는 엄마에게 말했다. "나중에 얘기해."

엄마는 여전히 불안하게 굳은 얼굴로 고개를 끄덕였다.

아빠는 본인은 잠옷이라고 부르는, 낡은 운동 바지와 티셔츠를 입었지만 실은 다 벗고 잔다는 걸 해나는 알고 있었다. 아빠는 포스트잇으로 표시된 책을 펼치고 해나의 침대 옆에 앉았다. 해나는 신이 나서 이불을 꼭 잡고 그 아래서 수영을 하는 것처럼 다리를 동동거렸다.

"좋아, 그럼…… '나는 어둠 속에 눈을 적응시켰다. 별자리 스티커가 천장에서 빛을 냈다. 그리고 귀를 기울였다. 아래층에서 들리는 텔레비전 소리, 언니가 욕실에서 이를 닦는 소리, 그리고 드디어 들렸다! 디딩, 디딩, 나의 꿀잠붕붕짐승이 삐걱대는 자전거를 타고 막대사탕 손으로 조그만 종을 울리는 소리 같았다. 하지만 그러다가 빵빵 하는 소리도 들렸다. 그리고 쾅 하는 소리도. 잠깐, 문제가 생겼나!'"

"'나는 침대 아래로 고개를 내밀어 나의 꿀잠붕붕짐승이 무사하기를 바라며 손전등을 비춰보았다. 그런데 녀석만이 아니라 다른 이들도 있었다! 내가 처음 '막대사탕 손'을 만났을 때 그들은 자고 있었던 게 분명했다. 이번엔 대여섯 명은 되는 듯했다. 하나, 둘, 셋, 넷, 다섯. 그리고 각각 달랐다! 나는 즉시 안도했다. 나의 침대 아래 잃어버린 물건들의 숲에서 혼자 살아가야 한다면 외로울 것이기 때문이다.'"

그때 엄마가 방으로 들어왔다. 고개를 숙여 해나의 이마에 입을 맞췄다.

"잘 자. 좋은 꿈 꿔." 해나는 엄마의 키스를 손등으로 닦아냈다. "아까는 정말 미안해. 그렇게 폭발하면 안 되는 거였는데. 널 그렇게 잡으면 안 됐는데……" 말은 해나에게 하고서는 아빠를 보며 어깨에 슬며시 손을 올렸다.

"우리 조금만 더 읽으려고."

야호, 아빠가 더 있는단다! "사랑해." 엄마는 키스를 날리고 유령처럼 사라졌다.

해나가 책을 탁 쳐서 아빠가 계속 읽게 했다.

"그래, 네가 이 부분을 좋아하지…… '막대사탕 손이 일어나더니 하늘색 니트 반바지에서 먼지를 털어냈다. 두 번째 꿀잠봉봉짐승이 날개가 하나밖에 없는 비딱한 비행기를 조종하려다가 균형을 잃은 듯했다. 헬멧을 쓰지 않았던 나의 막대사탕 손 친구가 걱정되었지만 그는 비행기에 탄 모노폴리 입을 가진 짐승을 쫓았다. 그 둘은 언쟁하고 티격태격하며 팔다리를 휘저었다. 둘 다 괜찮아서 나는 안심했다. 그러고 나서 서로 부딪치지 않게 다른 방향으로 운전을 하는 게 어떠냐고 제안하려는데, 저쪽 구석에 뭔가 숨어 있는 것을 발견하고 소리를 지를 뻔했다. 나는 고개를 집어넣고 이불로 입을 틀어막았다.'"

해나도 이불로 입을 틀어막았지만 기대감으로 키득키득 웃었다.

"씹으면 안 돼." 그 말에 해나가 입을 벌렸고 침 묻은 이불을 아빠가 끄집어냈다.

"'나는 심호흡을 하고 용감해지자고 다짐했다. 저 다리 많은 괴물을 보고 싶었다. 과연 친구일까 적일까? 다른 조그만 짐승들을 공격할까? 아니면 침대 옆을 타고 올라와 내 발에 덤벼들까? 나는 조심조심 기어서 다시 침대 아래로 고개를 내밀었다. 막대사탕 손과 나쁜 비행기 조종사가 입을 맞추고 화해한 듯했다. 꿀잠봉봉짐승들이 모두 둥글게 모여 호키포키 춤을 추고 있었다! 심지어 나를 겁먹게 만든 녀석, 정말 많은 발을 가진 괴물도 보였다. 그 발은 알고 보니 연필이었다. 새 연필들과 몽당연필들이 꽃잎처럼 머리를 감싼 것이었다.'"

해나가 꺅 소리를 지르고 이불을 차냈다. 동화 속 소녀처럼 손전등을 잡고 엎드려 침대 아래를 들여다보았다. 그리고 아빠를 손짓해 불러와서 보라고 했다. 손전등 불빛을 비추자 보물들이 드러났다. 종잇조각들, 양말, 머리끈, 머리핀, 부엉이 모양의 낡은 동전 지갑, 주방 서랍에서 훔친 철끈, 조그만 플라스틱 형광 녹색 공룡, 안 예쁜 코딱지 색의 색연필 두 자루. 엄마가 관리하는 오염 없는 세상에서 이렇게 오래 살아남은 건 기적이었다.

"너도 꿀잠봉봉짐승을 만들려고?" 아빠가 웃으며 물었다.

해나는 고개를 끄덕였다. 가슴이 부풀어 터질 듯했다.

"아주 똑똑한데? 우리가 엄마로부터 이것들을 보호를 해야겠네."

해나는 온몸이 흔들리도록 세차게 고개를 끄덕였다.

"오늘 아침에 네가 뭔가 만들고 있다고 엄마한테 얘기했더니 결과가 좋지 않았지. 내가 다른 사진들에 대해 알았더라면 엄마 사진을 인쇄해 주지 않았을 거야. 죽은 사람들 옆에 엄마 사진을 붙이는 건 좋지 않아. 그리고 내 비밀번호를 알고 있다고 해서 네가 마음대로 컴퓨터를 써도 되는 건 아니야."

해나는 책상다리를 하고 앉아서 위에 베개를 올리고 힘없이 베개를 두들겼다.

"내가 엄마한테 여기는 너무 깨끗이 청소하지 말라고 부탁해 볼까? 너 스스로 할 수 있다고 말이야. 그럼 되겠니?"

해나는 입술을 깨물었다. 자물쇠가 더 좋을 것이었다. 하지만 동의했다. 아빠가 이불을 다시 여며주었다. 그리고 얼굴 전체에 뽀뽀를 퍼부어주었다.

"릴라 굼만? 너도 친구를 원한다는 거 알아. 너도 진짜 친구를 가지게 될 거야. 어린 소녀들과 소년들 말이야. 나한테도 친구들이 있어. 난 매일 회사에 가서 친구들을 보는 게 좋아. 그런 다음에 집에 와서 너랑 엄마를 보는 게 좋지. 학교 가는 것도 마찬가지야. 학교에 가서 친구들을 보고 다시 집으로 오는 거야."

해나가 고개를 젓고 이불 가장자리를 입에 물었다. 아빠가 부드럽게 입에서 이불을 빼내어 다시 여며주었다.

"네가 걱정하는 거 알아. 처음에는 무서울 수 있어. 새로운 곳에 가는 게 말이야. 하지만 거기서 친구를 찾게 될 거야. 알았지? 아빠를 위해 용감해질 거지?"

해나는 정말 아빠를 실망시키고 싶지 않았다. 하지만 왜 학교가 싫은지 설명할 수가 없었다. 고개를 끄덕이려 했지만 눈이 천장으로

만 향했다. 해나는 하늘색 니트 반바지를 입은 고구마처럼 생긴 친구를 원했다. 밤의 친구를. 말하자면 못생기고 망가진 친구를. 싫증 나면 갈가리 찢어버릴 친구를.

아빠가 뺨에 세 번의 뽀뽀를 더 해주었다. "야그 앨스카르 디그."

해나도 아빠를 사랑했다. 너무 너무 아주 많이.

책 속의 소녀에게는 어둠 속에서 빛나는 별자리 스티커가 있었다. 해나도 가지고 싶었다. 하누카 선물 목록에 넣어야겠다. 곧장 잠이 들지 않는 밤에 쳐다보면 좋을 것이다. 학교에 대해 생각하면 온갖 괴상한 이미지들이 머릿속에 떠올랐다. 이번에 엄마는 정말 단단히 결심을 한 듯했다. 그 똥통 학교가 아예 결정난 일인 것처럼 말했다. 한때는 귀여웠던 토깽이의 썩어가는 시체에 들끓는 벌레들이 생각났다. 이제 진흙과 말라붙은 피와 으깨진 눈알과 납작해진 털가죽뿐이고 벌레들이 다 먹어 치웠다. 냠, 냠, 냠. 또 해나는 엄청난 양의 음식을 옮기는 개미들의 군대를 생각했다. 잎사귀와 빵조각과 끈끈한 빨간 사탕과 잘린 손가락. 그런 이미지들이 무서웠다. 어디서 그런 이미지들이 나타나는지, 왜 나타나는지, 어떻게 하면 없어지라고 할 수 있는지, 날 괴롭히지 말라고 할 수 있는지 알 수 없었다.

해나는 아빠가 필요했다.

부모는 아래층에 있었다. 소파에 앉아서 램프를 은은하게 켜두고 거실 가장자리는 그늘져 있을 것이다. 때로 분노에 찬 단어 몇 개가 불쑥 위층까지 들리기도 했다. "그렇지 않아" 하는 엄마 목소리. "그건 안 돼" 하는 아빠 목소리. 그리고 커다랗게 "티스데일"이라고 하는 소리와 더 크게 "저능아"라고 하는 소리가 들렸고 한껏 높이 "그렇게 말하면 안 되지" 하고 외치는 소리도 들렸다.

해나는 살금살금 방문 밖으로 나갔다. 말소리가 똑똑히 들리도록 계단 꼭대기에 앉았다.

"우리가 내내 원했던 게 그거야. 해나를 이해해 줄 장소." 엄마가 확신에 찬 어조로 말했고 아빠는 아무 말 하지 않았다. 유리가 딱딱한 표면에 놓이는 챙 소리가 들렸다.

"학업 수준도 맞춰줘야 할 거야." 아빠가 말했다.

"물론이지."

"그냥 생활에 필요한 기술이라든지…… 구제 수업이나 받고 있을 순 없어. 신발 끈 묶는 법은 알고 있다고."

"구제 수업이 아니라고 계속 얘기했잖아. 학생 수도 적지만 일대일 맞춤 수업도 있어. 그리고 어쨌든 학교라고. 그들도 가르치길 원하고 홈페이지에는 많은 아이들이 중학교 때는 일반 학교로 간다고 해. 모두가 같은 장소에서 시작하는 건 아니야. 해나에게는 그 애만의 특별한 문제가 있어."

"그래, 나도 알아."

다시 조용해졌다.

"바보 같은 질문일지 몰라도, 그냥 궁금해서." 아빠가 말했다. "말을 했을 때…… 목소리가 어땠어? 발음은?"

"억양이……" 엄마가 망설였다. "프랑스 사람 같았어. 목소리를 많이 써보지 않은 것 같았고. 하지만 다 명료했어. 발음이 정말…… 당신도 들었으면 뿌듯했을 텐데. 너무 잘했어."

"정말 똑똑한 아이야."

"너무 똑똑한지도. 당신도 봐야 하는데. 그럼 이해할 텐데. 그리고 난 정말, 정말…… 때린 적 없어. 난 절대……"

"알아."

키스하는 쪽, 쪽 소리.

"가끔 난……" 아빠는 한참 말을 잇지 못했다. "어쩌면 내가 더 큰 문제였는지도 몰라. 그런 걸 원한 건 아니었는데…… 그저 시간이 필요할 뿐이라고 생각했어."

"그랬는지도 몰라. 처음에는 말이야."

"학교는 비용이 어떻게 되는지 알아?"

"홈페이지에는 안 나와 있고, 내일 얘기하자고 하더라."

"그럼 비싸겠네."

"그렇겠지."

"신용카드로 계산하자. 얼마든 상관없어. 내가 융통해 볼게."

"고마워."

어른들은 지루한 얘기들을 하도 지루한 방식으로 얘기해서 해나는 잠이 들고 말았다. 그러다가 엄마가 숨이 막히는 소리를 내서 해나는 잠시 아빠가 엄마의 목을 조르나 싶었다. 하지만 엄마는 멀쩡하게 살아 킬킬거렸고 잠시 후 한바탕 씩씩거리는 소음만 일었다.

해나는 엉덩이를 미끄러뜨려 계단을 한 칸 내려갔다. 그리고 또 한 칸, 다시 한 칸. 드디어 무슨 일이 벌어지는지 모든 게 보였다. 옷들이 바닥에 아무렇게나 떨어져 있고 엄마와 아빠가 소파 앞에 엉켜 있었다. 두 사람의 양손은 길 잃은 동물처럼 사방을 더듬고 두 사람의 입은 징그러운 흡착 고무판처럼 서로의 얼굴을 빨아들였다. 마리앤은 뭔가 불을 붙일 물건을 찾고 싶었다. 종이비행기 같은 것을 날려서 소파를 불태워버리고 싶었다. 엄마가 아빠를 삼켜버릴지도 모르는데 아빠는 위험한 줄도 모르는 듯했다. 불쌍한 아빠는 아무것도 모르고 죽을 수도 있었다.

둘이서 내는 괴상한 소리를 해나는 알아듣기 시작했다. 목구멍에서 나는 끙끙, 헉헉하는 소리.

부모는 남아 있던 옷가지마저 서둘러 벗어던졌다. 그리고 아빠의 조각 같은 궁둥이와 엄마의 가슴이 잔뜩 곤두서 금방이라도 쏘아올려질 듯했다. 아빠가 엄마를 들어 올렸고 엄마는 다리로 아빠를 휘감았다. 그러고 나서 휙 쓰러져 소파 위에서 아빠가 엄마 위로 올라갔다. 아빠가 자기 걸 엄마에게 넣자 엄마가 신음을 내질렀다. 아빠가 엄마 위에서 움직이며 엉덩이를 위아래로 힘들게 오르내렸다. 그러고 나서 그 말을 시작했다. 어른들의 말을. 그제야 해나는 무슨 일인지 이해했다. 그 야만성, 통제 불가능성을.

해나는 잠시, 혹시 아빠가 이대로 엄마를 죽이는 건 아닐까 기대해 보았다. 점점 더 징그러운 광경이 되어 갔지만, 어쩐지 아빠가 펌프질을 할수록 엄마는 점점 더 생기를 띠는 것 같았다. 마치 자전거타이어에 공기를 불어넣어 다시 쓸 수 있는 상태로 회복시키는 것처럼. 해나는 잠시 아빠가 미웠다. 그냥 무기력하게 바람 빠진 채로 내버려 두면 결국 엄마는 쓸모를 잃은 세발자전거처럼 녹슬어 죽게 될 것이었다.

엄마가 아빠의 힘센 팔을 움켜잡고 고개를 뒤로 젖혔다. 아빠가 엄마에게 올라타 다시 생명을 불어넣었다. 자신이 가진 것을 전부 펌프질해 엄마를 가득 차게 만들어 주었고 부모는 온통 그 괴상한 소리들을 냈다. 그러고 보니 전에 어렴풋이 알게 된 게 있었다. 섹스

말이다. 이상할 정도로 육체적이기만 하며 왜인지 말은 없애 버리는 행동.

해나는 그늘진 벽 쪽으로 몸을 숨기고 일어나서 자기 방으로 후퇴했다.

다시 기회가 있을 것이다. 아빠가 이번에 엄마를 시들어 죽게 놔두지 않은 건 실망스럽지만, 해나가 아빠의 '생명 불어넣기'를 헛수고로 만들 수도 있을 것이다. 마리앤이 도와줄 것이고 악마도 곧 따라올 것이다. 악마는 마녀 어린이들을 꼭 찾아온다고 읽었다. 그러고 나면 그들은 더욱 상해질 것이다. 힘이 세지면 엄마의 약점들을 이용할 수 있을 것이다. 엄마가 너무 과한 청소로 죽을 수도 있을까? 벅벅 문질러져 죽음에 이를 수도 있을까? 그리고 엄마는 많은 약을 먹고 있다. 그 약에 뭔가 안 좋은 일이 일어나면 엄마한테도 나쁜 일이 일어날까?

아니면 혹시…… 엄마는 항상 자기가 어떻게 보일지에 집착하니까, 아빠가 아름답다고 할 때마다 표정이 환해지니까,

혹시 엄마가 더 추해지면 아빠는 엄마를 그렇게 사랑하지 않게 될지도.

엄마가 집을 떠나고 싶어 하지 않게 되면 해나도 똥통 학교에 가지 않아도 될 것이다.

SUZETTE
수제트

상쾌한 섹스였고 태양은 빛나는 아름다운 날이다. 그들은 곧 티스데일로 향할 것이었다. 알렉스와 함께 일상은 정상으로 돌아왔다. 비록 모든 대화의 원천이 해나에 대한 것이라는 실망감은 여전하지만. 예전에 그들은 피츠버그 식물원에서 스케치북을 들고 나란히 앉아 식물들의 아름다움과 사람들의 행렬에 말없이 열중하며 온종일을 보내기도 했다. 시간이 가는 줄도 모르고 몇 시간씩 손을 잡고 미술관을 돌아다니거나 프릭 공원과 공동묘지 같은 곳을 하염없이 거닐곤 했다. 밤에 나란히 누우면 대화가 절로 이어졌다. 사람들을 관찰한 이야기, 셀카와 단체 사진을 찍으러 인파가 몰리는 특정 장소들, 녹색과 황금색 바다 괴물처럼 보이는 어느 사막 식물 앞이나, 뒤엉켜 성적인 분위기를 풍기는 치훌리의 유리 조각 작품들 앞이나 아래 같은 곳들에 대해 이야기를 나눴다. 혹은 미술관에서 본 것들을 비교하면서, 그들의 두뇌가 예술 작품을 얼마나 다르게 해석하는지에 매혹되었다. 공동묘지는 그들이 우주에 대해서도 대화하도록 영감을 주었다. 언젠가 그들의 육신도 분해되어 숲의 일부가 될 거라고 이야기를 나누었다.

"기억해?" 혹은 "그거 봤어?" 하면서 밤을 지새울 수도 있었다. 때로는 설핏 잠이 들었다가 깨어나 우물거리며 서로에게 키스를 하기도 했다. 한참을 말없이 정신없이 보내다가도 느닷없이 얼굴을 맞대고 경탄하며 그들이 함께라는, 살아 있다는, 사랑하고 있다는 말을 쏟아냈다.

마지막으로 한 번 더 기지개를 켜고 수제트는 일어나 앉았다. 언뜻 베개에 뭔가 검은 물체가 보였다. 화들짝 놀라 다시 보고 집어 들었다. 손에 들고 있는 게 머리칼이 분명한데도 이해가 안 갔다.

수제트의 머리칼인가?

말도 안 됐다. 수년 전에 메르캅토푸린 복용으로 약간의 탈모를 경험하긴 했지만 세면대에서 고개를 흔들 때마다 떨어져나오는 머리칼을 보고 깜짝 놀라 바로 복용을 중단했었다. 게다가 베개에 떨어진 건 너무 양이 많았고 너무 가지런히…… 잘려 있었다.

머리 왼쪽을 만져보았다. 아, 맙소사.

해나.

수제트가 잘 때 몰래 들어올 줄 아는 해나.

그리고 그 망할 가위.

수제트는 허둥지둥 욕실로 가서 오른쪽으로 고개를 돌려 절단된 머리카락의 상태를 확인했다.

안 돼, 안 돼……! 왼쪽 머리칼이 뭉텅이로 사라졌다. 너무 많이 잘려 가릴 수도 없었다. 다른 쪽도 같이 자르지 않으면 괴물처럼 보일 것이다. 하지만 수습하려면 얼마나 잘라야 하는 걸까? 눈물이 앞을 가렸다. 왜, 왜 해나 이 조그만 똥 덩어리가? 알렉스가 쯧쯧거리며 애들은 원래 머리칼을 잘라보고 싶은 충동을 느끼기 마련이라고 변호하는 소리가 들리는 듯했다. 하지만 해나가 자기 머리칼을 자른 적은 한 번도 없었다. 수제트는 엉망이 된 머리칼을 손으로 꾹 눌렀다. 펑크 스타일로 갈까? 한쪽 머리는 밀어버리고 다른 쪽만 길게 놔둘까? 알렉스가 좋아할까? 아니면 인상을 쓰며 보기 싫어할까?

"젠장!"

수제트는 머리를 하나로 묶었다. 다행히 옆에서 짧게 비죽 튀어나온 가닥은 많지 않았다. 나중에 더 손질해야 했다. 해나는 이제 학교에 갈 것이다. 이 집에서 나갈 것이었다.

"빌어먹을…… 이 집에서 끌어내야지."

수제트는 이를 악물고 중얼거렸다. 주먹을 꽉 쥐었다. 목을 조르지 말아야지. 목을 조르지 말아야지. 수제트가 손으로 딸아이의 목을 감아쥔다면 알렉스는 절대 용서하지 않을 것이다.

수제트는 탁자 앞에 주사기를 쥐고 앉았다. 체온으로 주사기를 덥히며, 멍하니, 일어나지 않을 일을 소망했다. 문득 지금 자신이 옛날의 어머니처럼 보일 거라는 생각이 들었다. 어머니를 너무 닮아가고 있는 게 아닐까? 알렉스가 없다면 그렇게 되기 너무나 쉬울…… 갑자기 어머니 평생에 걸친 애도가 이해되는 듯했다. 어쩌면 수제트에게 알렉스가 그런 의미이듯 아버지는 어머니의 생명줄이었는지 모른다. 알렉스를 잃으면 그렇게 될 게 뻔했다. 시간이 지날수록 빈자리가 더욱 커져만 가는. 안정성, 건강, 모두 뒤따라서 허물어질 게 뻔한. 수제트는 그런 앞날을 그려보다 두려움에 부르르 떨었다. 알렉스도 조금씩 깨닫고 있었다. 물론 해나의 정신 나간 말들을 다 받아들이지는 못했다. 하지만 적어도 그런 것들이 그 애 입에서 나왔을 가능성에 대해서는 부정하지 않았다.

주사기 속의 약은 끈끈했고 냉각되어 더 굳어 있었다. 차가운 그대로 주사하면 더욱 따끔할 것이었다. 수제트는 주사약이 녹기를 기다리면서 전날의 야단법석에 대해 곰곰이 생각해 보았다. 해나가 어떻게 된 거고 팔은 어쩌다 그렇게 멍이 든 것인지 아직도 이해가 안 갔다. '해나를 건드리지 말자. 나 스스로 자제를 못할 거야.' 함께 쇼핑을 갔다가 소리 지르며 발길질하는 해나를 차로 끌고 간 게 몇 번인지 모른다. 수제트는 자신의 일시적 무능력을 드러낼 증거 같은 건 남긴 적이 없었다. 알렉스가 이상적으로 여기는 침착한 부모에 걸맞지 않았으니까. 다행히 밤이 되자 알렉스는 다시 수제트와 말을 시작했고 심지어 용서도 해준 듯했다. 적어도 그의 음경은 그랬다.

해나는 앙심을 품는 데 뛰어났다. 머리칼 절단은 보복이었을까?

계단에서 스타킹 신은 발소리와 난간을 손으로 특이하게 잡고 미는 끽끽 소리가 들렸다. 수제트는 해나에게 잠깐 기다리라고 고함을 지를까 했다. 주사를 놓을 때는 혼자 있고 싶었다. 하지만 입을 열면 어떤 말이 튀어나갈지, 자신이 없었다. 머릿속에서 복수심이 들끓고 있는 동안은 위험했다. 해나가 동동거리며 가까이 왔다. 원숭이 무늬 무릎 양말과 청반바지, 매트와 사샤가 선물한 티셔츠를 입었다. 매트와 그의 아내가 쌍둥이를 낳기 전 마지막 휴가로 갔던 아일랜드에서 사온 것이다. 녹색의 기네스 하프 로고가 그려진 티셔츠를 수제트의 가족과 사무실 직원들 모두에게 돌렸다. 수제트는 갈아입으라고 하지 않을 작정이었다. 새 학교에 맥주 티셔츠를 입고 가면 어떤가? 누구에게 잘 보이려 노력할 기운도 없었다. 그래도 스웨터나 후드 재킷은 입혀야 했다. 희미해져 가는 팔의 자국을 가리려면.

수제트는 셔츠 아래 단을 브라에 끼워 넣고 포장을 까서 소독포를 꺼냈다. 그리고 왼쪽 하복부를 가로로 여러 차례 빈틈없이 문질렀다. 최근 수술 이전에도 오른쪽은 절대 주사하지 않았다. 오른쪽에 더 이상 고통을 주는 것은 옳지 않아 보였다. 허벅지가 주사하기 편했으나 너무 민감했다. 간호사가 몇 가지 지켜야 할 규칙을 알려 주었지만 수제트는 더 나은 요령을 터득했다. 깨진 규칙 1번: 2주에 한 번 주사할 때마다 같은 부위에 했다. 해나가 탁자에 기대며 지켜보았다. 수제트가 예전부터 과정을 여러 번 설명해 주었다. 주사약의 작동을. "나는 바늘을 볼 필요가 없어." 그리고 약물이 생물학적으로 세포를 변화시켜 염증을 막는 방식을. "때로 우리 몸이 스스로를 공격하기도 해." 아이에게 설명하기는 어려웠다. 수제트도 이해하기가 힘들 정도니까.

수제트는 주사약 아래쪽의 회색 덮개를 벗겼다. 피부에 댈 부분이었다. 그런 다음 빨간 덮개를 벗겨 누르는 버튼을 드러냈다. 깨진 규칙 2번: 간호사가 지시한 대로 살을 손가락으로 꽉 잡지 않았다. 그렇게 하면 압축된 곳에 걸쭉한 약물이 억지로 들어가느라 더 아플 뿐이었다. 이번에는 이런 과정에 대해 해나에게 설명하지 않았다. 그냥 숨을 깊게 들이쉬고 천천히 내쉬며 준비했다. 버튼을 누르고 약물을 몸속으로 찔러 넣었다. 그리고 속으로 열까지 셌다.

주사는 10초 동안 아팠다. 쿡 찔린 통증이 커지다가 헉, 숨을 멈출 만큼 최고조에 도달하고 나서 누그러졌다.

수제트는 깨끗한 솜으로 주사 자국을 가볍게 누른 다음 약물이 퍼지고 남은 얼얼함이 사라지도록 작은 원을 그리며 문질렀다. 해나가, 가끔 그러듯이, 밴드의 포장을 벗겨 엄마에게 건넸다.

"이러면 내 머리칼 자른 게 보상이 될 것 같니?" 주사 자국에서 조그만 핏방울이 솟아났다. 수제트는 밴드를 그 위에 붙이고 셔츠를 내렸다.

해나가 웃으며, 수제트의 머리 옆에 짧게 잘려서 툭 튀어나온 머리 가닥들 쪽으로 손을 뻗었다. 수제트가 몸을 홱 뺐다.

"손 치워!"

해나는 윗니로 아랫입술을 깨물며 씩 웃었다. 수제트는 계속 자제심을 유지할 수 있을지 염려스러웠다. 아이가 이토록 꼴도 보기 싫은 적은 처음이었다.

"아빠가 곧 와서 볼 거야. 네가 한 짓을 알게 되겠지."

해나는 어깨를 으쓱했다. 수제트는 그들이 같은 생각을 공유했다는 느낌을 떨칠 수가 없었다. 알렉스는 그냥 넘겨버릴 것이다. 해나는 그걸 승리로 간주할 것이고, 수제트는 그렇게 될까 봐, 인정하기 힘들 만큼 두려웠다. 알렉스는 그렇게 얕은 사람이 아니었다. 수제트의 외모만 좋아하는 사람이 아니었다. 하지만 당연히 겉모습은 중요했다. 게다가 수제트는 여자로서, 아내로서의 능력에 늘 자신 있는 건 아니었다. 그래서 최소한 매력적인 외모를 보여주기 위해 최선을 다할 의무는 있다고 생각했다. 비록 그것이 수제트의 배 속에서 줄줄 새는 똥을 잊어버리기 위한 가면이라고 해도. 어쩌면 실은 그냥 수제트 자신을 위한 것인지도 몰랐다. 혐오스러운, 역겨운 존재가 아니고 싶어서. 수제트는 망가진 머리 쪽을 보호하듯 손으로 눌렀다.

"가서 신발 신어. 스웨터도 입고. 학교에 가자."

수제트는 폐기물을 쓰레기통에 넣고 주사기를 빨간 안전 상자에 담고서 주방 찬장 높은 칸에 올렸다.

해나가 팔짱을 끼며 입을 부루퉁 내밀고 울부짖었다.

"어서. 너나 나나…… 옷 입는다고 나아보이진 않겠지만. 망할 신발이나 신어."

해나가 반항을 포기한 듯 몸에 힘을 쭉 뺐다. 징징거리며 성의 없이 발을 굴렀다. 고개를 수그리자 고운 머리칼이 앞으로 쏟아졌다. 수제트는 자기도 모르게 손을 뻗어 딸의 머리칼을 쓸어넘겼다. 여전히 아기 때처럼 보드라웠다. 문득 서러웠다. 갓난아기에게 검은 머리칼이 가득한 것을 보고 분만실의 모두가 감탄하던 기억이 났다. 다른 날이었으면 빗겨주었을지도 몰랐다. 두 갈래로 땋아주든지, 아니면 적어도 색색의 핀으로 고정시켜 주든지.

하지만 오늘은 아니었다.

수제트가 운전해서 놀이터를 지나가자 해나가 자동차 창을 손바닥으로 쳤다.

"오늘 착하게 굴면 이따가 들를 거야."

사실 수제트도 너무나 그날 하루를 공원에서 보내고 싶었다. 해나 없이 말이다. 우울한 겨울을 보내고 나서 돌아온 태양의 그 빛과 온기 속에 온몸을 녹이고 싶었다. 프릭 공원과 접해 있는 학교로 가는 옆길로 들어섰다. 수년 전 가을 알렉스와 함께 바삭거리는 황금빛 낙엽들을 밟던 기억이 났다. 알렉스는 버섯 이야기를 했고 수제트는 자신의 손과 얽힌 그의 손가락뼈의 느낌에 집중했다.

리젠트 스퀘어는 운치 있는 동네였다. 주거지 가운데 북적이는 몇몇 상가들이 있었다. 외관상으로 티스데일은 다른 공립학교들과 다를 바 없어 보였다. 알렉스에게도 그렇게 묘사해 줘야겠다고 생각했다. 이 견고한 고전 건축물은, 모든 상류층 부모들에게 믿음직해 보일 만 한 곳이었다. 자신의 어린 자식이 보다 명성 높은 기관에서 교육받기를 기대했으나 대신 사립, 그것도 대학 진학 준비가 아닌 교육을 받아들여야 하는 상황의 부모들 말이다. 이곳은 문제 아동, 특별한 어린이, 잘못된 방식으로 이례적인 아이들, 어쩌면 사실상 장애아들도 받아들일 것이다. 그들 중 일부는 초기 부적응을 극복하고 어느, 심지어 좋은 학교에 입학 허가를 받을 것이다. 수제트도 해나의 미래를 위해 거기에 희망을 걸었다.

내부는 전부 리모델링해서 밝고 현대적이었다. 교무실 안내판을 따라 현관을 지나쳐 왼쪽으로 갔다. 젊은 교사 하나가 소년의 손을 잡고 어느 방에서 나왔다. 해나보다 두어 살 많은 아이인데 빨간색 안전모를 쓰고 있었다. 젊은 교사는 "안녕"하고 인사하고는 소년을 이끌고 계단을 올라갔다. 그들을 지켜보는 해나의 얼굴에 폭풍이 일었다. 고개를 돌려 규탄의 표정으로 엄마를 보았다.

"아냐. 너는 쟤 같지 않아. 안전모를 쓸 필요는 없어. 행동 장애는 정도가 다양해. 여기선 온갖 서로 다른 아이들을 도와주는 거야." 수제트는 마치 해나가 매우 운이 좋다는 듯 말했지만 해나는 그렇게 받아들이지 않는 게 분명했다.

뒤쪽에서 계단을 뛰어 올라오는 소리가 들렸다. "젠슨 부인? '젠슨'이라고 발음하는 게 맞나요?'

수제트와 해나는 멈춰서 남자가 올 때까지 기다렸다. "옌센이에요."

"그렇군요. 전화로 말씀하시긴 했지만 잘 기억이 안 나서요. '헨슨'은 아닌 것 같았어요. 좀 급하게 뵙게 됐네요. 구티에레즈 박사입니다." 수제트와 악수를 했다.

"만나서 반가워요."

"동료들과 부모님들은 데이비드라고 부르고, 아이들은 대부분 미스터 G라고 부르죠. 안녕, 해나. 너는 봄 학기 준비가 이미 다 된 것 같은데?'

해나가 짖었다. 월, 월, 월. 뒤이어 으르렁거렸다. 미스터 G는 눈 하나 깜짝하지 않았다.

"난 개를 정말 좋아해. 우린 잘 지낼 것 같구나."

미스터 G를 따라 식물로 가득한 사무실로 가면서 수제트는 그가 남미 사람이고 여성 친구가 많은, 게이인 것 같다는 생각이 들었다. 과하게 여성적인 것은 아니었지만 경쾌한 말투와 동작의 우아함, 그리고 불완전한 아이들을 위한 학교를 돌아다니는 편안한 기색도 그랬다. 심지어 브이넥 스웨터를 입고 운동화를 신어서 매끄러운 바닥이 끽끽거렸다. 웨이드 부인에 이어 바로 다시 침착하고 자신감 있는 교장을 만나게 되니, 아이들을 다룬다는 것이, 특히나 힘든 아이들을 다루려면 중년이나 그 이상 나이의 경험을 필요로 한다는 걸 확실히 깨달을 수 있었다. 스물여덟이란 나이는, 아이를 낳기에 어린 나이는 아니었지만 쉰 살이나 예순 살쯤에는 훨씬 좋은 엄마가 될 수 있을 것 같다는 생각이 들어서, 자기혐오와 낙담을 좀 덜어내도 괜찮을 것 같았다. 수제트는 왜 사람들이 그렇게 조부모가 되고 싶어 하는지, 갑자기 이해가 되었다. 그 정도 나이가 들면 자기 자손들에 대해 어느 정도 자신감을 가지게 되거나 적어도 자기 결점에 대한 포용력이 커지는 것이었다. 심지어 수제트의 어머니도 할머니가 된 것에 몹시 기뻐했었다. 비록 해나의 문제가 본격적으로 발현되기 전에 죽고 말았지만 누구보다도 과도한 장난감과 옷 선물로 응석을 받아준 할머니였다.

어머니의 죽음은 수제트에게 죄책감으로 남아 있었다. 혼자 두어서는 안 됐던 것이다. 수제트가 알렉스와 동거를 시작한 후 어머니의 상태는 악화되었다. 쌓여가는 더러운 휴지를 주울 사람도, 개수대에 번지는 곰팡이를 청소할 사람도 없어졌다. 수제트가 가정부를 고용해 청소와 빨래를 하게 하자 어머니는 그 여자가 도둑질을 했다며 해고했다. 이후 한 명은 게으르다고, 또 한 명은 소름 끼친다고 해고하고 나서 어머니는 집에 낯선 사람이 드나드는 게 싫다며 고집을 부렸다. 수제트와 알렉스가 이따금씩 어머니를 알리바바 식당에 데려갔고, 그다지 정통 유대식은 아닌 유월절 만찬에 늘 모셨지만 그것으로는 충분치 않았다. 어머니가 한 번은 "네가 요리해 주던 게 그립다"라는 말도 했는데, 그건 꽤 복잡하고 벅찬 감정을 불러일으키는 칭찬이었다.

노인 복지시설에 들어가기엔 어머니의 나이는 두어 살 적었지만 그래도 수제트는 조사를 시작했었다. 아무리 너그러운 알렉스도 행여나 집에 어머니를 모시자는 말은 하지 않았다. 어머니가 죽기 바로 전에, 목이 아프다고 호소를 했지만, 자주 호흡기 계통이 안 좋았

던 터라 심각하게 받아들이지 않았다. 심지어 병원에 가보라는 말도
안 했다. 결국 염증이 혈류를 따라 번졌고 어머니는 패혈증으로 죽
었다. 수제트는 가끔 궁금했다. 사실 어머니가 아이러니로 죽은 게
아닌가 싶었지만 그런 블랙 코미디는 거의 위안이 되지 않았다. 알
렉스는 겁을 먹고 계속 말했다. "당신이 그렇게 될 수도 있었어." 어
린 시절 수제트의 병이 만성 질환이 아니라 치명적인 것이었더라면
어떻게 됐을까. 어머니에게는 삶을 살아가는 단 하나의 실질적인 기
술도 없었다. 심지어 자기 생을 유지하려는 본능도 없었다. 수제트
는 마음이 너무 아팠다.

미스터 G는 수제트와 해나를 온실 같은 곳으로 안내했다. 해나는
조그만 식물이 담긴 화분들이 놓여 있는 긴 탁자로 곧장 다가갔다.

"조심해." 수제트가 말했다. 해나가 이번 방문에 꽤 흥미를 느끼기
시작하는 듯해서 다행이었지만, 식물들을 모두 잡아 빼내버릴 가능
성을 배제할 수 없었다.

"온갖 식물을 기르고 있어. 콩, 토마토, 꽃, 그리고 좀 크면 집으로
가져가서 정원에 심을 수 있어. 그러고 싶니?" 미스터 G가 해나에게
물었다.

충격적이게도, 해나가 고개를 끄덕였다.

다음으로 점프 방을 방문했다. 바닥에 쿠션을 깔아놓은 탁 트인
공간이었고 타고 놀 수 있는 커다란 고무공들이 있었다. 해나는 곧
장 뛰어 들어가 점프를 하며 방을 돌아다니기 시작했다.

"여기가 좋은가 보네요." 수제트가 희망에 부풀어 말했다.

"아이들은 다 이 방을 좋아해요. 어떤 공격적인 행동도 안전하게
방출할 수 있게 해주죠. 그냥 재미있으니까요."

티스데일 현관문으로 들어간 지 50분 후, 수제트는 그동안 왜 이 학교에 올 생각을 못 했던지, 좀 어이없다는 생각을 하며 나섰다. 학교 교칙과 복장 규칙, 다른 학생과 부모 연락처 등이 모두 담긴 안내서를 받아들었다. 심지어 해나도 다음 월요일에 1학년 수업부터 들어야 한다는 현실에 수긍한 듯했다. 학교 측은 해나의 학습 진도에 대해 수제트가 한 설명을 모두 있는 그대로 받아들였다. 입학시험 같은 것도 요구하지 않았다. 그리고 미스터 G의 비서가 남은 학기 수업료를 일할 계산하겠다고 해서, 수제트는 신용카드를 건네며 안도했다. 미스터 G는 적어도 앞으로 2주간 해나의 적응에 관해 매일 이메일을 보내겠다고 약속했다. 집에서 할 일이나 말에 대한 제안도 같이 보내서 해나의 적응기가 수월해질 수 있게 돕기로 했다.

수제트는 몇 블록 떨어진 놀이터에 차를 세웠다. 해나는 바로 뛰쳐나가 타고 오르는 놀이기구들 중 하나로 향했다. 후드 재킷을 벗어서 땅에 패대기쳐도 괜찮았다. 수제트는 옷을 집어 털고 나서 그네에 앉았다. 한가로이 발을 흔들거리며 알렉스에게 전화했다.

"해나가 잘 지낼 것 같아." 드디어 이 말을 할 수 있게 되었다. 학교가 주의 깊게 마련한 환경에 해나가 얼마나 잘 호응했는지, 과장해서 얘기할 필요도 없었다.

"잘 됐다, 해나한테도, 당신한테도. 나도 기뻐."

맞는 말이었지만 그다지 열렬한 반응은 아니었다. 알렉스가 자신의 아이에게 바랐던 학교는 아니었다.

"이제 시작일 뿐이야. 어딘가에서 시작은 해야 하니까."

"아냐. 당신 말이 옳아. 이게 좋은 시작이야. 탁(고마워), 앨스클링. 당신은 좋은 엄마야. 그걸 잊지 마."

"탁." 수제트도 그 순간 느꼈다. 자신도 좋은 부모임을. 끈질긴 부모임을. 그리고 알렉스는 보지 못했던 것들을, 다행히도 또렷이 볼 수 있었다. 수제트도 실수를 하긴 했지만 누구나 마찬가지 아닐까?

알렉스가 전화를 끊으려 해서, 수제트는 하마터면 아침에 일어나서 발견한 잘린 머리카락 이야기를 불쑥 꺼낼 뻔했다. 번뜩이는 가위를 들고 살금살금 들어왔을 해나의 모습이 떠올라 소름 끼친다는 이야기도. 하지만 마음을 고쳐먹었다. 알렉스는 수제트가 해나의 문제 행동을 악행으로만 보는 걸 싫어했다. 메리에게 전화를 걸어 지금 바로 가도 되는지 물어보는 게 나을 것이었다. 메리라면 새로운 헤어스타일을 만들어 줄지도, 수제트의 자신감을 회복시켜 줄지도 몰랐다. 알렉스에게서 계속 아름답다는 말을 끌어낼 수 있을지도.

수제트는 딸아이가 놀이기구를 타고 올라가 팔 힘으로 매달려 건너뛰는 것을 보았다. 강한 소녀였다. 목표를 가지고 움직이며 이리저리 휘둘리지 않을 소녀.

아직 자라는 중이고, 어쩌면 자라고 나면 괜찮을지도 몰랐다.

HANNA
해나

정확히 기억하고 있는 건지 확실하지 않을 때가 있다. 사람들이 몇 살이냐고 물으면 손가락 두 개만 들어 보일 때였지만, 나뭇잎들이 바뀌기 시작했으니 해나는 아마 세 살이 다 되었을 것이다. 그러니 그 기억은 대략 맞다. 세 살도 안 된 두 살 때도 해나는 엄마의 말을 다 알아들었다. 해나는 그때 엄마가 무너지고 있는 것을 보았다. 그리고 침묵 속에서 엄마의 후회를 전부 들었다.

점심. 주말이었을 것이다. 아빠가 집 어딘가 있었으니까. 하지만 해나와 엄마만 식탁에 앉아 있었다. 엄마는 여우, 다람쥐, 토끼 세 칸으로 나뉜, 제일 좋아하는 접시를 사용했다. 각 칸에는 색색의 음식을 조금씩 담았다. 얇게 저민 딸기, 반으로 자른 포도, 네모나게 자른 노란색과 주황색 치즈, 조그만 당근, 바삭거리는 깍지 완두. 요즘도 자주 먹는 것들이다.

유일하게 기억이 안 나는 점은 왜 먹고 싶지가 않았던가 하는 것이다.

엄마는 해나 옆에 앉아, 샌드위치를 먹었다. 눈은 계속 해나를 보고 있었지만, 식료품점의 죽은 물고기들처럼, 눈에는 초점이 없었다. 해나는 엄마가 정말 자기를 보고 있는지 알 수 없어 당근을 던져보았다.

엄마는 눈을 깜빡였다. "이런, 던지지 마. 점심 먹어."

엄마는 다시 구부정하게 웅크리고 휴우 한숨을 쉬었다. 그리고 다시 꼼짝을 안 했다. 해나가 지켜보는 동안 엄마는 이따금씩 씹는 것도 잊고 샌드위치를 손에서 떨어뜨릴 것 같았다. 태엽을 감아주어야 하는 장난감처럼 죽어가고 있는 걸까? 엄마 몸 어딘가에 휴대폰처럼 조그만 슬롯이 있어서 플러그를 꽂아야 하는 걸까? 저러다 모든 부품이 작동을 멈추면 몸집이 너무 커서 끌고 가기도 힘들텐데. 해나는 엄마가 다시 살아나기를 원했다. 포도를 엄마에게 던졌다.

"이런, 왜 다 던지는 거야?" 엄마가 해나의 접시를 두드렸다. 그러면 해나가 다시 배고파지기라도 하는 것처럼. 해나는 말하고 싶었다. 왜 그래? 정신 차려. 나를 봐. 이상하게 굴지 좀 마. 하지만 말 대신 끽끽거리는 소리만 나왔다.

"좀 먹어. 골고루 소금씩이라도. 좋아하는 것들이잖아."

해나가 치즈 한 조각을 입에 넣고 조금 빤 다음 뱉어서 바닥에 떨어뜨렸다. 해나와 엄마는 그들만의 게임을 시작했다. 서로 바라보면서 말을 하지 않는 것이다. 그리고 해나는 계속 점심 조각들을 바닥에 떨어뜨렸다. 한 번에 한 조각씩.

"넌 힘들지 않니? 지칠 때도 없어?"

해나는 놀라서 눈을 마구 깜빡거렸다. 즉 게임에 진 셈이었지만 상관없었다. 엄마는 보통은 아빠한테 말하듯이 해나에게 말하지 않았다. 흥미가 생긴 해나는 당근을 입에 물고 다음에 무슨 말이 나올지 기다렸다.

"넌 그런 거 바란 적 없니? 아직 너 자신에 대해서도 모를 테니, 그러니 네가 다른 사람이었으면 하고 바란 적도 없겠지. 나도 내가 누가 되고 싶은지 아는 건 아니지만…… 내가 아는 누군가가 되고 싶은 건 아냐. 그저…… 다른 사람, 어쩌면 아이가 없는……"

해나는 엄마의 다음 말이 듣고 싶지 않아서 당근을 엄마의 눈에 던졌다.

"야!" 엄마가 몸을 숙여 바닥을 더럽히고 있는 음식 조각들을 주웠다. "음식을 버리면 안 돼. 그만 먹을래?"

엄마가 음식을 가져가려 하자 해나가 즉시 잡아당겼다. 정말 음식을 빼앗아가려고? 엄마가 괴상하게 구는 걸 해나가 멈추려고 했기 때문에? 해나는 포도를 입에 넣고 씹기 시작했다.

"난 그저 대화를 해보려는 것뿐이야. 늘 나만 말하니까 온종일 혼잣말을 하는 기분이야. 이렇게 외로울 줄 몰랐어. 너랑 이렇게 많은 시간을 보내는 게 이렇게 힘들 줄 몰랐어. 그래서 아빠가, 예전의 알렉스가 그리워."

해나도 아빠가 보고 싶었다. 씹은 포도를 엄마 얼굴에 뱉었다.

"해나! 음식으로 이러면 안 돼! 안 된다고 했지. 씹었으면 삼켜야지. 전부 바닥에 버리면 안 돼. 먹고 싶지 않으면 그냥……" 엄마가 얼굴에 묻은 포도를 떼어내 자기 접시에 떨어뜨렸다.

엄마는 다시 쪼그라들었다. 얼굴에는 아무 소용없다는 표정이 떠올랐다. 해나는 엄마가 얼마 안 남은 에너지를 쓸 대상이 못 되었다.

해나는 엄마를 노려보며 포도 한 알을 입에 넣었다. 딸기를, 치즈 한 개를, 또 한 개를, 포도 한 알을 더 욱여넣었다. 그리고 우걱우걱 씹어 보였다.

"고마워. 그것 봐. 별로 어렵지 않잖아."

입 안의 것들이 충분히 흐물흐물해지자 해나는 일어나서 덩어리 전체를 엄마 얼굴에 뱉었다. 덩어리는 엄마 뺨에 맞고 흘러내리기 시작했다. 해나는 깔깔거렸다. 엄마는 얼굴에서 흘러내리고 있는 곤죽을 닦아냈다. 우는 게 아닐까 싶었지만 엄마는 일어나더니 식탁을 돌아 그 곤죽을 해나의 입에 다시 넣었다. 그리고 손으로 입을 막았다. 해나는 다시 뱉어낼 수도 없었지만 숨도 잘 쉴 수 없었다.

"씹어."

엄마의 눈은 죽은 물고기보다 무서워보였고 손으로 해나의 입을 세게 눌렀다. 해나는 끙끙거리며 씹으려고 했지만 입이 너무 꽉 막혀서 이가 볼만 긁을 뿐이었다. 곤죽은 목으로 미끄러져 갔다.

해나는 구역질이 나려고 했다. 다행히 눈물이 나서 목이 메어 음식이 내려가질 않았다. 그제야 엄마가 퍼뜩 정상으로 돌아왔다. "아, 세상에, 미안!" 그리고 접시를 입에 갖다 대서 전부 뱉어내게 했다.

엄마가 해나의 등을 두드리고 턱을 닦아주었다. 해나는 기침을 계속했다.

"정말 미안해. 내가 왜 그랬는지 모르겠어. 아, 내 아가." 엄마가 해나를 안아올려 어르면서 입을 맞췄다. "정말 미안해. 괜찮을 거야. 그러려던 게 아니었는데. 내가 왜 그랬는지 모르겠다. 사랑해, 아가. 사랑해." 엄마는 해나의 뺨에 수없이 키스했다.

하지만 엄마는 사랑으로 가득한 게 아니라 공포로 가득했다.

그때 아빠가 왔다. 위층에 있었던가? 밖에 있었던가? 해나와 엄마가 둘 다 울고 있었다. 아빠는 슈퍼히어로처럼 달려왔다.

"무슨 일이야?"

"목이 막혔어."

"괜찮은 거야? 괜찮니?"

해나가 아빠에게 손을 뻗었고 아빠가 해나를 엄마처럼 얼렀다. "겁나서 그래?"

"정말 놀랐어. 무슨 일이었는지 모르겠어."

"이제 괜찮아." 아빠가 말했다. 아빠와 함께 있으면 해나는 안전함을 느꼈다.

엄마가 물을 주면서 해나의 머리를 쓰다듬었다. "이제 괜찮아. 괜찮을 거야."

해나는 새로운 눈으로 엄마를 응시했다. 재미있지는 않은, 하지만 치명적으로 심각한 종류의 게임이 시작되었다. 전쟁 같았다. 엄마도 이해한 것 같았다. 엄마는 눈을 휘둥그레 뜨고 아빠와 해나 주변을 서성였다. 결국 아빠가 엄마 팔을 잡았다.

"이제 괜찮아. 아무 일 없으니까."

"난 이런 거 못하겠어, 알렉스."

"할 수 있어. 그런 일도 일어나는 거지. 봐, 이제 멀쩡하잖아."

"난 더 이상 이 애가 이해가 안 돼."

"곧 말을 시작할 거야."

"뭘 원하는지 모르겠어. 어쩌면…… 뭔가 잘못된 것 같지 않아?"

"청력이?"

"그럴지도."

"아빠 말 들을 수 있지, 그렇지?" 해나가 활짝 웃음으로 응답했다.

"그래, 내 딸."

엄마에게도 해나가 잘못된 게 없다는 걸 보여주기 위해 팔을 뻗었다. 엄마는 망설였지만 아빠가 엄마에게 해나를 건네주었다.

"봐, 아무 문제없잖아." 아빠가 말했다.

하지만 해나는 느꼈다. 엄마는 해나를 품에 안고서는 안심할 수 없었다. 엄마는 해나를 떨어뜨리길 원했다.

그때 알았다. 엄마를 시험해야 할 필요가 있다는 걸. 무엇으로 만들어진 존재인지 알아내야 한다는 걸. 파도가 덮치면 허물어질 모래성인가? 아니면 돌멩이로 쌓은 걸까? 아빠는 결코 허물어지는 일이 없었다. 해나는 엄마에게 모든 가능한 기회를 주자고 결심했다. 엄마는 해나에게 빚을 졌다. 저 입에서 너무 쉽게 굴러나오는 공허한 사과의 말 이상이 필요했다. 말은 더 깊은 진실을 숨길 수 있다는 걸, 해나는 그때 이해했다. 행동을 봐야 했다. 그것이 파르모르가 말했던 것이고 아빠도 동의했던 것이다. 행동이 말보다 더 중요하다. 그러니 해나는 행동할 것이다. 엄마가 행동으로 대답할 기회를 줄 것이다. 그러면 알 수 있을 것이다. 엄마가 통과할지 실패할지.

SUZETTE
수제트

해나는 정기적으로 낮잠을 자지 않은 지 한참 됐지만 집으로 돌아올 때쯤엔 기진맥진해서 팔다리가 흐느적거렸다. 수제트는 쓰러지기 직전이었다. 급히 예약한 미용실에 들른 후 해나가 뒷좌석에서 꾸벅꾸벅 조는 것을 보며 수제트는 어서 집에 가야겠다 싶어서 전속력으로 내달렸다.

수제트가 주방으로 먼저 가서 찬 물을 두 잔 가득 따랐다. 나란히 서서 동시에 물을 들이키며 수제트는 자신과 해나가 얼마나 닮았는지 수억만 번째 느꼈다. 알렉스도 가끔 지적했다. 다리를 교차시키고 서 있는 모습이라든지, 똑같이 팔짱을 낀 모습을. 둘은 마치 거울 상의 북엔드처럼 소파 양쪽에 앉아 똑같은 자세로 텔레비전을 보기도 했다.

"난 잠깐 누워야겠다. 너도 힘이 빠진 것 같아 보이는데. 공원에서 재밌었어?"

해나는 쳐다보지 않고 고개만 끄덕였다. 그리고는 물을 다 마신 뒤 식기세척기를 열어 유리컵을 위쪽 선반에 넣었다.

"고마워. 너 오늘 아주 훌륭했어. 이것만 빼면." 수제트가 자신의 새로운 커트를 가리켰다. 옆머리가 뒷머리보다 좀 더 층이 나 있고 왼쪽이 좀 더 짧았지만 사람들은 거의 눈치채지 못할 것이었다. 메리가 앞머리를 길게 해서 넘기자고 했다. 지금까지의 스타일과 많이 달랐지만 신선했다. 해나는 무관심하게 몸을 돌려 계단을 뛰어 올라갔다. 수제트는 물을 한 잔 더 따라서 위층으로 올라갔다.

해나는 벌써 침대에 누워 알렉스가 종종 읽어주는 괴상한 책을 뒤적였다. 수제트는 문앞에서 잠시 멈췄다.

"문 열어둘 테니 필요한 거 있으면…… 오래 자지는 않을 거야. 그냥 잠깐……" 혼수상태에 빠졌다가 새로운 몸으로 깨어나길. 해나가 들은 척도 안 해서 수제트는 자기 방으로 갔다.

수제트는 물을 침대 옆 협탁에 놓고 휴대폰을 내려놓기 전에 셀카 모드를 켜서 자신의 새로운 모습을 점검해 보았다. 그 어느 때보다도 짧은 머리였지만 여전히 여성스러웠고 예쁘장했다. 비극의 주인공처럼 굴지 말자. 그냥 머리칼일 뿐이고 해나가……

눈을 쑤신 것도 아니었다.

훨씬 나쁜 일이 생겼을 수도 있었다.

수제트는 침대 위에 푹 쓰러져 잠 들 준비를 했다. 햇살이 희망차고 너그러운 에너지를 품고 방 안으로 쏟아져 들어와 눈꺼풀을 두드리는 듯했지만 더 질끈 눈을 감았다. 생각들이 뒤섞이며 미스터 G가 내레이션을 하고 있던 홍보 영상 같은, 학교의 이미지와 소리들이 떠올랐다. 그러고 나서 축복 같은 '무'가 찾아왔다.

그러다가 '무'에서 꿈이 발화되었다. 성적인 꿈이었다. 수제트는 하늘거리는 옷을 입은 소녀가 되어 유리가 없는 많은 창문이 난 방에서 거대한 무늬 쿠션들 가운데 누워 있었다. 머리 한구석 깨어 있는 부분이 그것이 열대의 장소라고 판단했다. 하지만 펄럭이는 가림막 뒤로 시선이 이동하자 열대 야생의 초록이나 백사장, 바다가 아니라 우뚝 선 산들이 나타났다. 그리고 그 아래는 투명한 푸른 물이 고여 있었다. 꿈에서 종종 그렇듯이 자신이 수많은 첩들 가운데 하나임을 알 수 있었다. 그리고 멀리 떨어진 방에서 그들 주인의 쾌락을 즐기는, 열정에 들뜬 다른 첩의 신음이 들렸다. 수제트도 그가 오기를 염원했다. 그가 자신을 그녀에게 주기를, 그녀만이 아끼는 여인인 양 섹스해 주기를 바랐다.

깊은 잠이 떠났다. 감독 역할의 자아가 "컷!"을 외치고 슬레이트를 쳐서 장면의 마침을 알렸다. 다른 사람의 쾌락에 대한 바보 같은 꿈에는 관심이 없었다. 하지만 깨어나 보니 꿈속에서 들은 소리가 현실에서도 이어졌다. 신음하는 여자 목소리가 들렸다. 수제트는 어리둥절해하며 몸을 일으켰다. 창문이 열려 있던가? 이웃이 야외에서 섹스를 하며 햇빛 좋은 오후를 즐기고 있을 수도 있었다. 하지만 그럴 것 같지는 않았다.

선반에 놓인 시계를 보았다. 그렇게 오래 잠들지도 않았다. 20분이나 지났을까.

점점 엄습하는 두려움을 느끼며, 헉헉대고 끙끙대는 신음이 집 안에서 나는 소리임을 깨달았다. 남은 잠을 떨쳐내고 방 밖으로 뛰쳐나갔다. 무슨 일인지 짐작이 안 됐다. 소리는 해나의 방에서 나고 있었다.

누가 내 아이를 강간하나?

해나는 작지만 햇빛 가득한 방 안 침대에 노란 이불을 덮고 누워 있었다. 자위 실험에 열렬히 빠져든 것인가 싶었다. 해나의 청반바지와 분홍 줄무늬 팬티가 바닥에 떨어져 있었고 아이는 이불 아래서 몸을 펄떡이며 비틀고 있었다. 하지만 손은 이불을 움켜쥐었고 머리는 누가 밀쳐대는 것처럼 움직이고 있었다.

수제트는 잠시 어찌할 바를 몰라 서 있었다. 대체 무슨 일이지? 딸아이의 무릎이 세워져 있고 마치 질펀한 한낮의 정사를 치르기라도 하는 사람처럼 움직이며 소리를 내고 있었다.

"그만해! 뭐 하는 거야?"

해나가 쳐다보았다. 전혀 놀라거나 부끄러워하는 기색이 아니라, 보이지 않는 애인이 다시 섹스를 재개하기라도 한 것처럼 활짝 미소를 지었다. 수제트가 인상을 쓰며 혐오의 숨을 들이켰다. 자신의 아이가 완전히 성숙한 어른처럼 헉헉거리며 몸을 비트는 것을 본 기분은 섬뜩하기도 했다. 이불을 확 젖혀 보았지만 당연히 아무것도 없었다. 해나가 무릎을 당기고 옆으로 돌아누우며 킬킬거렸다.

"뭐 하는 거니?"

수제트는 팬티와 반바지를 집어 올리며 해나에게 집어던지지 않으려 애썼다. 대신 베개 옆에 내려놓았다. 손이 떨렸다. "옷 입어."

"악마에게서 이렇게 힘을 얻는 거야. 그가 나를 찾아왔을 때."

해나의 목소리가 달라졌다. 성숙하고 자신 있었다. 수제트는 소름이 쫙 끼쳐서 뒷걸음질 쳤다. "마리앤?"

해나가 일어나 앉으며 이불로 몸을 가렸다. 깜빡이지도 않고 수제트에게 시선을 고정했다.

"그가 나를 찾아오면 좋아. 너무 기분이 좋아. 그는 날 사랑하고 자기 걸 내 안에 넣어서 나를 세상으로 가득 채워줘."

"내 딸한테서 떨어져!" 누구에게 하는 말인지 수제트는 알 수 없었다. 불 같이 뜨거운 음경을 가진 보이지 않는 악마한테일까. 자신의 딸이 마리앤이라고 주장하게 만든, 오래전 죽은 마녀한테일까. 속이 울렁거려서 자기 방으로 서둘러 피했다. 토하고 싶었다. 딸아이에겐 도움이 필요했다. 하지만 이불 아래서 너무나 행복하게 몸을 뒤틀던, 이 싱글거리는 괴물에게는 아니었다. 이 아이는 사라져야 했다. 쫓겨나야 했다. "가, 제발 가. 가버려!"

하지만 쫓겨난 것은 수제트였다. 헐떡이며 욕실로 도망쳤다.

입에서는 아직도 시큼한 맛이 났지만 상관없었다. 소아과 의사에게서 받은 서류를 찾아야 했다. 드레스룸에 있는 파일 박스 속, 해나의 의료 기록을 모두 보관하는 폴더에 들어 있어야 하는데. 잘못 철했나? 엉뚱한 데 뒀나? 인기척이 느껴져 뒤를 돌았다. 해나가 옷을 다 갖춰 입고, 익숙하면서도 위협적이지 않은 질문이 담긴 표정을 하고 있었다. '뭐 해?' 하지만 수제트에겐 시간도, 인내심도 없었다. 아이 어깨를 잡고 제 방으로 데리고 갔다. 해나는 엄마의 팔에 매달려 '왜 그래?' 묻는 표정을 지었지만 저항은 하지 않았다.

"난 이럴 시간 없어. 네 악마 친구들이랑 놀아. 책을 읽든지. 미안하지만, 넌 뭔가 잘못돼 있어. 뭐가 문제인지 알아내야겠어." 수제트는 해나를 방에 넣고 문을 닫았다.

그러고는 자기 방으로 돌아와 문을 잠그고 다시 드레스룸을 뒤지기 시작했다. 파일 박스를 다시 헤집었다. 알렉스에게 전화를 할까 생각했지만, 두 시간 전만 해도 모든 것이 멀쩡했다가, 아니 최고의 상황이었다가 어떻게 곧바로 또 문제가 생길 수 있는지 당황스러워하는 그의 목소리가 들리는 듯했다. 조금 전 보고 들은 것들을 어떻게 설명할 것인가? 팬티를 바닥에, 거의 파손 불가능한 재활용 고무로 만든 바닥에 팽개친 저 애가 딸이 맞기는 한가? 알렉스는 아직도 그들의 집 사진을 회사의 포트폴리오에 사용했다. 그래, 집은 아주 멋져 보이고 안에서 일어나는 일을 아무도 모르니까. 알렉스가 도움이 될 거라 기대할 수는 없었다. 해나와 그 속의 다른 자아를, 그 어떤 일곱 살짜리보다도 많은 것을 알고 있는 듯한 존재를 직접 경험하지 못하는 한은 말이다.

발견했다. 폴더 두 개 사이에 껴 있었다. 스테이플러가 찍힌 문서의 맨 마지막 쪽까지 넘겼다. 추천받은…… 야마모토 박사의 전화번호가 있었다. 보험회사에서 곧 연락이 올지 모르지만 더 이상 기다릴 수 없었다. 절벽 끝에서 간신히 균형을 되찾은 사람처럼 부들부들 떨면서 수제트는 전화를 걸었다. 음성 사서함으로 넘어갔다. 허둥대며 겁에 질린 목소리가 나왔다.

"안녕하세요, 야마모토 박사님, 수제트 옌센이라고 합니다. 저희 소아과 주치의께 소개를 받았어요. 지금…… 좀 비상 상황이라서요. 급히 좀 약속을 잡고 뵐 수 있을까요? 제 딸 때문에…… 들으시는 대로, 최대한 좀 빨리 연락 부탁드릴게요. 감사합니다." 수제트는 자기 전화번호를 두 번 되풀이했다.

전화를 끊고 수제트는 휴대폰을 침대 위에 던졌다. 방 안을 서성이며 생각에 잠겼다. 어쩌면 수제트도 치료가 필요한지 몰랐다. 이따금씩 그래야 하는 게 아닐까 하는 생각이 들었다. 망설인 이유에는, 과연 그렇게 자신을 위한 시간을 낼 수 있을까 하는 점도 있었다. 거기에 해나를 끌고 가고 싶지는 않았다. 대기실에 혼자 놔두면 무슨 짓을 벌일지 알 수가 없으니까. 하지만 점점 심해지고 있었다. 의학적으로는 외상 후 스트레스 장애. 어머니가 된 것이 끔찍한 실수였다는 공포. 아이 낳은 것을 후회하는 죄책감에다가 되돌릴 수도 없다는 무력감. 조만간 정신을 놓아버릴 것 같은 예감. 조금만 더 충격이 가해지면 온몸이 산산이 흩어져 암흑 속으로 사라져버릴 것 같았다. 수제트는 자고 싶었다. 숙면을 취하고 싶었다. 어쩌면 이게 꿈인지도 몰랐다. 몇 겹의 무의식 속에서 갈피를 잃은 꿈속의 꿈이라서, 나중에 그냥 웃어넘길 수 있는지도 몰랐다.

문득 다시 해나의 말이 떠올라 되새겨보다 충격을 받았다. 알렉스는 해나의 말들에 대해, 내용이 아니라 발음에만 관심이 있었다. 하지만 그 망상이 어디서 온 건지 알아내야 했다. 야마모토 박사가 도와줄 것이다. 당연히 해결해 줄 것이다. 좋은 심리치료사니까, 수제트의 공포심이 비합리적이거나 초자연적인 곳까지 굴러떨어지지 않도록 도와줄 것이다. 혼자 불안 속에 혼미해지다가는 인터넷에 '피츠버그 능력 있는 퇴마사'라고 치게 되는 날도 멀지 않았다. 수제트는 하마터면 웃을 뻔했다. 언어 치료사와 청력 전문가에서 시작해서 결국 여기까지 오게 된 건가 싶었다. 악령이 들린다거나 퇴마 의식 같은 걸 믿지 않았다. 하지만 해나가 왜 저렇게 되었는지 알아내지 못한다면 결국 절망 속에 그 길로 들어설지도 몰랐다.

휴대폰이 울렸다. 방금 걸었던 번호였다. 다시 현실감이 좀 들었다. 도움이 필요했다. 해나가 다음엔 또 뭘 하려고 할까?

"여보세요?"

"옌센 부인?"

"네."

"안녕하세요, 비어트릭스 야마모토라고 합니다."

"이렇게 빨리 전화를 주셔서 감사해요."

"별말씀을요. 제 스케줄상에 시간이 나서 다행입니다. 상당히 겁에 질린 목소리시라서……"

"네……."

"위급 상황인가요? 즉각 도움이 필요한가요? 911에 전화를 걸어야 할 사안인가요?" 다급함에 대한 얘기를 하고 있음에도 심리치료사의 목소리는 침착하고 온화했다. 즉시 위기를 객관화시키는 야마모토 박사가 벌써 고마워졌다. 수제트는 그럴 수가 없었으니 말이다. 침대 끝에 걸터앉아 광기와 공포가 몸 밖으로 스며 나오는 기분을 느꼈다. 맥이 풀리며 어깨의 긴장도 느슨해졌다.

"아, 아뇨, 그런 건 아니에요."

"다행이네요. 오늘은 예약이 다 차 있어요. 하지만 월요일에는 볼 수 있습니다. 저는 스쿼럴 힐에 있는 집에서 일해요."

"잘됐네요. 오후에, 학교 끝난 후 가도 괜찮나요?"

"봅시다. 4시 어때요?"

"좋아요. 감사합니다."

"그리고 지금 몇 분 얘기할 수 있어요. 무슨 일이 있었나요?"

수제트는 말하면서 자기도 모르게 이리저리 서성이긴 했지만 좀 전의 격앙된 감정은 많이 가라앉았다. 해나의 병원 검사 이력부터 시작해 최근의 입학 시도까지 설명해 나갔다.

"상황이 너무 급작스레 심각해져서요. 행동 문제가요. 그리고 마침내 말을 시작한 건 좋지만, 그게…… 내용이…… 게다가 제 앞에서만요."

"뭐라고 말을 했죠?"

수제트는 심호흡을 하고 창밖을 보았다. 다람쥐가 나뭇가지를 발견하고 달려갔다. 집이 무너진 것도 아니고 거리에 좀비들이 비틀거리는 것도 아니었다. 이 모든 정상성이 아늑함을 주어야 했다. 이웃집 여자가 분홍색 모종삽으로 화단에 뭔가 심고 있었다. 10대들 한 무리가 우르르 지나갔다. 반짝이는 교복과 정신 나간 머리 모양, 휴대폰과 이어폰, 팔찌가 가득한 팔들.

"그게, 첫 마디가…… 자기가 해나가 아니라고 했어요. 그 다음에는 자기가 마리앤 뒤포세라는 마녀라고 했고요. 남편은 그다지 신경 안 쓰는 것 같아요. 인터넷에서 뭔가 읽고 그러나 보다 싶었겠죠. 아니면 제 말을 아예 안 믿거나요. 그것도 문제 중 하나예요. 무슨 전형적인 공포 영화 같은 소리라는 거 알아요. 여자는 이런저런 것들을 보기 시작하고, 남자는 무시하고, 여자는 미쳐가는."

"지금 일어나고 있는 일이 그런 것 같나요?"

"그럴지도 모르겠어요. 가끔 제가 미쳐가나 싶어요. 애가 왜 그러는지 이해가 안 가요. 무슨 뜻인지도 모르겠고, 어떻게 대해야 할지도 모르겠어요."

"아까 전화 주시기 직전에 무슨 일이 있었나요?"

"네……."

"많이 당황하신 것 같던데. 당혹스러운 일이 일어난 것 같네요."

"딸아이 소리가 들렸는데요. 아이 방에서요. 들어가 보니…… 마치 딸애가 섹스를 하는 것처럼 소리를…… 아주 실감나는 소리를 내는 거예요. 처음에는 자위를 하나 싶었어요. 그건 괜찮아요. 자위는 별 문제 없다고 생각하니까요. 하지만 딸애가 저를 보더니, 미소를 지으면서, 악마가 자기한테 그 짓을 하고 있다는 거예요. 자기는 그게 좋다고요."

"옌센 부인, 심각한 질문을 드려야겠네요. 혹시 따님이 성적 학대를 당했을 가능성에 대해 아시는 게 있나요?"

"아니에요!" 역정이 솟았다. 목구멍에서 씁쓸한 담즙이 솟아오르는 듯했다. 수제트는 딸을 안전하게 지켜왔다. 늘 안전하게 보호해왔다. 시티 촬영 때의 방사능과 이 유독한 세상에서 모두가 피할 수 없는 오염원들만 제외하면. 생각하기도 너무 끔찍한 일이었지만, 방어적으로 굴면 안 되었다. 지금은 그 어느 때보다 의사가 잘못된 결론을 내리지 않도록 조심해야 할 필요가 있었다.

"그런 일은 불가능해요." 수제트는 끔찍한 맛의 담즙을 꿀꺽 삼켜내렸다. "해나는 저랑 집에 있어요. 거의 모든 시간을요. 그리고 알렉스는 절대…… 절대 그럴 사람이 아니에요. 성숙하고 친절하고 세련된 남자니까. 스웨덴인이고요." 수제트는 바보처럼, 스웨덴인이라는 게 아동학대범이 아닌 증거라도 되는 것처럼 말해버렸다.

아, 세상에. 수제트는 자신의 탄식이 야마모토에게 들렸을까 봐 입을 가렸다. 작년 일을 잊고 있었다. 알렉스가 수염을 기르기 시작했을 때였다. 긴 콧수염과 함께 염소 같은 턱수염도 다듬었다.

"나 진짜 멋져 보이지 않아?"

수제트는 당시 자신의 대답이 생각났다. 해나도 있는 자리였다.

191

"아빠가 스칸디나비아 악마처럼 보이네."

그랬더니 해나가 킥킥 웃었다. 알렉스도 피식 웃고 욕실로 돌아가 콧수염의 모양을 바꾸었다.

혹시 알렉스가? 해나가 "그가 나를 찾아왔을 때"라고 한 게 아빠를 얘기한 걸까? 스칸디나비아 악마를 의미한 걸까?

아냐, 아냐, 알렉스는 아니다. 수제트는 터무니없는 생각을 쫓아버렸다. "아뇨, 그럴 일은 없어요."

"불쾌한 가정이라는 거 알아요. 하지만 확실히 해야 할 필요가 있습니다. 부적절한 성적 접촉을 경험한 아이들이 그런 식으로 행동하는 것은 드문 일이 아닙니다."

"하지만 해나는……" 겨드랑이에서 땀이 솟았다. 새로운 공포가 목 뒤에서 응결되었다. 모든 게 너무 미친 것 같았다. 누구도 이해시킬 수 없을 것 같았다. "그러니까…… 다른 문제 같아요." 알렉스는 안 된다. "딸이 주장하는 마녀, 그 괴상한 성적인 행동은 이 인물에서 나온 거겠죠. 이 인물은…… 설명을 못 하겠네요. 말이 안 된다는 거 알아요."

"어려운 문제죠. 복잡한 문제고요. 이해합니다. 그럼 주말 동안 해주실 일이 있어요. 우리 월요일 약속 때 도움이 될 거예요."

"뭐든 말씀해 주세요."

"기록을 해주세요. 최대한 상세하게. 딸이 한 모든 말을요. 모든 말과 함께 당시에 했던 행동을 기억나는 대로 적어주세요. 부인께서 취했던 반응도 적어주세요. 어린이들은 자신이 이해하지 못하는 상황에 대해 이상하고 창조적인 방식으로 반응할 방법을 찾기도 합니다. 오래 말을 안 했던 것도 우리가 다뤄야 할 문제지만, 지금 말하기로 '선택'한 것도 중요한 문제네요. 시간이 좀 걸릴 수 있겠지만 풀어나갈 수 있을 겁니다."

"기억나는 대로 전부 적을게요. 진지하게 들어주시고 받아주셔서 정말 감사합니다 야마모토 박사님." 수제트는 다시 대화 시작 때 느꼈던 안도감으로 돌아갔다. 이 여자가 침착하고 체계적으로 문제의 심층부에 들어가 줄 듯했다.

"그냥 비어트릭스라고 부르세요. 그리고 겁이 난다는 거, 알고 있습니다. 사랑하는 아이가 무슨 말을 하려고 하는지 알아듣지 못하는 것만큼 무서운 일은 없지요."

"맞아요." 수제트는 훅 숨을 내쉬며 느낌표를 찍었다.

"그래도 올바른 단계를 밟기 시작한 거예요. 우리가 풀어나갈 수 있습니다. 그러니 좋은 주말을 보내려 노력해 보세요."

"박사님도요."

"월요일에 해나와 함께 뵙겠습니다."

수제트는 전화를 끊고 정말 오랜만에 처음으로 억울함을 인정받은 기분이었다.

박사는 수제트가 올바른 단계를 밟기 시작했다고 말했다. 진짜 조치가 필요했다는 의미였다. 그리고 함께 풀어갈 수 있다고 말했다. 상냥하면서도 자신감 있는 목소리에 위로받은 수제트의 마음속에서 비어트릭스는 위엄을 갖춘 강력하고 아름다운 여성의 모습으로 떠올랐다. 두려움을 이해해 주었고 어떤 방식으로도 무시하지 않았다. 수제트도 해나와 알렉스에게 침착하게 행동해야 했다. 당황하거나 괴로워하는 모습을 보여주지 말아야 했다. 악마 들린 아이가 이전에 성적 학대를 당했을 수 있다는 사실은 모든 일이 현실에 기반하고 있음을 증명해 주었다. 다음에 해나가 또 괴롭히려 할 때 그 점을 기억해야 했다. 해나가 언제 어디서 다른 사람과 그런 접촉을 했을 수 있는지 짐작이 가지 않았지만 한 명은 배제시킬 수 없을지도 몰랐다.

주말 동안 해나의 의사소통 노력에 대한 기록을 쌓아가는 한편, 해나의 음침한 관심사 이면에 다른 것들은 없는지, 알렉스의 검색 이력도 확인할 것이다. 만일 마녀나 죽은 사람들에 대한 포르노 사이트를 방문하고 있다면, 소름 끼치는 취향이나 금기시되는 것들에 대한 비밀은 없는지, 새로운 의문이 제기될 수도 있다. 하지만 그럴 것 같지 않았다. 알렉스와 함께하는 동안 포르노에 대한 화제가 나올 때마다 그는 늘 얼마나 혐오하는지, 이유를 열거하기 바빴다. 포르노가 제외되면 알렉스를 모든 의심에서 풀어줄 수 있었다. 그는 아무리 생각해 봐도 해나의 문제에 원인을 제공할 사람이 아니었다. 수제트도 알렉스도 문제가 아니라는 것을 비어트릭스가 알아야 했다. 그래야 해나를 도울 수 있을 것이다.

수제트는 알렉스에게 문자를 보내 그들이 좋아하는 태국 음식을 저녁으로 사오라고 했다.

정상으로 돌아간 것을, 모든 것이 괜찮아 보이게 된 상황을 기념하는 특식이었다.

방에서 나와보니 해나의 방문은 아직 닫혀 있었다. 그 안에서 무슨 일이 벌어지고 있을지, 유쾌하지 않은 생각들을 떨쳐냈다. 부부 침실과 해나의 침실 사이에는 세탁실과 해나의 화장실이 있었다. 수제트는 집 안의 모든 세면대 아래 청소 도구를 비축해 두고 있었다. 마음의 안정을 위한 전투용 고무장갑을 꼈다.

수제트가 욕실에서 양동이를 들고 나오는데 해나가 문을 끽 열고 나왔다. 수제트는 계단으로 가서 두 번째 칸에 앉았다. 그리고 첫 번째 칸을 문지르기 시작했다. 그런 다음 세 번째 칸으로 내려가 두 번째 칸을 닦았다. 해나가 복도 난간 너머로 내려다봤다. 조그만 스파이가 모든 것을 감시했다.

"지금 내려오는 게 좋을걸. 계단이 다 젖기 전에."

해나는 쌩 달려와 발레를 하는 무용수처럼 발끝으로만 젖은 나무 계단을 밟으며 내려왔다. 안전하게 마른 계단참에 안착했을 때 수제트가 말을 했다.

"월요일부터 학교에 갈 테니까……" 해나가 중간에 딱 멈춰서 엄마를 보았다. "오늘은 하고 싶지 않으면 공부 안 해도 돼." 들뜸과 경악이 동시에 해나의 얼굴에서 일렁였다.

"정말이야. 주말도 전부 그냥 놀면 돼. 좋지?"

해나의 얼굴이 확 밝아지며 폭죽처럼 우다다다 나머지 계단을 내려갔다. 거실로 사라지고 1초 뒤에 텔레비전이 켜지며 깔깔대는 만화 등장인물의 목소리가 들렸다.

"좋은 엄마. 착한 엄마." 수제트가 힘없이 미소 지었다. "엄마를 무너뜨릴 순 없지. 아니면 죽도록 질리게 만들거나."

다가오는 주말을 최대한 아무 일 없이 보내는 것이 그들 모두를 위해 좋았다. 월요일에 새로운 학교에 가고 심리치료사를 만나는 것만으로도 충분히 힘들 것이다.

수제트의 걸레가 한 번에 한 칸씩 우주 하나를 말살시켰다. 자라날 기회를 가지지 못한 세계들에, 영영 성숙하지 못하게 된 숲들에 아세트산이 첨가된 무효화가 진행되었다. 적어도 이 구역에서만큼은 수제트도 강력하고 신성한 존재였다. 이 작업이 나아갈 방향은 하나였다. 아래로.

HANNA
해나

저녁으로 국수! 엄마와 아빠 둘 다 온화한 분위기였지만 엄마는 그저 새로운 작전을 구사하고 있을 뿐이라는 걸, 해나는 알 수 있었다. 좋은 적수가 아닐 수 없었다. 공격이 가해지면 난리를 치면서 반응했다가 부루퉁하게 방에 틀어박혀 다시 세력을 모았다.

아빠는 엄마의 새 머리를 처음 보더니 미소가 흐트러졌다. 엄마는 일순 겁먹은 표정이 되어 옆 머리칼을 잡아당겼다. 그러면 더 길어지기라도 하는 것처럼. 해나는 아빠가 엄마의 못생긴 궁둥이를 차서 집 밖으로 내쫓지 않을까 반쯤 기대했다.

"마음에 안 들어?" 엄마가 물었다.

그러자 아빠는 환하게 웃으며 엄마가 하늘에서 떨어진 눈꽃 천사라서 따뜻한 손으로 만지면 녹기라도 할 것처럼 팔을 벌렸다. "놀라서 그랬지. 하지만 당신은 정말, 빛이 나."

자신이 얼마나 추한지 아는 엄마는 안도의 한숨을 쉬었다. 가끔 아빠는 지나치게 착했다.

"어디서 이런 영감을 얻었어?"

"당신 딸한테서. 내가 침대에 누워 자는 동안 내 머리를 잘라냈으니까."

해나는 엄마의 목소리에 든 날카로운 검을, 엄마가 그걸로 해나를 찌르고 싶어 한다는 걸 느꼈다.

아빠의 얼굴이 일그러졌다. "릴라 굼만……" 해나를 돌아보는 표정이 좋지 않았다. 해나는 자기가 일을 망쳤나 싶었다. 공포가 내면에서 꿈틀거리는 걸 느꼈다.

"그런 짓을 하다니. 위험한 건 둘째 치고, 가위를 그런 식으로 사용하면 안 돼. 그건 인권 침해야. 그게 뭔지 아니?"

해나는 고개를 저었다. 엄마가 간절함이 불타는 눈으로 아빠를 보고 있었다.

"그래, 적어도. 해를 끼치진 않았으니까." 아빠가 해나에게 눈을 끔뻑했다. "엄마가 그 어느 때보다도 아름다워졌는걸."

"알렉스!" 엄마가 젓가락을 움켜쥐었다. 그걸로 아빠를 찌르기라도 할 것처럼. 하지만 아빠가 엄마의 손을 꼭 잡았다.

"잘못된 행동이었어." 아빠가 말했다. "그런 짓을 하면 안 되지. 하지만 당신 머리 스타일 너무 좋은데. 내가 마음에 들어 하는데 화내면 안 되지."

엄마가 한 풀 꺾였다. 입꼬리 한 쪽이 올라갔다. 아빠가 해나에게 눈짓을 한 다음 음식에 집중하기 시작했다. 아빠가 안 볼 때 엄마가 해나를 보며, '내가 이겼지?' 하는 비웃음을 날렸다.

해나도 '두고 보자고' 하는 의미로 씩 웃어주었다.

젓가락으로 태국 음식을 먹는 엄마와 아빠의 손은 거대한 막대 벌레처럼 보였다. 괴물들이 챙, 쾅, 소리를 내며 국수 도시들을 집어삼켰다. 아빠는 절대 해나에게 화를 내지 않으니 해나는 기쁨을 숨겨야 했다. 하루가 이렇게 끝난다는 게 너무 기분이 좋았다. 벌써 다음 계획은 세웠다. 비열하면서도 끝내주는 걸로!

부모가 해나의 학교에 대해 너무 행복하게 떠들어대서 해나도 그렇게 싫지만은 않았지만, '그래서 뭐' 하는 태도는 굳게 유지했다. 솔직히 학교 안에서 좀 놀랐다. 어린이 박물관이 생각났다. 이것저것 놀 게 많았고 놀이터랑 아주 비슷했다. 어쩌면 거기 가서 매일 놀 수 있을 것 같았다. 하지만 다른 아이들이 있었다. 그 애들은 문제가 될 수 있다. 멍청했고, 또 어떤 경우는 기형으로 보였다. 그중 하나는 토끼 인형처럼 흐느적거렸다. 또 어떤 애는 다리가 캥거루 같아서 보조 기구를 잡고 걸어 다녀야 했다. 어디선가는 울부짖는 소리, 기다란 신음도 들렸다. 해나가 짖어도 미스터 G가 그렇게 태연한 게 당연했다. 해나는 하루 이틀 정도 관망을 한 다음 어떻게 할지 결정할 것이다.

다른 아이들을 생각만 해도 좋은 기분을 망쳤다. 다들 죽고 해나 혼자 학교를 독차지할 수 있다면 몰라도. 대량 총기 살상에 대한 뉴스를 언뜻 봤고, 아빠가 총기 문제에 대해 떠드는 소리를 들은 적이 있다. "모두에게 총기가 필요한 건 아니야. 애들에게는 총기가 필요 없어!" 하지만 아빠가 잘못 생각한 걸 수 있다. 다른 아이들은 똑똑하지 못해서 자기들 문제를 해결할 방법이 없을 것이다. 해나의 내면에서 복수심이 점점 자라났다. 어떻게 커갈지는 더 지켜봐야 했다. 굼실거리는 가지들과 비죽비죽한 발톱들이 뻗어나가는 나무가 될 가능성이 크겠지. 그런 나무가 되어 동네 거리를 거인처럼 내려 다보면 얼마나 재미있을까. 사람들이 그 아래를 지나다니면 좋아하지 않는 인간들은 휙, 휙 잡아채 올려 가지로 빙빙 감싸면 우두둑! 뼈가 바스러지는 소리는 마치 가지 부러지는 소리처럼 들릴 것이다. 나무껍질에 감싸인 해나는 그들의 맛있는 피를 쪽쪽 빨아먹고 나무는 더욱 무성하게 자랄 것이다.

"해나, 아빠가 너만의 대화 상대를 가지게 될 거라고 했던 거 기억나니? 너한테만 주의를 집중할 사람 말이야." 엄마가 아빠를 흘긋 보자 아빠가 씹는 걸 잠깐 멈췄다. 그리고 음식을 삼켰다. 음식과 놀란 표정, 둘 다 목을 타고 내려갔다.

"그렇지, 릴라 굼만, 우리 얘기 했었지? 어쩌면 네가 생각하는 것들과 너 자신을 표현하는 데 더 나은 방법이 필요할지도 몰라서 그래. 기억하지?" 그러고 나서 아빠는 엄마를 보았다. 마치 다음엔 뭐라고 얘기해야 할지 모르겠다는 것처럼.

"실은 내가 오늘 아주 도움이 되는 여자 분과 통화를 했는데, 이름이 비어트릭스야. 아주 좋은 분이지. 그리고 마침 월요일에 너를 볼 시간이 좀 난대."

"잠깐, 학교도 월요일에 시작하지 않아?"

아빠는 엄마를 보며 눈을 끔뻑했다. 잠시 둘 다 해나의 존재는 잊은 듯했다. 사이가 좋았다가 뭔가 점점 심각해지는 위험에 처한 탁구 경기처럼 말을 주거니 받거니 하는 부모를, 해나는 지켜보았다.

"그래, 약속은 그 이후야."

"너무 무리 아니야? 하루에 새로운 일을 그렇게 많이 한다고?"

"그때 시간이 난다고 하니까. 이미 얘기를 시작했으니 더 이상 기다릴 필요 없잖아."

아빠가 고개를 저었다. "내가 보기엔 휴식 시간이 필요할 것 같은데. 학교만 해도 이미……"

"나도 알아. 하지만 이렇게 하는 게 좋을지도 몰라. 새 학교에 대한 반응도 알아봐야 하고."

"그럴지도."

"미루고 싶지 않아. 우리 합의한 줄 알았는데."

아빠는 고개를 숙인 채 끄덕이고 그릇에 남은 국수를 찔렀다. 아빠는 늘 해나를 보호해 줄 것이다. 하지만 엄마는 정말이지 늘 제멋대로였다. 부모 사이에 흐르는 괴상한 기류는 읽기 힘들었다. 말 대신 눈썹을 이용해 말을 하려는 듯했다.

"이렇게 하는 것도 좋을 거야." 엄마는 공기를 찾아 수면을 뻐끔거리는 물고기처럼 말했다. "그리고 얘기해 보니 대단한 사람 같더라고. 정말 상냥하기도 하고."

"비어트릭스라는 이름을 가진 사람이라면 상냥할 수밖에 없지. 그런 좋은 이름을 가진 사람이 친절하지 않기란 불가능해. 그렇지?" 아빠가 해나에게 물었다.

해나는 고개를 한 번 까딱하는, 단호한 긍정을 표했다.

저녁식사 후 엄마는 자기가 치울 동안 아빠에게 해나와 보드게임을 하라고 했다.

"안 도와줘도 되겠어?" 아빠는 설거지하는 엄마를 뒤에서 껴안고 뒷목에 키스했다. "머리가 짧아지니 여기 키스하기가 너무 좋네."

아빠가 또 키스를 하며 말하자 엄마는 지나치게 행복해 보였다.

해나는 '여기를 찾아라' 보드 통을 꺼내서 거실 탁자에 놓은 다음, 모두의 주목을 끌기 위해 통 뚜껑을 탁 쳤다.

"누가 나를 호출하네." 아빠가 말하고는 거실로 왔다.

"내가 당신 노트북 잠깐 써도 돼?"

"물론이지. 당신 거 교체할 때가 됐는데."

"그리고 주말에 쇼핑 좀 해야 돼. 해나 학교 준비물이랑 책가방, 옷도 좀. 해나도 좋아할 거야."

"그래야겠네."

엄마는 다시 개수대로 돌아섰다. 손이 젖은 채 어깨로 뺨에 묻은 뭔가를 닦아냈다. 물이 튀었거나 가려워서 그랬는지도 몰랐다. "둘이 놀고 있는 동안 난 위층에 있을게."

"한 판 끝난 다음엔 당신도 같이 하자."

해나는 엄마가 안 오길 바랐다. 해나의 작전이 먹히면 엄마는 주말 내내 침대에서 앓을 것이다. 혹은 영원히. 그러고 나면 해나와 아빠는 원하는 대로 다 할 수 있을 것이다. 해나는 카드를 한 장씩 각자 앞에 놓은 다음 뽑은 패들을 깔끔하게 정리해 쌓았다. 경기를 할 준비가 되었다.

잠자리에 들 시간이 되자 아빠가 특별 선물을 가지고 왔다.

"엄마한테는 말하지 마." 아빠가 해나의 귀에 속삭였다. "우리가 이상하다고 생각할 테니까."

감자였다. 재밌게 생긴 생감자는 냉장고에서 꺼낸 지 얼마 안 돼 아직 차가웠다.

해나는 킥킥 웃고 감자를 가슴에 꼭 안았다. 해나도 아빠도 무슨 일이 일어날지 알고 있었다. 감자는 해나만의 꿀잠봉봉짐승의 몸체가 될 것이다. 그렇지만 해나는 아직 감자를 운명에 맡길 준비가 안 돼서, 코에 가까이 대고 흙냄새를 맡다가, 손에 꼭 쥐고 잤다.

새벽 3시에 알람시계가 부르르 울렸다. 처음에는 빛을 번쩍이다가 음악 소리가 울리기 시작했지만 아주 작게 소리를 낮췄다. 알람시계는 파르모르, 파르파르로부터 받은 아주 특별한 크리스마스 선물이었는데 해나는 꼭 어른이 된 기분이 들었다. 하지만 사용할 일은 별로 없었다. 어떤 때는 아무 시간이나 그냥 맞춰 놓기도 했다. 제대로 작동을 하는지 확인하기 위해서였다. 하지만 오늘 밤에는 임무가 있었다.

손전등을 집었다. 해나가 제일 좋아하는 또 다른 물건이었다. 해나의 조그만 손에 딱 맞았고 엄지손가락만 눌러서 밝기를 상, 중, 하로 조절할 수 있었다. 낮게 켜고 방문을 열었다. 캄캄하고 조용했다. 부모의 방문도 닫히고 아래 문틈으로 빛이 새어나오지 않았다. 해나는 애벌레처럼 최대한 조용히 움직여 아래층으로 내려갔다. 낮에 고양이 몇 마리를 만났는데 그 녀석들은 그다지 조용하지 않았다. 야옹거리며 어디서 뛰어내릴 때마다 퉁퉁 소리를 냈다. 하지만 애벌레들은 그 어떤 소리도 내는 걸 못 들었다. 숨소리만큼 희미한 소리도 없었다. 주방 불을 켜면 부모가 깨지 않을까 좀 걱정이 됐지만 앞이 잘 보여야 했다. 제일 어려운 일은 싱크대까지 의자를 옮기는 거였다. 마리앤에게 육체도 있어서 도움을 받을 수 있다면 좋을 텐데. 의자는 무거웠고 어떤 소리를 내거나 바닥에 자국을 남겨서는 안 됐다. 물론 의자에 턱이나 무릎을 찧어서도 안 됐다. 의자에 몇 번 부덮히긴 했지만 드디어 싱크대 앞에 붙여 세우고 그 위에 올라섰다.

엄마가 싱크대 위에 보관하는 약들을 더 잘 보기 위해 손전등을 비췄다. 목이 아프면 먹는, 타이레놀 같은 일반 약도 있었다. 해나 와 아빠가 먹을 수도 있는 약이 잘못되면 곤란했다. 엄마의 이름 스티커가 붙어 있는 투명한 주황색 병들을 들여다보았다. 엄마가 배에 주사하는 약물에 장난을 쳐놓기는 어려울 것이다. 일단 제외시켰다. 게다가 주사제처럼 가끔 사용하는 것 말고 엄마가 매일 사용하는 약이 필요했다. 인스턴트 레모네이드처럼 물에 타서 먹는 포가 있었다. 저기에 뭘 넣을 수 있을까? 하지만 찢어놓으면 다시 봉할 방법이 없다. 제일 좋은 대상은 플라스틱처럼 보이는 두 가지 색으로 된 알약이었다. 엄마는 아침 먹을 때 한 알, 저녁 먹을 때 한 알씩 먹었다. 이름은 발음할 수 없었지만 이름표에 '설사가 있을 경우 4~6시간에 한 알씩 복용'이라고 써 있었다. 텔레비전 광고에서 봤는데, 저 캡슐을 열면 마술처럼 조그만 알갱이들이 쏟아져 나왔다. 그러니 분리가 가능한 것이다.

병뚜껑 여는 게 좀 까다로웠지만, 엄마가 손바닥으로 꾹 눌러서 돌리던 것을 흉내내 보았다. 몇 번의 시도 끝에 열렸다.

캡슐 한 알을 엄지와 검지로 잡아 꺼냈다. 너무 작아서 텔레비전에서 본 것과 전혀 달라 보였다. 하지만 곧 알아냈다. 살짝 비틀면 폭 하고 열린다는 걸. 캡슐에는 조그만 알갱이들이 아니라 밀가루와 똑같이 생긴 고운 하얀 가루가 들어 있었다.

해나는 잠시 고민했다. 원래는 내용물을 전부 개수대에 쏟아 버리려고 했다. 하지만 비워놓으면 캡슐들이 너무 가볍게 느껴질 것이다. 그렇다고 하나하나 밀가루를 채워 넣자니 어지르지 않기가 힘들 것이었다. 그래도 수고할 가치가 있을지도 몰랐다. 일단 캡슐 양쪽을 다시 끼워보았다. 쉽게 잘 끼워졌다. 감쪽같았다. 손가락으로 잡고 살짝 눌러보았다. 납작하게 찌그러졌다. 역시 다시 채우기는 해야 했다.

밀가루 통을 양손으로 잡고 끄집어냈다. 제일 조그만 도구가 뭐 있나 생각해 보니 플라스틱 손잡이가 달린 과일칼 끝부분을 사용하면 될 것 같았다. 전에 지금처럼 싱크대에 의자를 놓고 사용해 본 적도 있었다. 직접 바나나랑 멜론 덩어리를 자신의 위한 특별 도마 위에서 잘랐었다. 아주 조용히 서랍을 열고 칼을 찾아냈다.

두 시간 동안 고생을 하며 엄마의 약들을 망가뜨렸다. 너무 힘들고 지겨운 일이라 전부 바꾸지는 못했다. 하지만 위쪽 한 움큼은 약 대신 밀가루가 든 캡슐로 바꿔놓았다. 개수대가 하얀 밀가루 투성이가 되었다. 수도꼭지를 틀어 물로 전부 씻어버렸다.

하품이 나왔다. 다시 애벌레가 되어 조용히 모든 것들을 원래 자리로 돌려놓고 불을 끈 다음 침대로 돌아왔다.

아침식사 때 다들 좀 피곤해 보였다. 엄마는 약을 삼켰다. 해나는 웃음을 숨기기 위해 잠옷 깃을 잡아당겨 입을 가렸다.

다같이 쇼핑을 하러 갔다. 누가 제일 즐거워하는지 가리기 힘들었다. 아빠는 여러 가지 인체 공학 의자들에 앉아보았다. "최상품은 아니지만 편안하네." 해나도 다 앉아 보았다. 그리고 아빠랑 해나는 차례로 서로 의자를 돌려주었다. 엄마도 해나처럼 온갖 색색의 물건에 끌리는 것을 보고 놀랐다. 색종이, 포스트잇, 형광펜, 그리고 특히 색색의 금속 집게.

"너도 이제 다 큰 소녀니까." 엄마가 말했다. "유치원생들은 자기 공책이나 학용품이 필요 없지. 하지만 초등생들은 필요해."

엄마와 아빠는 해나의 필요 물품 목록을 만들어와서 각각 제일 좋아하는 것을 고르게 했다. 보라색 책가방, 아빠의 것과 비슷한 빨간 도시락 가방, 노란 링바인더와 거기 꽂을 노트들, 그리고 노란 필통, 소용돌이무늬가 둘러진 연필들, 꽃 모양 지우개(해나는 얼른 침대 아래 던져넣고 싶어서 안달이 났다), 색색의 집게를 보관하는 자석 뚜껑이 달린 네모난 플라스틱 상자("집에서 쓸 거야"라고 엄마가 말했다), 두툼한 형광펜 한 팩, 압정이 든 귀여운 단지 그리고 네모난 게시판("네 방에 달아놓자"라고 아빠가 말했다). 거기에다 잡다한 물건들이 더해졌다. 왜냐하면 모두 온갖 물건들의 행렬 앞에서 오, 아, 하는 탄성을 멈출 수 없었기 때문이다. 아빠는 인쇄할 때 필요한 묵직한 종이 한 묶음을 집었고 엄마도 포스트잇과 커다란 스케치북을 집었다.

주차장에는 덩치 큰 SUV가 끝없이 늘어서 있었다. 괴물 같은 벌레들이 모여 있는 것 같았다. 두툼한 회색 줄무늬를 그리는 하늘이 낮게 드리워지고 사람들은 비라도 내려서 다 젖을까 두려운 듯 차와 가게 사이를 빠르게 오갔다. 쇼핑한 물건들을 모두 트렁크에 넣은 후 아빠는 다른 가게를 가리키며 말했다. "당신 컴퓨터도 새로 사야지."

"아직 준비가 안 됐어." 엄마가 말했다. "뭘 사야 할지 못 정했어.

태블릿을 사야할까 싶기도 하고."

아빠가 엄마의 손을 잡았다. 해나는 아빠의 다른 손을 잡았다. "그럼 옷? 다람쥐 소녀에게 새 학교에 입고 갈 옷을 사줘야지."

해나는 엄마랑 쇼핑을 가면 보통 짜증이 났지만 아빠랑 같이 가면 파티나 마찬가지였다. 그런데 안에 들어가자 아빠는 지루한 남자 옷 구역으로 가서 운동 바지를 찾아보았다. 엄마가 그게 정말 필요하냐고 물어보는 데도 불구하고 말이다. 해나는 아빠를 따라가려 노력했지만 엄마가 불러댔다. 무시하려 했지만 아빠도 엄마에게 가보라고 했다. 갑자기 쇼핑이 그다지 재미가 없어졌다. 멍청한 엄마, 멍청한 옷들.

옷걸이들을 지나가며 엄마는 혀를 찼다. "전부 여름옷뿐이네."

거대한 쇼핑 구역 안의 모든 건물이 그들의 집과 정반대였다. 각각의 건물마다 백만 인구가 사는 도시 스무 곳에 공급하고도 남을 엄청난 양의 물건이 진열돼 있었다. 해나는 눈을 가늘게 뜨고 이 공간들이 텅 비면 얼마나 달라 보일까 머릿속에 그려보았다. 가게마다 회전 선반에 물건 하나씩만 걸려 있다면 쇼핑도 보물찾기가 될 것이다. 물건을 10초 안에 찾아내고 그게 사이즈도 맞으면 가질 수 있는 것이다. 아니면 두고 떠나야 하고. 해나는 집 밖의 모든 곳에 모든 것이 있다는 게 싫었다. 너무 심하고 너무 많았다. 가끔은 입 대신 눈을 닫고 싶었다.

"첫날 무슨 옷을 입고 가고 싶니?" 엄마가 물었다.

해나는 땡땡이 무늬 수영복을 몸에 대보았다. 남색 바탕에 서로 다른 크기와 색상의 동그라미가 찍혀 있었다. 벌써 여름이라면 곧 수영을 하러 갈 수 있을 것이다. 파르모르와 파르파르도 올 것이다.

그러면 가이 호수가 있는 공원에 가곤 했다.

"수영복을 입을 순 없어." 엄마는 세일 상품이 걸린 옷걸이를 훑으며 말했다.

해나는 색색의 수영복을 붙잡고 조금 팔짝팔짝 뛰었다.

"안 돼, 해나." 엄마가 흰 깃이 달린 단순한 연노란색 원피스를 꺼냈다. "이게 네가 좋아할 것 같다."

"으으으응." 해나가 징징거렸다. 엄마가 꺼내드는 모든 것에 화내거나 징징거리는 소리를 냈다.

"학교에 새 옷 입고 가기 싫어?" 해나가 눈을 비비며 입을 비죽 내밀었다. "알았어. 그럼 아무것도 안 사. 아빠 찾으러 가자."

해나가 앞서 달렸다.

"아무것도 안 산 거야?" 아빠는 티셔츠로 가득한 동화 나라에 있었다.

"원하는 게 없대."

해나가 울상을 지었다.

"왜 그러니, 릴라 굼만?"

해나가 어린이 옷 코너를 손가락질 했다.

엄마가 짜증 섞인 한숨을 쉬었다. "수영복 사고 싶대. 피곤한 거 같아."

"곧 여름이잖아. 수영복 필요하지 않아?"

"지난여름 수영복도 아직 안 꺼내 봤는데."

"여기 비싸지도 않은데. 맞는 크기가 있을까?"

아빠, 아빠, 아빠! 해나는 아빠의 손을 잡고 깡충깡충 땡땡이 무늬 수영복 쪽으로 이끌었다. 흘긋 뒤를 돌아보니 엄마가 뾰로통한 얼굴로 따라오고 있었다. 아빠가 안 보기에 혀를 내밀어 보였다. 엄마는 가운데 손가락, 나쁜 손가락으로 코끝을 긁었다. 나쁜 말을 하는 거였다. 가려워서 그런 건지 나쁜 손가락질을 한 건지 좀 모호했다. 상관없었다. 아빠가 수영복을 사주었으니 한 게임 더 이겼다.

수달들은 구불거리는 모피처럼 수영을 하며 유리 너머로 해나를 빤히 쳐다보았다. 해나는 그들이 제일 좋았다. 적어도 지금까지는. 내내 아빠의 손을 잡고 다녔다. 몸이 안 좋다며 집에 있기로 한 엄마와 경쟁할 필요가 없었다. 해나는 자신이 몹시 자랑스러웠다. 이 모든 일을 해내는 데 마리앤은 필요 없었다. 자신이 얼마나 똑똑한지 누구에게 들려주고 싶을 정도였다.

코끼리는 뚱뚱한 그루터기 다리를 가진 바윗돌 같이 생겼다. 기린의 반점들을 징검다리처럼 딛고 기린의 목을 타고 올라가고 싶었다. 공작들은 으쓱거리며 자기들의 무지개를 세상에 보여주었다. 매우 거만해 보였다. 해나는 그 중 한 마리의 섬세한 머리 부분을 움켜쥐고 힘을 꽉 주고 싶었다. 계란처럼 딱 하고 깨질까? 원숭이들은 진실을 말하는 현명하고 슬픈 얼굴을 하고 있었다. 똑같이 생긴 네 개의 손으로 이곳저곳을 타고 오르며 꼬리로 '왜? 왜? 왜?' 하고 묻는 그들의 작전에 해나는 말려들지 않았다. 감옥에 갇혀 있는 아기들을 보는 기분이었다.

어쩌면 언젠가 사람들로 가득한 동물원도 생길지 몰랐다. 평범한 사람들이 식탁에 앉아서 싫어하는 음식을 먹는 것이다. 자유로운 사람들은 유리 벽 너머에서, 음식 냄새를 불행하게 킁킁거리는 사람들을 지켜볼 것이다. 또 다른 방에서는 2층 침대에 아이들이 늘 잠옷을 입고 있어야 할 것이다. 너무 많이 자서 자라지도 못하고 부모들은 아이들에게 "말 안 들으면 너도 저렇게 된다"라고 할 것이다. 마지막 방에는 오랑우탄처럼 주황색 머리를 한 외톨이 여자가 앉아 있을 것이다. 지저분하고 뼈만 남은 모습으로 푹신한 소파에 앉아 날이면 날마다 똑같은 세 시간짜리 텔레비전을 보고 또 볼 것이다. 불쌍한 원숭이들.

"엄마한테 말을 한 적 있니?" 아빠가 물었다. "무슨 말이든?"

해나가 고개를 저었다. 두 사람은 감자튀김을 사러 식물이 심겨진 길을 따라 매점으로 갔다.

"정말? 한두 번이라도 말 한 거 없어? 더 이상 참을 수 없어서 갑자기 말이 튀어나왔을 때도?"

해나가 눈썹을 찡그리고 입을 비죽 내밀며 고개를 저었다. 그렇게 간절히 말하고 싶은 게 있었다면, 엄마가 아니라 아빠에게 했을 것이다. 그리고 해나는 마리앤에게 그 책임을 맡길 수가 없었다.

"하지만 만일 네가 할 말이 있다면, 정말, 정말 중요하거나 아니면 그냥 정말, 정말 실없는 말이라 해도, 나한테 하면 된다는 거 알지? 내가 들어줄 거라는 것도?"

마치 마음을 읽은 것 같았다. 해나는 아빠의 손에 뽀뽀를 하고 두 손으로 꼭 잡은 다음 살짝 흔들었다. 아빠도 흔들었다. 둘은 감자튀김 매점까지 깡충깡충 뛰면서 갔다.

SUZETTE
수제트

예전에, 임신했을 때 그 통증에 대해 설명을 하려고 한 적이 있다. 처음에는 변화무쌍한 호르몬 주입으로 생긴 괴상한 신체 반응인 줄 알았다. 그래서 바로 얘기하지도 않았다. 그러다가 말하기가 너무 어려워졌다. 음식을 삼키기도 힘들었다. 우유를 뺀 아이스크림만 잔뜩 먹고 거의 아무것도 먹지 않았다. 아이스크림이 입 안에서 녹아 식도를 타고 내려가도 통증을 줄이지는 못했다.

마치 누가 기다란 핀을 혀뿌리 쪽에, 양쪽에서 찔러넣는 듯했다. 조그만 은색 핀의 머리 부분이 보이지 않을까 싶어, 수없이 거울을 들여다보았다. 그것들을 뽑아내서 통증을 없애고 싶어 미칠 것 같았다. 혀를 원래의 자연스러운 유연한 상태로 되돌리고 싶었다. 하지만 아무리 봐도 아무것도 보이지 않았다. 이런 통증을 어떻게, 누구에게 설명해야 할지 알 수 없었다. 목구멍의 통증은 좀 달랐다. 마치

211

면도날을 삼켜서 중간에 걸린 듯, 꼼짝도 하기 힘들었다. 심지어 침을 삼킬 때도 면도날이 비명을 질렀다. 이러지 마!

통증은 혹독했다. 이전에 경험한 그 무엇과도 견줄 수 없는 고문이었다. 입 안 염증이라고 검색했더니 빨갛게 부어오른 궤양 같은 징그러운 사진들만 많이 나왔다. 하지만 수제트의 입 안은 그렇지 않았다. 결국 해답을 밝혀준 게시물을 발견했다. 거의 15년째 크론병을 앓고 있었지만, 증세는 늘 복통과 경련, 설사뿐이었다. 지독하면서도 보이지 않는 입 안의 염증 같은 건 들어본 적도 없었다. 임신 6개월이었는데 소화기과 전문의에게 진찰받을 땐 5킬로그램이 빠졌다. 스테판스키 박사는 무슨 일인지 즉시 알아보았다. 또 다른 재발 증세였다. 임신 때문에 생물학적 주사제는 사용할 수 없었다. 타이레놀 먹기도 꺼렸던 수제트지만 남은 3개월 동안 몸무게를 늘려야 했다. 그래서 스테판스키 박사가 아기가 태어날 때까지 증세를 달래줄 처방을 내주었다.

수제트는 욕실 개수대에 기대 뺨 안쪽을 뒤집어보려 애썼다. 자면서 혹은 음식을 먹다가 씹은 게 아닐까. 혀를 대면 그 지점이 느껴졌지만 도무지 보이지는 않았다. 아무것도 아닐 수도 있었지만 수제트의 몸이 항체를 생성시켜 주사약을 쓸모없게 만든 걸 수도 있었다. 보통은 약이 너무 잘 들어서 그런 생각은 안 하려 했다. 늘 잘 듣기만을 기도했다. 최근 장 절제술 이후에 지사제는 하루 몇 알이면 되어서 소화기가 얼마나 빨리 정상으로 돌아갔는지 기뻐했다. 사춘기 때는 수술 후에 몇 달이나 하루에 여덟 알, 최고 용량을 먹고도, 집을 나설 때마다 화장실을 금방 갈 수 있을지 걱정을 했었다. 늘 마음의 준비를 하고 있었던 것이다.

그냥 배탈이 난 걸 수도 있었다. 전날 쇼핑 나갔다가 식당에서 먹은 점심이 뭔가 잘못됐을 수도 있었다. 수제트는 식당들을 믿지 않았다. 짜고 기름진 소스에 싸구려 재료를 묻어버리는 곳이 많았으니까. 점심 때 지사제를 하나 더 먹고 밤에 자기 전 하나 더 먹었다. 아침이면 모든 것이 정상으로 돌아갈지도 몰랐다. 입 안 통증도, 망할 설사도 멈추길. 가끔 삐끗할 때도 있으니까.

하지만 또, 또 그게 재발된 거면 어떻게, 어떻게 하지? 모든 게 잘못된 거면, 새 구멍이 생겨서 이런 증세가 나타났다면? 그래선 안 됐다. 수술은 성공해야 했고 염증은 잘 관리되고 있었다. 하지만 크론병은 예측 불가능하기로 악명이 높았다. 수제트가 예외적인 경우일 수도 있다. '아주 조금만'이었음에도 불구하고 섬세한 시스템을 파괴시켜 버린 것일 수도 있다. 외과 의사들을 믿지 말았어야 했는데. 수제트가 아무리 걱정해도 어쩔 수 없는 일이었다. 못 쓰겠어, 희망이 없네, 회장을 더 잘라내, 남은 걸로도 충분할 거야, 아이고…… 그만, 그만, 그만.

수제트는 흐늘거리는 티셔츠를 들어보았다. 흉터는 아무 말 없이 조용히 누워 있었다. 피부 아래에선 조금의 따끔거림도 없었다. 그 침묵이 안도가, 위로가 되었다. 머리칼을 흐트러뜨려 보았다. 더 젊어 보이나? 머리칼이 짧아지자 목 부분에 작은 상처가 드러났지만 그 분홍색 점은 본인밖에 알아보지 못할 것이다. 인생의 너무 많은 것이 끔찍함으로 물들어 있었다. 생각하지 말자고 다짐했다. 욕실 불을 끄고 침실로 돌아갔다.

알렉스와 해나가 동물원에 간 동안 수제트는 혼자 하루를 보냈다. 휴가처럼 좋았다. 텔레비전 프로그램을 몰아서 보았고 몇십 년에 걸친 우정을 다룬 긴 소설을 읽기 시작했다가 슬퍼지고 말았다. 알렉스가 하누카 선물로 준 것이었다. 예술대학 다닐 때의 친구들과 다시 연락을 해볼까 하는 생각이 가끔 들었다. 아이를 낳고 집에서 공부를 시키는 것이 다른 관계를 맺을 기력을 모두 빨아들였지만, 그래도 알렉스가 있었다. 책은 재미있었지만 수제트를 외롭게 만들었다. 그래서 한 쪽으로 치우고 팔다리를 쭉 펴서 침대를 다 차지했다. 해나는 잠이 들었다. 해나가 씻고 잘 준비하는 걸 알렉스가 돕는 게 일과가 되었다. 알렉스는 위층에서 일을 하고 있었다. 수제트가 방치되었다는 기분을 느낄 이유가 없었다. 알렉스가 종일 해나랑 놀아줘서 수제트가 쉴 수 있었다. 하지만 수제트는 알렉스를 원했다. 알렉스를 소리쳐 부르다가 해나를 깨울 수는 없어서 전화를 했다.

"아직 안 끝났어?"

"뭐, 끝이 나는 일은 아니니까."

"침실로 안 올래?"

"무슨 생각을 하고 있었던 거야?"

들뜬 반응에 사실을 말할 수가 없었다. 이야기를 하고 싶었을 뿐이라고 하면 실망할 터였다. "와보면 알 거야." 수제트는 졸린 목소리였다. 유혹적인 목소리가 전혀 아니었다. 하지만 알렉스는 바로 내려가겠다고 했다.

수제트는 전등을 끄고 따뜻한 빛의 탁상 등만 켜두었다. 천장 위쪽, 알렉스의 모습을 상상하는 것은 어렵지 않았다. 컴퓨터 화면의 푸른빛을 받고 앉아서 작업물을 클라우드에 저장하고 있을 것이다. 알렉스의 노트북에 포르노는 없었다. 그런 쪽 관심을 드러내는 링크도 없었다. 그러나 해나가 빅토리아 시대의 죽은 사람들 사진을 얻은 웹사이트를 발견했다. 섬뜩하지만 매혹적이기는 했다. 남편의 검색 기록을 뒤진 데 대해서는 미안하기보다는 안도감을 느꼈다. 이미 알던 것을 확인했을 뿐이었다. 잠시라도 알렉스를 의심했던 자신이 바보처럼 느껴졌다. 해나의 속임수 때문이었다. 알렉스는 타락한 사람이 아닐 뿐 아니라, 그가 해나에게 조금이라도 해를 끼쳤다면 그 역시 해나의 노여움의 대상이 되었을 것이다. 어쨌든 해나가 사진을 얼마나 의도적으로 골랐는지, 직접 보게 되니 괴로웠다.

웹사이트의 사진은 아기부터 10대 사이의 아이들이 많았다. 남자는 드물었다. 하지만 해나는 그중에서도 죽은 여자만 골랐다. 대부분은 빛바랜 흑백 사진이라 대략 같은 나이, 30대 중반으로 보였다. 10대 시절 배 속이 들끓는 동안 뜬 눈으로 누워서, 때로 분노가 치밀어 오르던 기억이 떠올랐다. 어머니의 방으로 몰래 들어가 잠자는 심장에 칼을 꽂을까, 망상이 피어나던 적도 있었다. 해나에게도 그런 욕구가 자라난 것일까? 어떨 때는 아이가 수제트의 생각을 읽는 것 같았다. 의식의 표면으로 떠오르지 못하도록 무진 애를 쓰는 후회를, 해나가 더 사랑스러운 아이였더라면 하는 시들한 감정 위로 꾸며내는 애정을, 자기만의 시간과 공간에 대한 절박한 필요를.

알렉스가 계단을 내려오는 소리가 들렸다. 조심하려 노력은 해도 몸무게와 낮은 무게 중심에 마루가 삐걱거렸다. 방으로 들어와 티셔츠를 벗어던지고 문을 닫았다. 수제트 옆에 누웠다.

"헤이, 앨스클링."

"헤이." 수제트가 알렉스의 품을 파고들며 등을 어루만졌다. "보고 싶었어."

"기분 좋은데. 좀 나아졌어?"

215

"별로."

"왜 그런 것 같아? 수술 때문인가?" 알렉스가 몸을 일으키고 수제트를 살폈다.

"모르겠어. 뭘 잘못 먹었나? 다음 주에 피검사 하거든. 스테판스키 박사랑 만나기 전에. 하지만 염증은 아닐 거야."

"일이 많았으니까. 해나 때문에."

"그럴 수 있지. 스트레스를 받았으니까."

"월요일 약속이 몇 시지?"

"4시. 학교 끝나고 바로 데려갈 거야."

"나도 거기로 갈까?"

"그럴 수 있어?" 물어봐준 것만도 놀라웠다. 알렉스는 해나의 일정, 병원, 치과, 학교, 미용실 등을 모두 수제트에게 맡겨왔다.

"그때쯤엔 퇴근할 수 있을 거야. 4시 30분까지는 도착할 수 있어."

"당신이 원한다면."

알렉스가 수제트의 머리를 귀 뒤로 넘겨주었다. "비어트리스라는 사람은……"

"비어트릭스야. 야마모토 박사."

"우리 둘 다와 얘기하고 싶어 하지 않을까?"

순간 수제트는 그들 부부가 알고 있는 완전히 다른 두 아이의 모습에 대해 야마모토 박사가 듣는 게 좋을까, 아니면 알려주지 않는 게 좋을까 망설였다. 한편으로는 비어트릭스를 혼자만 차지하고 싶었다. 심지어 알렉스는 가장 최근 사건에 대해서는 알지도 못했다. 수제트가 야마모토 박사와만 의논했던 것이다. 게다가 박사와 해나만의 면담도 필요할 텐데, 얼마나 걸릴지도 알 수 없었다.

"망설이는 거야?" 알렉스가 기분 나쁜 기색은 없이 말했다.

"솔직히 잘 모르겠어. 전화상으로는 그런 것까지 말하지 않았거든. 분명 조만간 당신과도 면담을 해야겠지만."

"나도 갔으면 좋겠어?"

수제트는 거절할 수 없었다. 그래서 그렇다고 했다.

고마워하는 표정을 지으려 노력했다. 한동안 부부는 서로를 그윽하게 바라보았다. 알렉스의 입술이 수제트의 입술을 더듬었다. 수제트는 받아들였지만 적극적으로 응하지는 않았다.

"피곤해?" 알렉스가 물었다.

"당신은 그립지 않아? 우리 얘기 나누던 때가? 온갖 얘길 다 했었잖아."

"물론이지. 가끔 그리워. 그치만 우리 삶이 나아졌잖아."

"우리가?"

"물론이지. 가족으로."

"이제 우리 해나 이야기밖에 안 하잖아. 우리, 당신과 나는? 그게 나아진 거야?"

"그건 다르지. 우리에게 책임감이 더 생겼으니까."

"난 나아졌다는 기분이 안 들어. 인간으로서는 미끄러지고 있는 것 같아. 점점 비스듬히 미끄러져 내리는 느낌이야."

이미 흐려졌던 알렉스의 얼굴이 동정심으로 더욱 어두워졌다. "당신은 좋은…… 엄마, 아내, 동반자야. 하지만 나도 알아. 당신이 그 이상을 원한다면 이해해."

"그래. 하지만……" 수제트는 살짝 돌아 누워서 천장을 보며 자신의 감정을 설명할 말을 찾아내려 애썼다.

"뭘 하고 싶어?"

"나도 모르겠어. 그냥 그래. 이건…… 방향을 못 잡겠어. 어떻게 해야 할지."

"해나는 학교에 들어갈 거야. 당신만 원한다면 난 당신과 더 일하고 싶어." 알렉스가 조금 더 다가왔지만 수제트는 더 친밀한 자세를 취할 준비가 안 돼 있었다. 알렉스에게는 너무나 간단해 보이는 해결책이 수제트의 모호하고 불확실한 감정들을 더 복잡하게 만들 뿐이었다.

"난 그냥 기억이 나서…… 해나 낳기 전이. 난 내 일을, 당신과 일하는 걸 사랑했는데. 하지만 너무 집착을 하게 되곤 했지. 늘 프로젝트 생각으로 꽉 차서 강박적으로 집착하고 모든 게 끝나기 전까진 쉴 수도 없었어. 그리고 그때는 건강 때문에 일을 할 수 없게 될지도 모른다고 생각하기 싫었어. 하지만 지금은 나이가 더 들었고 더 조심해야 하는 건지 아니면 큰 맘 먹고 도전을 해봐야 하는 건지 모르겠어. 어쩌면 두려움을 떨쳐버릴 기회를 잃었는지도 모르지. 지금은 상황이 어떻게 나빠질지 너무 잘 알고 있으니까."

"내가 보기엔 당신은 둘 다 할 수 있어. 당신이 열정을 가지고 성취감을 느끼는 일을 하면서도 그게 당신 건강을 악화시키지 않게 만들 수 있을 거야."

"나도 알고 싶어. 어떻게 하면 그게 가능할지 모르겠다." 수제트는 돌아누워 다시 알렉스를 보았다. 둘의 코가 바짝 가까워졌다.

"아주, 아주, 아주 금방, 그러니까 정말 곧 당신은 자기만의 시간을 가지게 될 거야."

"곧?"

"너무 금방이라 눈만 감았다 뜨면 돼. 내일이야. 내일 생각을 시작해. 당신이 뭔가 시도하고 찾아내려 한다면 내가 응원하고 지지할 거라는 거 알잖아." 이제 알렉스가 수제트의 팔을 어루만졌다. 손끝으로 맨살을 간지럽혔다.

"난…… 더 창조적인 일을 하던 때가 그리워. 늘 상상했는데…… 해나와 내가 같이 미술 작품을 만들 거라고. 색종이 같은 걸로 종이꽃을 만들거나 티셔츠 염색을 하거나, 작은 동물 인형 만들기나 명절 장식 같은 것도. 우리 둘이 그러면 어떨까 아직도 생각해. 같이 만들기를 하는 모습을 말이야. 해나가 조금이라도 관심을 보였다면, 그랬다면 엄마 역할을 하면서도 창조적인 보람을 느낄 수 있었을 거야. 해나의 창조성도 길러주고 새로운 일도 찾아내고, 해나가 발견하고 발전하는 걸 보면서. 하지만 해나는 모든 걸 혼자서만 해. 모든 걸."

"나도 알아."

"난 도무지 알 수가 없어. 해나가 어떤 아이인지. 무슨 생각을 하고 있는지!" 코를 타고 눈물이 흘러내렸다. 알렉스가 부드럽게 닦아주었다.

"나도 알아, 앨스클링. 당신이 또 상황에 잡아먹히는 거 원치 않아. 당신이 어릴 때 아무도 당신한테 신경 써주지 않았을 때처럼."

"당신이 신경 써주니까."

"그렇지. 그래서 미안해. 내가 좀 더 일찍 알아차렸어야 했는데. 너무 오래 걸렸지. 항상 기다리기만 해서는 안 됐는데. 이렇게까지 된 건…… 내 잘못도 있어."

"그렇지 않아. 난 그저, 한계에 부닥친 것뿐이야."

"그래…… 그런 줄 몰랐어. 나도 도울게. 곁에 있을게. 해나에게 맞는 곳을 찾아주려고 당신 정말 노력했잖아. 이젠 당신 차례야. 뭘 원해? 뭐가 필요해? 어떻게 해야 행복할까."

수제트는 훌쩍여 눈물을 멈추고 자신의 다리를 그의 다리 사이에 넣었다. 알렉스의 팔꿈치 안쪽으로 손을 미끄러뜨리니 아주 가까워진 느낌이었다. 서로가 서로에게 들어온 것처럼. 둘의 손이 나란히 움직이며 서로를 탐색했다. 수제트는 알렉스의 털북숭이 손등을 끌어당겨 키스했다.

"가끔 난……" 너무 새로운 발상이었다. 입 밖으로 말해볼 생각조차 해본 적 없었다. 해나도 처음 말을 했을 때 이런 기분이었을지도 몰랐다. 말이 튀어 나왔을 때, 내면에서만 존재해 왔던 뭔가를 처음 드러내면서, 해나도 놀랐을지도 몰랐다. 해나의 첫 마디가 그랬던 것처럼 수제트의 생각도 알렉스에게 이상하게 들릴 수 있었다. "난 책을 생각하고 있어. 좀 됐어. 쓰겠다기보다는 미술 작품처럼 색다른 페이지들과 색다른 질감, 색다른 종이들로 만들고 싶어. 어떤 페이지에는 조그만 그림을 넣고 다른 페이지들은 사진 앨범처럼, 그리고 또 다른 것들은…… 모르겠다. 우연히 발견한 것들을 모아놓은 스크랩북 같은 거? 그런 생각을 했어. 열린 무언가를 창조하는 거 말이야."

"그럼 뭔가 만들어야지. 열린 걸로." 알렉스가 키스했다.

잠시 수제트는 연애 초창기 때의 추억에 빠져들었다. 그때의 밤. 알렉스가 모든 것이었던 밤. 수제트가 특별한 존재였던 밤. 둘만으로 충분했던 밤. 둘의 사랑을 표현할 더 많은 방법을 원했기 때문에 아이를 가지는 것이 사랑의 기하급수적인 증대를 의미했던 시절이었다. 이제 그들은 아이가 커플로서의 두 사람을 어떻게 개인으로 분리시켜 놓는지 알게 되었다. 수제트는 되찾고 싶었다. 예전의 관계를 회복하고 싶었다. 하지만 그럴 수 없었다. 지금 당장은…….

"쉬잇, 여보……" 수제트가 속삭였다. 마치 그녀가 알렉스의 열망을 진정시키는 것처럼. "미안."

"당신이 아픈 거 싫어."

"나도." 수제트는 자신을 배반하는 육체에 화가 났다. 아직도 육체가 자신을 얼마나 불안하게 만드는지, 늘 벼랑 끝에 사는 기분은 말로 다 할 수 없을 정도였다. 가장 기본적인 장기가 제 기능을 못할 수 있고 그걸 막기 위해 수제트가 할 수 있는 일은 없었다.

알렉스가 전등을 끄고 어둠 속에서 수제트를 안았다. 알렉스가 등을 쓰다듬는 동안 수제트는 속으로 기원했다. 다음 날부터 책을 시작하겠다고 결심했다. 닦고 접고 문지르고 쓰는 동안 점차 실체를 드러내고 있는 아이디어들의 스케치를 해나갈 것이다. 마침내 다른 사람이 해나에게 받아쓰기를 시키고 수학의 기초를 설명하고 세상의 역사에 대한 편견 어린 설명을 읽어줄 수 있게 되었다. 이제 수제트는 다른 일을 할 것이다. 뭔가를 만들 것이다. 해나보다 더 나은 것을.

백미러로 딸아이를 보고 있자니 미안해질 지경이었다. 해나는 마지막 희망도 없이 사형장에 끌려가는 죄수처럼 안전띠에 묶여 음울하게 앉아 있었다. 수제트는 해나의 마지못한 수용이 고마웠다. 비록 해나가 이를 자신의 패배로 여기는 듯하긴 했지만 더 이상 논쟁이나 싸움을 벌일 기력이 남지 않은 건 수제트였다. 아침 내내 모든 일을 진행시키려 애쓰면서, 옷을 입고 이를 닦고 머리를 하고 아침을 먹고 가벼운 대화를 하면서도, 수제트는 수시로 화장실을 가야 했다. 배 속은 전혀 나아지지 않았고 아침이 늘 최악이었다. 전혀 집을 나서고 싶지 않았지만 적어도 갔다 오고 나면 하루 종일 혼자 보낼 수 있었다. 소화기관이 엉망일 때면 먹어야 하는 누런색 음식들의 목록을 머릿속에 정리해 보았다. 구운 닭, 흰 쌀, 오트밀, 국수, 감자, 식빵과 땅콩버터, 바나나. 집으로 돌아오는 길에 마트에 들러 사야 할 것들이었다.

차가 놀이터를 지나치자 해나가 고개를 번쩍 들어 정글짐에 시선을 고정했다. 수제트도 슬퍼지며 이번만큼은 분명히 깨달았다. 딸아이가 무슨 생각을 하고 있는지, 무엇을 원하는지, 아는 데도 해줄 수 없음을 알았다. 학교에 간다는 것은 자유의 종말인 셈을 부정할 수 없었다.

"첫날 좀 불안해지는 게 정상이야. 하지만 재미있게 지낼 수 있을 거야. 집에서는 할 수 없는 온갖 일을 할 수 있게 되니까."

해나는 들은 척도 하지 않았다.

학교에서 반 블록 떨어진 곳에, 다른 부모들의 긴 행렬 뒤에 차를 주차했다. 아이를 데려다주는 부모들이 몇 있었고 그대로 앉아서 지켜보다가 아이가 학교로 들어가면 차를 돌리는 부모도 있었다. 수제트는 해나의 손을 잡지 않았다. 아이가 온몸을 긴장시키며 자기만의 공간을 필요로 하고 있다는 것을 감지했기 때문이다. 둘은 각자의 암울함에 잠겨 나란히 걸었다.

안에 들어서자 미스터 G가 기다리고 있었다. 옆에는 50대로 보이는 키 큰 여성과 함께였는데, 장밋빛 뺨에 방금 침대에서 빠져나온 듯 헝클어진 머리, 청바지는 색색의 고무장화에 밀어 넣은 차림이었다. 손까지 부르트고 빨개서, 아무래도 아이들을 가르치는 교사라기보다는 진흙투성이 농장에서 돼지새끼와 씨름을 하고 온 모습 같았다.

"좋은 아침이구나, 해나! 옌센 부인, 안녕하세요?"

"아, 괜찮으세요?" 수제트가 미스터 G에게 물었다. 처음엔 그냥 해적 분장이라도 한 건가 싶었는데 실제 안대 긴 붕대 아래로 검게 물든 눈가가 보였다.

"약간의 사고가 있어서요. 이상한 일이었죠. 걱정할 거 없습니다."

"다행이네요. 해나는 준비가 된 것 같아요."

"잘됐군요. 이쪽은 애트우드 선생님이란다." 미스터 G가 쳐다보지도 않는 해나에게 말했다. "너의 담임교사가 될 거야." 미스터 G가 수제트를 보았다. "앞으로 해나의 진척에 대해 계속 연락을 드릴 겁니다."

"감사합니다. 만나서 반가워요." 수제트가 애트우드 선생님과 악수를 했다. 손아귀 힘이 아주 센 사람이었다.

"저도요. 해나를 만나게 되어 정말 기쁘네요. 교실 가볼래? 사물함도 알려줄게." 해나가 고개를 푹 숙였다. "따라와."

놀랍게도 해나가 애트우드 선생의 뒤를 따라 몇 걸음 걸었다. 커다란 가방이 까딱거리며 동의하는 듯했다.

수제트는 안도의 한숨을 쉬었다. "시작이 정말 좋은 것 같네요."

"해나도 꽤 탐험을 해보고 싶어 하는 것 같아요. 잘 돌볼 테니 걱정 마세요."

"감사합니다."

"3시 15분에 다시 올 거죠?"

수제트는 인사를 하고 밖으로 나왔다. 미스터 G는 다른 학생들과도 인사를 했다. 복도는 온갖 소리들로 가득 차 있었다. 일반적인 학교 내 소음보다 더 다양했다. 말을 하기보다 묘한 소리를 내는 쪽을 선호하는 건 해나뿐이 아니었다.

차에 시동을 걸기 전에 알렉스에게 짧은 문자를 보냈다. '지금까지는 좋아.'

식료품을 정리했다. 해나의 점심거리도 더 샀다. 유기농 사과 소스 봉지들, 샌드위치를 만들 저민 치즈, 해나가 좋아하는 마른 과일과 혼합 견과 큰 봉지, 그리고 수제트가 먹을 누런 식품 비축분.

그러고 나서, 전날 밤의 야심은 간데없이, 수제트는 불도 켜지 않고 맨발로 아래층 가운데 우두커니 서 있었다. 한풀 꺾인 오후의 빛이 넓은 실내를 비췄다. 수제트가 이 집의 공간 디자인을 돕고 장식을 혼자 다 했지만, 어쩐지 늘 자기 것이라는 생각이, 소속감이 들지 않았다. 유리 너머 뜰은 평소보다 더욱 적대적이고 야성적으로 보였다. 키 큰 산울타리가 어둡고 사나워 보이는 것은 빛에 의한 착각일 뿐이라고 생각하기로 했다. 햇살 속에서는 참 달라 보였지만 피츠버그는 흐리고 구름 낀 날이 많았다. 기분에도 영향을 미쳤다. 수제트는 어머니가 떠올랐다. 햇빛을 더 많이 받고 창문이 더 컸더라면, 더 좋은 전등을 썼더라면, 우울증을 고칠 수 있었을지도 모른다.

소용없었을 수도 있다. 도움은 되어도 그것만으론 충분하지 않았을 것이다. 어머니에겐 내부의 태양으로부터 열기와 희망이 필요했지만, 먼 곳 죽은 행성에서의 허무만이 스며 나왔다.

'책 생각을 하자. 페이지를 골라서, 스케치를 해보자.'

하지만 생각나는 것은 해나의 방과 거기 들어가서 청소를 하느라 보냈던 수많은 날들뿐이었다. 수제트는 한동안 마치 잘못 놓인 조각상처럼 거기 서서 자신과 싸웠다. 어서 가서 드레스룸 속에 보관해 둔 예전 미술 도구들, 전문가용 종이와 연필을 꺼내와야 했다. 힘든 일도 아니었다. 이 집안의 모든 것을 체계적으로 보관하고 있으니 어디에 뭐가 있는지 다 알았다. 하지만 움직일 동기를 끌어내기가 힘들었다. 고요는 영감을 주는 게 아니라 정신을 산란하게 만들었다. 이 순간에 자신이 가장 하고 싶은 일을 하는 것은 잘못이 아니라고 스스로에게 말했다. 그리고 지금 수제트가 하고 싶은 일은 청소였다. 그러고 나면 어쩌면, 영감이 찾아올 것이었다.

해나의 침대 위 선반에서 먼지를 털어냈다. 시계, 손전등, 더 이상 쓰지 않는 야간등, 책 몇 권, 동물 인형 등 잘 때 쓰는 물건들을 보관하는 곳이었다. 먼지떨이로 비어 있는 서랍장 위를 쓸었다. 그러고 나서 다른 책들과 모든 상자들을 담은 보관함을 정리했다. 물건들을 움직이며 틈새마다 들여다보고 쓸어냈다. 해나는 미술 도구들을 주면 좋아했다. 하지만 왜 사용을 안 하는지 이해할 수가 없었다. 해나의 도구들로 책을 시작해 볼까 하는 생각이 문득 들었다. 하지만 수제트와 마찬가지로 해나도 자기 물건을 꼭 정해진 곳에 두었다. 뭔가 없어지면 눈치 챌 것이었다. 그리고 도둑질은 수제트에게 맞지 않았다.

먼지를 다 털고 나서 문가에 세워둔 일회용 청소포 막대를 들었다. 수제트는 청소포로 바닥을 쓰는 게 좋았다. 파트너와 춤을 추는 무용수처럼 우아하게 움직이며 떨어진 머리카락과 거의 보이지도 않는 파편들을 모아들였다. 침대 아래 청소포를 넣었더니 종잇조각들이 붙어 나왔다. 죽은 사람들 콜라주가 인쇄되었던 종이인 듯했다. 다시 넣었더니 머리핀과 새 종이집게 세 개가 걸려 나왔다. 수제트는 어리둥절해서 물건들을 주워들고 먼지를 털어냈다. 해나의 방은 어지럽혀진 적이 없었다. 해나의 방을 며칠 치우지 말라는 알렉스의 부탁은 존중했지만 그동안 어떻게 이렇게 많은 물건이 침대 아래로 굴러 들어갔을까?

수제트는 바닥에 엎드려 보았다. 망할 저건 또 뭐지?

청소포로 덩어리 같은 물체를 굴려 꺼냈다. 감자?

다시 엎드려 저 구석까지, 우연히 모였을 리 없는 나머지 조그마한 물건들도 확보했다. 딸아이가 물건들을 모으고 있나? 알 수 없는 미래의 목적을 위해 은닉해 둔 것인가?

감자를 들어 자세히 살펴보았다. 현실 속의 감자 아저씨 인형처럼 뭔가 꽂혀 있었다. 금색과 갈색 연필 두 개가 마치 다리처럼 아래쪽에 꽂혀 있고 엉성하나마 얼굴도 부분적으로, 두꺼운 검은 펜으로 미소와 콧수염이 그려져 있었다. 새로 산 꽃 모양 지우개도 위쪽에 비딱하게, 모자처럼 붙여 놓았다. 오른쪽 눈은 녹색 압정을 꽂았고 왼쪽 눈은……

"으, 젠장."

망가진 왼쪽 눈에선 크레파스로 그린 빨간 피가 뚝뚝 떨어졌고 파낸 눈구멍에선 빨간 덩어리가 튀어나와 있었다. 다른 색이었다면, 혹은 해나가 빨갛게 뚝뚝 떨어지는 피를 그려 넣지 않았더라면 미스터 G의 상처가 떠오르지는 않았을 것이다.

미스터 G의 붕대와 안대도 왼쪽이었으니 그의 부상과의 연결성을 생각해 보지 않을 수 없었다.

딸아이가 부두 인형을 만든 것일까?

부두 인형이 아니더라도 흉측한 물건이었다. 귀엽기까지 한 꽃 모자를 피투성이 눈과 짝지었다는 사실이, 자신의 딸이 이렇게 망가진 아이였나 하는 생각에, 수제트는 흐느껴 울고 싶었다. 왜 이런 짓을 하는 걸까? 사다준 멋진 장난감들, 그 많은 것들은 전혀 가지고 놀지 않았다.

자세히 볼수록 더 소름 끼쳤다. 수제트는 유령이 어깨라도 친 것처럼 덜덜 떨었다. 학교에서 벗어나기 위한 새로운 책략일까? 교장을 해쳐서? 불가능했다. 수제트는 마녀라든지 부두 인형을 믿지 않았다. 정말 그럴까? 침대 아래 이건 뭐란 말인가? 해나는 왜 이런 걸 만들었고? 왜, 몇 년 동안 낙서도 안 하던 아이가, 갑자기 역겨운 것들을 만들고 있는가?

"빌어먹을. 왜 나는 정상적인 딸을 가질 수 없는 거야?" 수제트는 크레파스와 연필을 뽑아버리고 괴물을 바닥에 내던졌다. 축축한 자국을 남기며 퉁퉁 튀었지만 닦을 생각도 안 했다. 조그만 꽃 모자가 떨어져 나갔다.

피부 위를 벌레가 기어 다니는 듯했다. 머릿속에서 몰아내고 싶었다. 수제트는 어지럽혀진 방 안을 그냥 내버려 둔 채 청소 도구를 움켜쥐고 뛰쳐나갔다. 한 손에는 도구들을 담은 양동이를, 다른 손에는 청소포를 들고 계단 위에서 우뚝 멈춰 섰다. 도저히 견딜 수 없었다. 분노와 좌절이 한꺼번에 몰려왔다. 수제트는 혼자였다. 그래서 마침내 배출할 수 있었다. 미친 듯이 소리를 지르며 발을 굴렀다. 마구 발광하며 양동이를 계단 아래로 집어던졌고 청소포 막대를 창처럼 쏘아 보냈다.

난리는 1분 후에 멈췄지만 아직도 집 안이 왕왕 울렸다.

한결 나았다. 텅 비고 독이 빠져나간 듯했다.

터벅터벅 계단을 내려가 걸레를 집어 들었다. 세정제를, 먼지떨이를, 청소포 막대를 집어 들었다. 주방에 내려놓았다. 너무 진이 빠져 낮잠을 자러 위층으로 올라갈 힘도 없었다. 소파에 몸을 던졌다. 팔로 눈을 가렸다.

폭신하고 편안한 소파에서 몸이 풀어졌다. 빙글빙글 돌던 생각들도 풀려 나갔다. 아무 일도 아니었다. 미스터 G도 별일 아니었다고 말했다. 딸아이는 부두 인형 같은 건 못 만든다. 왜냐하면 그런 건 말도 안 되는 미신이니까. 게다가 해나는 주술사가 아니라 마녀……그만 하자. 귀한 에너지를 우스꽝스러운 데 낭비하지 말자.

모든 것이 조용해졌고 곧 이어 사라졌다. 수제트는 몇 시간이나 잠을 잤다.

HANNA
해나

왜 이런 벌을 받는지 이해할 수 없었다. 멍청한 하루 동안 만난 모든 멍청한 사람들이 해나 역시 멍청하다고 생각했다. 그들은 질문을 멈출 줄 몰랐다. "이거 할 수 있니?" 비록 1초 후에 입 냄새 선생과 착한 척 선생이 "할 수 있을 줄 알았어!"라고 하긴 했지만 그들은 해나가 더하기도 빼기도 읽기도 못하는 모자란 아기라고 생각했다. 그들은 해나가 카드를 가리키게 했다.

"파란 색깔이 어떤 건지 알겠니?"

"이 중 어떤 게 바퀴가 있지?"

"3 더하기 7은 뭐지?"

"이 단어 중 K로 시작하는 게 있니?"

"이 중 '개'라고 발음되는 건 어느 거지?"

처음에는 빤히 쳐다보며 눈을 부라리는 기술을 사용해 봤지만 끈

질기게도 질문이 이어졌다. 결국 해나는 맞는 카드를 가리키기 시작했다.

"잘했어!" 그들은 수도 없이 외쳐댔다.

비명을 질러대야 할 만큼 짜증나는 일이었지만 해나는 그러지 않았다. 결국 해나는 연필과 종이를 집어 들고 커다랗게 갈겨썼다. '야 그 칸 래사!'

그제야 애트우드 선생이 잠시 멈췄다. "그게 무슨 뜻이니?"

해나는 두 번째 종이에 또 썼다. '주 푸 리르.'

"이거 프랑스어인가? 이건 뭐지?" 애트우드가 첫 번째 종이를 들어올렸다.

'스벤스카!' 해나가 그 위에 썼다.

애트우드 선생은 눈을 가늘게 뜨고 해나의 머릿속이라도 들여다보려는 듯했다. 스벤스카, 라고 중얼거리더니 말했다. '네 아버지가 스웨덴 사람이라고 미스터 G한테 들은 것 같네. 너 스웨덴어랑 프랑스어를 아니?"

해나가 어깨를 으쓱했다.

"대단하구나. 영어도 알고. 그럼 이것들은 다 너무 쉽겠네." 애트우드는 멍청한 단어장들을 치웠다. 또 다른 사람이 단어장을 내밀면 눈을 찌를 것 같았다.

"글을 써서 의사소통을 아주 잘하네. 집에서 학습 진도를 많이 나갔다고 엄마가 그러시더구나. 하지만 글을 써서 하는 대화는 안 좋아한다고 들었는데."

해나가 팔짱을 꼈다.

"너 오늘 정말 잘했어. 그리고 네가 뭘 알고 있는지 우리 모두가 더 잘 이해하게 되면, 훨씬 재미있는 과정들이 시작될 거야. 내가 약속할게."

하루 종일 이런 식이었다. 어쩔 때는 다른 괴상한 아이들 한 무리와 그냥 둘러앉아서 교사가 주절거리거나 책을 읽어주거나 동물 그림을 보여주는 걸 듣고만 있어야 했다. 해나는 귀에 들리는 음량을 낮추고 자신을 조용한 공기 방울로 감싸는 연습을 했다. 때로는 눈을 질끈 감았다. 좀 놀란 것이, 여기서는 아무도 해나를 신경 쓰거나 쿡 찌르거나 엄마처럼 "해나, 여길 봐야지" 하지 않았다.

학교가 최악인 것은 혼자 있을 시간이 전혀 없다는 것이었다. 아이들, 교사들, 보조 교사들이 언제나 주위를 말벌들처럼 떠돌았고 해나가 아무리 멀리 달려가도 소용없었다. 그들은 언제나 따라잡고, 윙윙거리고, 쏘아대고, 해나의 속도를 칭찬했다. 멍청이들은 이게 게임이라고 생각했다.

점심에 해나가 도시락 가방을 열자마자 여자애 하나가 옆에 앉더니 가방을 들여다봤다. "뭐 가져왔어?"

여자애가 해나의 샌드위치를 꺼내려 했지만 애트우드 선생이 쌩 달려왔다. "우리가 늘 하는 말 기억하지, 에밀리? 네 물건과 남의 물건에 대해서?"

"내 것은 만져도 되지만 남의 것은 안 된다."

"맞아. 그건 해나의 점심이야."

"해나의 점심이야."

애트우드 선생이 커다란 탁자에 함께 앉아서 에밀리와 해나가 샌드위치 먹는 모습을 지켜보았다. 해나는 이렇게 누가 가까이서 지켜보는 게 익숙하지 않았고 마음에 들지 않았다. 그리고 애트우드 선생은 정말이지 걱정할 필요가 없었다. 에밀리든 누구든 해나의 물건에 손을 대려 한다면 주먹으로 코를 때려줄 테니까.

오후에는 모두 커다란 낙하산 주변에 둘러앉아 여러 가지 게임을 했다. 해나는 기분 좋게 낙하산 위로 뛰어 들었지만 보조 교사 하나가 해나를 다른 아이들에게서 떼어내 뒤쪽에 앉혔다. 해나는 다른 아이들이 낙하산을 공중으로 부풀리는 광경을 지켜보았다. 때로 아이들은 해파리 같은 낙하산 아래로 들어가 킬킬 웃었지만 해나는 그게 안전하다고 생각하지 않았다. 해파리에게는 보이지 않는 침과 긴 촉수가 있어서 바다 속으로 뻗어나가 자기들이 먹고 싶은 작은 생물들을 마비시켰다. 아이들이 모두 낙하산에 뒤덮여서 죽을 수도 있다고 생각하자 해나는 겁이 나서 안절부절 못하게 되었다. 촉수가 해나가 있는 곳까지 뻗칠 수도 있었다. 보조 교사가 해나를 화장실로 데리고 가서 아주, 아주 기뻤다. 왜냐하면 오줌을 눠야 했기 때문이다. 집에서는 어디로 가야 할지 알지만 학교에서는 어떻게 해야 할지 확실하지가 않았다.

기진맥진한 하루였다.

2시 30분이 되자 해나는 책상 위에 머리를 누이고 말았다. 애트우드 선생이 다른 아이들을 앉힌 다음 다가왔다. 교실 구석의 커다란 빈 의자들로 해나를 데리고 갔다. 거기서 해나는 집에 갈 시간까지 웅크리고 낮잠을 잤다.

엄마와 애트우드 선생이 문가에 서서 아이-해나-그 애-해나-걔 얘기를 했다. 해나는 어서 어서 나가서 집으로 집으로! 가고 싶을 뿐이었다. 하지만 엄마는 집으로 바로 가지 않을 거라는 점을 상기시켜 주었다. 비어트릭스를 만나야 한다는 것이다. 아빠도 좀 있다 올 거라고 했다. 그제야 해나는 이 새로운 일과가 아주 나쁘며 뭔가 잘못되리라는 것을 깨달았다. 해나는 최선을 다했지만 매일 그렇게 최선을 다할 기력은 가지고 있지 않았다.

차 안에서 엄마가 그래놀라 바와 체리 주스를 줬다. 엄마는 아침과 좀 달라 보였다. 화장을 하고 제일 좋아하는 목걸이를 했다. 해나도 좋아하는 목걸이였다. 얇은 줄에 노란 메달이 걸렸다. 아빠는 그게 호박이라고 했지만 해나의 눈엔 버터스카치 캔디 같아 보였다. 볼 때마다 확 잡아채서 입에 넣어 빨고 싶었다.

차를 몰고 가며 엄마가 주절거렸다.

"정말 좋고 너도 아주 좋은 시간을……"

"그들 중 하나는 죽어야 할 거야."

엄마의 깜짝 놀란 눈이 백미러로 해나를 응시했다. "뭐라고? 해나, 뭐라고 했니?"

"주 시 마리앤."

엄마의 시선이 도로와 거울 사이에서 흔들렸고 당장 대꾸를 하지는 못했다. 손은 하얗게 운전대를 움켜쥐고 있더니 결국 입을 열어 해나를 놀라게 했다.

"익스퀴제 무아, 마리앤. 방금 한 말을 못 들었어." 엄마의 프랑스어는 〈세서미 스트리트〉의 탈인형처럼 과장되게 들렸다.

해나는 짜증이 난다는 듯 한숨을 쉬었다. "내가 저길 다시 가게 만든다면, 나는 저들 중 하나에게 주문을 걸어서 죽게 만들 거야."

거울 속에서 엄마가 입술을 깨물며 대답을 궁리했다. 포브스 애비

뉴에 들어서 조금씩 전진하다가 결국 물었다. "누구를?"

해나가 창밖으로 상점들을 흘긋 보았다. 자전거, 구두, 아이스크림 가게를 지나갔다. 좋은 질문이었다. 낙하산에 주문을 걸어 그것과 닮은 해파리로 변신시키는 게 좋을 듯했다. 그러면 한 교실 여덟명을 한꺼번에 삼켜버릴 수 있을 것이다. 교사와 보조 교사 두 명도같이 죽일 수 있을 것이다.

"하나씩 하나씩 골라야지. 네 탓이 될 거야."

"네가 감옥에 가게 된다면 그건 내 탓이 아니야. 다른 사람을 해치는 사람은 그렇게 되기 마련이지."

"감옥은 날 잡아둘 수 없어."

"그래, 네가 원하는 게 그거라면. 개인적으로 난 학교가 감옥보다는 낫다고 생각해."

해나가 예상한 대답은 아니었다. 서로 말을 받아치는 상황이 재미있을 지경이었다. 하지만 이제 충분했다. 마리앤은 다시 깊숙이 존재를 숨겼고 해나는 멍하고 무심한 표정을 지었다.

"그래서, 마리앤, 네가 주문을 어떻게 거는지 알고 싶은데. 커다란단지, 솥 같은 거 필요하니? 두꺼비랑 박쥐랑 눈알도?"

뭐 저런 바보 같은 여자가 있나. 해나는 말들이 창문 밖으로 빠져나가게 놔두었다. 아무 의미 없는 말들이었다. 엄마는 진짜 마녀에대해 아무것도 몰랐다.

엄마가 대화를 계속하려 몇 번 더 노력했다. 해나는 입에 묻은 주스를 닦아내고 손등에 떨어진 자국을 핥았다. 그러자 엄마는 혼잣말을 계속했다. 계속하고 또 계속했다. 미친 사람처럼.

비어트릭스는 위트먼 스트리트의 큰 집에 살았다. 이름과 말도 안 되는 글자들이 적힌 네모난 간판이 달려 있는 옆문으로 갔다. 엄마가 간판 아래 초인종을 눌렀다. 해나도 눌렀다. 누르고 싶었으니까.

"우리가 좀 일찍 도착한 것 같아." 엄마가 휴대폰으로 시간을 확인하며 중얼거렸다.

검은 머리에 곤충처럼 앙상한, 엄마보다 나이 많은 여자가 미소를 띠며 나왔다.

"우리가 좀 일찍 왔네요." 안절부절못하며 엄마가 말했다.

"아니에요. 잘 오셨어요. 들어오세요."

소개가 이어졌지만 해나는 여자를 쳐다보지 않았다. 이름이 비어트릭스라는 건 알고 있었다. 복도를 걸어가며 비어트릭스가 설명했다. 자기가 바쁠 때는 그냥 인터폰으로 문만 열어줄 테니 들어와서 문 옆의 의자에 앉아 있으면 된다고. 그러고 나서 창 없는 방으로 들어갔는데, 충격적일 만큼 많은 장난감으로 가득 차 있었다. 선반에는 게임이, 벽 쪽의 수레 하나에는 미술과 공예 물품이, 방 가운데는 조그만 의자들에 둘러싸인 낮은 탁자가 하나 있었다. 바닥에는 동물 인형과 마분지로 만든 거대한 빌딩이 흩어져 있었다. 한쪽 벽에는 파란색 소파가, 그 맞은편 벽에는 커다란 거울이 있었다.

"여기서 재미있는 거 찾아낼 수 있겠니?" 비어트릭스가 물었다.

해나는 혼자 방으로 들어가 둘러보았다. 나쁘지 않았다. 가지고 놀 멋진 것들이 있었고 '애들'은 없었다.

"난 옆방에서 엄마랑 얘기하고 있을게. 저 거울 건너편 방에서. 그러니 우리를 부르고 싶으면 거울에다가 손을 흔들면 돼. 알았지? 여기 있는 건 뭐든 가지고 놀아도 되고. 괜찮지?"

드디어 해나는 혼자가 되었다. 선반에서 발견한 레고 상자를 탁자로 가지고 왔다. 문이 닫히자 오늘 처음으로 조용해졌다. 온갖 시끄러운 소음과 색깔들과 말들과 사람들을 견뎌야 했던 하루가, 푸른 잉크에 잠긴 하얀 종이처럼 분해되며 천천히 흩어졌다. 해나의 심장 박동이 정상으로, 쾅쾅거리는 두드림에서 부드러운 콩콩거림으로 돌아갔다.

좋다, 좋다, 좋다, 하고 해나는 조용히 입속에서 혀를 뱀처럼 파닥거렸다.

SUZETTE
수제트

아늑한 사무실에는 커다란 창이 하나 있었고 양쪽에 거대한 열대 식물이 서 있었다. 비어트릭스는 책상 뒤로 가서 커튼을 쳐 방을 어둡게 만들었다. 그런 다음 블라인드를 올려 놀이방을 보여주었다. 그들은 창틀 안에 담긴 해나를 볼 수 있었다. 레고를 쌓고 있었는데, 알렉스의 서재에서도 즐겨 하는 놀이였다. 해나가 레고들을 바닥에 흩뜨려도 알렉스는 신경 쓰지 않았으니까.

비어트릭스가 다시 책상 뒤에서 나와 소파에 앉은 수제트 쪽으로 왔다. 그곳에는 또한 두 개의 안락의자와 견고한 수공예 스타일의 거실 탁자가 있었고 탁자 위에는 휴지 한 통과 영롱한 구슬이 담긴 그릇이 있었다. 벽은 주로 나무와 푸른 물이 그려진 풍경 수채화로 꾸며져 있었다.

"직접 그린 거예요?" 수제트가 작품을 들여다보며 물었다.

"네. 오래된 취미예요." 비어트릭스가 커튼 친 창을 등지고 의자에 앉으며 오른쪽에 위치한 유리창으로 해나를 보았다. 몸매도 그렇고 자세도 그렇고 비어트릭스는 마치 발레리나 같았지만 날카로운 움직임에는 우아함이 결여돼 있었다.

"실력 좋네요. 꽤 아름다워요." 단순하고 깔끔했다. '하이쿠'라는 말이 생각났다. 시 같은 그림들이었다.

"감사합니다." 비어트릭스가 다리를 꼬며 수제트를 향했다. "저는 잠깐 동안 부모와 이야기하는 걸 좋아해요."

"남편은 좀 늦게 올 거예요. 해나랑은…… 저 안에서 얘기하나요?" 수제트가 놀이방을 가리켰다. 비어트릭스가 몰스킨 수첩과 펜을 들었다. 얇은 결혼반지가 보여서 아이가 있는지 묻고 싶어졌지만 참았다.

"아이에 따라 달라집니다. 어떤 경우는 이 방에서 얘기하기도 하죠. 제가 아이랑 얘기하는 동안에 부모님은 복도에서 기다리게 합니다. 아이의 권리를 존중하거든요. 우리가 함께 나눈 이야기를 세부적으로 밝히지는 않을 겁니다. 저와 해나 사이에 그런 믿음이 존재할 필요가 있어요."

"물론이죠."

"하지만 부모님이 알아야 할 것들에 대해서는 계속 알려드릴 거예요. 그리고 해나에게서 알게 된 것들을 가지고 부모님과 얘기를 해야 할 때도 있을 거고요. 저는 가족을 서로에게 모두 영향을 미치는 하나의 단일체로 봅니다. 그러니 어떤 의미에서 이건 해나만을 위한 과정이 아니라 가족 모두를 위한 과정이에요."

"그렇죠. 좋네요. 저는, 우리 가족은 정말 고립된 기분이 들어요.

그러니까, 모르는 사람들이 볼 때는, 우리가 어떤 식으로 보일지 알지만, 집 안에서 일어나는 일은……."

"그럼……" 비어트릭스가 심호흡을 한 번 하고 태도를 누그러뜨린 다음 수제트에게 미소 지었다. "지난번 통화한 이후 상황이 어땠나요? 더 나아졌나요? 더 나빠졌나요?"

"괜찮았어요. 제가 몸이 그다지 좋지 않아서, 알렉스가 주말 내내 해나랑 있었거든요. 오늘은 학교에 처음 갔고요."

"어땠나요?"

"교사에 따르면 꽤 괜찮았대요. 걱정했던 것보다 나았는지도 모르겠어요. 심지어 종이에 뭔가를 쓰기도 했다고 하니까요. 우리랑 있을 때는 그러지 않거든요. 답답해서 그랬을 것 같아요. 스웨덴어와 프랑스어로도 글을 썼대요. 하지만 그러고 나서 여기 오는 길에……" 갑자기 우습다는 느낌이 들기도 했다. "저한테 말을 했어요. 그 마리앤이라는 인물이 돼서요. 학교 아이들 중 하나를 골라서 주문을 걸고 죽이고 싶다고 했어요."

"말을 시작한 지 얼마 안 됐다고 했죠? 지난주였나요?"

"네. 그때도 그 다른 자아가 되어서요." 수제트는 자신이 또 오랜 불안 습관으로 핸드백 끈을 꼬고 있음을 깨달았다. 핸드백을 치워버렸지만 아무래도 유혹을 완전히 떨칠 수 있을 만큼 멀리 밀어놓지는 못했다.

"그건 참…… 엄마가 보기에는 걱정된다는 거 알아요. 하지만 제가 볼 때는, 그렇게 오래 말을 안 한 후라는 걸 생각하면, 자신을 보호하기 위해서 그러는 거라고 볼 수도 있어요. 어느 정도는 그래요. 말을 할 수 있는 누군가의 뒤로 숨으면 말을 하지 않는 사람으로서의 자기 정체성은 안전할 수 있는 거죠." 비어트릭스는 수첩을 펴서 뭔가를 적었다.

"그런 식으로 설명해 주시니 전혀 무섭게 안 들리네요. 여전히 저한테만 말을 하긴 해요. 알렉스랑 있을 때는 마녀인 척 안 해요. 이번에는 좀 잘 대응해 보려고 노력은 했어요. 기겁해서 난리 치는 대신 상대를 해주려 노력했죠."

"어땠나요?"

"나쁘지 않았어요. 괴상한 대화였지만 그럴 수밖에 없었으니까요. 진전처럼 보이지 않을 수도 있지만, 제가 보기엔 해나가 정말 대화를 하려고 노력을 하고 있는 것 같아요."

"진전되는 게 아니라고요?"

"다른 행동들 때문에요. 사나운 개나 악마와 관계 맺는 척하는 이상한 행동들은 남편에게도 말하지 못했어요. 남편 컴퓨터에서 포르노를 찾아보기까지 했어요. 해나가 거기서 본 건가, 그렇게 섹스에 대해 알아낸 건가 해서요. 하지만……" 평가하는 듯한 비어트릭스의 시선을 느끼며 핸드백을 다시 끌어당기고픈 충동을 억눌렀다. 대신 두 손을 꽉 맞잡았다.

"남편에게 말하지 않은 게 많나요?"

수제트는 잠시 고민했다. 알렉스에게 뭘 말했지? 어렵지 않은 이야기들을 주로 했다. "그랬을 수도…… 처음엔 모든 걸 서로 이야기했지만 시간이 지나면서…… 제 생각에 그는 자기가 모든 걸 가졌다고 생각할 것 같아요. 성취감을 느끼는 직업, 의미도 있고 자기 사업이기도 하고요. 동료들을 사랑하고, 부모와 관계도 좋고, 아름다운 집, 헌신적인 아내, 사랑스러운 아이, 돈도 충분하면서 시간도 자유럽죠. 체육관도 가고, 하고 싶은 일을 하고. 그는 저를 사랑하고 저도 그를 사랑하고…… 하지만 저는 그가 없이는 이런 것들을 해낼 수 없어요. 그리고 가끔은…… 아시겠지만, 저한텐 중요한 문제예요. 알렉스가 저에 대한 믿음을 잃게 되는 건 원치 않아요."

"왜 일어난 일을 다 말하면 믿음을 잃게 되죠?"

"그에게는 그런 게 안 보이니까요. 항상 해나와 집에 있는 건 저예요. 돌보고 먹이고 가르치고 심심하지 않게 해주려고 노력해요. 안전하고 건강하게 지내고, 바르게 행동하는 걸 가르쳐요. 해나를 키우는 짐을 떠맡고 있죠. 알렉스는 해나를 깊이 사랑하지만 아주 잠깐 함께하면 되는 거예요. 웃게 만들고, 자기 전에 동화책을 읽어주고. 주말에 좀 놀아주기도 하지만요. 해나는 아빠와 함께하는 모든 걸 너무 좋아해요. 그는 영웅이 된 기분이겠죠. 해나의 사랑을 느끼고요."

비어트릭스가 고개를 끄덕였다. "그게 양육자의 고충이죠. 하지만 알렉스도 분명 부인께서 하는 일의 중요성을……"

"네, 물론이죠. 하지만 이번엔……" 수제트가 거울 겸 유리를 가리켰다. "해나가 정말 날 공격할 것 같았어요. 물 것 같았죠." 수제트는 해나를 안뜰로 내보내 진정시켜야 했던 일, 해나의 팔에 난 자국, 알렉스의 적대적인 반응에 대해 말했다.

비어트릭스는 몇 가지를 더 수첩에 적었다. "알렉스에게 해나의 성적 행동에 대해 말해보면 어때요? 그의 생각을 듣고 싶은데요."

"제가 왜 말하지 않았는지 의아하게 생각할 거예요."

"그럴지도 모르죠. 하지만 안전한 장소에서 털어놓을 수 있는 좋은 기회일지도 몰라요."

심판을 받는 기분을 느끼게 될 줄은 몰랐다. 비어트릭스가 수첩에 뭐라고 적었는지 걱정이 됐다. 어떤 결론을 끌어내고 있을까. 수제트가 학대를 한다고? 나쁜 엄마라고? 나쁜 아내라고. 거짓말을 한다고. 평균보다 나은 치장의 겉모습 뒤에 숨겨진, 망가지고 제 구실을 못하는 가족들 가운데 하나라고. 문 밖에 놓인 의자에 앉아서 기다리며 배를 손으로 눌렀다. 뒤집히고 또 뒤집히며 매 회전마다 더 팍팍하게 굳어지는 배 속을 꾹 눌렀다. 배 속이 진동하며 파열되려고 위협했다. 수제트가 어떻게 하든 상관없었다. 늘 잘못은 엄마에게 있었다. 자신의 어머니보다 잘 하겠다고 맹세했다. 오랫동안 그럭저럭 잘하고 있다고 확신했다. 하지만 수제트가 사실을 말할 때마다…… 발광한 박쥐 떼처럼 광기가 일어났다. 비어트릭스와 해나는 저 안에서 뭘 하고 있을까? 예, 아니오로 대답할 수 있는 질문을 던질까? 알 수 없는 아이 머릿속에서 정보를 끌어내려고 할까? 그림을 그리라고 시킬까? 해나가 해줄까? 마리앤이 아닐 때처럼 고개를 끄덕여 예, 아니오로 대답을 할까?

초인종이 울리며 알렉스의 도착을 알렸다. 수제트가 일어나 창문을 내다보았다. 약속했던 시간에 도착했다. 문을 열어주니 알렉스가 미소 지으며 키스했다.

"헤이, 앨스클링."

알렉스가 복도와 의자를 둘러보았다.

"지금은 해나와 대화 중이야."

"학교는 어땠어?"

"괜찮을 것 같아."

"좋은 소식이네."

비어트릭스가 놀이방에서 나왔다. "문소리가 들려서 나와봤어요." 알렉스를 보고는 놀이방으로 가서 해나에게 말했다. "몇 분 더 혼자 있을래? 그래도 되지?" 해나가 고개를 끄덕였는지 비어트릭스가 미소를 지었다. "좋아." 그녀는 문을 닫고 수제트와 알렉스를 사무실로 안내했다.

두 번째 판. 수제트는 다시 소파에 앉았고 알렉스와 비어트릭스가 악수를 하고 소개를 주고받았다. 알렉스는 해나가 레고를 가지고 노는 방을 창을 통해 들여다보고 나서 수제트 곁에 앉았다. 비어트릭스는 시간을 확인하고 앉았다.

"몇 분밖에 안 남았지만……" 비어트릭스가 수제트를 보았다. "알렉스에게 말씀은 드리고 싶네요."

수제트는 다시 배에 손을 얹고 묵직하게 요동치는 배 속을 진정시키려 애썼다. 비어트릭스가 말을 하는 편이 더 나을지도 몰랐다. 덜 웃기고, 덜 미친 것처럼 들릴 테니까.

"부인께서 몇 가지 사건에 대해 알려줬어요. 해나가 개처럼 짖는다거나……" 알렉스가 고개를 끄덕였다. "꽤 놀라셨을 거예요. 정도가 심했고 안전도 걱정되었으니까요." 이번엔 수제트가 끄덕일 차례였다. 알렉스가 쳐다보았지만 수제트는 그의 표정을 읽을 수 없었다. 걱정? 미안함? 의심?

"하지만 해나는 다른 심각한 행동도 보이고 있어요."

"무슨 행동을 말하는 거죠?" 의심과 짜증 섞인 말투였다.

비어트릭스가 말을 계속했다. "성적인 행동을 흉내 낸 일이 있었어요."

알렉스가 고개를 휙 돌려 수제트를 보았다. 알렉스의 분노를, 사실이라고 믿고 싶어 하지 않는 욕구를, 비어트릭스가 알아보기를 수제트는 바랐다.

"아이라고 해서 성적 욕구를 가질 수 없는 건 아닙니다." 알렉스가 말했다.

"동의합니다. 하지만 부인에 의하면, 따님은 그 순간에 악마가 자기와 성교를 하고 있다고 주장했다는군요."

"뭐라고요?"

알렉스의 얼굴이 확 붉어지며 처음에는 비어트릭스를, 그 다음에는 수제트를 노려보았다.

"말했잖아. 해나는…… 자기가 그 마녀라고 생각해. 아니면 그런 척하거나."

"하지만 해나는 마녀가 아니잖아."

"그렇죠." 비어트릭스가 말했다. 수제트는 그녀가 이 상황을 부드럽게 넘길, 폭발 직전의 아버지를 진정시킬 특별한 기술을 가지고 있지 않을까 희망했다.

"제가 보기에 해나의 이 또 다른 자아는 얼어붙은 교착 상태를 깨기 위한 하나의 방편일 수 있습니다. 말을 할 수 있는 인물을 이용해 자신에게는 아직 허락할 수 없는 방식으로 자신을 드러내려고 하는 거죠. 해나가 마녀는 아닙니다. 하지만 우리는 이 행동이 의미하는 것을, 따님이 표현하려는 게 뭔지, 이해해야 할 필요가 있어요. 해나는 자기 주위에 벽을 쌓아온 아주 조숙한 아이입니다. 우리는 왜 해나가 벽을 쌓을 필요를 느꼈는지 알지 못해요. 하지만 전 해나가 벽을 넘을 방법을 찾고 있다고 생각합니다. 그 방법이 지금 어떤 새로운 행동들로 나타나고 있죠."

너무나 감사하게도 비어트릭스와 그녀의 분석 기술이, 거친 저항 앞에서도 냉정하고 합리적이고 전문적인 사고가, 알렉스를 누그러뜨렸다. 몸에서 힘이 풀렸다. 수제트는 알렉스의 손을 슬며시 잡았다. 알렉스가 손을 꼭 쥐어서 안도했다.

이 기회를 이용해 감자로 만든 부두 인형에 대해 말을 해야 했다. 벽을 넘을 길을 찾고자 하는 해나의 또 다른 시도임을 비어트릭스가 설명해 주어야 했다. 하지만 분위기가 너무 위태로웠고 알렉스가 손을 빼버리길 원하지 않았다. 어쩌면 해나는 미스터 G의 인형을 만든 게 아닐지도 몰랐다.

비어트릭스가 너무 다 잘 알고 있었고 티스데일 학교도 해나를 다루는 법을 아는 듯했다.

몇 분 뒤에, 다음 월요일에 만날 약속을 잡고 나왔다. 해나는 알렉스를 보자마자 원숭이처럼 그를 타고 올랐다. 알렉스는 해나를 자기 차에 태우고 다정하게 어르는 말들을 주절거렸고 해나는 깔깔 웃었다. 둘 다 수제트는 잊어버렸다. 수제트는 혼자 자신의 차에 탔다. 비어트릭스가 현관에서 팔짱을 끼고 가족 내 역학이 펼쳐지는 광경을 바라보고 있었다. 차라리 잘됐다. 수제트가 말하려 했던 모든 것을 확인시켜 줬으니. 떨어져서 보면, 아빠와 딸은 너무나 정상으로 보인다. 그 딸이 모두가 그렇게 생각하도록 의도한 것이다. 그렇게 되면 수제트만 안 좋아 보였다. 문제가 엄마와 딸 사이에만 존재하는 것처럼 보였다.

사랑을 보답해 주지 않는 상대에게 끝없는 사랑을 쏟아 붓기란 어렵다. 영원히 그럴 수 있는 사람은 없다.

알렉스가 비상등을 깜빡이며 기다려줘서 수제트 먼저 주차장으로 들어갔고 알렉스가 뒤따라 주차했다. 비좁은 도시에서, 두 대가 주차할 자리는 있어도, 번듯한 차고까지 갖추긴 어려웠다. 해나가 얼른 집으로 들어가고 싶어 서두르며 현관 매트에서 발을 닦았다. 수제트는 알렉스가 화나 있을까 봐 두려웠지만 그는 수제트에게 팔을 둘렀다.

"일어난 일은 계속 다 알려줘야지. 나 오늘 완전히 바보 된 기분이었어."

"나도 그러고 싶어. 그러고 싶지 않아서가 그런 게 아니었어."

알렉스가 문을 열자 해나가 돌진해 들어가 신발을 벗어던지고 자기 방으로 느릿느릿 올라갔다. 알렉스와 수제트도 구두를 벗어 얌전히 정렬해 놓았다.

"어떤 일들은……" 수제트가 설명할 말을 찾았다. 알렉스가 참을성 있게 기다렸다. "나도 모르게…… 너무 불시에 일어나면 기겁을 할 수밖에 없어. 얼마나 미친 소리처럼 들리는지 아니까. 게다가 해나가 그런 정신 나간 짓을 했다는 말을 당신한테 하고 싶지가 않아."

알렉스의 손끝이 수제트의 손을 찾았다. 잠시 그는 접촉을 통해서 생각을 읽으려는 듯했다. 하지만 알렉스가 무슨 말을 하기도 전에 째지는 듯한 비명 소리가 위층에서 터져 나왔다. 깜짝 놀란 부부는 공포에 질려 소리를 따라 함께 해나의 방으로 달려갔다.

"릴라 굼만?" 알렉스가 허둥지둥 해나의 방으로 들어갔다.

"무슨 일이야?" 수제트도 밀고 들어갔다.

해나가 다리 없는 찌그러진 감자를 손에 들고 서 있었다. 부모를 보자마자 비명이 통곡으로 바뀌었다. 뺨에서 눈물이 줄줄 흘러내렸다. 알렉스가 무릎을 꿇고 딸의 몸을 더듬으며 다친 곳이 없나 살폈다. "왜 그러니?"

해나가 그지없이 서럽게 울면서 감자를 들어 보이며 연필 다리와 꽃 모자를 집어 들었다.

딸아이의 괴로움이 수제트의 심장을 꿰뚫으며 공포가 핏줄을 따라 번졌다. 해나가 헐떡이며 입을 벌리고 울부짖었다. 아이 얼굴이 벌게지며 부모의 가슴에도 멍이 드는 종류의 울음이었다.

"꿀잠붕붕짐승이었던 거야?" 알렉스가 물었다.

맙소사. 후회가 사형집행관의 도끼처럼 효과적으로 수제트를 갈라놓았다. 해나가 가장 좋아하는 책의 괴물들에 대해 잊고 있었다.

해나는 잘 끄덕이지도 못했다. 아빠에게 다리가 있던 곳을, 모자가 있던 곳을 보여주려 했다. 빨간 크레파스를 주워 망가진 구멍에 다시 끼우려 했다. 끔찍하도록 예리한 울음소리는 마치 차에 치인 개가 내는 소리 같았다. 해나는 쓸모없어진 부착물들을 다시 바닥에 내던졌다.

"왜 이렇게 됐지?" 울음소리에 질겁하고 다급해진 알렉스가 침대에 앉아 해나를 자기 무릎 위로 끌어당기며 달래려 했다. 해나는 엎어지며 꿈틀꿈틀 저항했다. 알렉스가 수제트를 보았다. 수제트는 겁에 질려 입만 벌리고 있었다. 해나가 이렇게 발작적으로 운 적은 처음이었다. 게다가 호흡도 너무 불규칙하고 소리도 너무 생소했다. 너무 고통스러워 보였다.

"내가 그랬어, 내가 그랬어." 수제트가 엎드려서 손을 허우적거렸다. 해나를 감싸 안고 흔들었다. "내가 그랬어. 나쁜 엄마가 그랬어." 알렉스는 혼란스러운 표정을 지었다. "내가 발견하고 겁이 나서 그랬어." 수제트가 알렉스에게 말했다. "이게 뭔지 몰랐어. 부두 인형이라고 생각했어."

해나가 엄마에게서 벗어나려 몸부림치며 아빠 쪽으로 기어갔다. 알렉스가 해나를 들어올려 품에 안았다. 눈은 수제트를 노려보고 있었다.

"우리가 늘 읽는 책에 나오는 거잖아. 해나의 친구였어. 해나가 만든 거라고!"

"난 몰랐어. 잊어버렸어. 미안해. 학교에 미스터 G가, 교장이, 눈안대를 했더라고 저 감자랑 같은 쪽⋯⋯"

"같은 쪽 눈이라고?"

"내가 잘못 생각했어. 그게 퍼뜩 생각이 나서, 그래서⋯⋯"

"대체 왜 그러는 거야?"

"나도 알아! 하지만 해나가 자기가 마녀라고 하니까. 눈에서 떨어지는 피도 그려놨고⋯⋯"

해나가 망가진 짐승을 꼭 붙들고 가슴에 댔다. 알렉스가 달래며 보여달라고 했다. 해나는 자기가 감자에 그려놓은 빨간 자국을 가리킨 다음 자신의 눈물을 가리켰다. 그리고 자꾸 동작을 반복하며 아빠에게 알아달라고 호소했다. 수제트도 알 수 있었다. 피가 아니라 눈물이라는 것을.

수제트는 주저앉아 울기 시작했다. 소중한 것을 망가뜨릴 의도가 아니었다. 자신의 아이에게 상처를 주려 한 게 아니었다. 알렉스와 해나는 그 감자가 어떻게 수제트의 분노를 폭발시켰는지 알 수 없었다. 왜 수제트가 혼자서 소리를 지르고 난동을 부릴 수밖에 없었는지를. 해나를 향한 알렉스의 동정심에 질투가 나서, 그때 괴로워하는 수제트의 모습을 보았다면 과연 알렉스가 달래주었을까 의문이 들었다. 해나를 아기처럼 안고 있는 알렉스의 표정에는 비난이 서려 있었다. 알렉스가 다독이자 해나의 통곡은 훌쩍임으로 잦아들었다.

"쉬잇, 릴라 굼만…… 나의 다람쥐 소녀……" 알렉스가 너무 작게 속삭여서 말이 잘 들리지 않았다. 어쨌든 해나는 조용해졌고 아빠 품에 안긴 소녀는 너무나 작고 힘없어 보였다.

"정말 미안해." 수제트가 자신의 입을 막았다. 무릎을 꿇고 앉아 용서를 비는 자신이 얼마나 한심해 보일까 생각했다.

알렉스가 눈물로 얼룩진 해나의 얼굴에 뽀뽀를 퍼부었다. "아빠 방으로 올라갈까?" 해나가 고개를 끄덕였다. 알렉스가 해나의 손에서 감자를 빼내 수제트에게 내밀었다.

고개를 수그린 수제트는 선택의 여지없이 그것을 받아들였다. 처벌. 어리석음에 대한 상기. 알렉스가 해나를 데리고 가는 모습을 수제트는 쳐다볼 수 없었다. 뭐라고 중얼거리며 계단을 올라가는 소리가 들렸다. 나쁜 엄마한테서 멀어지자고 하는 거겠지.

나쁜 엄마는 손등으로 눈물을 닦았다. 침대 아래서 발견했던 조각들을 주워 모았다. 연필, 꽃 지우개, 부러진 크레파스를 어떻게 할까 생각했다. 그냥 조각들이 아니라 신체 부위라는 것을 알게 되었다.

수제트가 초등학교 2학년 때, 사랑하던 동물 인형을 학교에 가지고 갔다. '아기곰'은 사실 생쥐였지만 수제트가 3살 때 지은 이름을 아무도 고쳐주지 않은 거였다. 아기곰은 하루 종일 책가방 바닥에 깔려 있었다. 아기곰의 얼굴이 파란 줄무늬로 얼룩진 것은 집에 돌아와서야 알게 되었다. 펜에서 잉크가 샌 것이었다. 면봉에 물을 묻혀 조심스레 지워보려 하다가 비누 묻힌 수건으로 마구 닦아보았지만 얼룩은 빠지지 않았다. 눈물을 참으며 텔레비전 앞에 붙박인 어머니에게 가서 도와달라고 했다.

"바보 같은 장난감 가지고." 어머니가 대꾸했다.

아기곰은 바보 같지 않았다. 사실 어린 수제트는 함께 살던 인간보다 아기곰에게 더 의지하고 공감했었다. 그는 수제트를 봐주었다. 수제트의 감정에 관심을 기울였다. 그런 아기곰을 망가뜨렸다는 죄책감에 사로잡혀 아기곰을 끌어안고 침대에서 우는 수밖에 없었다.

좋은 엄마라면 꿀잠붕붕짐승이 뭔지 알았을 것이다. 좋은 엄마라면 아이에게 그것이 소중한 친구일 수도 있다는 것을 알아보았을 것이다.

수제트는 작은 신체 부위들을 하나의 침대 위 선반에 나란히 놓아두었다. 나머지는, 아직 되살아날 가능성이 있는 섬세한 새라도 되는 것처럼 양손으로 받쳐 들고 나왔다.

HANNA
해나

해나와 알렉스는 소파 베드를 펼치고 파티를 벌였다. 그냥 소파처럼 보이는데 파르모르와 파르파르가 오면 침대로 변하는 게, 해나는 늘 흥미로웠다. 이제 소파 베드는 해나와 아빠만이 거주하는 섬이 되었다. 아빠가 그 위에 담요를 깔아 부스러기가 사방에 흩어지지 않게 한 다음 오픈 샌드위치를 먹으며 〈스타 트렉: 넥스트 제너레이션〉 에피소드들을 노트북으로 보았다.

엄마가 올라오자 해나는 바다 속으로 뛰어들어 숨었다. 물속을 헤치고 들어가자 곰상스러운 물고기들이 손과 발을 간지럽혔다.

"망고 셔벗 먹을래?" 엄마가 아빠에게 그릇 두 개를 건넸다. "해나는 어때?"

아빠의 커다란 어깨가 들썩했다. "아간 너무했어."

"나도 알아. 해나가 당신한테도 마녀 모습을 보여주었더라면……

당신도 내가 왜 그렇게 기겁했는지 이해할 텐데."

"나중에 얘기해."

엄마는 끄덕이고 나갔다. 해나는 다시 해안으로 기어 올라왔다. 해나는 아빠에게 크리스마스 전구처럼 반짝이는 색색의 아기 물고기들에 대해 들려주고 싶었다. 머릿속에서는 그렇게 분명한 말들이 입에서는 왜 늘 멈추고 마는지, 해나는 알 수 없었다. 그냥 할 수가 없었다. 그리고 말하는 것에 대해 생각할수록, 더 안 좋아졌다. 그 점에 있어서는 마리앤에게 조금 질투가 났다.

둘은 망고 셔벗을 오물거렸다. 냠냠.

그래도 언제나 해나와 아빠는 물고기와 그들의 반짝이는 빛처럼 비밀 언어를 공유했다. 아빠는 늘 해나를 봐주었고, 해나가 어둠 속에서 길을 잃고 있을 때도 해나가 하고 싶어 하는 말을 알아냈다.

잠자리에 들 시간이 됐을 때, 아빠는 해나를 억지로 보내지 않았다. 팔에 매달리자 이해해 주었다.

"알았어, 나도 여기서 잘게."

해나는 아직 그렇게 피곤하지 않았지만 미소를 지으며 몸을 웅크리고 눈을 감았다. 둘은 결혼한 부부처럼 나란히 잘 것이다. 둘만 남게 되면 항상 그럴 것이다. 아빠가 불 하나를 껐다. 옆에 앉아 기지개를 켜자 침대가 흔들렸다. 아빠가 책장을 넘기는 소리가 들렸다. 그리고 해나가 엄마에 대한 복수를 계획하고 있는데, 엄마가 비늘이 덕지덕지 긴 발을 끌며 계단을 올라왔다.

"안 내려와?" 엄마가 섬 아주 가까이 와서 속삭였다.

"여기 있겠다고 했어."

엄마가 코로 숨을 뿜었다. "우리 얘기 안 해?"

아빠가 말은 안 해서 어떻게 반응했는지 알 수 없었다. 엄마는 포기하지 않았다. "스테판스키 박사에게 전화했어. 지사제 복용량을 두 배로 올리라고 했지만, 이미 그렇게 하고 있었는데 도움이 안 됐어. 그래서 목요일에 가보려고."

베개에 얼굴을 묻고 있어서 보이지 않을 테니까 해나는 미소를 지었다. 엄마가 더 아파지고 있었다. 그래야 마땅했다. 하지만 아빠가 일어나 해안 쪽으로 갔다. 약속을 깨는 건가, 배신하고 엄마랑 내려가는 건가 걱정이 됐다. 하지만 부모는 복도까지만 나가서 계속 속삭였다.

"수술 때문이래? 좀 더 시간이 걸려야 낫는 거야?"

"나도 몰라. 간호사하고만 통화했어. 내일 피검사를 받을 거니까 목요일에 결과가 나오겠지."

조용해졌다. 아빠가 엄마를 계단 아래로 밀어버릴 생각을 하고 있는지도 몰랐다. 하지만 비명이나 쿵 소리가 안 났다. 아빠가 다시 말을 시작했다. 이번에는 좀 더 크게.

"해나가 마리앤으로서 했던 말을 전부 적어서 줬으면 해."

"이미 비어트릭스에게 보냈어. 당신한테도 보낼게."

"그리고 다시 그럴 때마다 매번 알려줘. 나도 알아야 해."

"그럴게. 약속할게."

"좋아. 그리고…… 해나를 무서워하지 않으려고 노력해 봐. 우리랑, 당신이랑 소통하려고 하는 거잖아. 솔직히 난 좀 부러워. 그런데 당신은 고마워하기는커녕……"

"그런 모습을 보고 고마워하기는 힘들어. 당신이었어도 좋아하기는 힘들 거야."

이번에는 해나도 엄마 의견에 동의할 수밖에 없었다. 아빠는 마리앤의 분노의 대상이 될 만한 짓은 아무것도 하지 않았다. 그리고 해나가 자기 자신으로서 말을 할 방법을 찾아내게 된다면, 그 말은 모두 아빠를 위한 것이 될 터였다.

"그랬다는 걸 받아들이기가 힘들어."

"그럴 수밖에 없겠지. 하지만 알렉스…… 당신은 나를 믿어줘야해. 해나를 하루 종일 돌보는 건 나잖아. 이건 떼를 쓰고 난리를 좀치는 정도의 문제가 아니야."

"비어트릭스가 이건 하나의 과정이라고 했어. 진척에도 시간이 걸리고 해결에도 시간이 걸린다고. 당신이 힘든 거 알지만, 해나에 대한 인내심을 잃지 않았으면 좋겠어."

"노력하고 있어. 오늘 일이 잘 풀렸던 것 같아. 비어트릭스도 그렇고 티스데일 학교도 도움이 될 거고."

똥통 학교는 그 무엇보다도 결단코 도움이 안 될 것이었다. 해나는 마리앤의 도움을 받아서, 엄마와의 대결을 한 단계 끌어올려야했다. 집에 있어야 엄마를 더 힘들게 만들 수 있다. 나쁜 아이들을 위한 학교에서 쫓겨나기에 충분한 나쁜 짓을 생각해 내야 했다. 꿀잠봉봉짐승의 살해는 해나의 심장을 믹서기에 던져넣은 것처럼 상처를 주었다. 엄마는 그게 어떤 기분인지 알아야 했다.

"비어트릭스 마음에 들더라." 아빠가 말했다.

"나도."

둘이 쪽 소리를 내며 키스했다. 그러고 나서 엄마는 가버리고 아빠가 다시 들어왔다. 해나는 일어나서 아빠와 함께 깨어 있기를 원했다. 너무나 원했다. 생각해 봐야 하는 모든 것들에 대해 곰곰 생각해 봐야 했다. 하지만 잠이 몰려왔다. 욕심 많은 도둑처럼 잠은 해나를 훔쳐 어둠 속으로 몰아넣었다.

이틀 동안 학교에 가고 또 갔다. 방방 뛰는 교실도 다른 사람들, 돌연변이 어린이들과 미소를 그려 붙인 광대 같은 어른들과 함께 있으니 그다지 재미가 없었다. 모든 표면이 너무 딱딱하고 앉아 있기만 해야 하는 일반 교실은 더 좋지 않았다. 왜 로봇이 되어 기나긴 시간 동안 엄마의 일과보다도 완고한 악마 대장의 일과에 복종해야 하는지 이해할 수 없었다. 해나는 일과를 스스로 정하고 싶었다. 언제 어디에 앉을지 직접 결정하고 싶었다. 다른 아이들과 비슷한 방에 들어가 비슷한 책상에 앉아 비슷한 일과를 따라야 하다니. 그렇게 자라서 모두 같은 사람이 되어야 한단 말인가.

해나가 발견한 유일한 좋은 곳은 '침묵의 방'이었다. 그곳은 해나가 '정신을 차려야' 할 때 가는, 벌을 받는 곳이었다. 해나는 석상처럼 앉아 있으려, 움직이지 않고 반응도 하지 않으려 해보았지만 학교에서는 해나가 모두를 무시하는 걸 좋아하지 않았다. 로봇은 명령을 따라야 하는 것이다. 죽은 척 해서는 안 됐다. 하지만 때로 해나는 너무 심하게 다른 방향으로 가서 뛰고 손을 흔들고 소리를 질렀다. 진정이 되지 못하면, 침묵의 방으로 보내졌다. 그곳은 해나에게 전혀 벌이 아니라 상이었다. 거기서 해나는 커다란 쿠션에 앉아 책을 읽어야 했다. 보통은 보조 교사 한 명이 같이 있었지만 가끔 몰래 빠져나가면, 잠시 해나 혼자 있을 수 있었다. 그래서 하루에 두세 번은 꼭 난리를 치려고 노력했다.

애트우드 선생과 다른 멍청이들은 그들을 무시하거나 도망치려는 해나의 노력 대부분에 별 감흥을 보이지 않았다. 게다가 다른 학생들도 못지않게 정신없는 소란을 피웠다. 한 소년은 경찰 사이렌 소리를 계속 흉내 냈다. 한 소녀는 동물 소리를 흉내 내길 좋아하며 짖는 정도를 넘어섰다. 꽥꽥거리고 야옹거리고 크흥크흥거리고 코끼리처럼 뿌웅 소리를 냈다. 해나는 아직도 어떻게 하면 학교에서 쫓겨날 수 있는지 알아내지 못했다. 마리앤이 뭔가 생각해 내겠지.

엄마와도 교착 상태였다. 엄마의 팔뚝에서 바늘을 찔러 피를 뽑았던 붉은 멍 자국을 발견했다. 지독하게 아프길 바라며 그걸 꾹 눌렀지만 엄마는 그냥 해나의 손을 쳐냈다. 엄마는 저녁 식사 때 아빠에게 혈액 속에서 발견된 것, 즉 발견되지 않은 것을 이야기 했다.

"별 염증은 없대. 그러니 좋은 소식이지."

"그럼 주사들이 여전히 잘 듣고 있다고?"

"그런 것 같아. 스테판스키 박사는 내가 잘 낫고 있대. 다 좋아 보인다고. 왜 지사제 효과가 더 이상 없는지는 알아내지 못했어. 내가 좀 스트레스를 받고 있어서 그럴 수 있다고 얘기하긴 했는데. 다른 약 로모틸 처방을 주긴 했어. 해나 임신 전에 먹던 거야." 엄마가 알약을 혀에 올리고 삼켰다. "얼마나 먹어야 할지는 봐야 하겠지만 효과가 있는지는 빨리 알아내야지."

해나는 인상을 찌푸렸다. 새로운 알약은 조그맣고 단단해서 열어서 내용물을 버리긴 힘들어 보였다. 게다가 엄마의 내장이 썩어가는 것 같지는 않았다. 곧 죽을 위험에 처해 있지 않은 것이다. 해나는 캡슐을 독약으로 채울 기회를 놓쳐버린 것이 짜증났다. 엄마가 다른 수를 생각해 내거나 혹은 더 나쁘게는, 한 판 더 이기게 놔둘 수 없었다.

"넌 어떠니, 다람쥐 소녀, 학교는 어땠어?"

해나는 콧소리를 내며 접시를 밀어버렸다. 아빠가 엄마를 보았다.

"학교에서 해나에 대해 잘 알아가고 있다고 애트우드 선생이 장담했어. 뭘 좋아하고 뭘 싫어하는지 말이야. 다들 해나가 학습 능력이 뛰어나다고 해."

"그거야 나의 다람쥐가 아주 똑똑하니까." 아빠가 손을 뻗어 해나의 머리칼을 헝클어뜨렸다.

"똑똑하지." 엄마는 행복해 보였다. 해나는 그런 엄마가 마음에 들지 않았다.

"당신은 그 일 시작했어?"

"간단한 스케치만 좀 했어."

"시작했구나!"

"아직은 어느 방향으로 가야 할지 모르겠어. 어떤 주제를 다뤄야 하는지도."

둘은 마치 모든 게 정상이라는 듯이 이런 저런 말을 주고받았다. 그렇게 못된 짓을 저지른 엄마가 용서 받았다는 듯이. 해나가 의자에서 몸을 뒤틀어 발을 좌석에 올리고 무릎으로 식탁을 밀었다.

"다 먹었어? 물어보고 떠나야지." 엄마가 말했다.

규칙들, 모든 사람들, 그리고 그들의 멍청한 규칙들. 해나는 식탁 가장자리에 발을 대고 밀며 콧소리를 더 크게 냈다. 코가 떨리는 게 재미있었다. 아예 코에 입술이 달려서 그런 식으로 말할 수 있으면 좋을 것 같았다.

아빠가 해나의 발을 잡아 내려놓았다.

"식탁 위에 발은 안 돼. 이제 그만 가고 싶니? 엄마 말 들어야지."

잠시 아빠가 미웠다. 하지만 잠시뿐이었다. 왜냐하면 엄마도 주문을 걸 수 있으니까. 때로 엄마는 아빠가 원하지 않는 일을 하게 만들 수 있었다. 하지만 해나에게도 생각이 있었다. 엄마에게서, 엄마의 스케치북에서 얻은 아이디어였다. 아직 완전히 구상이 떠오르지 않은 아이디어를 그려볼 계획이었다. 그래서 해나는 일어나 얌전하게 의자 옆에 섰다.

"고마워." 엄마가 말했다. "그래, 가봐도 좋아."

해나는 호랑이처럼 기어서 계단을 올라가 자신의 방을 기웃거리다가 들어갔다. 고개를 내밀어 아무도 따라오지 않는 걸 확인한 다음 조용히 문을 닫았다. 정리함 한곳에는 색다른 종류의 종이들이 보관돼 있었다. 공작용 색판지, 종이접기용 종이, 트레이싱지, 모눈종이. 해나는 완벽한 종이 묶음을 좋아했다. 펜과 연필만큼 좋아했지만, 지난번에 살해당한 꿀잠붕붕짐승을 위해서 연필 두 자루와 크레파스 한 개를 희생시켰던 것처럼 공책 한 권도 내어줄 준비가 돼 있었다. 엄마의 것과 아주 비슷한 공책을 한 권 골랐다. 두껍고 한쪽 끝에 큰 스프링도 달린 거였다. 보라색 책가방을 뒤지다가 노란 필통을 찾아냈다. 끝이 가장 뾰족한 연필을 골랐다.

누가 해나의 작업을 발견했을 경우에 대비해, 기웃거리는 엄마도 있으니까, 이집트 상형문자처럼 암호로 작성하기로 했다. 그러면 아무도 해나의 계획을 망칠 수 없을 것이다. 계획을 적은 종이는 기호를 아무렇게나 나열한 것처럼 보일 것이고 그게 무슨 뜻인지 아무도 모를 것이다. 엄마를 해칠 계획 말이다.

먼저 해나는 작고 비뚤비뚤한 동그라미를 세 개 그렸다. 엄마의 알약을 뜻하는 거다. 지난번에는 정말 효과가 빨랐다. 하지만 이번 약은 어떻게 건드려야 할지 알 수 없었다. 동그라미들 다음에 점 세 개를 그렸다. 생각해 보자는 뜻이다.

해나는 한쪽 다리를 다른 쪽 위에 포개고 천장을 올려다보았다. 또 할 수 있는 일이 뭐 있지? 마리앤에게 좋은 수가 없으려나······.

가끔 엄마는 너무 긴 해나의 셔츠나 치맛단에 바느질로 단추를 달았다. 바느질은 쉬워 보였다. 엄마 입술을 꿰매 놓으면 아주 멋질 것이다. 처리하는 동안 움직이지 못하게 만들어야 하는 문제가 있지만 말이다. 해나는 바늘을 나타내는 선 하나를 그렸다. 그리고 그 옆에는 엄마의 눈을 상징하는 x자 두 개를 그렸다. 의식이 없을 때? 잠이 들었을 때? 그러고 나서 생각해 보자는 점 세 개를 또 찍었다.

해칠 방법을 생각해 내기는 아주 쉬워도, 바로 들키지 않을 방법을 생각해 내기는 아주 어려웠다. 마리앤의 도움이 있다고 해도 말이다. 계단에서 밀어버린다면 엄마가 볼 것이고, 엄마가 떨어진다고 해도 화만 돋울 뿐, 큰 부상을 당할 것 같지는 않았다. 자는 동안 심장에 칼을 꽂고 꼼꼼하게 지문을 닦아낼 수 있었다. 운 나쁜 베이비시터와 함께 본 텔레비전에서 살인자는 결국 잡혔다. 어떻게 하면 단서를 남기지 않고 더 잘 할 수 있을까, 해나는 오랫동안 궁리해 왔다. 더 생각해 볼 가치가 있는 방법이었다.

해나는 칼을 나타내는 화살표를 그렸다. 그 옆에는 대문자 T처럼 보이는 것을 그렸다. 망치를 뜻하는 기호였다. 망치로 머리를 때릴 수도 있었다. 두개골을 깨기는 쉽지 않을 테니 세게, 몇 번 때려야 할 것이다. 지저분해질 것 같긴 했지만 하나의 가능성으로 남겨놓기로 했다.

엄마가 욕조에서 잠이 든다면 물속에 뭔가 던져넣어 감전시킬 수도 있을 것이다. 그러기 위해서는 벽 콘센트에 꽂아서 쓰는 것, 헤어드라이어 같은 게 좋겠다. 소리가 나면 엄마가 위험을 알아채고 깨어날 테니 물속에 넣기 직전에 켜야 할 것이다. 그다지 좋은 방법은 아니지만 목욕물과 헤어드라이어를 동시에 의미하는 물결선을 몇 개 그렸다.

엄마는 청소에 보통 식초를 사용하지만 변기 등에 쓰는 유독 물질이 집 안에 있었다. 그걸 음식에 넣을 방법을 알아낼 수 있다면 엄마는 정말 순식간에 아플 것이다…… 하지만 마리앤도 요리하는 법은 모른다. 그리고 독약을 어떤 음식에 섞어야 할까? 게다가 아빠가 먹지 못하게 할 수 있을까?

어쨌든 '우왝' 아이콘을 닮은 찡그린 얼굴도 그려 넣었다. 집 안 사방에 녹색의 '우왝' 스티커가 붙은 물건들이 널려 있었다. 매니큐어 제거제, 식기 세척기 세제, 그리고 싱크대 주변에 보관된 많은 물건들이 그랬다. 해나가 그런 것들을 맛보고 싶은 유혹을 느끼지 않게 된 지는 정말 오래 되었지만 그럼에도 불구하고 엄마와 아빠는 아직도 사방에 너무 많은 스티커를 붙여 놓았다. 직접 찾아보면 좋은 생각이 날지도 몰랐다.

아빠의 묵직한 발소리가 계단을 올라왔다. 그래서 해나는 재빨리 모두 책가방에 처박았다. 아빠가 문에서 고개를 빼꼼 내밀었다.

"릴라 굼만? 동화책 읽어줄까?"

해나가 열렬하게 고개를 끄덕이고 베개 아래서 깨끗한 잠옷을 꺼냈다.

"뭘 골라 볼까?"

해나는 아빠가 왜 새로운 책을 찾나 싶어 눈을 껌뻑이고 침대 위 선반을 가리켰다.

"꿀잠붕붕짐승 때문에 아직 슬프면 계속 읽고 싶지는 않을 줄 알았지."

해나의 잠옷 윗도리는 로켓 우주선들로 뒤덮여 있었다. 해나는 잠옷을 가슴에 대고 잠시 생각했다. 해나는 슬펐다. 하지만 아직 침대 아래 친구를 가질 수 있다는 희망을 버리지 않았다. 해나는 그 책을 똑바로 가리켰다.

"정말? 다른 책도 많은데. 다른 재밌는 인물들도 많고."

해나는 책을 휙 잡아채 아빠에게 내밀었다. "그럼 좋아." 아빠가 한숨을 쉬었다. 아빠가 별로 좋아하지 않는 것 같아 신경 쓰였다.

셔츠를 휙 벗고 로켓 우주선 윗도리로 갈아입었다. 그리고 레깅스를 꿈틀꿈틀 벗고 로켓 우주선 바지로 갈아입었다. 해나는 낮에 입는 옷보다 밤에 입는 옷이 훨씬 좋았다. 잠옷은 늘 편하고 행성들과 무당벌레, 고슴도치, 해마처럼 좋아하는 무늬가 있었다.

오늘은 작은 소녀가 지하실에서 나는 소리를 듣기 시작하는 부분이었다. 작은 소녀에게도 나쁜 엄마가 있었다. 침대 아래서 모든 잡동사니를 치우게 만든 엄마였다. 하지만 소녀는 그것들을 버리는 대신 지하실에 숨겨 놓았다. 그 후로 침대 아래는 조용해졌지만, 어두운 계단으로 살금살금 내려가면 무엇을 발견하게 되는지 해나는 이미 알고 있었다. 거미나 괴물이 아니라 '울퉁지하거주용'이라는 새로운 친구가 있었다. 막대사탕 손도, 비록 하늘색 니트 반바지가 껑

충 짧아지긴 했지만, 그 어느 때보다도 좋은 모습으로 있었다.

해나는 이불 아래로 쏙 들어가 아빠가 동화를 마저 읽어주기를 기다렸다.

애트우드 선생이 해나의 손을 잡고 복도로 끌고 갔다. 해나는 뿌리치려, 상처 입은 새처럼 비명을 지르며 그녀의 손가락을 잡아 뜯어내려 했다.

"여러 번 얘기했지. 하라는 과제 안 하고 인터넷 검색 하고 있으면 안 된다고."

다른 아이들은 컴퓨터 과제를 좋아했다. 왜냐하면 모든 게 애니메이션 게임 같아 보였기 때문이다. 하지만 해나는 토끼와 개구리가 화면에서 뛰어다니는 게 마음에 들지 않았다. 프로그램을 닫고 불을 낼 수 있는 방법들을 조사하려고 했다. 보통은 침묵의 방에 가는 게 좋았지만, 꼭 해야 하는 조사였다. 마리앤이 훌륭한 생각을 해낸 것이다.

"내 말 들어봐." 애트우드 선생이 걸음을 멈추고 손으로 무릎을 짚고 해나와 얼굴을 마주보았다. "너한테 하루 중 몇 번씩 휴식 시간이 필요하다는 거 알아. 침묵의 방을 좋아한다는 것도 알고. 해결책을 생각해 봐야 하지 않겠니. 네가 혼자 있고 싶으면 해서는 안 되는 일이나 연기를 하지 말고 우리 둘 사이에 신호를 만들자. 우리도 교양 있는 사람들처럼 행동할 수 있을 거야. 네가 '이봐요, 애트우드 선생님, 저 휴식이 필요해요'라고 알려줄 방법을 마련하자고."

해나는 그녀의 말을 열심히 들었다. 합리적인 제안이라는 점을 부인할 수 없었다.

"너도 동의한 것 같구나." 애트우드 선생이 해나를 침묵의 방으로 데리고 갔다. 거기엔 보조 교사 켄지가 방석에 앉아 있었고 빨간 헬멧의 소년도 있었다.

"한 명 더 들어가도 괜찮죠?" 애트우드 선생이 물었다.

"물론이죠. 해나와 저는 오랜 친구 사이가 돼가고 있네요."

해나는 보조 교사의 말에 동의하지 않았다. 해나가 보기에 켄지는 그 방 가구에 지나지 않았고 책으로 가득한 선반들이나 방석들보다도 현저히 흥미를 끌지 못했다. 기껏해야 못생긴 깔개나 유감스럽도록 밝은 천장 전등 정도의 지위랄까. 끈끈한 머리와 딱 붙는 청바지를 입은 여자 모양의 얼룩이었다.

"조금 있다 보자."

해나는 손을 흔들지 않았다. 선반에서 아까 놔두었던 책을 꺼냈다. 책갈피도 그대로였다.

"이쪽은 이언이야." 켄지가 말했다. "이언, 이쪽은 해나야."

두 어린이 다 서로를 보지 않았다. 이언은 해나가 제일 좋아하는 방석, 빨간 방석에 앉아 있었다. 해나는 파란 방석을 멀리 멀리 옮겨가 그 위에 둥지처럼 앉았다. 읽던 곳을 펴서 계속 읽으려 했지만 이언에게 호기심이 생겼다. 신경이 쓰였다. 안 보는 척 곁눈질을 해보니 그 애는 손으로 벽을 더듬으며 페인트칠한 시멘트 위에 울퉁불퉁한 면을 만지고 있었다. 그러더니 자기 헬멧을 거기 몇 번 퉁퉁 부딪쳤다. 씩 웃는 것을 보니 그러는 게 좋은 게 분명했다. 느낌이 좋든지 소리가 좋든지. 하지만 켄지는 좋아하지 않았다. 이언 옆에 무릎을 꿇고 앉아 말했다.

"이언?" 이언은 헬멧을 벽에 부딪치기를 멈추고 켄지를 보았다. "그러지 마. 네 에너지를 왜 그런 데 쓰니. 수업에 돌아갈 준비 됐니?" 남자애가 고개를 저었다. "뭔가 읽을 거 줄까?"

이언이 완벽한 자세로 책을 펴고 앉은 해나를 흘긋 보았다. 이언이 입을 벌려 비뚤비뚤한 묘비처럼 생긴 이와 끈끈한 벽 같은 잇몸을 드러내며 히 웃고서 고개를 끄덕였다. 켄지가 책장으로 갔다. "와서 뭘 고를지 도와줘. 뭘 읽고 싶니?"

이언이 열린 문을 가리켰다. 해나도 그쪽을 보며 문 밖의 복도에 뭐가 그리 흥미로운 게 있는지 식별하려 애썼다. 헬멧 머리는 재미있는 표본이었다.

"거기 뭐가 있는데?" 켄지가 물었다.

"내 책, 내 책, 내 책!"

"네 책상 위에 책을 놔두고 왔니?"

"내 책상, 내 책상, 내 책."

켄지가 두 아이에게 말했다. "알았어. 너희 둘만 1분 동안 놔둘게. 1분은 60초야. 그러고 나서 이언의 책을 가지고 돌아올 거야. 둘 다 얌전히 있을 거지?" 이언이 기쁘게 고개를 끄덕였다. 해나는 그냥 켄지를 노려보았다. "좋아. 금방 올게."

보조 교사가 가자마자 해나가 헬멧 머리를 향해 몸을 돌렸다. 소년은 해나를 가리켰다.

"해나, 해나, 해나."

해나는 응답하듯 짖었고 소년은 손을 내렸다. 해나가 손으로 바닥을 짚고 네 발로 엎드려 소년을 향해 으르렁거렸다. 소년은 겁에 질려 눈을 휘둥그레 뜨고 벽을 향해 뒷걸음쳤다. 그리고 헬멧을 벽에 부딪치기 시작했다.

퍼뜩 좋은 생각이 떠오른 해나는 잠시 소년을 향해 미소를 지었다. 그런 다음 소년에게 바짝 다가서 헬멧을 벗기곤 옆으로 던져 버렸다. 소년은 어리둥절해 어찌할 줄 모르는 표정을 지었다.

해나는 물러나서 몸을 웅크리고 소년을 살펴보았다. 그리고 개를 풀었다. 으르렁 컹컹거렸다. 헬멧 없는 머리는 입을 쩍 벌렸지만 비명을 지르진 않았다. 그리고 맨 머리를 벽에 부딪쳤다. 소년의 반응에 흐뭇해진 해나는 확 다가서며 크와앙 위협하며 물어뜯을 듯 몰아쳤다.

소년은 겁에 질려 낑낑거리며 다시 맨 머리를 벽에 쳐댔다.

개가 점점 코앞에 이빨을 들이대며 위협적으로 굴자 소년은 점점 발광 상태가 되어갔다. 침을 줄줄 흘리며 벽에 머리를 부딪치고 또 부딪쳤다.

해나는 시간이 얼마나 남았나 싶어 문 쪽을 흘긋 보았다. 헬멧 없는 머리가 계속 난리치면서 신음하는 데 만족한 해나는 자기 방석으로 돌아가 앉았다. 막 책을 여는데 켄지가 달려 들어왔다.

"개 소리가……!" 켄지가 이언의 책을 한쪽으로 던지고 허둥지둥 이언에게 달려가 벽에서 떼놓았다. "피터!" 켄지가 복도를 향해 외쳤다. "피터!"

켄지는 이언을 무릎 위에 앉힌 다음 머리를 조심스레 검사했다. 벽에 묻은 핏자국, 바닥에 놓인 헬멧을 보더니 해나를 향해 고개를 돌렸다.

"무슨 일이지? 짖는 소리가 들렸는데!"

해나는 책만 읽었다. 또 다른 젊은 보조 교사가 허겁지겁 달려왔다. 피터는 재빨리 현장을 훑어보았다. 켄지의 품에서 몸부림치는 소년, 머리에서 흘러내리는 피, 입가에서 뚝뚝 떨어지는 침, 벽에 묻은 피.

"911에 전화하고 미스터 G를 불러!"

피터가 주머니에서 휴대폰을 꺼내고 다시 달려 가버렸다.

"너 무슨 짓을 했지?" 켄지가 해나에게 물었다.

해나는 침착하게 책의 다음 페이지를 넘기고 자신이 마법의 숲 한 가운데 있는 거대한 버섯 위에 앉아 있다고 생각하기로 했다.

SUZETTE
수제트

수제트는 남편을 볼 수도 없었다. 그래서 미스터 G에게 집중했다. 더 이상 장난기도 없고 더 이상 친근하게 굴지도 않는 미스터 G가 알렉스에게 자신을 구티에레즈 박사라고 소개한 직후였다. 여전히 안대를 하고 있었다. 알렉스는 금방이라도 벌떡 일어나 허약한 영양을 제압하려는 사자처럼 도사리고 앉아 있었다.

둘 다 불려왔다는 건 사태의 엄중함을 가리키고 있었다.

"우리 아이가 희망이 없다고 주장하기 전에 뭔가 실질적인 사실이라도 알려줘야 한다고 생각합니다." 사자가 포효했다.

"저는 그런 말을 한 적이……" 미스터 G가 한쪽 눈만 껌뻑거렸다. 수제트는 그저 두려울 뿐이었다.

해나가 이번엔 또 무슨 짓을 저지른 것일까? 두 번째 기회가 있긴 할까?

"전 해나에게 이 학교가 적합하지 않다고 말하는 겁니다. 둘이 한 방에 있는 동안 소년 하나가 부상을 입었어요. 자기 머리를 되풀이해서 벽에 찧었지요. 우리는 이언을 3년이나 알아왔는데……" 미스터 G는 잠시 말을 멈추고 숨을 내쉬었다. 다시 말을 시작할 때는 목소리에 엄격함을 좀 풀었다. "3년 동안 헬멧을 스스로 벗은 적이 없었어요. 그 애에게는 슈퍼히어로 의상 같은 것이거든요. 절대 벗지 않았죠. 그리고 보조 교사가 말하길, 복도에서 해나가 사나운 개처럼 짖는 소리를 들었다고 했어요."

수제트는 알렉스를 곁눈질했다. 앙금 있던 마음으로는 기쁘기도 했다. 이제는 그도 수제트의 말을 믿을 수밖에 없을 테니까. 그들의 딸은 흉포해질 수 있었다. 다른 사람들이 목격했다. 알렉스 안의 맹수가 좀 후퇴했다.

"왜 둘만 두었죠?" 알렉스가 물었다.

미스터 G는 깍지 낀 손을 내려다보았다. "그건 저희가 내부적으로 다뤄야 할 문제입니다. 아주 잠깐일 뿐이었어요. 그리고 그 직전에 해나가 폭력적인 행동을 할 징후가 보이지 않았습니다."

"해나는 폭력적인 행동을 하지 않아요."

"폭력을 부추겼던지요. 하여간 전혀 예상 못한 일이었습니다. 우리 모두가요."

수제트가 말했다. "우린 아직 몰라요. 정말 무슨 일이 있었는지는……" 두 남자가 수제트를 보았다. "아이를 해칠 의도가 아니었는지도 몰라요. 그저 헬멧이 궁금해서, 헬멧이 없으면 어떻게 될지 몰랐을 수 있어요."

"아직 해나가 그랬다는 증거도 없어." 알렉스가 투덜거렸다.

미스터 G는 더욱 심각해졌다. "옌센 부인…… 따님의 지적 능력을 아시잖습니까. 알아내려고 했을 것으로 보입니다. 헬멧을 벗고 짖어대면 그런 반응을 일으킬 수 있다는 것을 어느 정도는 알았을 것으로 보인다는 겁니다. 이언은 머리를 꿰매야 해서 아직 병원에 있습니다. 뇌진탕 가능성도 있고요."

"정말 죄송해요." 수제트는 다친 소년 때문에 마음이 아팠다. 하지만 자신이 더 문제였다. 해나가 수제트를 향한 진짜 분노를 품고 있을까 두려웠다. 가위를 숨겨야겠다고 생각했다.

"그럼…… 해나에게 더 감시가 필요하겠네요. 혼자 놔두어선 안 되겠군요. 이건 해나만의 잘못이 아닙니다."

"동의합니다." 미스터 G가 알렉스에게 말했다. "그리고 이번 사건으로 직원들의 방침을 바꿔야 할 것 같아요. 하지만 아이가 다쳤습니다. 그리고 두 분의 따님은……"

알렉스는 벌써 고개를 내젓고 있었다. 하지만 수제트는 해나를 변호해 봐야 소용없다는 것을 알고 있었다. 수제트 역시 고개를 저었다. 미스터 G가 결론을 내리는 순간을 절박하게 멈추고 싶었다.

"저희가 제공할 수 없는 형태의 치료와 감독이 필요합니다. 가끔 아이들이 거칠어진다는 것을 압니다. 순간적으로요. 하지만 저희는 심각한 아이들을 관리할 준비가 안 돼 있어요……. 이건 계산된 사고였습니다. 우리는 두 분의 따님에게 필요한 도움을 줄 수 없을 것 같습니다."

알렉스가 의자에서 벌떡 일어났다. "해나는 폭력적이지 않아요! 마치 사이코패스라도 되는 것처럼 말하고 있지 않습니까."

"제발요, 구티에레즈 박사님. 해나는 여기서 잘 지내고 있었는데요." 해나를 온종일, 매일, 집에 데리고 있어야 한다는 생각에 수제트는 더 이상 참을 수 없었다. 수제트의 신경이 까맣게 타들어갔다. 인내심은 완전히 바닥났다. "이제 심리치료사에게도 데려가기 시작했어요. 우리가 해결해 나갈 수 있을 거예요. 제발요!"

"다행입니다. 해나가 도움을 받고 있다니 좋은 일이에요. 폭력 문제가 있는 아이를 키우는 것이 부모에게 얼마나 힘든 일인지 압니다. 그래서 미안합니다. 왜냐하면 어디에서……"

"제발요, 난 더 이상……"

"아니." 알렉스가 팔을 뻗어 수제트를 막았다. "우린 애걸하지 않을 거야. 해나를 비난하는, 괴물이라고 생각하는 학교에 내 아이를 맡아달라고 하지 않을 거야. 어쩌면 이곳의 직원들에게 더 교육이 필요한지도 모르겠네요."

"우린 다른 아이들이 위험에 처할 가능성을 무시할 수 없습니다."

알렉스가 자리를 박차고 나갔다. 수제트는 애원의 표정을 지우지 못하고 미스터 G를 돌아보았다.

"미안합니다." 미스터 G가 말했고 상황은 종료되었다.

알렉스는 심지어 종종거리며 따라가는 해나도 기다리지 않고 저벅저벅 복도를 지나 출구로 나가버렸다. 수제트는 바닥을 내려다보며 그들 뒤를 느릿느릿 따라갔다. 수치심이 온몸을 감쌌다. 애트우드 선생이 수제트를 멈춰 세웠다.

"옌센 부인? 이렇게 되어서 미안합니다. 힘들 거라는 거 알아요. 하지만 해나는 정말 특별한 아이입니다."

"감사해요." 해나를 보내며 슬퍼하는 듯한 교사를 보다니 눈물이 나올 것 같았다.

"포기하지 마세요. 해결할 수 있을 거예요."

수제트는 다시 감사 인사를 하고 팔로 몸을 감싼 채 학교를 나섰다. 쫓겨나는 모습을 다른 부모들이 보기엔 너무 이른 시간이라는 게 그나마 다행이었다.

알렉스가 분노로 잔뜩 곤두선 채 기다리고 있었다. 해나는 커다란 책가방을 멘 채 보도의 틈 사이를 깡충거리며 노래를 흥얼거리고 있었다.

"또 해냈네." 행복해 보이는, 의기양양한 아이를 보며 수제트는 고개를 저었다. 해나의 천재성에, 그런 교활함에, 감명을 받을 지경이었다. 수제트는 이것이 해나의 원대한 계획의 일부이며 더 큰 음모를 꾸미고 있다는 불안감을 떨칠 수 없었다.

"얘기하고 싶지 않아."

"이제 당신도 해나가 어떤 일을 꾸밀 수 있는지 알게 됐잖아. 학교에서 쫓겨나려고 한 일이야. 이제 겨우 좋은……"

"여긴 좋은 학교가 아니야. 해나에게 맞는 학교도 아니고."

수제트는 흠칫했다. 알렉스의 분노가 자신을 향할 줄 예상 못 했다. 해나가 깡충거리길 멈추고 부모를 보았다.

"이번 일은 이 학교에서 배운 거야. 제대로 행동 못 하는 다른 아이들과 있는 동안 배운 거라고."

"모든 학교에서 매번 이런 일을 저질렀어. 집에서도 마찬가지였고. 알렉스, 대체 어떻게 그런 식으로 부정할 수가 있어?"

"그만해. 이건 실수였어." 알렉스는 성큼성큼 자기 차로 가버렸다.

해나가 뒤를 쫓았다. 그러나 놀랍게도 알렉스는 해나를 돌아보더니 말했다. "엄마랑 집으로 가."

해나가 멈춰 섰다. 부모 사이 텅 빈 공간에서 갈 곳을 잃었다.

"당신이랑 가고 싶어 하잖아. 그게 나을 것 같은데……."

"집으로 데려가. 난 체육관 갈 거야." 알렉스는 차 문을 쾅 닫고 시동을 걸었다.

"이리 와, 해나." 딸아이가 아빠를 돌아보았다. 아빠가 차를 빼서 가버리는 모습을 지켜보았다. 다시 수제트를 보는 해나의 얼굴엔 당혹감이 어려 있었다. 수제트는 비웃고 싶은 충동을 눌렀다. 애칭도, 응석을 받아주는 어르는 말도 듣지 못했다. 그린힐 퇴학 때와 달리, 수제트는 알렉스가 이번 일로 속을 끓이길 원했다. 전문가들이 아이에 대해 하는 말을 정말로 깊게 생각해 보기를 원했다. 해나가 입술을 깨물었다. 알렉스의 차가 사라지자 상처 받은 표정이 얼굴에 그대로 드러났다. 수제트는 최악의 심정일 때도 해나가 고통 받는 모습을 보고 싶진 않았다. 알렉스의 거부 반응은 오래 가지 않을 것이었다.

"아빠가 화나서 그래. 좀 풀리면 집에 올 거야. 가자."

수제트가 차 뒷문을 열어주자 해나가 터덜거리며 올라탔다. 책가방을 차 안에 집어던졌다.

"네가 벌인 일이야. 여기 오고 싶어 하지 않았다는 거 알아. 이제 돌아갈 일 없을 거야. 우리도 모두 열이 받았으니."

해나가 스스로 카시트의 안전띠를 채웠고 수제트는 문을 닫았다.

집으로 돌아오면서 수제트는 백미러로 마리앤이 나타나지 않을까 하고 해나를 관찰했다. 하지만 해나는 손가락으로 창문만 두드리고 있었다.

"네가 그러고 있는 거니 마리앤?" 수제트는 해나를 쩔러보지 않을 수 없었다. "네가 제발 내 딸을 놔두고 떠났으면 좋겠다. 해나는 아빠가 자기한테 화난 거 안 좋아해. 이제 아빠는 정말 화났어."

거울에서 해나와 눈이 마주쳤다. 증오로 불타고 있었다. "아무것도 모르면서."

수제트는 교묘한 목소리로 더욱 깊숙이 파고들었다. "해나의 아빠가 착한 아이를 원한다는 거 알지? 학교에 가고 정상적으로 자라는 아이를. 아빠는 다 해내는 자랑스러운 아이를 원해. 아무것도 안 하려 하고, 그림도 안 그리고 글도 안 쓰고 심지어 자기가 좋아하는 사람한테 말 한마디도 안하는 아이는 힘들어. 아빠가 얼마나 속이 상하겠니. 해나가 나한테만 말하고 아빠한테는 말을 안 하니."

해나가 이를 드러내며 비명을 지르듯 으르렁거렸다. 자기 앞의 좌석을 발로 찼다.

"아빠는 해나가 아직도 어린애인 것처럼 굴지. 아빠 책상의 해나 사진은 아주 옛날 거야. 해나가 세 살 때, 아직은 괜찮아질 수 있다고 우리가 생각하던 때 사진이니까. 해나는 실망만 주고 있고 마리앤, 너는 도움이 안 돼. 만일 해나가 자기가 생각하는 것처럼 똑똑하다면, 마리앤 너를 보내버릴 거야."

해나가 조수석 등받이를 구두 신은 발로 때렸다. 수제트는 그냥 내버려 두었다. 해나를 도발시킬 수 있다는 게 만족스러웠다. 조수석은 공격성의 배출구가 되어도 괜찮은 대상이었다. 저 아이의 폭발을 이끌어낼 수 있다면 알렉스 앞에서도 본모습을 드러내게 만들 수 있을 것이다.

수제트는 거실 창을 통해 해나를 확인해 보았다. 집에 도착한 후 해나는 밖에서 훌라후프를 학대하고 있었다. 때로는 똑바로 세워 손바닥으로 마당 주위를 굴리고 다녔고 때로는 다양한 각도로 땅에 던져 튀어 오르는 성질을 시험했다. 그러더니 산울타리와 주고받기 놀이를 하려는 듯했다. 가는 가지들에 훌라후프를 던지면 때로는 몇 초 멈춰있다가 튕겨 나왔다.

수제트도 어릴 때 혼자 놀던 기억이 났다. 여동생이 있었으면 얼마나 좋을까 생각했었다. 같이 놀 사람을, 우울증 걸린 어머니의 딸이 된다는 게 어떤 건지 이해해 줄 사람을 염원했다. 해나의 나이일 때, 수제트에게도 다니엘르라는 또 다른 자아가 있었다. 때로 방에서 문을 닫고 보드 게임을 할 때 혼자 말 두 개를 놓을 때가 있었다. 하나는 수제트 거고 또 하나는 다니엘르 거였다. 한쪽에 앉아 있다가 다른 쪽으로 옮겨가 말을 두면서, 혼자가 아닌 척했다. 아, 맙소사. 그 기억이 떠오르자 연민을 참을 수 없었다.

수제트가 문을 빼꼼 열고 고개를 내밀었다. 해나가 조금이라도 위협적인 행동을 하면 얼른 다시 닫을 태세를 하고서였다.

"원하면 내가 받아줄게."

해나는 혼자 놀이를 계속했다.

"내가 비치볼 불어줄까?" 해나에게 주기에 가장 위험하지 않은 장난감 같았다. 훌라후프도 얼굴로 던지면 위험하긴 했다.

해나가 갑자기 놀이를 멈추었다. 엄마를 휙 노려보더니 아주 의도적으로 가운데 손가락으로 코를 긁었다.

"그럼 알아서 해." 수제트가 다시 문을 닫았다.

저녁 식탁에서 아무 일도 없었던 척할 수는 없을 것 같았다. 알렉스가 아직 화가 나 있다면, 보통 때의 가벼운 대화 대신 전쟁 중인 대륙 간의 봉홧불 연기만 피어오를 것이다. 해나는 부모를 지켜보며 연기 모양을 해독하려 애쓰겠지. 어린 두뇌가 이미 얼마나 곡해해 왔던가? 관찰하고 흡수하고 비틀고 왜곡하고. 모든 것에 대해 결론을 내리면서. 하지만 수제트가 해결할 수 있는 일은 없었다. 해나든, 알렉스든, 그 무엇이든. 그래서 수제트는 저녁을 만들기 시작했다. 배 속은 좀 나아졌지만 으깬 감자가 먹고 싶었다. 껍질을 벗기고 으깨는 과정이 들끓는 기분을 가라앉히는 데 도움이 될 것 같았다. 알렉스가 그렇게 튀어버리면 안 됐지만, 운동을 하고 나면 기분이 회복되어 집으로 돌아올 수 있을 것이다. 어쩌면 나중에 대안을 의논해 볼 수도 있을 것이다. 해나를 변호하느라 급급하거나 다시 뛰쳐나가지 않고 말이다.

운동 후 샤워로 머리가 젖은 채, 알렉스는 주방 조리대에 기대어 끓는 감자 냄비를 지켜보았다. 수제트가 오븐 불을 켜고 문을 살짝 열어 닭튀김 위에 얹은 빵 부스러기와 파마산 치즈를 확인했다. 시선을 돌리지 않고도 거실 창 너머에서 해나가 쳐다보고 있음을 알 수 있었다.

"미안해." 알렉스가 마지못해 성의 없이 말했다.

"나 혼자선 해결 못해." 수제트가 생각보다 오븐 문을 더 세게 닫았다. 절망적인 기분에 강조점을 찍듯이.

알렉스가 해나를 보고 들어오라고 손짓했다. 해나가 들어와 경계하는 표정으로 멀찍이 멈춰 섰다. 그 표정이 아빠를 괴롭혔다. 자세가 수그러들고 눈꼬리가 후회를 알리며 쳐졌다. 알렉스는 해나를 손짓해 부르며 조리대를 떠났다. 수제트에게 그 장면은 헤어진 연인이 만나는 수준 낮은 광고를 떠올리게 했다.

"오, 릴라 굼만. 나 화 안 났어."

그러자 해나가 깡충 뛰어올랐고 감상적인 음악이 흘렀다. 알렉스가 해나를 품에 안았다.

"미안해, 내 사랑. 나 너한테 화 안 났어. 학교한테 화났던 거야. 그리고 이런 일이 일어나서……" 알렉스가 수제트를 보았다. 아까 사과의 말보다는 더 미안해하는 표정이었다.

해나가 알렉스의 목에 매달렸고 알렉스는 해나를 절대 놔주지 않을 것처럼 끌어안았다. "해나, 나 좀 봐." 알렉스가 해나를 안아 옮기며 훨씬 어린아이, 훨씬 순진한 아이를 대하듯 말을 했다. "네 행동엔 문제가 있었어. 그리고 엄마랑 나는…… 우리는 뭐가 문제인지 알아내야겠어. 이러면 너한테 좋지 않아. 너도 학교에 가야지. 나는, 우리는 너를 사랑해, 아주 많이."

해나가 다시 아빠의 목을 끌어안으려 했지만 아빠가 막았다. 말을 마저 하려 했다. "이건 중요한 문제야. 너도 이제 다 큰 소녀야. 뭐가 문제인지 우리가 해결해 내야 해. 알겠니?"

잠시 해나는 아빠 품에 안겨 몸을 딱딱하게 굳히고 멍하니 있었다. 그리고 주방에서 지켜보는 수제트를 흘긋 보더니 험악한 표정으로 바뀌며 알렉스를 밀어냈다. 그의 품에서 벗어나려 애썼다. 알렉스가 내려놓자 쿵쾅거리며 계단을 올라갔다.

수제트의 두 번째 작은 승리였다. 해나의 흉포함에 대한 목격에 이어 알렉스에 대한 해나의 한계가 드러났다.

감자 삶은 물을 버리는데 알렉스가 수염을 문지르고 신음을 흘리며 다가왔다. "비어트릭스가 있어서 다행이야. 이야기 해볼 수 있으니. 월요일에 약속이지?"

"응. 같은 시간에."

"저기, 그렇다고 해서…… 난 아직도 해나가 그 소년을 해치려고 했다는 확신은 안 들어. 하지만 학교에서 해나를 잘 대해줬다는 건 알아. 학교에 대해서 그런 말을 하지 말았어야 했는데."

"나만 그렇게 생각한 게 아니었어." 수제트가 감자를 으깼다. 부드러운 덩이가 도구 사이로 뭉개져 나왔다.

"왜 그러는 걸까? 개처럼 짖는다고?" 알렉스가 풀이 죽어 옆으로 다가왔다.

수제트가 하던 일을 멈추고 돌아섰다. 그의 손을 잡았다. "나도 몰라. 하지만 그랬어. 다른 행동들도 했고. 실제로 있었던 일이라는 걸 당신이 인정하지 않으면 해나에게도, 나에게도 도움이 될 수 없어."

"힘들어서 그래…… 해나는 그런 애가 아니야." 알렉스의 눈에 눈물이 고였다. "작은 소녀, 우리 어린 딸인데."

"여보, 나도 알아……."

알렉스가 수제트를 안자 그의 떨림이 느껴졌다. 수제트는 다시 수모를 느꼈다. 비참한 이정표였다. 해나에게 뭔가 문제가 있다는 것을 알렉스가 드디어 깨달은 것이었다. 알렉스가 자신의 머리를 수제트의 머리 위에 기댔다. 수제트는 알렉스를 꼭 붙들어 안았다. 자신이 언제나 그의 곁에 있음을, 기댈 곳이 되어줄 것임을 알리기 위해서였다.

"우리가 해결해 나가자." 알렉스가 말했다. "우리가 해나를 도와줄 거야. 비어트릭스가 우리를 도와줄 거야."

알렉스가 자신을 다독이려, 믿음을 가지려 애쓰고 있었다. 수제트는 그날 자신이 완전한 절망으로 들어섰다는 말을 할 수 없었다. 벽이 무너져 내리고 있었다. 수제트가 파편 더미에 산 채로 깔려 버릴 때까지 해나는 집을 흔들어댈 것이었다. 그리고 사이코패스라는 단어가 알렉스의 입을 통해 나왔다. 그동안 딸을 변호하면서도 내내 품고 있던 생각인 것처럼. 어쩌면 너무 늦었는지도 몰랐다. 아무도 해나를 도울 수 없는지도 몰랐다. 그게 대체 무슨 뜻인 걸까?

수제트는 흐릿한 의식 속에서 힘들게 깨어났다. 너무 이른 시간이었다. 방은 아직 어둠에 둘러싸여 있었지만 알렉스의 램프가 켜져 있었다.

"무슨 일이야?"

알렉스가 다가와서 수제트 쪽 침대에 앉아 넥타이를 맸다.

"미안, 어젯밤에 이메일을 받았는데 당신이 일찍 잠들어서 말을 못했어. 방송국에서 오늘 아침에 촬영하러 온대."

수제트는 간신히 일어나 정신을 차리려 눈을 깜빡였다. "오늘?"

"응. 방송은 오늘 저녁에 하고."

"무슨 촬영?"

"아직 잘 몰라. 협소 건물 프로젝트에 대한 보도자료를 보냈었거든. 하지만 다른 쪽에도 관심이 있는 것 같더라고. 친환경 재료의 진화, 건축의 미래 같은."

"지역 방송사치고는 야심찬 기획이네." 알렉스와 그의 파트너인 매트는 많은 지역 언론사에서 인터뷰하곤 했다. 신문, 라디오, 티비 등에서 예전부터 자주 기사를 내보냈다. "왜 늘 이렇게 일찍 오라고 하는 거지?"

"제멋대로인 사람들이야. 마감 때문에 그러겠지. 어서 다시 자." 알렉스가 수제트의 뺨에 키스했다.

"오늘은 당신이 집에 있을 줄 알았는데." 알렉스가 셔츠를 바지에 넣으며 정장 재킷을 꺼내러 드레스룸으로 갔다. "내 말 듣고 있어? 자기?"

알렉스가 옷매무새를 정리하며 침대로 다가왔다. "해나 때문에?"

수제트가 질 좋은 정장 옷감을 쓰다듬었다. "걱정이 돼서. 해나가 나를 그렇게 좋아하지는 않잖아."

"글쎄, 당신 말이 맞다면, 아마 맞을 것 같지만, 해나는 학교에 가지 않아도 돼서 기분이 좋을 거야."

"그럴지도. 당신 오늘 죽인다."

알렉스가 씩 웃으며 수제트의 머리에 키스를 쪽 했다. "얼른 자."

수제트도 털썩 침대에 누웠다. "일찍 올 거지?"

"전화해. 무슨 일이 있는지 알려줘. 방송국에서 얼마나 오래 있을지 모르겠어."

"커피 내려줄까?" 벌써 눈이 감기고 있긴 했지만 진심이었다.

"야그 앨스카르 디그." 알렉스가 말하고 전등을 껐다.

수제트는 스웨덴어로 반쯤, 영어로 반쯤 대답을 중얼거렸다. 문이 열리고 닫혔다. 수제트는 옆으로 누웠다. 조금만 더 자고 싶었다. 잠이 필요했다. 그럴 만도 했다. 특히나 오늘 하루 해나를 혼자 상대하며 살아남으려면.

HANNA
해나

아빠가 일찍, 일찍 나갔다. 해나는 작게 알람시계를 맞춰두었다. 엄마가 일어나기 전에 마리앤과 함께 생각할 게 있었으니까. 아빠가 계단을 내려가는 소리를 들었다. 엄청나게 좋은 기회였고 세워둔 계획에 좋은 타이밍이었다. 엄마가 피를 흘리다 죽기까지 시간이 좀 걸릴지도 몰랐다. 아빠가 점점 더 비틀거리며 동요하는 게 보였다. 해나는 아빠가 비록 엄마랑 같이 행동하는 척을 할 때도 실은 늘 해나를 지켜주리라, 해나의 편이 되어주리라 믿을 수 있었다. 하지만 상황이 바뀌고 있다는 걸 알 수 있었다. 마리앤도 이 점에 동의했다. 아빠가 의문을 제기하기 시작했다. 반짝이는 대신 맹한 눈으로 해나를 보기 시작했다. 엄마가 아빠를 갉아먹고 있었다. 끈끈한 벌레처럼 파고 들어가고 있었다. 어쩌면 아빠가 생각도, 행동도 못하게 될 때까지 뇌를 우적우적 파먹을지도 몰랐다.

해나는 자신이 꼭 해야 하는 일을 해낼 수 있을 만큼 강한 사람이고 싶었다. 헬멧 없는 머리는 똥통 학교에서 쫓겨나기 위한 구실 이상으로 생산적인 연습 상대였다. 두개골은 단단했다. 깨뜨리기 위해서는 많은 힘이 필요한 듯했다. 그렇게 되면 해나가 한 짓임이 드러날 테지만 아빠가 주문에서 풀려나 원래 모습으로 돌아오면, 사랑으로 가득한 눈이 반짝이게 되면, 해나가 그럴 수밖에 없었음을 이해하게 될 것이다. 아빠를 구하기 위해선 엄마가 죽어야 했음을. 결국은 해나에게 고마워하게 될 것이다.

좋아하는 잠옷이나 옷 어디에도 피가 묻지 않도록 하기 위해 해나는 좋아하지 않는 원피스를 입었다. 옷장 속의 신발들도 고민해 보았다. 발을 보호해야 했으니까. 리본 구두와 캔버스화는 아래층 현관에 있었다. 무당벌레 장화도 좋아했지만 발소리를 내지 않기는 힘들 것 같았다. 그래서 양말만 신은 채 복도로 나가 주방에 있는 아빠의 움직임에 귀를 기울였다. 커피 냄새가 벌써 집 안 전체에 퍼졌다. 머그에 커피를 따르는 소리도 들렸다. 아빠는 아래층을 지나 현관으로 갔다. 아빠가 나간 뒤에도 잊은 물건을 찾아 다시 돌아오지 않는지 몇 초 더 기다렸다. 그러고 나서 아래층으로 내려갔다.

운동화를 신고 나서, 끽끽 소리가 나지는 않기를 바라며 공구 서랍을 뒤졌다. 아빠는 몇 가지 기본적인 도구를 늘 거기 보관했다. 스크루 드라이버 몇 개, 조절 가능한 렌치(해나는 렌치의 조절 부위를 자기 손에 맞춰 조이며 놀기를 좋아했다) 그리고 커다란 노루발 망치. 망치는 무거웠다. 발 위에 떨어뜨리면, 신발을 신고 있어도 발가락이 부러질 것이었다. 결정적인 순간, 엄마의 머리에 박아 넣기 직전과 같은 자세로, 즉 양손으로 망치를 들고 위층으로 올라갔다. 그게 계획의 두 번째 단계였다. 한 방에 엄마를 기절시킬 자신은 없었다. 엄마가 한 방 맞고 나서 망치를 해나에게서 빼앗아 버리면 곤란했다. 그러니 계속 두 손으로 단단히 잡고 있어야 했다.

해나는 망치를 엄마 침실 문 바로 밖에 놓아두고, 계획의 첫 단계를 준비하기 위해 자기 방으로 돌아갔다. 정말이지 아주 재미있는 계획이었다. 하지만 첫 번째 단계는 그저 아앗! 으악! 하며 펄쩍거리다가 턱을 바닥에 찧는 정도일 수 있었다. 그러다가 이를 부러뜨리거나 혀를 깨물 수도 있었다. 아주 운이 좋다면, 엄마가 그러다 침대 옆 협탁에 머리를 찧고 기절할 수도 있었다. 그렇게 되면 두 번째 단계가 훨씬 쉬워질 것이다. 그냥 박차고 들어가 뇌가 터져나올 때까지 망치로 내리치면 되니까.

아빠를 구하라. 쉽지 않은 일일지라도, 엄마의 눈을 들여다보며 내리치고 또 내리쳐야 할지라도, 해나는 아빠를 구해야 했다.

해나가 문을 빼꼼 열자 엄마가 시끄럽게 숨을 쉬었다. 코를 곤다기보다는 호흡이 목에 걸려서 나는 소리였다. 덕분에 뽀뽁거리는 신발 소리가 묻혔다. 마리앤이 엄마를 감시하는 동안 해나가 첫 단계를 실행에 옮겼다. 엄마가 움직이기 시작해서 해나가 몸을 푹 숙였다. 하지만 그냥 돌아눕는 거였다. 엄마가 방귀를 좀 꿔서 해나는 그만 웃음을 터뜨릴 뻔했다. 애써 참고 다시 일을 시작했다.

일을 마치고 나서 다시 살금살금 나와 아주 천천히 문을 닫았다. 그리고 엄마 방 밖에서 자세를 잡았다. 손에 망치를 들고 달려들어갈 준비를 했다. 언제 일어날지는 확실히 알 수 없었다. 하지만 엄마는 다른 사람보다 늦게 잠들어도 보통 7시 15분까지는 일어났다.

시간이 더디게 흘렀다. 해나는 지루해서 죽거나 망치 옆에서 쭈그리고 잠이 들거나 해서 결정적인 순간을 놓칠까 봐 걱정이 됐다. 해나는 몇 번 고개를 들이밀어 보았고, 문을 닫을 때도 소리 내지 않으려고 그다지 노력하지도 않았다. 그래도 엄마는 깨지 않았다.

아! 엄청나게 환상적인 생각이 떠올랐다!

엄마가 보통 때처럼 일어나는 것보다 훨씬 좋았다. 해나는 망치를 문 옆에 두고 위대한 아침 인사를 지휘하기 위해 종종거리며 아래층으로 내려갔다.

SUZETTE
수제트

때로 수면은 묵직한 외투를 두른 마법사처럼 위력적인 존재감을 과시했다. 때로 잠이 든 사람은 묵직한 외투 그 자체가 되어, 물처럼 부드럽고 대양처럼 깊은 잠을 잤다. 그런 잠은 방해를 받지 않았다. 하지만 아직은 아니었다.

몇 시간과도 같이 느껴진 열락과도 같은 혼수상태가 끝나고 간헐적으로 몽환 상태를 넘나들다가 수제트는 방을 환하게 비추는 빛을 의식하게 되었다. 막 눈을 뜨려 하는데……

묵직한 쿵 소리와 함께 유리 흩어지는 소리가 들렸다.

완전히 잠이 깬 수제트는 몸을 움직였다. 혹시나 해나가 위험에 처한 게 아닐까 퍼뜩 긴장했다. 째지는 듯한 비명 소리와 엉엉 우는 소리가 잇달아 들렸다. 주방 풍경이 눈앞에 그려졌다. 해나 혼자 주방에서 뭔가 꺼내려고 하다가, 의자 위에 올라서 몸이 흔들리고, 그

룻이나, 아니면 의자가, 해나가 바닥에 나가떨어지고······

수제트는 이불을 확 젖혔다. 머리를 부딪쳤나? 피가 났을까? 다리를 침대 옆으로 내밀며 일어섰다.

이게······

통증이 눈앞을 갈랐다. 딸아이의 울음소리 위로 수제트가 비명을 내질렀다. 침대 위로 다시 쓰러졌다. 어떻게 된 건지 순간 판단이 안 됐다.

가장 아픈 왼쪽 발을 들어보았다. 눈물로 흐릿한 시야에, 발에 박힌 물체가, 색색의 초콜릿 같은 게 눈에 들어왔다. 뒤꿈치에 가득 박혀 있었다. 초록색, 노란색, 주황색, 빨간색. 하지만 초콜릿 때문에 아플 리는 없었다. 발바닥 다른 부분에도 박혀 있었다. 수제트는 왼발을 내리고 오른발을 들어보았다. 왼발만큼 깊지는 않지만 고통을 주는 색색의 점들이 역시 박혀 있었다. 수제트는 눈을 깜빡여 눈물을 떨어냈다. 경악할 고통에 비명이 목에 걸려 나오지 않았다.

뭔가 바닥에, 침대 옆에 빽빽하게 모여 있었다. 고문의 발 매트였다. 수제트는 발을 들어 올린 채로 균형을 잃지 않게 조심히 몸을 기울여 반짝이는 물체들 가운데 하나를 집어 올렸다. 반짝이는 것은 한쪽, 뾰족한 한쪽 면뿐이었다. 반대쪽은 예쁜 하늘색이었다. 압정. 해나를 위해 구입한 압정들이었다. 해나. 악마 같은 년.

숨을 죽이고 귀를 기울였다. 울음소리가 멈췄다. 발소리인가? 해나가 서둘러 계단을 올라오는 건가? 수제트는 몸을 움직여 안전한 침대 안쪽으로 피신했다. 발을 한 번 더 재빨리 확인했다. 십여 개가 넘는 압정이 왼쪽 발에 박혔고 발꿈치의 것들은 푹 깊이 박혔다. 오른쪽 발에는 무게가 많이 실리지 않아 반쯤밖에 들어가지 않았다.

하지만 일어서거나 걸을 수는……

색색의 압정 주위에 핏방울이 고이기 시작했다. 수제트는 현기증을 느끼며 침대에 쓰러졌다.

해나가 문 밖에 서 있는 것 같았다. 수제트가 휴대폰을 향해 손을 뻗는데 해나가 문을 확 열었다. 잠시 그들은 서로를 노려보았다. 상대의 무기를 견줘보았다. 해나가 두 손으로 망치를 쥐고 있었고 수제트는 휴대폰을 들고 있었다.

"뭐 하는 거니?"

딸아이의 얼굴에서 의도를, 섬뜩한 살의를 읽을 수 있었다. 하지만 해나는 방 안으로 한 걸음만 들어왔을 뿐이었다. 엄마의 발뒤꿈치에 색색의 단추를 보더니 눈이 휘둥그레졌다. 한동안 침묵만이, 그리고 겁에 질린 두 심장의 박동 소리만 흘러갔다. 해나의 자신감에 파문이 일며 자세가 풀어졌다. 딸아이의 결심이 흔들리는 것을 보고 수제트가 몸을 일으켰다. "이 빌어먹을 조그만 괴물!" 칼이라도, 수류탄이라도 있으면 던졌을 것 같았다. "이 미친 조그만…… 경찰에 전화할 거야!"

해나가 후다닥 방을 나가 문을 쾅 닫았다. 마치 총성처럼 반향이 울렸다.

수제트는 기력을 잃고 쓰러져 흐느끼기 시작했다. 발은 쿡쿡 쑤시고 영혼은 뒤흔들렸다. 무력감이 팔다리에 퍼져나갔다. 어느 정도의 앙갚음은 예상했지만 그 방식은 상상도 못한 것이었다. 어린 딸아이가 망치를 움켜쥐었다. 그럼 함께 학교 준비물을 쇼핑하는 동안 수제트를 죽이려는 생각을 하고 있었던 걸까? 무방비 상태라는 섬뜩한 느낌이 들었지만 경찰 대신 알렉스에게 전화를 걸었다.

알렉스는 전화를 받지 않았다. 아직 인터뷰가 끝나지 않았나 보았다. 그와 친구들을 한껏 의미 있고 똑똑한 사람들로 떠받들며 우쭐하게 만들어 주고 있겠지. 회사로 전화를 걸었다. 사무실 매니저인 피오나가 전화를 받을 터였다. 전화 연결음을 들으며 언제 파상풍 주사를 맞았는지 기억하려 애썼다. 주치의에게도 전화를 해야 했다.

"옌센&골드스타인입니다."

"피오나, 저 수제트예요."

"안녕하세요!" 매니저의 사무적인 목소리가 활기차게 바뀌었다.

"알렉스 좀 불러줘요. 급한 일이에요."

활기찬 목소리에서 걱정스러운 목소리로 바뀌었다. "잠시만요, 기다려 주세요. 금방 연결할게요."

"아니……!" 수제트는 연결 버튼을 누르는 피오나에게 고함을 지르려다 참았다.

몸을 일으켜 침대 머리 판에 몸을 기댔다. 기다리는 동안 부상당한 발 사진을 증거로 찍을까 생각했다. 알렉스한테 보여줘야 할 것이었다. 하지만 생각을 바꾸었다. 부상만으로도 충분한 증거였다. 게다가 기록에 남기고 싶지도 않았다. 딸아이가 얼마나 흉포한지 인스타그램에 올려서 널리 알릴 일도 아니었다. 압정을 빼내야 했다. 계속 이렇게 놔둘 수는 없었다. 피를 닦아낼 물건도 마땅치 않았다. 알렉스 쪽에 있는 휴지에도 손이 안 닿았다. 그렇다고 몸을 꿈틀거려서 그쪽으로 갈 상황도 아니었다. 알렉스의 베갯잇을 벗겨서 왼발을 조심스레 닦았다.

몇 번 심호흡을 하고 긴장한 채 노란 머리 압정을 엄지와 가운데 손가락으로 꼭 쥐었다. 주사를 맞는 거라고 생각하기로 하고 긴장을 풀었다. 뽁 하고 압정이 나왔다. 새로운 통증이 확 퍼진 후에 그 작은 점은 좀 덜 아파졌다. 베갯잇을 눌러 구멍을 지혈했다. 녹색 압정을 뽑아내려는데 알렉스에게서 전화가 왔다.

"수제트?" 알렉스의 목소리가 긴장돼 있었다. 수제트가 또 무슨 소리를 쏟아내려는지 대비하고 있는 듯했다.

수제트는 울음이 터졌다. "집으로 와줘. 나를 다치게 했어, 압정을 바닥에 깔아서. 피가 사방에 묻고. 난 더 이상 걔랑 둘이……"

"압정?"

"내 발에. 침대 옆에 깔았어. 망치를 가지고 방에 들어왔어! 걸을 수가 없다고!"

"911에 전화할게."

"난 그것도 생각 못 했네. 당신이 필요해."

"갈게. 바로 갈게."

"붕대도 가져와야 돼. 거즈랑 연고도."

"가는 길에 약국에 들를게. 20분이면 도착할 거야."

알렉스가 전화를 끊었다. 수제트는 휴대폰을 던져놓았다. 우느라 몸에 힘을 줘서 발이 더 아팠다. 물을 마시고 싶었지만 침만 좀 삼킬 수밖에 없었다. 그래도 정신이 들었다. 압정을 제거하는 게 생각만큼 아프지는 않았지만 스무 개는 더 제거를 해야 할 판이었다. 다 빼고 나면 괜찮아질 거라고, 훨씬 괜찮을 거라고 스스로를 다독였다.

하지만 먼저, 문 쪽을 계속 주시해야 했다. 해나가 다시 용기를 내, 하려던 일을 마저 해치우려고 돌아오면 어떻게 할 것인가?

통증도, 압정도 좀 참아야 했다.

베갯잇을 목에 둘렀다. 문까지 간 다음엔 알렉스가 올 때까지 기다려야 했다. 전투를 준비하는 검투사마냥 몇 번 숨을 후, 후 들이마셨다가 내쉬고, 팔을 짚어가며 침대 끝까지 기어갔다. 그쪽에는 압정이 없었다. 그리고 팔굽혀펴기를 하는 사람처럼 손으로 바닥을 짚고 발을 침대에 걸쳤다. 상체 근력이 부족해 오래 지탱할 순 없으니 무릎만 바닥으로 내리려 했다. 하지만 생각보다 높이가 너무 높았고 수제트는 쿵 떨어지고 말았다. 발이 본능적으로 구부러지면서 왼쪽 엄지가 순간적으로 바닥을 짚었고 비명이 터졌다.

그래도 침대에서 나왔다. 손과 무릎으로 문까지 기어가서 손을 뻗어 문을 잠갔다.

발을 뻗고 문에 등을 기댔다. 잠시 숨을 골랐다. 발이 욱신거렸다. 전화를 잘못 건 게 아닐까? 911에 전화를 했어야 했을까? 아니, 다른 사람들을 집에 들이기는 싫었다. 이 비참한 광경을 들키고 싶지 않았다. 통탄할 엄마의 꼴을 보고 의문을 떠올리게 만들기 싫었다. 어쩌다 아이가 이 지경이 됐는가? 해나를 포기해야 할지도 모르겠다. 수양 시설? 감옥? 말 못하는 초등 1년생을 위한 감옥이 있던가?

"내 집을 이 꼴로 놔두지 않을 거야." 목소리가 거칠게 떨렸다. "바로 잡을 거라고."

베갯잇을 잡고 붕대로 쓸 준비를 했다. 그렇게 압정을 빼내기 시작했다. 하나씩, 하나씩, 재빨리. 분노하며 확, 확, 잡아 빼니 오히려 덜 아팠다.

알렉스가 수제트의 이름을 외치면서 계단을 쿵쾅거리며 뛰어올랐다. 신발을 그대로 신고 올라오는 것 같았다. 스웨덴식 비상 행동이었다. 수제트는 웃음이 나왔다.

"잠시만." 알렉스가 문고리를 흔들자 수제트가 말했다.

수제트가 문을 열자 알렉스가 바로 옆에 무릎을 꿇었다. 발은 베 갯잇에 감싸여 피범벅이었다.

"무슨 일이야?"

"해나는 어딨어?"

"못 봤어. 바로 올라왔어."

수제트는 알렉스의 손에서 구급품을 받아들고 침대 위의 핏방울 들과 바닥에 흩어진 압정들을 가리켰다. 한 번, 두 번, 세 번, 방 안 을 둘러보며 믿을 수 없는 사태를 전부 인지하면서도 명백한 사실을 편집하고 재구성하려 했다.

"해나가 이럴 리가……"

"내가 밟은 걸 알고 나서는 망치를 들고 들어왔어."

"하지만 왜……? 왜 이런 짓을?" 화가 나기보다는 당황스러운 말 투였다.

수제트는 알렉스의 어깨를 잡고 흔들어주고 싶었다. 하지만 그럴 기력은 없었다. "그 앤 뭔가 단단히 잘못됐어. 심지어……"

알렉스가 복도를 향해 외쳤다. "해나? 이리 올 수 있겠니?"

"잠깐, 지금은……" 수제트가 발을 감싼 베갯잇을 풀었다. 부푼 발에 조그만 딱지들이 점점이 맺히고 있었다. 알렉스와 수제트가 함 께 인상을 찡그렸다.

"응급실에 가야 하지 않아?"

"거기서 해줄 수 있는 게 별로 없어. 난 괜찮을 거야."

알렉스가 발을 치료했다. 연고를 찍어서 살살 문질러 위생 패드에

스며들게 했다. 알렉스의 눈에 눈물이 맺혔다. 훌쩍이며 손등으로 뺨을 닦았다. 위생 패드를 양쪽 발에 하나씩 붙이고 거즈로 둘둘 쌌다. 수제트가 의료용 종이테이프를 벗겨 알렉스에게 건넸다.

"아주 잘하네." 수제트가 말했다.

알렉스는 말없이 수제트를 안아서 거리가 내려다보이는 안락의자에 앉혔다. 피 묻은 주변을 정리하고 발에 박혔던 압정들을 주웠다. 침대 옆에 무릎을 꿇고 나머지도 모았다.

"조심해." 수제트가 말했다.

욕실로 가서 세면대 아래 그물 쓰레기통에 압정을 우르르 쏟는 소리가 들렸다. 알렉스가 돌아오자 수제트가 물었다.

"부엌이 엉망이지 않아?"

"보지도 않고 올라왔어." 알렉스가 침대에서 시트를 벗겼다. "당분간 못 걷겠네. 비어트릭스가 방문해 줄 수 있을까? 오늘 오후라도?"

"전화해 볼게. 내 휴대폰……"

알렉스가 찾아서 건네주었다. 수치심에 내리깐 시선은 수제트를 보지 못했다. 다시 서둘러 침대 시트를 한데 뭉쳤다. "그냥 버려야 할 거 같아. 핏자국이……"

"알렉스, 알렉스……" 수제트가 손을 뻗었다.

벌게진 얼굴로 힘없이 다가오는 모습이 마치 상처 입은 소년 같았다. 부부는 서로 손을 꼭 잡았다. "난 어떻게 해야 할지 모르겠어." 알렉스가 말했다.

"해나를 찾아서 괜찮은지 봐." 알렉스가 고개를 끄덕였다. "그리고 물 좀 마셔야겠어. 바나나도 먹을까 봐. 힘이 없네."

"알았어." 알렉스가 서둘러 문으로 가다가 문고리를 잡고 멈춰 섰다. 그 너머 적대적 세상을 향해 두려운 눈초리를 던졌다. "하지만 뭐라고 해? 어떤 벌을 줘야 하지?"

"적대감을 사지 말자. 적어도 지금은. 당신한테는 늘 잘했잖아. 평소처럼 행동해."

"비어트릭스한테 물어볼래? 우리가 어떻게 해야 하는지?"

"그럴게. 물어볼게."

알렉스가 복도로 나가 해나의 이름을 불렀다. 마치 질문하듯이, 겁에 질리고 불안한 목소리였다. 수제트는 그때야 그들의 딸이 두 사람 모두에게 효과적인 공격을 가한 것임을 깨달았다. 알렉스는 더 이상 자신의 딸을 잘 알고 있다고 확신하지 못했다. 씁쓸한 승리이긴 했으나 알렉스가 마침내 문제의 심각성을 이해하게 되었다면, 고통이 헛되지는 않았다.

수제트가 요청한 대로, 상황을 들을 수 있게, 알렉스는 방문을 열어놓았다. 다락방으로 가는 계단 아래서 알렉스의 말소리가 들렸다. 해나가 서재로 피신한 모양이었다. 알렉스가 모두를 위해 아침으로 팬케이크를 만들어 주겠다고 하고 있었다. 그러고 나서 얘기 좀 하자고 했지만 해나는 대답이 없었다. 알렉스는 혼자 아래층으로 내려갔다. 쨍그랑거리며 뭔가의 파편을 쓸어담아 치우는 소리가 들렸다.

휴대폰을 보았다. 아직 오전 8시 30분이었다. 야마모토 박사에게 전화했다.

"비어트릭스? 수제트예요."

"무슨 일 있나요?"

전날 학교에서 있었던 일과 방금 일어난 일에 대해 얘기하는데 알렉스가 물컵과 바나나를 양손에 들고 방으로 들어왔다.

"비어트릭스야?" 알렉스가 속삭였다. 수제트가 끄덕이자 알렉스가 발로 문을 반쯤 닫았다.

"들어와. 스피커폰 켤게."

알렉스가 물컵을 건네고 앉았다.

"먼저 질문할게요. 두분 다 지금 안전한가요?"

수제트가 물을 꿀꺽꿀꺽 마셨다. "아뇨, 알렉스 없이는 위험해요. 알렉스한테는 아무 짓도 안 할 거예요." 그리고 물컵을 협탁에 놓고 바나나를 받아들었다.

"당신은요, 알렉스?" 비어트릭스가 물었다.

수제트는 바나나를 크게 한 입 베어 물고 남편의 표정에서 원초적 감정들이 충돌하는 것을 지켜보았다. 다 큰 어른이 어린아이를 두려워해서는 안 되었지만, 그의 눈엔 공포가 담겨 있었다.

"아무 생각도 안 나요. 저한테는 아무 짓도 한 적 없긴 하지만, 이런 짓을 할 수 있을 거라 생각해 본 적은 없었습니다."

"보통 어린이가 저지를 일은 아니죠." 비어트릭스가 침착하게 말했다. "아이를 병원에 데려가는 방법도 생각해 볼 수 있습니다. 앞으로 벌어질 일을 감당할 수 없고 두 사람의 안전이, 혹은 해나의 안전이 염려된다면요."

알렉스와 수제트는 얼이 빠진 표정으로 서로를 보았다. 둘 다 고개를 조금 저었다.

"병원에 가면 너무 겁을 먹을 거예요." 수제트는 자신의 과거를 떠올렸다. "병원이 무슨 도움이 되겠어요. 해나는 겁을 먹고 혼란스러워서……"

알렉스가 끼어들었다. "그건 안 돼요. 우린 그런 식으로…… 박사
님이 와주실 수 없나요? 우리한테, 해나한테 말 좀 해줄 수 없나요?"

"긴급한 상황에서는 필요에 따라 그럴 수도 있다는 말이었어요.
대부분의 부모는 꺼리죠. 말씀하신 것과 같은 이유로요." 비어트릭
스가 한숨을 쉬었다. 둘은 비어트릭스의 말만을, 지도를 기다렸다.
"전면적인 정신 감정이 필요할 겁니다. 섣부른 진단을 내리지는 않
을게요. 그래서 아직 처방이나 특정 치료를 추천 드릴 수는 없습니
다. 정보를 모으고 있는 중이니까요. 혹시 생각나는…… 자극이 되
었을 만한 사건이 있었나요? 해나가 그런 반응을 보였을 만한?"

"네." 수제트의 빠른 대답에 놀란 알렉스가 쳐다보았다. "일이 너
무 많았어요. 아이를 학교에 보내겠다는 제 결심이 너무 확고했죠.
아이의 삶을 뒤흔들어 놓은 셈이에요. 그건 사실이에요. 비어트릭스
한테 데려간 것도요. 그리고 어쩌면…… 그 장난감도." 수제트가 알
렉스를 보며 말했다. "제가 장난감을 하나 망가뜨렸어요. 부두 인형
인 줄 알고 그랬는데 해나가 몹시 속상해 했어요."

"이게 복수라는 거야?" 알렉스가 물었다.

수제트는 검은 안개 같은 죄책감이 증오의 속삭임과 함께 뒤엉켜
배 속으로 미끄러져 가는 듯했다. 수제트가 스스로 울분을 좀 더 잘
다뤘더라면 이 지경까지 오지는 않았을 것이다. 하지만 아이는 학교
에 가고 친구를 사귀고 독립을 할 수 있도록 자라는 게 정상이었다.
이런 상황에 어떤 엄마가 더 나은 대처를 할 수 있었을까?

"일부는 제 탓이에요. 아이를 너무 심하게 몰아붙였나 봐요. 왜냐
하면 제가…… 해나가 점점 안 좋아져서 해결책이 다급했거든요.

그리고 해나는 제 해결책을 밀어내면서 더욱 안 좋아졌죠. 그럼 저는 더 절박해져서 뭐라도 하려고…… 저와 해나는 이런 악순환을 반복해 왔어요." 이렇게라도 타협을, 해결을 모색하는 수밖에 없었다. 해나를 임신하지 말았어야 했다는 한탄이나 하고 있을 게 아니라면 말이다. 알렉스가 수제트의 등을 문질렀다.

"중요한 깨달음인 것 같아요." 비어트릭스가 조심스레 말했다. "하지만 해나의 능력은…… 공격적인 행동을 계획하고 실천에 옮기는 방식이…… 어쩌면 알렉스, 괜찮다면, 해나와 둘이서 얘기를 해볼 수 있을까요? 화가 나서 그랬다는 것을 조금이라도 인정하는지 알아볼 수 있을까요?"

"그럴게요." 알렉스는 내키지 않아 보였다. "와줄 수 없다는 거군요…… 수제트는 걸을 수도 없고."

"미안해요. 월요일 전에는 시간을 낼 수 없어요. 하지만 그동안 좀 조사해 볼 게 있어요. 월요일에 일찍 볼 수는 있을 것 같아요. 확인 좀 해볼게요." 다시 한번 그들은 비어트릭스가 구명줄을 던져주기를 기다렸다. "9시 어때요? 너무 이른가요?"

"가겠습니다." 알렉스가 망설임 없이 대답했다.

"그때까지 정보를 더 모아보죠. 앞으로의 방법에 대해서요. 알렉스, 주말 내내 집에 있을 거죠?"

"그래요."

"지금 위로가 되는 말은 아니겠지만, 제가 수년간 알아온 가족들 중에는 아이가 난동을 부리고 칼을 집어던지거나 동생들을 위협하고 때리고 통제가 안 되는 경우도 있었어요. 해나의 행동은 훨씬 신중하고 즉흥적이지 않아요. 또한 어떤 면에서는 분열적이고 폭발적인 성향도 덜해요. 주말 동안 집에서 잘 지낼 가능성이 있어요. 집에 있는 걸 원하니까요. 해나에게 말을 걸도록 노력해 보세요. 너무 벌을 주거나 화내는 건 피하세요. 가족이 침착함을 유지할수록 수월해질 겁니다. 그런 다음 진단에 결말을 짓고 치료를 시작합시다. 혹시 주말에 상황이 악화되면 병원으로 데려가는 방법도 있다는 걸 기억하세요."

"감사합니다."

전화를 끊은 후 알렉스가 욕실 수납장에서 새 시트를 가지고 왔다. 침대를 재빠르고 효과적인 동작으로 정리하는 알렉스가, 수제트는 너무 부러웠다. 유능하고 단호하게 움직이는 게 어떤 건지, 감조차 모두 잃어버린 듯했다.

"내가 얘기를 해볼까 봐." 수제트가 혼잣말처럼 말했다.

"좋은 생각이 아닌 것 같아. 비어트릭스도 그렇게 생각할 거야."

"적대감을 일으키지 않게 조심할 거야. 사과도 해야 할 것 같아서." 그런다고 해결이 되지는 않겠지만 수제트로서는 아직 완전히 포기를 못한 양심의 가책을 씻을 수는 있을 것이다.

알렉스가 베개에다 깨끗한 베갯잇을 씌우며 말했다. "월요일까지는 둘을 떨어뜨려 놓고 싶어."

"주말 내내 방에 틀어박혀 있고 싶지는 않아. 당신이랑 있으니 괜찮아진 것 같아. 당신도 해나 곁에만 내내 붙어 있을 수 없고."

"난 당신이 병원에 가면 훨씬 좋을 것 같아."

"별 의미 없을 거야." 머릿속이 들끓었지만 목소리는 확고했다. 발의 통증은 가볍게 웅웅거리는 듯했다. 내장의 꼬임이나 부풀어 오름과는 완전히 다르면서도 덜 무서운 고통이었다.

알렉스가 베개를 부풀렸다. "침대 속에 눕고 싶어 아니면 침대 위에 눕고 싶어?"

"위에. 내 스케치북 가져다줄 수 있어? 아래층 텔레비전 옆 선반에 놔뒀어."

"아침도 만들어 줄게." 알렉스가 수제트를 침대로 옮겼다. "인터넷할 수 있게 내 노트북도 가져다줄게. 또 필요한 거 있어? 우리 어머니한테 전화해야 할까?"

"어머니한테? 왜?"

"긴급 상황이니까 오실 거야. 우리를 도와줄 거야." 알렉스가 옆에 앉았다. 수제트는 그의 간절한 필요를 느낄 수 있었다. 어머니든 비어트릭스든, 아니면 수제트든, 집에 같이 있어줄 누군가를 향한, 혼자서 딸아이를 마주하고 싶지 않은 절박함이었다.

"내일이면 내가 일어날 수 있을 거야."

"그건 모르는 일이야."

"그리고 비어트릭스가 다 잘 파악하고 있잖아. 우리를 도와줄 거야. 당신 말대로."

"그건 어젯밤에 한 말이잖아."

수제트는 알렉스의 어머니가 오기를 바라지 않았다. 그의 완벽한 어머니, 자기 아들의 완벽함을 믿는 그녀는 수제트가 어쩌다 아이를 엉망으로 키웠는지 이해하지 못할지도 모른다.

자욱한 죄책감의 안개가 도무지 사라지질 않았다. 수제트가 자기 아이를 망가뜨리려 한 게 아니었다. 본격적인 정신병을 간과하려 한 것도 아니었다. 그러나, 그럼에도 불구하고, 수치심이 찌르는 듯 괴로웠다. 오히려 그 모든 노력이 사태를 악화시켰는지도 몰랐다.

자신의 어머니에 대한 반작용으로 부모 노릇을 지나치게 열심히 했던 게 문제인지도 모른다. 아기 때 해나에게 유기농 음식을 너무 많이 먹였나? 아니면 부족하게 먹였나? 아기와 엄마가 함께하는 운동 수업을, 요가 수업을 들었다. '엄마가 쉬어야 하니까 아기도 같이 낮잠을 자야 해'라고 생각했다. 매일 책을 읽어주었다. 텔레비전 보는 시간을 제한했다. 밖에서 나가 놀도록 했다. 어쩌면 유치원을 일찍부터 보내야 했는지도 몰랐다. 너무 규칙적으로만 생활을 시켰나? 원하는 대로 늦게 자게 놔두었어야 했나? '안 돼'를 너무 많이 했나? '그래'를 너무 많이 했나? 수제트의, 알렉스의 양육 방식을 의심하지 않기가 불가능했다.

비어트릭스가 맞을지도 모른다는, 가족이 기존의 행동 방식을 수정하는 격변의 과정을 거치고 있는 거라는, 실낱같은 희망이 있었다. 부모가 취할 수 있는 조치가 있을지 모른다. 해나를 정상적인 어린 소녀로 바꿔놓을 새로운 일과, 변화시킬 방법 말이다. 해나를 벌주는 방식이 잘못되었던 건지도 모른다. 혼자서 반성의 시간을 갖게 하는 걸 해나는 오히려 좋아했다. 아니면 부모가 너무 물렀거나, 너무 엄하면서도 해나가 피해갈 수 있는 허점이 보였거나.

"무슨 생각해?" 알렉스가 물었다.

"어쩌면 너무 늦은 건 아닐 거라는 생각."

"그래. 내 어머니가 도와주러 올 수도 있다는 걸 염두에 두자."

수제트는 웃을 뻔했다. 알렉스는 자기 어머니의 안전에 대해서는 걱정이 없는 것이다. 해나가 파르모르도 해칠 수 있다는 두려움이 없는 것이다. 알렉스는 이미 중요한 진실을 파악하고 있으면서도 인정하지 않으려 했다. 해나의 목표는 정해져 있다는 것을. 알렉스는 왜 자기도 두려운 척하는 걸까?

"우리가 해결할 수 있을 거야. 기억해? 당신이 바로 이틀 전에 얘기했잖아. 해나를 두려워하지 말라고."

"상황이 바뀌었잖아. 당신은 안 무서워?"

수제트는 자신이 느끼는 안도감을 알리고 싶지 않았다. 드디어 무시할 수 없는 증거가 만천하에 드러났다. 남편이 결국, 적어도 어느 정도까지는, 그녀의 편으로 끌려왔다. 곧 그에게 더 많은 사실을 알려주든지, 해나가 늘 부모에게 보여준 문제적 차별에 대해 분명히 짚고 넘어야 할 것이다. 하지만 여전히, 해나가 통제 불가능하게 된 이유가 자신의 과실, 무능력, 어리석음이라는 점이 수제트를 괴롭혔다. 종이 인형 같은 엄마. 알렉스가 수제트를 허술한 엄마로, 혹은 모든 엄마들이 가져야 하는 기본적인 능력이 결여된 존재로 보게 되는 걸 원한 적은 없었다. 하지만 어쩌면…… 굳건한 중심축을 가지지 못한 건 수제트만이 아닐 수 있다. 왜 부모 중 누구도 해나에게 맞서 더 요구하지 않았을까? 그들이 가지고 있던 가족이라는 신기루가 얼마나 허약했으면 불완전함의 망령에 둘 다 직면하지 못했을까? 표면이 갈라지고 있는 지금은 가족의 역학이 드디어 바뀌고 개선될 가능성이 있었다.

"조금. 하지만 그래도 믿어야지. 해나가 뭔가를 말하려 하는 거라고." 물론 '나는 너를 증오해'라는 말이겠지만, 그게 전부는 아닐 것이다. 해나 안에 뭔가 아픔이 있음을 수제트는 이해할 수 있었다. 해나가 이름 붙일 수 없는 아픔이, 수제트가 무심코 심어놓았을 무언가. 그걸 알아낼 수 있다면. 밝혀낼 수만 있다면. 그들이 뽑아낼 수 있다면 해나는 자유롭게 밖을 향해 자라날 것이다. 내부를 향해 뒤틀리지 않고.

수제트에게 강림한 침착함은 비합리적이었다. 마치 딸의 공격에서 살아남은 것이 그녀를 무적으로 만들어 주었다는 듯이. 지금으로선 어쩐지 그것이 해나에 대한 수제트의 애정을 끊는 대신 오히려 탯줄을 강화시켜준 듯했다. 그들은 전투 상대, 하나의 완전체의 두 부분이었다. 그리고 수제트의 마지막 무기는 연민이었다. "벌써 몇 시간째 혼자 있었어. 뭐라도 먹었는지 모르겠네. 당신한테는 천사처럼 굴 거야, 알렉스."

알렉스가 고개를 끄덕였다. 하지만 수제트의 손을 놓지 않았다. "난 아버지가 너무 무심하다고 흉을 보곤 했어. 엄마랑 나는 가구를 옮겨 놓자고 농담하곤 했지. 그러면 뭐가 바뀌었는지 눈치 못 채서 부딪치고 다닐 게 뻔했거든."

"당신은 그렇지 않아. 당신은 늘 우리랑 같이 있어주었는데."

"같이 있으면서 아무것도 몰랐지. 반만 알았지. 반만 같이 있었고 반쯤은 늘 딴 생각을 했지. 일이라든가, 다른 계획들. 자동차에 문제가 있으면 알아채면서 내 가족에게 문제가 있는 것도 몰랐어."

"자책하지 마." 수제트가 가까이 몸을 붙이자 알렉스가 이마를 기대왔다.

"당신을 너무 사랑해. 당신이 나보고 우리가 더 나아졌다고 생각하느냐고 물었던 거 기억나? 생각해 보니 내가 가끔 느꼈던 우리 사이 간격을 해나에 대한 내 사랑이 채우게 놔두었던 것 같아. 당신이 나한테서 멀어진 건 아닌데 해나가 밀어냈지. 난 받아들였고. 왜냐하면 해나는 아이니까. 그리고 해나를 우선으로 하는 게 우리 의무니까. 하지만 어쩌면 해나가 우리를 서로……"

알렉스가 말을 끝맺지 못해서 수제트가 대신했다. "밀어내게 만들었지."

수제트가 알렉스의 목을 감싸 안고 얼굴을 묻으며 흐느꼈다. 해나가 그들 사이에 방해가 되고 있었을지도 모른다는 것을 알렉스가 조금이라도 인정한 것은 처음이었다.

"우린 괜찮아질 거야." 수제트가 말했다. 알렉스의 팔뚝 힘이 그녀에게 확신을 주었다. 두 사람이 힘을 합치면 희망이 없는 것은 아니었다.

HANNA
해나

아빠가 해나를 찾자, 해나는 고무공을 계단으로 튀어 보내 위치를 알렸다. 해나는 내려가지 않았고 아빠는 올라오지 않았다. 상황이 정말 안 좋게 됐다. 엄마가 침대 위로 쓰러져서는 안 되었다. 침대 위에 있으면 해나가 어떻게 망치를 들고 우위에 설 수 있겠는가? 게다가 휴대폰을 생각 못했다. 바보 같은 실수였다. 기회를 봐서 훔쳤어야 했는데. 발에서는 생각했던 만큼 피가 많이 흐르지 않았다. 그래도 해나는 조금 무서웠다. 피를 본다는 것이, 자신이 그렇게 만들었다는 것이. 아빠는 아직도 엄마의 주문에 완전히 걸려 있는데, 이제 자신의 릴라 굼만이 늘 다정한 어린 소녀만은 아니라는 걸 알게 되었다. 생각하면 정말이지 너무 우울했다.

해나는 최대한 오래 참았다. 요리하는 버터 냄새가 온 집 안에 퍼졌고 아빠가 주방에서 이름을 불렀다. 망치는 아빠의 책들 뒤에 숨졌다.

해나가 슬쩍 가보니 아빠가 정원에서 수선화 한 송이를 잘라가지고 들어오고 있었다. 아빠가 해나를 슬쩍 보았다. 얼굴이 벽돌처럼 딱딱하게 굳어서는 예쁘게 데코를 마무리했다. 팬케이크, 커피, 꽃.

"금방 올게." 하고서는 위층 엄마에게 가지고 갔다.

해나는 식탁에 앉아 기다렸다. 배가 고팠다. 그런데도 아빠는 이제 엄마만 걱정했다. 엄마를 위해 온갖 걸 했다. 이게 전부 엄마의 잘못이 아닌 것처럼. 꿀잠붕붕짐승을 살해한 걸 그렇게 쉽게 용서할 수 있단 말인가?

아빠가 종종걸음으로 계단을 내려왔다. 해나는 힘이 쭉 빠졌다. 앞이 흐릿했다. 아빠가 멈춰서 바라본다는 건 알았지만 진짜 아빠인지 아빠인 척하는 건지 전과 느낌이 달랐다. 해나한테 화가 났을까? 아빠도 점점 더 엄마처럼 실망스럽고 요구만 지나친 사람이 되어갈까? 매분, 매초 지날 때마다?

하지만 그때 아빠가 다가와 해나 앞에 앉았다.

"릴라 굼만? 기분이 안 좋니?"

해나가 끄덕였다.

"네가 엄마한테 한 짓 때문에?"

해나는 훌쩍여 눈물을 삼켰다. 아니, 아빠를 구하지 못했으니까.

아빠가 얼굴을 가까이 가져와 눈을 들여다보았다. 주름지고 걱정하는 눈이었다. 그 모습을 보자 해나에게 희망이 생겼다.

"그렇게 힘들어하다니 미안하다. 네가 하고 싶은 말이 많을 텐데. 우리가 네 생각을, 감정을 전부 이해하지 못해서 미안해. 하지만 그런 방식으로는 네 자신을 표현할 수 없어."

배 속에서 밥 달라고 꾸르륵거렸다.

"배고프니?" 아빠가 물었다.

해나가 고개를 끄덕였다.

아빠가 프라이팬에 남은 팬케이크에 버터를 발랐다. 보통은 해나가 직접 설탕 가루를 뿌리게 했지만 오늘은 아빠가 직접 뿌리고 돌돌 말았다. 각자의 접시에 하나씩 올렸다.

아빠는 늘 손가락으로 집어먹어도 된다고 했지만 해나는 포크로 팬케이크를 자르는 걸 좋아했다. 특히 팬케이크는 쉽게 잘렸고 돌돌 말린 빵을 금속 포크가 자르는 느낌이 좋았다.

"맛있어?"

해나는 씩 웃으며 고개를 끄덕였다. 아빠의 얼굴을 보았지만 여전히 별로 행복해 보이지 않았다. 좋은 생각이 떠올라 벌떡 일어나서 식탁을 돌아 아빠 쪽으로 뛰어갔다. 뽀뽀하려고 몸을 가까이 가져가자 아빠가 피했다. 피하다가 멈추더니 뽀뽀하게 놔두었다. 이 반응의 의미를 어떻게 생각해야 할지 알 수 없었지만, 어쨌든 아빠가 다시 해나에게 와주어서 기뻤다.

"팬케이크나 먹어."

해나는 터덜터덜 자리로 돌아왔다. 아빠는 마치 기차를 줄줄이 먹는 사람처럼, 팬케이크를 입 안에 밀어 넣었다. 어느새 한 입밖에 남지 않았다. 아빠는 손가락들을 핥았다. 해나는 훨씬 천천히 먹었다.

"하나 더 먹을래? 아직 배고프니?" 해나는 어깨를 으쓱했다. "우리 얘기할까, 릴라 굼만? 진짜 이야기?"

해나는 크게 고개를 끄덕이고 모든 것이 정상으로 돌아가리라는 희망을 품었다. 어쩌면 〈스타 트렉〉의 전송기에 대해 얘기하려는 것인지도 몰랐다. 어떻게 옷이랑 장화랑 통신기의 분자들이 엉망으로 뒤섞이지 않고, 옷 대신 피부가, 귀 대신 전자기기가 나타나지 않고, 모두 잘 전송되는지 아빠가 설명해 줄지도 모른다. 해나는 전송기와 음식을 모두 복제하는 기계가 너무나 좋았다. 말하지 않고 복제기를 쓰기는 힘들 테지만, 민트 초콜릿 칩 아이스크림이나 풍선껌 맛 젤리빈을 언제든 원할 때 먹을 수 있다면 기계에 대고 몇 마디 속삭이는 위험은 무릅쓸 수 있을 듯했다.

아빠가 접시를 밀어내고 식탁에 팔을 올렸다.

"그럼, 나한테 정직하게 얘기해 줄 수 있지? 우린 서로에게 정직하니까."

대화는 벌써 해나가 몸을 비틀게 만들었다. 포크로 팬케이크 두 조각을 입 안에 욱여넣었다. 해나가 생각하기에 정직이란 그다지 견고한 실체가 아니었다. 조금 전까지는 존재했다가 1분도 안 돼 흩어져버리는 연기 같은 존재였다. 자기만의 비밀을 지키는 것이 정직보다 더 중요했다. 하지만 거짓말은 나쁜 것이었고, 해나는 아빠에게만큼은 나쁜 모습을 보이고 싶지 않았다.

"엄마가 꿀잠봉봉짐승한테 한 짓 때문에 엄마를 다치게 만들었니? 그래?"

해나는 어떻게 해야 하나 재보다가 고개를 끄덕였다. 어차피 잃을 게 없었다. 왜냐하면 아빠는, 똑똑한 아빠는 이미 알아냈으니까. 게다가 그 편이 공정하다는 것을, 사실 공정하지도 않다는 것을 알게 될 것이다. 왜냐하면 해나의 꿀잠봉봉짐승은 죽었지만 엄마는 여전히 잘만 살아 있기 때문이다.

"이리 와봐." 아빠가 의자를 끌고 가까이 온 후 해나의 의자도 끌어당겨서 둘은 무릎을 맞댔다. "해나, 이건 아주 중요한 문제야. 엄마가 네 장난감을 망가뜨려서 네가 많이 속상했다는 거 알아. 하지만 너도 알지? 감자는, 비록 네가 친구로 만들었다고 해도, 사람과 같은 방식으로 감정을 느끼지 못해. 그건 이해하지?"

그렇기도 하고, 아니기도 했다. 물론 감자는 고통을 못 느낀다. 하지만 해나는 감자가 아니었고 고통을 느꼈다. 엄마가 해나에게 상처를 줬다. 해나가 제대로 설명만 하면 아빠도 이해할 것이었다. 하지만 머릿속에서 모든 게 엉망으로 뒤섞였고 해나는 울기 시작했다.

"어쩌면 너는 이게 재미있을 거라고 생각했을지도 몰라. 엄마에게 장난을 친다고 생각했니? 하지만 네가 엄마를 육체적으로 다치게 한 건, 엄마를 두렵게 했어. 나도 두렵게 만들고 나한테도 상처를 줬어. 나의 다람쥐 소녀가……"

아빠의 목소리가 갈라지고 눈물이 흐르자 해나는 놀라 아빠를 보았다. 아빠의 뺨을 만지고 고개를 저었다. '아빠, 울지 마'라는 자신의 말을 이해해 주기를 바라며.

그러자 아빠는 더 심하게 울었다. 해나를 무릎에 들어올려 꼭 안았다.

"그렇지? 너는 내 사랑하는 작은……" 아빠는 해나 머리에 입을 맞췄다.

해나는 아빠 품에 안겨 있는 게 너무 좋았다. 그의 심장이 해나의 귀 근처에서 두둥거렸다. 해나는 거기에 맞춰 가운데 손가락으로 그의 가슴을 두드렸다. 아빠가 심호흡을 하며 해나를 의자에 돌려놓고 눈물을 닦았다. 해나는 커다란 물음표를 담고 그를 보았다.

"아빠는 속상해. 너는 더 이상 사람들을 해쳐선 안 돼. 아무도. 그런 일은 허락되지 않아. 이제 문제가 생겼어. 어떻게 해결해야 할지는 나도 모르겠어. 마치 네가 두 명인 것 같아. 혹시…… 마리앤이니? 그녀가 널 그런 짓을 하게 만든 거야?"

해나는 다시 머뭇거렸다. 접시에 남아 있는 설탕 덩어리를 손가락으로 찍어 핥아먹었다. 사실 압정을 생각해 낸 건 자신이었고 해나는 그게 몹시 자랑스러웠다. 마리앤은 그저 망보기만 해주었다. 그리고 학교에서 일어난 일은…… 그저 운 좋은 우연이 연속해서 일어난 것뿐이었다. 헬멧 머리랑 둘만 방에 남겨진 것. 그가 계속 벽에 머리를 찧은 것. 헬멧을 벗겨도 저항하지 않고 가만히 있었던 것. 사나운 개는 마리앤의 도움이 좀 있었는지도 몰랐다.

처음으로 마리앤이 너무 오래 머물고 있었나 보다는 생각이 들었다. 엄마가 마리앤을 좋아하지 않는 건 상관없었지만 마리앤이 아빠와의 사이에 방해가 된다면…… 해나는 예전의 아빠로 돌아오길 바랐다. 해나의 뽀뽀를 절대 피하지 않는 아빠로.

"마리앤을 가버리게 만들 수 있겠니?" 아빠가 물었다.

해나가 씩 웃었다. 아빠는 아직 해나의 마음을 읽을 수 있었다. 해나는 어깨를 으쓱했다. 마리앤을 부른 것은 결국 해나였다. 친한 친구를 원했으니까. 하지만 어떻게 마리앤을 내보낼 수 있는지 솔직히 알 수 없었다.

아빠가 생각에 잠겼다.

"만일……" 뭔가 말하려는 듯했다. 배고픈 금붕어처럼 입을 벌렸다 닫았다. "만일 내가 도와주면 어떨까?"

도와준다고? 흥미로운 생각이었다. 해나는 의자 앞에 섰다. 아빠 앞에 서서 한쪽 다리에 몸무게를 싣고 다음 말을 기다렸다.

"가끔, 뭔가 우리를 괴롭히는 게 있으면 우리는 그걸 쫓아낼 수도 있어."

주문을 걸어서 쫓아낸다는 말인가? 해나는 의아해서 얼굴을 찡그렸다.

"그러니까 내가…… 우리가 마리앤을 쫓아낼 수 있어. 그렇게 해도 될까?"

해나가 끄덕였다. 아빠에게도 마법의 힘이 있던가? 해나가 '어떻게?'라는 뜻으로 손을 내밀었다.

"월요일이 발푸르기스의 날이야. 그날 뒷마당에서 불을 피울 거야. 사라지길 바라는 게 있을 때, 걱정거리를 그 불 속에 던져넣는 날이지."

엄마도 불 속에 던져넣을 수 있을까?

"그러니 마리앤을 그려볼 수 있겠니? 그러고 나서 일요일 저녁에 그녀를 쫓아버리자."

해나는 입술을 깨물었다. 좀 너무하는 게 아닌가 싶었다. 마리앤이 전에도 화형을 당해 죽었다는 걸 생각해 보면 말이다. 하지만 마리앤이 정말 결백했다면, 해나는 그녀의 도움을 기대할 수 없었다. 그리고 해나는 사실 마리앤이 더 이상 필요 없었다. 그녀의 도움을 받아 말해봤자 별 효과가 없었고 마녀 짓 중 최고의 것들은 대부분 해나의 아이디어였다. 해나는 턱을 쑥 내밀고 몇 번 까딱였다.

"착하지. 올해는 아주 특별한 발푸르기스가 되겠네. 그리고 이후로는 더 이상 마리앤은 없고 나의 릴라 굼만만 남겠지."

해나는 안도해서 아빠의 목을 덥석 끌어안았다. 아빠는 마리앤이 둘 사이에 방해가 되길 원하지 않았다. 아빠는 해나를 혼자 차지하기를 원했다.

해나는 스케치북을 무릎 위에 올리고 바닥에 앉았다. 비밀 기호들을 그렸던 스케치북이었다. 마리앤의 이미지를 만들어내는 것은 어려웠다. 그림을 그려본 적이 별로 없었고, 몇 번 시도를 했더니 손가락이 딱딱한 발톱처럼 굳어버려서 크레파스를 잡기도 힘이 들었다. 마리앤의 모습을 본 적도 없으니 더욱 문제였다. 아빠가 예전에 그릴에서 태운 닭처럼 까맣게 탄 살을 가진 여자애라는 게 아는 것의 전부였다. 종이에 그린 것은 막대 같은 팔과 물갈퀴 같은 발이 달린 뭉개진 달걀처럼 보였다. 사진이라도 있었더라면.

좋은 생각이 하나 떠올랐다. 해나에겐 엄마의 사진이 더 있었다. 해나가 원하는 크기와 색이 나올 때까지 아빠와 함께 몇 장 출력했었다. 콜라주는 사라졌지만 남은 사진이 있었다. 비밀스러운 물건들을 보관하는 상자를 뒤졌다. 누구의 관심도 끌지 못할 평범한 물건들 사이에 조심스레 은닉돼 있었다. 그 사진들은 해나가 출력한 정보들, 인터넷에서 찾은 복수와 공격의 주문을 거는 법에 대한 종이들과 함께 보관돼 있었다. 글에는 아주 거창하고 때로는 아주 희한한 말들이 쓰여 있었지만 대강의 내용은 이해할 수 있었다. 마녀는 의도적인 행동과 생각들을 통해 다른 사람을 해칠 수 있었다.

갑자기 큰 목소리와 많은 사람들의 웃음소리가 어디선가 터져 나와 해나는 문 밖으로 고개를 내밀고 살펴보았다. 아빠가 엄마랑 침실에서 노트북으로 뭔가를 보는 것 같았다. 가슴을 무언가로 후벼 파는 듯했다. 아빠는 주중에 집에 있을 때면 보통 서재에서 일을 했고 해나가 바닥에서 놀아도 신경 쓰지 않았다. 아빠가 저러고 있다니, 엄마의 주문이 얼마나 강한지 보여주는 증거였다.

뭐, 곧 아빠를 전부 차지하게 될 것이다. 마리앤 그림을 보여주면 아빠는 좋아할 것이다. 아빠는 해나가 작업할 수 있도록 혼자 방에 놔두었고 해나는 가능한 잘해볼 생각이었다. 그림 속 소녀가 해나를 조금이라도 닮을 경우 마법이 잘못될 가능성이 있었다. 그래서 머리를 다르게, 더 큰 몸집에 해나가 절대 입지 않는 색의 옷을 입혀야 했다. 하지만 먼저, 안전하게 혼자 있는 동안 엄마에게 걸 주문도 연구하고 싶었다.

주문이 무엇을 한다는 것인지 분명하게 알 수는 없었지만 '복수와 공격'은 괜찮게 들렸다. '불길한 방향'이라든지 '농신의 토성' 혹은 '순행'이나 '향로'가 뭔지 알 수 없었지만 대상이 되는 희생양의 사진을 파괴하면 어떻게든 해를 입힐 수 있다는 뜻으로 해석됐다. 특히나 진심을 다한 저주를 반복하면서 파괴하면 말이다. 글 속에 예시가 나와 있었다.

저주는 큰소리로 말해야 했지만 해나는 매우 특별한 마녀가 될 것이기 때문에 입모양을 만드는 것만으로도 충분하리라는 걸 알 수 있었다. 읊어야 할 주문을 좀 더 잘 이해하기 위해 글을 주의 깊게 읽어보았다. 사진을 며칠에 걸쳐 천천히 파괴하는 게 좋다고 했다. 하지만 인터넷의 지시는 좀 따르지 않아도 괜찮았다.

책상다리를 하고 앉아 자고 있는 엄마의 사진 한 귀퉁이를 조금 찢어냈다. 그리고 마음속으로 그것이 죽은 엄마의 사진이 되도록 빌며 입 모양으로 주문을 외웠다.

'이 저주가 너에게 미치기를.'

그런 다음, 사진을 조각조각 찢어 종잇조각 더미를 만들었다. 그리고 주문을 계속 외웠다.

눈앞에 그려지는 듯했다. 이틀 후면 아빠가 모닥불을 피우고 봄의 송시를 부를 것이다. 해나가 마리앤의 그림을 불 위에 놓으면 까맣게 꼬부라들며 사라질 것이다. 그러고 나서 엄마의 조각들을 불 속에 예쁘게 뿌릴 것이다. 벌써 마리앤이 거추장스럽고 불필요하게 느껴졌다. 떠날 준비를 하는 듯했다. 가느다란 연기가 되어 하늘로 올라가 사라질 것이다. 그러나 엄마가 어떻게 될지는 두고 봐야 했다. 주문이 어떻게 효과를 보일 것인지 확신할 수 없었다.

실패하지 않으리라는 굳은 결심으로 해나는 종이를 더욱 작은 조각으로 찢으며 속삭이기 시작했다.

"이 저주가 너에게 미치기를. 난 그대를 죽게 할 것이다. 너는 고통 받다가 존재를 멈출 것이다."

SUZETTE
수제트

알렉스가 조용히 방으로 들어와 살며시 문을 닫았다.

"해나는 잠들었어."

"고마워." 밤 8시 9분이니 그럴 때였다. 알렉스는 민첩한 결단력으로 그럭저럭 가정을 만족스럽게 꾸려나갔다. 해나도 별다른 문제 없이 평소 일과를 유지하고 있었다. 수제트는 발의 통증에도 불구하고 알렉스가 곁에서 세심하게 도와준 덕에 놀랍도록 즐거운 오후와 저녁을 보냈다. 그러나 다시 두려움이 밀려드는 것을 느꼈다. 이 상황에 알렉스는 외출 준비를 하고 있었다.

"나가려고?" 수제트가 몸을 일으키며 물었다. 몸의 근육이 불안하게 위축되었다. 체육관으로 도망가려는 것일까? 아니면 일터로? 매트가 할 수 있는 일을, 알렉스가 다른 날 할 수도 있는 일을 하러?

"두 군데만 잠깐 갔다 오려고." 지갑을 집어 들었다.

"왜? 안 돼, 알렉스, 안 돼."

알렉스가 일어서며 지갑을 운동 바지 뒷주머니에 집어넣었다. "금방 올 거야. 몇 가지만 챙기고."

"뭘? 안 돼!"

그러자 알렉스는 수제트 옆으로 와서 다정하게 앉았다. 아까까지 온갖 노력을 기울이며 걱정과 연민을 담고 있던 얼굴에서 이제는 이기심과 생색을 내고 싶어 하는 표정이 엿보였다. 심지어 손을 잡고 있는 태도에서도.

"주말을 보내려면 몇 가지 필요한 물건이 있어. 이젠 별일……"

수제트가 손을 뺐다. "별일 없을 거라고? 깨어나면 어쩌고? 내가 여기 혼자 있는 걸 알게 되면? 적어도…… 무기 같은 거라도 갖다주든지." 말을 뱉는 순간 바로 후회를 했다. "난……"

알렉스의 얼굴에 떠오른 고통스러운 표정. 수제트도 고통을 느꼈다. 사방에서, 발에서, 심장에서, 하루 종일 조심스레 움직이느라 경직된 몸에서도.

"목발 좀 구하려 했어."

"아."

"당신이 좀 편하게 움직이도록."

"나 화장실 데려다주는 데 지쳤어?" 농담조로 말했지만 수제트의 불구 상태를 환기시킨 것은 알렉스의 고뇌만 가중시켰을 뿐이다.

"미안. 어쩌면…… 해나 방 문에 종을 달아서 나오면 울리게 할 수 있을 거야." 알렉스의 책장에 걸려 있는, 줄에 꿰인 구리 종들이 기억났다. 그의 부모가 네팔로 여행 갔다가 선물한 기념품이었다.

알렉스는 말을 하면서도 가지러 가려고 일어나지는 않았다. "자물쇠 같은 걸 설치할 수도 있겠지."

"가둔다고?"

알렉스가 어깨를 으쓱했다. 그의 무력감에 수제트의 가슴속에는 새로운 통증이 일었다.

"종 정도면 괜찮을 거야." 수제트는 그렇게만 말했다. 하키 스틱이나 밀방망이, 전기 충격기가 있으면 더 안전하게 느낄 거라는 사실을 인정하기는 꺼려졌다. 알렉스가 나간 다음에 절뚝거리며 드레스룸까지 가서 옛날 테니스 라켓을 꺼낼지도 몰랐다.

알렉스가 집을 나서는 게 싫기는 했지만 그들 모두가 이 이상적인 집에 갇힌 죄수 신세가 되는 것도 마찬가지로 바라지 않았다. 알렉스가 문을 연 채 방을 나가 발뒤꿈치를 들고 해나의 방을 지나갔다. 양말을 신었어도 육중한 발걸음 소리를 죽이기는 쉽지 않았다.

무기, 자물쇠, 종. 수제트의 실패가 날카로운 파편처럼 되돌아와 그녀를 찔렀다. 다음에는 또 뭐가 필요할까? 구속복? 완충재를 붙인 방? 뇌 절제술? 수제트의 상념들은 딸아이를 돕고 싶은 마음과 딸아이에게서 벗어나고 싶은 마음 사이에서 갈피를 잡지 못했다. 어쩌면 정신 병원에서 둘 다를 얻을 수도 있을 것이다.

위층에서 알렉스가 돌아다니느라 천장이 끽끽거렸고 이어서 땡그랑거리는 종소리가 들렸다. 곧 다시 아래층으로 내려와 해나의 방 문고리에 종을 건 다음, 울리지 않게 잡고 바닥까지 늘어뜨렸다. 기다란 팔다리를 조심하느라 뻣뻣하게 움직였다. 알렉스가 다시 돌아와 문을 닫았다. 그리고 참았던 숨을 내쉬었다.

"도둑이 된 기분이야." 무릎 위에 팔꿈치를 댄 자세로 침대 가장자리에 앉아 머리를 문지르며 속삭였다. "이게 다 무슨 짓인지 모르겠어. 어떻게 해야 할지도 모르겠어."

"우린 최선을 다하고 있는 거야." 수제트는 위로를 해주고 싶었지만 움직이지 않고는 알렉스에게 가까이 갈 수 없었다.

"이건 너무, 젠장……" 알렉스는 말을 삼키고 다시 수제트를 보았다. "어쨌든 목발 사올게. 약들도 좀 보충하고. 또 장작을 좀 사야 돼. 그리고 바로 돌아올게."

"장작?"

"모레가 발푸르기스잖아."

알렉스의 눈이 푹 들어가 해골처럼 보였다. 그냥 지친 게 아니라 왠지 늙어 보였다. 허약하고, 흔들리고, 멍해 보였다.

"발푸르기스 행사는 하지 않을 거야." 수제트가 너무나 단호하게 씹어뱉듯 말했다. 하지만 알렉스는 수긍하지 않았다.

"왜?"

"불을 피우겠다고? 우리 안뜰에서? 해나가 그런 짓을 저지른 상황에서? 당신은 믿고 싶지 않겠지만 저번 학교에서 쓰레기통에 불을 지른 건 분명……"

"해나를 위해서 하자는 게 아니야. 이건 봄을 맞는 전통이야."

"발푸르기스를? 마녀들의 밤이잖아! 정말 하겠다고?"

"그냥 가족 행사야." 알렉스가 너무 간절하고 순수한 표정으로 말했다. 원래 발푸르기스 행사는 전혀 가족용이 아니었다. 지역 주민들이 공원에 모여 노래를 부르고 먹고 마시며 거대한 모닥불에 정원 쓰레기를 던져넣는 날이었다.

축소된 행사를 생각하니 갑자기 슬퍼졌다. 셋이서만 화로 앞에 모여 알렉스 혼자 스웨덴어 노래를 부른다니. 그런 외로운 기념마저 못하게 하는 것은 잘못처럼 느껴졌다.

"옛날에는…… 마녀와 악마를 쫓는 액막이였나?" 이교도의 옛 명절을 의미 있게 이용할 가능성도 보였다.

알렉스가 음흉하게 씩 웃었다. "나도 그 생각을 했어. 그래서 해나랑 거래를 좀 했지."

"무슨?"

"마리앤을 없애버리자고."

"퇴마 의식을 하겠다고? 당신 정신 나갔어?" 본질적으로 나쁜 발상은 아니었지만 둘 다 퇴마 의식에 대해, 일곱 살 아이에게서 마녀를 몰아내는 방법에 대해 뭘 안단 말인가?

"아니, 부정적인 생각을 없애버리고 싶을 때처럼 말이야. 다 내려놓고 앞으로 나아가는 쪽으로 말이야. 일단 다 적어낸 다음에, 다른 사람한테는 안 보여주고, 불 속에 던져넣는 거야. 마리앤은 어쩌면…… 해나의 안 좋은 면인지 모르지. 그래서 내가 그림을 그리라고 했어. 그리고 일요일에 태워버리자고. 도움이 될지도 몰라. 혹시 모르잖아."

다른 사람을 해치는 딸아이의 능력만 아니었다면, 합리적인 계획으로 보일 수도 있었을 것이다. 하지만 딸아이가 불을 가지고 무언가를 하게 만든다는 발상이 수제트를 두렵게 했다.

"어쩌면 거기 의지하게 된 건지도 몰라." 마리앤이 해나의 인격의 한 부분이라고 했던 비어트릭스의 설명이 떠올랐다.

"그러니까. 우리가 해롭지 않은 쪽으로 격려를 해서 없애버릴 수 있을 거야. 난 해나를 되찾고 싶어. 착한 해나를. 완벽하진 않을지 몰라도. 아마 더 해결해야 할 것들이 있을 거야. 그래도 우선은 이

폭력적인 부분은 몰아낼 수 있을지 몰라."

"쉬울 거라 생각해?" 수제트는 기가 막힌 심정을 드러내지 않으려 애썼다. "그렇게 정교하게 설계된 공격을 실행에 옮긴……"

"나도 알아! 해나가 저지른 짓을 잊자는 게 아냐. 하지만 우리도 뭔가 해야 하잖아. 살얼음판 위를 걸어다니듯, 아무 일도 없었던 척하며 살 순 없잖아?"

"사실 그렇게 살고 있었지."

"그래서 뭐라도 하자는 거야! 우리 아이잖아. 우리가 도와야 해."

잠시 둘 다 말이 없었다. 딸아이의 상태의 위중함에 압도되었다.

"당신 정말……" 분노는 가라앉았다. 알렉스의 낙관을 조금이라도 전해 받고 싶었다. "그렇게 하면…… 조금이라도 달라질 거라고 생각해?"

알렉스의 눈동자가 흔들렸다. 그리고 고개를 저었다. 하지만 스스로를 설득하려는 듯 말했다. "어쩌면 이건, 모든 건, 해나가 정말 우리랑 얘기를 하고 싶어서 애쓰는 과정일 수도 있어. 지금까지는 모두 잘못된 방향뿐이었지. 그래도 가능성이 보이는 건, 나랑 얘기할 때, 후회하는 것처럼 보였어. 슬퍼 보였어. 우리가 자기를 버렸다고 해나가 생각하게 만들고 싶지 않아. 만일 해나가 아픈 거라면……"

수제트도 마찬가지였다. 딸아이의 질병, 곧 받게 될 진단이 마치 점점 커져가는 종양처럼 그들 눈앞에 놓여 있는 듯했다. 그들 모두를 압박하는 듯했다. 해나는 아마 아빠가 뭘 요청했는지 이해하지도 못했을 것이다. 하지만 퇴마 의식이 효과가 없다고 해도 해를 끼치지는 않을 것이다.

"잘 지켜보고 있어야 해." 수제트가 말했다. 알렉스의 기분이라도 나아지기를 바랐다.

"물론이지."

"정말 눈을 떼서는 안 돼. 다른 걸 태워서도 안 되고."

"내내 곁에서 지켜볼게."

"샴페인과 딸기도 준비할 거야?" 수제트가 불안을, 절망감을 눌러 삼켰다. 알렉스는 발푸르기스의 아침 식사도 고집해 왔었다.

"그것도 사야겠네." 알렉스가 수제트 귀에 키스했다. "괜찮겠지?"

수제트가 미소를 지으며 고개를 끄덕였다. 그리고 휴대폰을 집어 들었다. 위급 상황의 구세주라도 되는 것처럼 양손으로 꼭 쥐었다. 911에 전화를 걸어 악마 같은 딸아이가 잠이 깨서 자신을 위협한다고 소리치다가…… "아, 아니네요. 화장실 가는 거였네요" 하고 말하는 자신의 모습을 상상하니 웃음이 나올 지경이었다.

"빨리 갔다 와."

알렉스가 다시 키스를 쪽 하고 벌떡 일어섰다.

"열어 놔." 문을 닫으려는 알렉스에게 수제트가 말했다.

"금방 다녀올게." 알렉스가 문을 활짝 열어놓고 계단을 내려갔다. 열쇠를 딸랑거리다가 자물쇠가 딸깍 소리를 냈다. 잠시 후 차가 출발했다.

집 안이 무덤처럼 고요해졌고 수제트는 팔의 털이 곤두섰다. 딸아이가 하얗게 눈을 뒤집고 단도 같은 이를 드러내며 나타나지 않을까 싶었다. 잠시, 꿈속에서처럼, 몸이 붕 뜨는 기분이 들었다. 해나도 이렇게 움직였던 게 아닐까? 수제트를 향해 미소를 지으며.

문을 닫고 싶었다. 곧 일어날지도 모르는 괴물과 자신 사이에 장벽을 만들고 싶었다. 복도를 계속 확인하고 싶어서 열어두라고 했는데, 지금은 늘어진 종에서 아예 눈을 못 떼고 있다. 아주 작은 움직임이라도 놓치지 않으려 눈에 힘을 주고 있자니 시야가 흐려졌다. 알렉스에게 전화를 걸까 생각했다. 마음이 바뀌었다고, 돌아오라고.

하지만 수제트는 전화하지 않았다.

마리앤은 예전에 한 번 불 속에서 죽었다. 시대의 부당함 때문이었다. 그들은 다시 시도를 해야 했고 이번에는 정의가 그들 편이었다. 예전에 해나라는 아기가 있었다. 태양을 향해 미소 짓고 새를 보면 팔을 퍼덕이고 까르르 웃던 아이였다. 해나는 행복하지 않았다. 그리고 어떤 언어 치료사도, 소아과 의사도 해나가 말을 못 하는 이유를 밝혀내지 못했다. 비록 야마모토 박사가 큰 역할을 했지만, 알렉스가 정말 딸 아이의 정신 질병 진단을 받아들일 수 있을지 수제트는 잘 가늠이 안 됐다. 부부에게는 마침내 함께 해결해 나가야 할 공동의 목표가 생겼다.

수제트는 '아픈 거지 악마가 아니야'라는 주문을 외우며 불안을 가라앉혔다.

거리에서 꺅 소리가, 그리고 뒤이은 웃음소리가 들려왔다. 어느 근심 없는 무리가 근처 술집이라도 가는 모양이었다. 술에 취할, 한번 즐길 준비가 된 모양이었다. 걱정 근심에도 불구하고 그들이 부럽지는 않았다. 저 밖에는 답이 없었다. 집단 망각이나 무심한 섹스나 현실 도피에서는 답을 찾을 수 없었다. 수제트에게는 사랑하는 사람들이 있었다. 그들을 위해서라면 전투를 치를 가치가 있었다.

해나가 마리앤을 그리는 데 수제트가 도움을 줄 수도 있을 터였다. 그것이 모녀간의 진정한 첫 번째 미술 작업이 될 수도 있을 것이다. 행동을 통해 말하는 것이다. "네 안의 악마를 몰아낼 수 있게 도와줄게. 왜냐하면 나는 너를 사랑하니까. 너의 끔찍한, 가닿을 수 없는 고통에 가슴이 아프니까."

　문이 열리고 종이 울리면 그렇게 말해줄 수 있을 것이다. "네가 무슨 짓을 하든 너를 사랑해."

HANNA
해나

    주방 식탁에 앉아, 바나나 조각과 우유를 후루룩 먹으며 지켜보는 동안, 아빠가 절뚝이는 엄마를 도와 계단을 내려왔다. 압정의 복수 이후 모든 것이 괴상하게 흔들리고 있었다. 마치 집 전체가 결코 수평을 이루지 않는 시소라도 되는 것처럼. 아무도 해나에게 소리를 지르거나 벌을 주겠다고 위협하지 않았다. 하지만 전날 대부분 해나는 혼자 지냈고 아빠는 엉성하기 짝이 없는 감시만 할 뿐이었다. 해나는 자기가 혼자 있고 싶을 때 혼자인 걸 가장 좋아했다. 아빠는 해나의 목욕을 돕거나 머리를 빗겨준 적이 별로 없었기에 그건 그다지 상처가 되지 않았다. 그런데 아빠는 해나가 '가장 좋아하는 책'을 읽어주지 않았다. 대신 지루하고 유치한 다른 책을 골랐다. 서둘러 읽어나가는 아빠를 해나는 빤히 쳐다보았다.

    방문을 나서는데 소음이 터졌다. 해나는 깜짝 놀라 잠시 얼어붙었다. 얼굴이나 손이 떨어져 나가는 줄 알았다. 아빠 서재에 있던 종들이 보였다. 올바른 장소에 걸려 있을 때는 해나도 손가락으로 건드리며 좋아했던 종이다. 요정이나 벌레들처럼 작은 노래를 부르게 만들 수도 있었다. 아빠가 눈을 비비며 복도로 나왔다. 해나가 종들을 가리켰다. '저거 선물이야? 누가, 왜 옮겼어?'

"고모론(좋은 아침)." 아빠는 아침 인사만 하고 수염만 긁적이며 해나의 말없는 질문을 무시했다.

해나는 옷을 입고, 아빠는 아침을 준비했다. 하지만 바나나를 엄마보다 두껍게 썰었다. 얇게 썰어야 숟가락으로 뭉개기 좋았다.

엄마의 목발은 매혹적이었다. 거대한 로봇 팔 한 쌍이 더 생긴 듯했다. 엄마는 딱 들러붙는 운동복을 입고 있었다. 집 청소를 할 때도 입는 옷이었지만 청소를 할 수 있을 것 같지는 않았다. 아빠는 목발을 짚고 계단을 내려오는 엄마에게 눈을 고정하고 있었다. 엄마는 계단 위에 한 발을 딛고 또 한 발을 디뎠다. 그렇게 절뚝이며 계단을 내려왔다. 아빠는 엄마를 바라본 채로 뒤돌아 계단을 내려왔다. 엄마가 쓰러질까 봐 두려운 사람처럼 손을 앞으로 내밀고.

"어때?" 아빠가 물었다.

"그렇게 나쁘진 않네. 너무 많이 오르내리긴 힘들지만 평지에서는 목발이 정말 도움이 돼."

아빠는 마지막 몇 계단을 달려 내려와 식탁으로 와서는 의자를 뺐다. 그리고 엄마가 놀라운 속도를 내면서 목발 사이로 다리를 움직이는 모습을 해나와 함께 지켜보았다.

엄마를 식탁에 앉히고 아빠가 주방으로 쌩 갔다.

"커피? 시리얼?"

"응, 둘 다. 뛰어다닐 필요 없어. 급할 것도 없는데."

그러고서 엄마는 해나를 보았다. 압정 사건 이후 둘은 처음 마주했다. 해나는 엄마가 또 뭐라고 욕하며 난리를 피울까 기대를 품었다. 하지만 엄마는 그냥 앉아서 손으로 턱을 괴고 해나를 관찰할 뿐이었다.

"잘 잤어?"

해나가 바나나 조각을 숟가락에서 빨아들였다.

"그럼…… 우리, 관계를 좀 개선해야겠네. 내가 널 너무 밀어붙였다면 미안해. 학교가 얼마나 중요한지 네가 이해해 줬으면 좋겠다. 우리가 너무 오랜 시간 같이 있으면, 그리고 내가 널 집에서 가르치면…… 너에게 정말 필요한 건 다른 사람들이야. 그래서 내가 너를 학교에 보내려고 한 거야. 우린 그저 서로 생각이 다를 뿐이고."

아빠가 커피 한 잔과 계피 시리얼 한 그릇을 가지고 와서 엄마 앞에 놓았다.

"고마워."

아빠가 엄마의 추한 머리를 쓰다듬고 키스했다. 언젠가 저 손길과 키스는 해나의 것이 될 것이었다. 아빠는 식탁 머리로 가서 의자를 빼, 다리를 쫙 벌리고 앉았다. 자기 영토에서 편안한 자세를 취하는 사자가 생각났다. 엄마와 아빠가 얼마나 똘똘 뭉쳐 있는지 지켜보는 해나는 언짢았다. 부모는 마치 왕국의 지배자들 같았고, 해나는 문 아래서 기어 다니다가 길을 잃은 개미 같았다. 둘 다, 엄마가 사과해야 하는 또 다른 사안들에 대해서는, 너무나 멍청해서 전혀 모르는 척하고 있었다. 아빠의 마음을 두고, 딸에게 가야 함이 너무나 마땅한 아빠의 사랑을 두고, 고집스레 벌여온 줄다리기 말이다. 원칙적으로 엄마가 베풀어야 했던 따뜻한 사랑은 엄마가 해나를 밀어내거나, 해나 주위를 비행접시처럼 빙빙 맴돌면서 보내버린 오랜 세월 동안 엉망이 되었고 이제 결딴나려 하고 있었다. 엄마는 아무것도 줄 게 없는 껍데기뿐인 사람이었다. 빛나고 유혹적인 사탕으로 가득하지만 두꺼운 투명 유리 뒤에 갇혀 있는 가게 같았다. 해나가 유리를 두드려 안의 것을 움켜쥐려고 노력해 보지 않은 게 아니었다.

"아빠가 둘이 한 약속에 대해 말해줬어. 마리앤을 없애버리자고."

아직도 주문에 걸려 있는 아빠에게서, 엄마가 비밀을 억지로 끄집어냈을 것이다. 소매에서 손수건을 끝도 없이 잡아당기는 마법사처럼. 해나가 그릇을 들어 바닥에 깔린 몇 방울의 우유를 굴렸다. 아빠가 둘만의 비밀을 말할 수밖에 없었다는 점을 받아들여야 했다. 엄마가 아는 게 차라리 나을지도 모른다. 해나가 불 속에 뭔가 던져넣기 시작해도 놀라지 않을 테니.

"우린 네가 마리앤을 보내버릴 준비가 돼서 정말 기뻐. 나는 그녀가 네 목소리를 찾는 데 도움을 준 게 고마워. 하지만 그녀 없이도 너는 또 할 수 있을 거야." 엄마가 시리얼에 우유를 부었다. 펭귄 모양 시리얼들을 익사시킨 후 한 입 크게 떠먹었다.

"나도 네 목소리를 너무 듣고 싶어." 아빠가 어찌나 열의를 가지고 말하는지 지금까지 낸 모든 소리를 다 삼키고 싶어졌다. 해나는 두 사람의 집중이 마음에 들지 않았다. 그들의 잘못된 기대가 배 속에 블랙홀을 생성시켰다. 블랙홀은 위험했다. 검은 구멍은 주변의 모든 걸 빨아들인다. 어쩌면 해나에게 필요한 부분 일부도 그 심연 속으로 굴러떨어질지도 몰랐다.

해나는 시선을 내리깔고 일어나서 의자 옆에 섰다.

"가도 좋아." 엄마가 말했다. "하지만 먼저……" 해나가 도망치기 시작하는데 엄마가 손을 뻗었다. 해나는 멈춰 섰지만 거리를 유지했다. "내일 모닥불에 던져넣을 마리앤 그림 그리고 있지? 네가 완벽주의자인 거 알아. 그러니 도움이 필요하면……"

"엄마는 그림을 아주 잘 그려." 아빠가 거들었다.

해나는 엄마의 제안에 대해 생각해 보았다. 달걀 모양의 소녀를 다시 어떻게 해보려고 했지만 여전히 사람처럼 보이지 않았다. 엄마가 해나를 돕길 원했고, 더 중요하게는 아빠가, 해나가 엄마의 도움을 받기를 원했다. 아빠는 간절한 얼굴을 하고 있었다. 엄마가 그림에 참여한다면, 엄마의 일부도 불 속에 던져지는 게 된다. 엄마가 그린 선, 종이에 묻은 세포 일부도. 어쩌면 지문도 남길지 모른다. 그러면 엄마 사진 조각들을 불 속에 던져넣을 때, 주문이 두 배는 강해질 것이다. 해나는 손가락을 입 안에 넣어, 잇몸을 뚫고 솟아나는 새이를 만져보았다. 그리고 고개를 한 번 끄덕했다.

아빠가 엄마의 스케치북 하나와 연필 두 세트를 가지고 내려왔다. 하나는 온갖 색의 색연필이었고 다른 하나는 다 똑같아 보이는 연필들이었다. 엄마는 그것들이 딱딱하기에 따라 달라지는 서로 다른 명암의 흑색이라고 했다.

"더 무른 흑연일수록 선이 더 짙어져. 그래서 가벼운 스케치만 하고 싶으면 더 딱딱한 연필을 쓰면 돼." 엄마가 뒤쪽에 7H라고 적힌 연필을 가리켰다. 아빠는 노트북을 가지고 와서 앉았지만 계속 그들 쪽을 흘금거렸다. 해나는 아빠가 무슨 걱정을 하는지 알 수 있었다.

어떤 연필은 아주 날카로웠다. 엄마의 손등을 찍으면 탁자까지 뚫을 수도 있었다. 해나는 아빠에게 미소를 지으며 자신이 즐거운 시간을 보내고 있고 더 이상 엄마를 다치게 할 생각이 없음을 보여주었다. 적어도 아직은 말이다. 아빠도 윙크를 해주고 화면을 들여다보며 눈썹을 모았다.

"지금까지 그린 거 나한테 보여줄 수 있어?"

해나가 고개를 저었다.

"사람은 그리기 힘들어."

해나가 고개를 끄덕였다.

"그럼 내가 시범을 보여줄게. 아주 쉬운 쪽으로. 그러고 나서 안에 색칠만 해도 돼. 아니면 직접 그려도 되고."

해나는 무릎을 꿇고 앉아 팔꿈치에 기대 몸을 기울였다. 엄마의 스케치북을 들여다보았다.

"그럼 우선 두 개의 짧은 선을 그릴게. 그냥 빗금 정도. 여기 하나는 머리 꼭대기 자리이고 여기 또 하나는 발을 그릴 자리야. 이렇게 하면 전체 모양이 한 페이지 안에 들어가게 만들 수 있지. 종이를 벗어나지 않게. 그런 다음에 빗금 두 개를 더 그릴게. 하나는 중간에, 허리가 있을 곳. 또 하나는 여기 위쪽에 어깨가 있을 곳. 나는 인체 비율을 머리에서부터 나누는 게 좋더라. 그래서 머리에 해당하는 타원형을 그리고, 그 다음에는 목…… 그러니까 인체는 머리를 포함해서 같은 크기의 타원형을 일곱 개나 여덟 개 정도 그리면 돼."

해나는 눈을 가늘게 뜨고 엄마의 연필 끝에서 나타난 형체를 보았다. 아직은 너무 희미했지만 분명히 보이는 듯했다.

"그러니 목 아래 세 개의 타원형을 그리면 그게 몸통 길이가 돼.

마지막 타원형이 허리선에 걸쳐지지? 그러고 나서 양쪽에 타원형을 네 개씩 그려. 이게 다리야. 더 작은 타원형을 맨 아래 옆쪽에 그려서 발을 표현하고. 그런 다음에 어깨선으로 돌아가. 몸통 위쪽에 양쪽으로 조그만 원을 그리면 그게 어깨야. 그러면 엉덩이랑 다리랑 쭉 연결이 되겠지? 어깨 아래쪽에 같은 크기의 조그만 원을 그려. 그건 팔꿈치야. 그 아래 또 작은 원을 그리면 그건 손."

수제트는 같은 원들을 반복해 그려 오른팔을 만들고 나서 물러나 앉았다. 해나는 눈과 입을 크게 벌렸다. 마법처럼 엄마가 그럴 듯하고 비율이 잘 잡힌 인체를 그려놓았다. 엄마가 놀라면서도 기쁜 표정으로 해나를 쳐다보는 것도 신경 쓰이지 않았다.

아빠도 다가와서 해나의 머리카락을 슬쩍 흐트러뜨렸다. "엄마가 꽤 잘 하지? 앨스클링, 당신 작업실 자리를 찾아봐야겠는데. 위층 복도에 창문 앞이나 내 서재에라도."

엄마가 아빠에게 환한 미소를 지어 보였다. 해나가 보기에는 터무니없는 발상이었다. 집에서 가장 좋은 방, 아빠의 방을 엄마가 침범한다는 생각만으로도 스케치북을 갈기갈기 찢고 싶어졌지만 그러지는 않았다. 그림이 그려진 종이가 필요했으니까.

"너도 해볼래?" 엄마가 물었다. 아빠는 어깨를 꼭 쥐어주고는 다시 노트북을 하러 돌아갔다.

해나가 고개를 젓고 색연필을 가리켰다.

"그냥 색만 칠하겠다고?"

해나가 끄덕였다.

"좋아. 그럼 좀 더 진한 연필을 써야겠다." 엄마가 회색 연필을 다른 연필로 교체했다. "그리고 옷을 그려야겠네. 그럼 색칠 공부 책처럼 되겠는걸? 뭘 입어야 하지? 옛날 소녀니까 드레스를 입힐까?"

해나가 열심히 고개를 끄덕이며 칙칙한 주황색 색연필을 집어 들었다. 그리고 자기 머리를 가리켰다가 그림의 머리를 가리켰다.

"빨간 머리야?"

크게 끄덕였다.

"그래, 내가 윤곽선을 그릴게, 네가 안을 칠해."

그 어느 때보다도 예상보다 훨씬 일이 잘 풀리고 있었다. 아주 어릴 적의 희미한 추억이 머릿속으로 헤엄쳐 들어왔다. 엄마가 스케치북을 무릎에 올려놓고 해나에게 그들이 앉아 있는 방을 완벽히 그려 보이고 있었다. 그리고 어떤 때는 어린 아이의 얼굴을, 웃지 않는 진지한 표정의 해나를 스케치해 보여주었다. 그때는 엄마가 얼마나 그림을 잘 그리는지 깨닫지 못했다.

해나는 엄마의 손이 종이 위를 가볍게 움직이며 옷의 질감이 표현되고 낡아빠진 구두와 주먹을 가볍게 쥔 손, 그리고 단호한 표정이 나타나는 과정을 지켜보았다. 특히 엄마 손의 살들이 움직이는 모습에 지대한 관심을 기울였다. 그리고 엄마의 손이 종이를 건드리며 보이지 않는 피부 조각들을 묻히는 과정을 바라보았다. 해나가 주문을 다 웅얼거리기도 전에 불길이 그 살점을 맛볼 것이다. 엄마는 어쩌면 그림과 조각들과 함께 폭발해 버릴지도 모른다. 자연 발화 같은 것처럼. 팍 하고 불이 붙는 걸 만화에서 본 적 있었다. 검은 고양이가 검은 구름이 되었고 바닥에 한 무더기 재로 분해되어 쌓였다.

엄마가 스케치북 종이를 찢어 해나에게 건네자 건드리기가 두려울 정도였다. 해나는 색칠도 잘하지 못했기 때문에 마리앤을 닮은 형상을 망치고 싶지 않았다. 그림은, 숱 많은 머리에서부터 누덕누

덕한 옷에 이르기까지 그녀를 완벽하게 묘사해 냈다. 마치 마리앤이 해나에게서 분리되어 자기 초상화의 모델 노릇을 하며 탁자 앞에 서 있었던 게 아닐까 싶을 정도였다. 다시 한번 아빠의 말이 옳았다. 이런 현실적인 그림이라야 마리앤을 보내버리는 작업이 더 효과가 있을 터였다. 그리고 어쩌면 아빠도 내심, 이것이 엄마까지 치워버리는 데 도움을 주리라는 점을 인식했으리라.

해나는 일단 작은 부분에 최대한 조심스레 칠을 해보았다. 기초적인 부분을 문제없이 작업하고 나서 좀 더 대담한 색칠을 시작했다. 해나는 선을 넘지 않은 자신에게 엄청난 자부심을 느낄 수 있었고 마리앤은 더욱 더 생생해졌다. 엄마가 이따금씩 흘긋 건너다보며 칭찬으로 격려해 주었지만 곧 자기만의 창작물에 빠져들었다. 그들 모두 각자의 작업에 열중했고 해나는 그녀가 가장 좋아하는 햇살 빛깔의 연필처럼 노랗게 물드는 듯했다.

해나의 가족도 짧지만 완벽한 시간을 누릴 자격이 있었다.

SUZETTE
수제트

    연속으로 두 번째 날도 탁자에 앉았다. 거실을 빛으로 채우는 유리 벽이 이보다 더 고마울 때가 없었다. 날이 흐려서 산광 되었어도 환한 빛이었다. 어쩌면 집 전체가 수제트의 미술 작업실이 될 수도 있었다. 그게 이 집의 원래 목적이었는지도 몰랐다.

    어쩔 때는 조그만 스케치북에 그림을 그렸고 어쩔 때는 커다란, 60×40센티미터 크기에 그렸다. 하지만 딸에게 마리앤의 초상화를 그려주었던 표준 크기에는 더 이상 흥미가 생기지 않았다. 떠오르는 이미지들은, 나선형 뿔과 착착 접히는 날개를 가진 환상의 동물들 같은 사소한 소재들, 아니면 화살이나 총탄 세례에 공격을 받은 것처럼 상자 혹은 방을 꿰뚫는 빛줄기들 같은 큰 아이디어였다. 그 중간은 없었다. 연필과 목탄으로 작업을 하며, 다친 발이나 딸, 남편, 그리고 곧 거행하게 될 의식에 대해서는 잊었다.

오래 전에 김이 다 빠지고 미지근해진 샴페인을 조금씩 홀짝거리며, 먹어버린 딸기 꼭지 부분, 녹색 이파리들이 후광처럼 접시에 흩어져 있는걸 깨달았다. 억눌렸던 도락을 해방시킨 것처럼, 하루 종일 조금씩 먹은 샴페인과 딸기는 수제트의 예술적 면모에 다시 활기를 주는 듯했다.

밖에서는 해나가 정원을 뛰어다니며 부활절 달걀을 찾듯이 나뭇가지를 주워 모았다. 알렉스는 관목 아래를 갈퀴로 긁고 웃자란 나무들에서 죽은 가지들을 다듬고 있었다. 벌써 구리 화로를 꺼내 견고한 돌 포장석 위에 놓았다. 야외용 접의자들을 화로 주변에 삼각편대로 펼쳐놓고 호스로 물을 뿌려 겨울 먼지를 씻어냈다. 가족이 바쁘게 움직이는데 아무 도움도 못 준다는 게 너무 낯설게 느껴졌지만, 멀찍이 떨어져 바라보는 게 좋았다.

전날 마리앤의 초상을 그릴 때 주의를 집중하는 해나의 모습에, 생생하게 색칠하고자 하는 결의에 수제트는 놀랐다. 다 그리고 나서는 사진을 찍었다. 태워버려야 한다는 게 아쉬울 정도였다. 해나는 처음에는 주춤거리더니 아주 잘 칠해나갔다. 해나가 전혀 관심을 보이지 않아 포기해야 했던 모든 그림 그리기 시도가 새삼 떠올라 슬퍼졌다. 밸런타인데이 카드, 핼러윈 장식, 오트밀 상자와 달걀판으로 만들었던 세계의 불가사의 모형들.

마음 한쪽에서는 이것이 앞으로 다가올 더 나은 미래의 시작이 되기를 바랐다. 한편으로는 수제트의 부모 자격이 공식적으로 의문에 붙여지는 게 아닌가 걱정이 되었다. 특히나 수제트가 진작 알아냈어야 하는 어떤 진단을 해나가 곧 받게 된다면 말이다. 그러나 가장 마음에 걸렸던 점은 그 주말이 너무나 잘, 매끄럽게 흘러간다는 거였다. 새삼 가족 간의 유대가 생기기에는 너무나 이상한 타이밍이었고 이상한 맥락이었다.

알렉스가 나무를 자르는 데 사용하는 전지가위가 마음에 들지 않았다. 누군가, 마리앤이든 해나든, 그걸 사용해 수제트의 손가락을 잘라버리는 상황이 너무나 쉽게 상상이 갔다. 하지만 알렉스가 사용한 다음에는 헛간을 잘 잠가두겠다고 맹세를 했다. 그는 적성에 딱 맞는 일을 하느라 너무 행복해했다. 알렉스가 "빈테른 라사트" 하면서 흥얼거리는 소리가 들리는 듯했다. 발푸르기스의 날에 첫 번째 통나무를 불에 넣으며 목청껏 부르곤 하던 민요였다.

알렉스와 해나는 흙과 땀 냄새를 풍기며 웃음을 띠고 집 안으로 들어왔다. 그들 손과 옷에 묻은 흙을 보자 매년 봄이 되면 채소를 심으려 했지만 그러지 못했던 게 기억났다. "힘렌 레르 이 바렌스 류사 크밸라르, 솔렌 키세르 리브 이 스코그 오크 시외……" 알렉스가 노래를 부르자 해나가 발을 깡충거렸다. 알렉스와 해나가 엎치락뒤치락 위층으로 달려 올라가며 누가 먼저 씻고 옷을 갈아입나 내기를 했다.

수제트는 겨드랑이 냄새를 슬쩍 맡아보았다. 그녀의 체취는 탈취제의 파우더 향에도 잘 가려지지 않았다. 벌써 며칠째 샤워를 못했다. 이제 겨우 안정되고 있는 발뒤꿈치의 딱지에 물을 적시고 싶지는 않았다. 자신을, 혹은 집을 청소하지 않고 이렇게 오래 지낸 게 언제였는지 알 수 없었다. 그런 생각은 그다지 기분이 좋지 않았다. 덩굴들이 바닥을 뚫고 자라나, 벽을 구불구불 타고 나아가, 이 집을 밀림처럼 채우고 만다면, 수제트는 누더기를 입고 덩굴을 타고 올라 천장에 걸쳐진 횃대를 찾아내겠지. 그런 야만 상태로 붕괴된 가정에선 말을 할 필요도 없을 것이다. 수제트는 암내를 풍기며, 알렉스는 그녀의 뒤에서 교접하겠지. 그렇다면 해나를 위한 자리도 생길지 모른다. 침팬지처럼 짖는 야생의 아이, 행복한 동물이 되겠지.

수제트는 스케치북을 덮고 도구들을 다시 집어넣었다. 이번 주말이 자신을 바꿔놓았다는 자의식과 함께 흥분이 일었다. 발에 부상을 입지 않았더라면 매일의 집착 거리들을 수행하러 부산하게 돌아다니며 보냈을 것이다. 실패한 부모 노릇의 참화가 숨 막힐 듯 의식을 짓눌렀을 것이다. 샴페인을 홀짝이며 하루를 보낸 탓에 취해서 그런지도 몰랐지만, 지금은 그럭저럭 해낼 수 있을 것 같이 느껴졌다. 가족은 이겨낼 것이었다. 수제트는 이기적으로 문을 닫고, 다른 일들은 미뤄놓고 지금처럼 손을 물들일 것이다. 예술 작업으로 검게.

수제트가 자신의 손을 조각 작품이라도 되는 것처럼 바라보았다. 중요한 일을 하는 손이었다. 야망과 의지를 따라 자발적으로 움직이는 손이었다. 어두운 날들로부터 꿈들을 달래는 손이었다.

한때 그녀도 뭔가를 원한 적이 있던가? 안정감 이상의 것을? 한 사람의 확고한 사랑에 대한 안심 이상의 것을? 이 더러운 손은 그것을 발견하기 위한 과제를 수행한 것이었다.

하지만 발은 그렇지 않았다. 수제트는 일어서서 주방까지 절뚝이며 가보려 했다. 하지만 즉시 의자에 주저앉았다. 손이 더러워서 목발도, 행주도, 모든 걸 지저분하게 만들 것이었다. 수제트는 계속 손을 바라보며 알렉스에게 도움을 요청하기 위해 기다렸다.

알렉스가 자라난 룬드의 대학가에서, 낮 동안 사람들은 고기를 굽고 술을 마시며 해가 지평선 아래로 기울 때까지 기다렸다가 모닥불에 불을 붙였다. 피츠버그의 옌센 가족은 너무 늦게 축제를 시작했고 너무 일찍 불을 피웠다. 그들에게 이 축제는 저녁 만찬이었고 휴대용 화로 주위에서 즐기는 소풍이었다.

목욕하고서 편한 옷으로 갈아입은 수제트는 의자에 앉혀졌다. 집 뒷면을 보면서 목발은 옆의 바닥에 내려놓았다. 다들 너무 들떠 있었다. 수제트의 억눌린 에너지는 계속 앉아만 있어서 그런 것일 터였다. 벌떡 일어나 장작을 넣고 음식을 준비하고 접시들을 가지고 나오는 가족들을 돕고 싶은 충동을 억눌렀다. 알렉스의 에너지는 축제에 대한 열정에서 나오는 것이었다. 스웨덴 사람들은 축제를 좋아했다. 비록 20년이나 다른 나라에서 사는 중이라고 해도.

해나는 충성스러운 강아지처럼 아빠를 따라다녔다. 아빠가 부탁하는 건 뭐든 하려고 열심이었다. 주전자를 가지고 나왔다가 와인 두 병을 또 가지고 나와 접이식 탁자에 차렸다. 오이샐러드를 덜 주걱, 천 냅킨, 코르크 따개를 차례로, 매번 알렉스의 주문을 받아 폴짝폴짝 뛰어다니며 가지고 나왔다.

딸아이가 노예처럼 남편에게 헌신하는 모습을 보는 기분은 썩 유쾌하지 않았다. 주말 동안 남편의 두려움과 혼란이 어느 정도 가신 듯했다. 수제트는 남편의 낙관이, 해나가 후회하고 있다는 그의 믿음이 불안했다. 해나는 이틀 동안 그 어떤 못된 짓도 하지 않았지만, 그걸 어떤 척도로 삼을 수는 없었다.

알렉스가 자랑스레 음식을 가지고 나왔다. 직접 만든 오이샐러드와 버터와 크림치즈를 잘라서 바른 호밀빵, 찐 아스파라거스, 절인 연어와 청어, 큰 접시에는 자른 토마토와 양파를 곁들였다. 그날 아침 그들이 가장 좋아하는 식품점에서 사온 것이었다. 처음 스웨덴어로 연어가 lax라는 걸 듣고 어린 시절 먹던 유대인 음식인 록스lox와 너무 비슷해서 깜짝 놀랐던 기억이 났다. 비록 록스는 알렉스가 어린 시절 먹던 훈제연어와 달랐지만 그는 곧 록스를 즐겨 먹게 되었다. 알렉스는 유대인과 스웨덴인이 '냄새 나는 생선'에 대한 애호를 비롯해 많은 공통점이 있다며 놀라워했다. 베이글 대신 호밀빵을 먹고 있었지만 오픈 샌드위치 방식은 두 문화의 혼합이었다.

"불을 붙이고 먹을까?" 알렉스가 물었다.

"그게 좋겠네. 좀 배고파." 수제트의 위가 응답하듯 쿠르릉거렸다. 내장의 신들에게 감사하게도 새 약이 잘 들었다. 매 시간 알렉스의 도움을 받아 화장실까지 가야 했다면 정말 끔찍했을 것이다.

불쏘시개도 준비되었고 이제 불만 붙이면 되었다. 해나는 알렉스 옆에 꼭 붙어 서서 불쪽으로 고개를 쑥 내밀고 있었다. 알렉스가 상냥하게 의자 쪽으로 밀어냈다.

"너무 가까워, 릴라 굼만."

마른 낙엽에 바로 불이 붙었고 가는 가지들도 집어삼켰다.

"너도 부젓가락 가지고 올래?"

해나가 장작더미로 달려가 나뭇가지를 잘라내 다듬은 막대 하나를 집어왔다.

"더 큰 나무를 올리면서 조금만 쑤셔보자." 알렉스가 아주 섬세한 작업을 하듯 속삭였다. 목소리를 크게 내면 불이 폭발하기라도 할 것처럼.

딸아이가 자신의 특별한 막대로 조심스레 불을 찔러보는 것을 바라보며, 수제트는 몸이 경직되었다. 일어나는 불길을 피해 의자를 움직이고픈 충동을 느꼈다. 알렉스는 해나의 나머지 팔을 잡고 지켜주고 있었다.

불이 확실하게 붙자 알렉스가 해나를 의자에 앉히고 진짜 통나무를 가지러 갔다.

"빈테른 라사트 우트 블란드 보라 피앨라르 블로머 스맬타 네드 오크 되(겨울이 산속으로 물러가고 꽃들이 녹아)······"

수제트는 씩 웃었다. 알렉스의 음정은 완벽하진 않았지만 너무 흥겹게 불렀다. 노래에 맞춰 박수를 쳐주면서, 노래를 다 배워둘 걸 하는 후회가 들었다. 잠시 가족에 대한 자부심에 벅차오르기도 했다. 구름이 끼고 곧 추워질 봄날 저녁에, 직면하고 있는 문제들에도 불구하고 먹고 마시며 노래를 부르고 있었다. 몇 년 간 들어 외운 마지막 후렴구 몇 줄은 수제트도 따라불렀다.

"네 뎀 앤 솜 이 민 바른돔스 스턴더 필자 배켄스 안스 틸 클라르 나드 스쵀(내 어린 시절 골짜기에서 춤을 추며 호수로)······"

수제트가 따라부르자 알렉스의 얼굴이 환해졌다. 해나도 의자에서 조금 들썩였다. 노래를 마치고 다 같이 박수를 쳤다. 수제트는 다시 한번 이번 주말의 비정상적인 정상성에 감동 받았다. 다들 그저 연기를 하는 것뿐일까?

알렉스가 음식을 나눠주었다. 한 번도 왕성한 식욕을 보인 적 없는 수제트에게도 과하지 않으나마 넉넉하게 담아주었다. 와인과 물도 똑같이 생긴, 아래쪽이 묵직한 잔에 따라 발치에 놓았다.

"탁 소 미케트(정말 고마워)." 수제트가 말했다. 알렉스는 수제트의 이마에 키스하고서 접시에 음식을 가득 담으러 돌아갔다.

먹는 동안 이따금씩 알렉스는 자기가 직접 다듬은 막대로 잔가지와 통나무를 쑤시며 불을 지폈다.

해나는 크림치즈를 잔뜩 바른 빵을 우물거리며 오이와 토마토를 손으로 집어먹었다. 알렉스만 절인 청어를 먹었다. 와구와구 먹어치우며 신이 나서 웅얼거렸다. "음, 음, 냠!"

수제트는 연어 샌드위치를 맛있게 먹었다. 천천히 씹으며 유혹하듯 춤추는 불꽃을 멍하니 바라보았다. 전날 꾼 꿈이 떠올랐다. 초등학교 때 이후 보지 못한 친구가 어른이 되어 나타났다. 그러더니 수제트는 모르는, 다른 방에서 잠들어 있는 그레타라는 여자애를 잘 지켜보라고 했다.

"그레타는 장님인데, 인정을 하려 하지 않아." 친구가 말하며 문으로 갔다.

아무래도 셋이 다 같이 한 아파트에 사는 모양이었다. 꿈이 그렇듯이 지나치게 크고 눈부시게 환하면서도 삭막한 그곳에는 다마스크 천을 씌운, 길게 휘어진 소파가 있었고 천장의 누수 자국이 썩고 있었다.

"그레타는 도움이 필요해. 자신만만해 보인다고 속지 마." 그러고 나서 친구는 떠났다.

꿈속의 수제트는 수수께끼의 그레타가 나타나기를 기다렸다. 마침내 그레타가 나타나자 수제트는 그레타의 장애가 어느 정도인지 알 수 있었다. 비쩍 마르고 작은 여자애는 불길 속에 삼켜졌던 듯했다. 불에 대부분 타버린 발은 뭉툭한 작은 덩어리밖에 남지 않았고 노출된 피부는 분홍색 겹겹의 흉터투성이였다. 머리에는 합성 재질의 체리 빛깔 가발을 썼고 눈도 역시 불에 녹아버렸다. 얼굴에 남아 있는 것은 유리 보철물뿐이었다.

그레타는 검은색과 녹색의 벨벳을 입고 아주 침착하게, 망가진 발로 절뚝였다.

"세라피나의 집에 가야 해. 약속을 했어."

세라피나는 특정 사람들 사이에서 높은 비용을 요구하는 사도마조히즘 전문가이면서 특히 가학적인 여주인으로 알려져 있었다.

수제트는 이 아파트가 그레타의 소유이며 수제트와 친구는 그냥 손님, 혹은 얹혀 지내는 처지라는 사실을 알 수 있었다. 왜냐하면 그레타만이 재산을, 참혹한 화재에 대한 소송으로 얻어낸 막대한 부를 가지고 있었기 때문이다.

"택시 불러줄까?" 수제트가 친구의 지시를 기억하며 물었다. 그레타가 수제트의 표정을 볼 수 없어서 다행이었다. 혼란스러운 표정을 숨기기 쉽지 않았다. 헤아릴 수 없는 고통을 겪었던 게 분명한 여자애가 왜 남들에게 고통을 주는 일로 먹고 사는 여자를 찾아간다는 말일까?

"아니, 걸어갈 거야." 그레타가 말했다. "주소만 주면 돼. 그리고 방향만 알려줘."

수제트는 세라피나가 있는 곳을 찾아보았다. 몇 킬로미터 떨어진 곳이었다. 다시 한번 택시를 제안했다. 저 발목으로 절뚝이며 콘크리트 언덕들을 넘어 몇 킬로미터를 걷는다는 건 상상도 할 수 없었다. 그레타는 다시 한번 거절했다. 수제트는 그레타를 따라 밖으로 나왔다. 그레타는 자기 앞의 손을 잡지도 않고 망설임 없이 걸어나갔다. 마치 볼 수 있는 사람처럼.

수제트는 방향을 가리켜주고 인사를 했다. 그레타는 절뚝이며 씩씩하게 떠나갔다.

그 꿈이 자꾸 생각났다. 하루 종일 여러 번 생각해 보았다. 그렇게 고통을 당한 여자애가 왜 일부러 또 고통을 당하려고 하는 걸까?

불꽃이 팍 튀며 빛나는 방울들이 퍼졌다. 알렉스와 해나도 불을 들여다보며 음식을 먹었다. 불이 모두를 매혹시키고 있었다.

그때 수제트는 문득 깨달았다.

그레타는 다시 즐거워지기 위해 고통이 필요하다는 사실을.

그녀가 미래와 직면하는 유일한 방법이었다.

하필 그런 꿈을 꾼 이유는 분명했다. 계속 불에 대해, '마녀의 밤'에 대해, 그리고 마리앤 뒤포세라는 죄 없는 소녀의 죽음에 대해 생각하고 있었으니까. 무의식이 언제나 저 깊은 곳에서 꿈틀거리며 수제트가 눌러두고 싶어 했던 기억을 되살려냈다. 알렉스를 만나기 전 수제트는 거의 친구가 없는 사춘기와 청년기를 보냈다. 꿈 속의 그레타가 많은 생각거리를 준 것이 분명했다. 그녀에게는 뭔가 끔찍한 일이 일어났지만 그녀는 희생자가 되기를 거부했다. 자기 존재의 독소를 극복하고, 가능하면 기쁨의 원천으로 바꿔놓기를 원했다.

"뭐 필요한 거 더 있어?" 알렉스가 빈 접시를 들고 일어나며 수제트의 몽상을 깨뜨렸다.

"맛있었어. 고마워. 아빠가 정말 고맙다, 그렇지?" 수제트가 해나에게 말했다. "이 모든 일을 다 하고. 물론 너도 도왔지."

"나도 즐거웠어. 나중에 더 먹을 수도 있게 그냥 놔둘까?"

"그래."

빈 접시를 가지고 들어가는 알렉스 뒤를 해나가 쌩 뒤쫓았다. 수제트는 늘 중대한 소명을 느끼며 쇼핑, 청소, 빨래, 요리를 해왔다. 필요한 일들의 목록을 만들고 잡일들을 해치우며 이따금 우는 아이와 쩔쩔매는 남자의 손을 잡아주었다. 하지만 그들은 수제트 없이도 너무나 잘 해내고 있었다.

해나는 다시 밖으로 나와 곧장 모닥불로 가서 더 자신 있게 자기 막대로 쑤셔댔다. 알렉스가 와인을 가져와 잔을 다시 채웠다.

"너무 늦기 전에 마리앤과 작별을 해야 하지 않을까?"

알렉스가 해나에게 말했고 해나는 오늘 처음으로 그의 말에 재깍 반응하지 않았다. 수제트는 알렉스가 여전히 단호하게 일을 해내려 하는 것을 보고 안도했다.

"넌 더 이상 그녀가 필요 없잖아." 해나가 망설이는 것을 보고 알렉스가 말했다. "그럼 가지고 와. 이별식을 거행하자."

해나는 순순히 집 안으로 들어갔지만, 고개를 숙이고 기운이 없어 보였다. 내키지 않는 눈치였다.

수제트는 해나가 들어갈 때까지 기다렸다가 말했다. "당신이 잊은 줄 알았어."

알렉스가 한숨을 쉬었다. 얼굴이 걱정으로 어두워졌다. "아니. 즐겁게 보이려고 애썼지. 내가 정말 무슨 생각을 하고 있는지 해나에게 알리고 싶지 않아."

"무슨 생각을 하는데?"

알렉스는 고개만 저었다.

수제트는 너무 알고 싶었지만 그의 약한 부분을 찔러보기에는 그를 너무 사랑했다. "잘 지냈잖아. 이번 주말 동안. 내가 그 그림 사진을 찍었어."

알렉스가 고개를 끄덕였지만 여전히 자기 생각에 빠져 있었다. 딸아이에 대해 뭔가 부정적인 생각을 품고 있다는 말을 꺼낸 걸 후회하는지도 몰랐다. 둘 사이 분위기가 침통하게 바뀌었다. 부부는 와인을 홀짝이며 해나가 그림을 들고 돌아올 때까지 아무 말 하지 않았다.

"준비 됐니?" 알렉스가 의자를 치우고 일어섰다.

수제트도 잔을 내려놓고 의자 팔걸이에 의지해서 일어났다.

"앨스클링!" 알렉스가 달려왔다.

"나도 일어서고 싶어." 그날 저녁 내내 수제트가 정말 원했던 건 불에서 물러서는 것이었다. 아직 붕대를 감고 패드를 덧댄 양말을 신고 있는 발은 이제 덜 쑤셨고 일어서니 기분이 좋았다. 다리도 펴야 했다. 알렉스는 수제트의 의자도 치우고 잔을 집어주었다. 수제트가 받아들었다.

"괜찮아?"

"응, 좋아." 달아나야 할 수도 있으니 앉아있는 것보다 나았다.

알렉스가 불 건너편 자기 자리로 돌아갔다. 한 손에는 막대를 들고 다른 손으로 잔을 들었다. 해나는 그림을 들고 아빠를 쳐다보며 지시를 기다렸다.

"우리는 여기 발푸르기스의 밤을 위해, 마리앤을 다시 그녀의 세계로 돌려보내기 위해 모였습니다……"

알렉스가 성직자처럼 우렁우렁한 목소리로 말했다. 수제트는 웃고 싶은 걸 참았다. 전문적인 도움이 가장 필요한 게 셋 중 누구인지, 더 이상 분명하지 않았다. 알렉스가 그렇게 연기를 잘 하는지는 몰랐다. 이건 미친 짓이었지만 알렉스는 담담하고 엄숙하게 진행해 나갔다. 해나가 정말 마리앤에 대한 집착을 포기한다면 그럴 가치가 있었다. 수제트는 언젠가 딸아이가 자기 목소리로 말을 하리라는 희망을 품었다.

"마리앤은 우리 해나에게 친구가 돼주려 했습니다. 하지만 그녀는 너무 짓궂은 소녀였고 해나는 그렇게 많은 문제를 일으키는 친구가 필요 없습니다……"

딸의 보이지 않는 친구에 대한 사형 집행과 장례식. 수제트는 신경질적인 코웃음을 기침으로 얼버무렸다. 잠시 세상이 빙빙 도는 듯했다. 샴페인과 와인을 너무 많이 마셨다. 몸에 힘을 주었다. 의식을 망치지 않으려면 계속 엄숙히 잘 서 있어야 했다.

"그래서 우리는 마리앤에게 작별을 고하며 해나를 껴안으려 합니다. 스스로 생각할 수 있고 스스로 행동할 수 있고 스스로 말을 하며 못된 마녀 동반자를 필요로 하지 않는 해나를 안아주려 합니다." 알렉스가 해나처럼 고개를 까딱해 보였다. 해나도 고개를 끄덕였다.

"종이를 막대에 끼워서 불 위에 들고 있을래?"

수제트가 무서워하던 부분이었다. 종이에 불을 붙이면 불덩이가 솟아오르거나 검은 연기 속에서 악마라도 나타나지 않을까 하는 생각마저 들었다.

하지만 해나는 그림과 막대를 아빠에게 건넸다. 아빠가 종이를 꿰는 동안 해나는 주머니에 손을 넣어 종잇조각 같은 것을 꺼냈다. 그걸 불 속에 던져넣은 다음, 손을 뻗어 막대를 다시 받았다. 종잇조각들이 유성우처럼 타올랐다. 수제트는 그 반짝이는 불에 잠시 정신이 팔려 그 행위의 목적에 대해서는 그다지 의문을 품지 못했다.

저 막대 끝에 달려 있는 것은 핫도그나 마시멜로여야 했지 두 번째로 화형당하는 소녀여서는 안 되는 게 아닌가 하고 생각했다. 하지만 가장자리가 그을리며 검게 변해도 무시무시한 일은 일어나지 않았다. 불이 종이 주위를 삼키며 타오르기 시작했다.

"안녕, 마리앤." 수제트는 마녀가 정말로 그들을 떠나기를 속으로 기도했다.

종이가 우그러들며 불덩이가 되었다. 알렉스가 나서서 해나가 그것을 막대 끝에서 떼어내도록 도왔다. 그리고 막대로 구리 화로 옆부분을 쳐서 '뎅' 하는 소리를 울렸다. 해나가 안달하며 다시 막대를 잡았다. 두꺼운 종이가 불길에 굴복해 깃털처럼 하늘거리는 재로 변하자 해나가 조종을 울리듯 화로 가장자리를 쳤다.

해나는 마치 말을 하는 듯했다. 안녕. 안녕.

알렉스가 의자에 주저앉더니 불 가까이로 당겼다. 지쳐 보였다. 그제야 그동안 얼마나 힘들었던지 알 수 있었다. 지난 며칠간 화가 나거나 걱정하지 않는 척하느라, 모두에게 침착하게 대하느라.

수제트가 와인을 한 모금 마셨다. 발이 통증으로 울부짖고 있었다. 더 이상 서 있기 힘들었다. 앉으려고 무릎을 굽히며 한 발 뒤로 물러서는데, 발에 뭔가 예상치 못한 게 걸렸다. 그냥 나뭇가지일 뿐이었지만 발은 기겁을 했고 수제트는 중심을 잃었다. 그리고 깜짝 놀라 소리를 지르며 의자 옆에 쓰러지고 말았다. 옷에 와인이 쏟아졌다.

알렉스가 순식간에 나타나 부축했다.

"괜찮아?"

"응. 뭘 좀 밟았어."

알렉스가 수제트를 의자에 앉혔다. "발을 또 다쳤어?"

"괜찮을 거야. 그냥 헛디딘 거야." 검붉은 와인 얼룩이 점퍼 앞쪽과 바지 한쪽을 물들였다. "옷을 버렸네."

"내가 옷 가져올게." 알렉스가 집 쪽으로 달려갔다.

"따뜻한 물 한 그릇도. 소금 좀 넣어서." 그 뒤에 대고 수제트가 외쳤다.

의자 위에서 자세를 바로잡으며 얼룩 상태를 살피는데, 언뜻 해나의 모습이 눈에 들어왔다. 불안할 정도로 강렬한 눈빛으로 수제트를 노려보고 있었다. 그리고 살금살금 다가왔다.

팔을 들어 손가락 두 개로 수제트를 가리켰다.

해나가 소리 없는 말을 중얼거리고 있었다.

등골에서부터 소름이 퍼져나갔다. 수백만의 조그만 전갈들이 피부를 찌르는 듯했다. 수제트는 의자 위에서 몸을 잔뜩 굳혔다. 도망치고 싶었다. 갑자기 해나가 바로 옆으로 바싹 다가왔다. 눈에선 흰자밖에 안 보였다.

그리고 손가락으로 수제트를 가리키며 고발하고 있었다.

마리앤은 가지 않았다.

HANNA
해나

촉진제. 학교에서 시작한 조사가 중단되고 말았지만 알코올이 촉진제라는 걸 알게 되었다. 불은 엄마의 맛을 보았다. 냠냠, 맛있다 하면서 더 원했다. 불이 엄마를 먹고 싶어 했다!

분명한 것은 '복수와 공격' 주문이 엄마를 넘어지게 했다는 것이다. 주문이 그녀에게 알코올을 뿌렸다. 불의 촉진제를.

나머지 일을 하는 것은 해나에게 달렸다. 엄마는 다리를 웅크리고 의자 속으로 피했다. 잔뜩 겁에 질린 눈을 휘둥그레 뜨고. 해나는 두 개의 손가락을 쭉 펴 겨냥하고 주문에 집중했다. 계속 외웠다. '고통받고 존재를 멈추어라. 고통받고 존재를 멈추어라.'

막대로 불길을 찔러 불타는 가지 하나를 건져냈다. 그리고 엄마 쪽으로 날렸다.

가지가 무릎에 떨어지자 엄마는 비명을 지르며 허우적거려 의자에서 굴러떨어졌다. 맨손으로 불타는 가지를 쳐냈다.

해나는 막대를 양손으로 움켜쥐고 삽처럼 사용해 불타는 덩어리들을 퍼냈다. 엄마의 다리와 발에 떨어졌다. 엄마는 비명을 지르고 차내며 기어서 도망치려 했다.

해나는 더 많은 불덩이를 엄마 쪽으로 쓸어보냈다. 날려보냈다.

엄마는 울부짖었다.

해나의 막대기 끝도 빨갛게 달아올랐다. 이제 뭘 해야 할지 깨달았다. 엄마는 손으로 바지를 털며 불을 끄려 하고 있었다. 해나는 막대로 엄마의 눈을 겨누었다. 하지만 직전에 엄마가 고개를 들어서 겨냥이 빗나갔다. 해나는 불타는 막대기를 엄마의 뺨을 향해 내질렀다. 칙 하는 소리와 함께 엄마가 비명을 지르며 해나의 손에서 막대를 빼앗았다.

다음 순간 아빠가 손에 그릇을 들고 나타났다. 물을 엄마에게 부었다. 퍼덕거리는 불티들에 부었다. 그리고 해나를 들어 올리더니 던져버렸다.

해나는 차가운 공기를 가르며 정신이 번쩍 들었다.

불에 너무 가까이 갔었나? 아빠가 해나를 구해준 건가?

해나는 잔디밭 한 쪽의 진흙 위에 털썩 떨어져 굴렀다. 온몸의 충격. 손목 안쪽의 뭔가가 찢어졌다. 떨어질 때 다급하게 바닥을 짚었던 손 쪽의 손목이. 엄지가 떨어져 나갈 것 같았다. 해나는 비명을 질렀다.

하지만 아빠와 엄마는 해나에게 달려오지 않았다.

대신 아빠는 탁자로 달려가 주전자를 낚아채 엄마 위에 물을 부은 다음 불씨들을 마구 발로 밟았다. 엄마는 몸을 동그랗게 말고 통곡

했다.

"어디 다쳤어?"

"내 얼굴! 물이 더 필요해!"

아빠가 엄마를 번쩍 안아올려 집 안으로 들어갔다. 해나는 왼팔을 가슴에 꼭 붙이고 훌쩍이면서 그들을 따라갔다. "아빠" 하고 흐느꼈지만 갈라지고 울먹이는 신음처럼 들렸다.

일이 어떻게 된 건지 알 수 없었다. 주문은 너무 잘 먹혔다. 게다가 마리앤도 없이 전부 혼자서 해냈다. 거의 끝나가고 있었다. 엄마는 바닥에 쓰러져 꿈틀거리다가 곧 불길에 휩싸일 참이었다. 그런데 아빠가 망쳐놓았다. 해나보다 엄마를 더 사랑하는 건 불가능했다. 그렇지 않을까? 아빠가 해나를 던졌다. 버렸다.

"왜?" 해나는 울며 외쳤다. 프랑스 억양은 포기했지만 부모 중 누구도 듣지 못했다.

아빠가 엄마를 큰 탁자 위에 올리고 젖은 행주로 닦아내는 동안 엄마는 젖은 천을 얼굴에 대고 울었다. 고개를 숙이고 있는 엄마에게 아빠가 외쳤다. "911에 전화할까?"

엄마가 고개를 저으면서도 울음을 멈추지 못했다.

이런 난장판은 해나를 좀 두렵게 했다. 이렇게 허둥거리는 부모, 이토록 어쩔 줄 몰라 하는 모습은 처음 보았다. 해나는 눈을 껌뻑이고 또 껌뻑이며 성한 팔로 자신을 꼭 감쌌다.

엄마가 꿈틀거리며 엉망인 바지를 벗기 시작하자 아빠가 도와서 벗겨냈다.

"여기." 엄마가 무릎 위쪽을 가리켰다. "그리고 손 둘 다." 엄마가 팔꿈치로 몸을 일으켰다. 아빠가 젖은 천으로 한 손을, 또 다른 손을 감았다.

아빠가 수납장을 마구 뒤져 행주를 더 꺼냈다. 주방 수도꼭지 아래에 던지고 물을 확 틀었다. 〈스타 트렉〉에서 본 낯선 생물이 레이저 총에 맞아 비틀거릴 때처럼 기괴한 몸짓이었다. 완전 미치광이처럼 보여서 마음에 들지 않았다.

젖은 걸레를 들고 엄마의 살갗 위에서 비틀어 짠 다음 다리 위에 펼쳤다. "화상 입은 데 더 있어?"

집 안이 엉망진창이 되었다. 엄마도 좋아하지 않을 것이었다. 해나조차도 달려들어 스펀지로 바닥에서 물을 닦아내고픈 충동을 느꼈다. 해나가 조금 깡충거리며, 날 봐, 날 봐! 하는 행동을 했다. 목에서 낑낑 소리도 흘러나왔다. 하지만 엄마와 아빠는 해나가 거기 존재하지도 않는 것처럼 행동했다.

"내 얼굴."

"응급실에 가야 해."

엄마가 고개를 저었다. "긴급 진료소가 더 빠를 거야. 그리고 거기서는…… 거기도 나쁘진 않을 테니까……"

해나가 조심스레 다가갔다. 엄마는 더 이상 그렇게 많이 울지 않았다. 뺨에 댔던 천을 들어 아빠에게 뺨을 보여주었다.

"괜찮아?"

"이런 젠장……" 아빠는 흥분하며 욕설을 멈추지 못했다. "병원에 가야 해!"

"그렇게 안 좋아? 아, 이런! 반바지 좀 줄래?"

아빠가 계단을 달려 올라갔다. 그제야 엄마가, 마침내 해나를 보았다. 처음에는 눈을 휘둥그레 뜨고 얼어붙어 도망치려 했다. 해나가 울음소리를 흘리며 부푼 팔 아래쪽을 잡고 조금 더 다가갔다.

"해나? 다쳤니?" 엄마가 어디로 가야 할지 갈피를 잡지 못하는 듯 고개를 이리저리 돌렸다. 계단 위를 올려다봤다가 현관문을 보았다. 그러고 나서야 겨우 해나를 보았다. 해나를 보는 표정이 두려움에서 걱정으로 바뀌었다. "왜 그래? 부러진 거야?"

해나는 탁자 옆에 서서 팔을 내밀었다. 손목이 퉁퉁 부어올랐다.

엄마의 가면이 스르르 벗겨지며 눈빛이 굳어졌다. 비열해졌다. 더 이상 정말 나쁜 엄마가 아닌 척 할 수 없다는 듯이. "그렇게 됐구나…… 아프지, 그렇지?"

계단을 쿵쾅거리며 아빠가 내려왔다.

"해나가 다쳤어." 엄마가 말하며 다시 얼굴이 정상으로 휙 바뀌었다. 해나가 열이 나거나 배가 아프면 그러듯이.

"어디가?"

"손목. 부러진 것 같아."

아빠가 눈을 휘둥그레 뜨며 입을 딱 벌렸다.

"얼음주머니 갖다줘."

아빠가 반바지를 건네자 엄마는 얼굴에 대고 있던 천을 내리고 옷을 힘겹게 입었다. 해나는 엄마 뺨의 상처를 보고 숨을 들이켰다. 커다랗고 지저분한 동그라미, 검붉은 자국은 마치 화산의 불구멍을 연상시켰다. 아빠, 불쌍한 아빠는 허둥거림을 멈출 수 없었다. 냉장고로 뛰어갔다가 바닥에 떨어져 있던 마른 행주 하나를 집어 들었다.

"정말 미안……"

"어떻게 된 거야?" 엄마가 물었다.

"내가 제정신이 아니었어. 그저…… 당신한테서 떼어놔야겠다는 생각에." 아빠가 해나에게 왔다. "아가, 정말 미안해!" 아빠가 조심스레 얼음을 싼 행주를 해나의 손목에 둘렀다. "빌어먹을, 이게 다 대체, 어떻게……"

그리고 엄마를 바라보았다. "앨스클링, 괜찮아. 우리는 괜찮을 거야. 하지만 불이 계속 타게 두고 갈 순 없어."

아빠가 비틀거리며 서둘러 나가 호스로 불을 껐다. 다시 허둥거리며 음식 접시를 몇 개 가지고 들어와 싱크대에 처박았다. 어찌할 바를 모르고 자기가 뭘 하고 있는지도 모르는 모습이, 얼마나 바보 같아 보이는지 해나는 아빠가 마음에 들지 않았다.

"좋아, 다들 준비됐어? 해나, 릴라 굼만, 정말 미안하다……"

해나는 아빠가 그녀를 안아올려 차로 데려다주기를 원했다. 하지만 아빠는 엄마를 안아주었다. 해나는 훌쩍였다. 얼음주머니는 상황을 더 악화시켰다. 손목은 여전히 쿡쿡 쑤셨고 이제는 얼음으로 찌르는 듯 날카로운 통증도 더해졌다.

"어서, 해나." 엄마가 어깨너머로 말했다. "아픈 거 알지만, 병원에 정말 빨리 가야 해."

몇 분도 안 돼 도착했다. 엄마는 대체로 내내 좋은 엄마처럼 모두 괜찮아질 거라는 말을 반복했다. 심호흡을 몇 번 하고 나더니 화가 나거나 다친 사람 같지도 않아 보였다. 아빠는 아주 빨리 운전을 했기 때문에 이따금씩 브레이크를 콱 밟았다.

어두워가는 하늘을 배경으로 셰이디사이드 긴급 진료소 간판이 환하게 빛났다. 주차장은 거의 비어 있었다.

대기실에서 아빠는 엄마를 아주 추한 올리브 그린 의자에 앉히고 안내 데스크로 달려갔다. '아내'와 '딸'에 대해 너무 빨리 말을 쏟아 내, 데스크 직원이 천천히 말하라고 해야 했다.

직원은 몇 분만 기다리라고 했다. 아빠는 엄마의 다른 쪽 옆에 앉아 문서를 작성했고 엄마는 아빠와 해나 사이에 앉게 되었다. 천을 뺨에 댄 엄마의 눈꺼풀이 파르르 떨리며 다른 쪽 손으로 아빠의 팔을 꽉 잡았다. 행주만큼이나 얼굴이 하얀색이었다.

"이런 짓을 저지르다니 믿을 수가 없어." 아빠가 말했다.

해나는 자기 이야기라는 것을 알고 얼굴을 확 찡그리며 입을 비죽 내밀었다. 다시 실패한 것이다. 아빠는 문서를 휘갈기며 이따금씩 해나를 흘긋거렸다. 아빠의 얼굴이 잘못 맞춰진 조각 퍼즐 같았다. 해나는 아빠에게 노력했노라고, 주문의 효과를 열심히 따랐다고 말해주고 싶었다. 하지만 예상보다 엄마가 훨씬 더 힘이 세서, 종잇조각이나 그림처럼 타버리지 않았다고. 푹, 재로 변해 사라지지 않았다고. 주문은 비명과 아야야 소리를 일으키려고 한 것이 아니었다. 엄마를 사라지게 하려던 것이었다. 아빠를 자유롭게 해주려던 것이었는데, 어쩐지 아빠가 제일 고통스러워하고 있었다.

아빠는 직원에게 서류를 내밀고 너무 긴 팔다리를 들썩이며 의자에 다시 앉았다.

"너무 화내지는 마." 엄마가 아빠의 손을 잡았다. 엄마의 눈알이 마구 흔들려서 해나는 조금 떨어져 앉았다. 엄마가 토할까 봐 두려웠다. "이해를 못 하는 거야. 뭐가 옳고 그른지 이해를 못 해. 선과 악을 구별 못 해. 해나에겐 놀이가 현실이고 현실이 놀이야. 이해도 못 하는데 화를 내봐야 소용없어."

"대체 뭐가 문제인 거지?"

이상했다. 부모가 해나를 보는 방식, 해나에 대해 말하는 방식이 이상했다. 마치 해나가 다른 사람인 것처럼, 아니면 그들을 볼 수도 없고 그들의 말을 들을 수도 없는 사람인 것처럼. 해나는 자신의 다리를, 더러워진 셔츠를 내려다보았다. 자신이 투명 인간으로 변한 게 아닐까 걱정됐다. 하지만 해나에게는 자신이 보였다. 그리고 엄마와 아빠가 하는 말이 다 들렸다. 해나가 눈물을 훌쩍 삼켰다.

"저 애 안의 뭔가 잘못됐어. 뭔가 화학적인 게 비틀려 있어." 엄마가 말했다.

"어떻게 고치지?"

"나도 몰라."

병원 사람들이 엄마를 먼저 부르고 발에 문제가 있는 것을 보더니 휠체어를 가지고 왔다. 아빠는 엄마를 따라가려 했다. 해나는 부모가 자신을 대기실에 내버리려는 줄 알았다.

"해나랑 있어." 엄마가 말했다. "엑스레이를 찍어야 될 거야, 아가. 아프지 않을 거야. 그래야 네 손목이 뭐가 잘못됐는지 알게 될 거야. 알겠지?" 그리고 나서 병원 사람들이 엄마를 데리고 갔다.

해나는 아빠 옆으로 가서 앉았다. 비록 진짜 원하는 것은 아빠의 무릎에 앉는 것이었지만 말이다. 아니, 정말 원하는 것은 아빠가 자신을 안아올려 무릎에 앉히고 온갖 다정한 말들을 웅얼거려주는, 그래서 해나를 행복하게 만들어 주는 것이었다. 하지만 아빠는 그러지 않았다. 해나를 바라보는 이마와 눈썹이 번민으로 주름져 있었다.

"나의 릴라 굼만……" 목소리가 태양계 너머에서 들려오는 것처럼 멀게 느껴졌다. 해나는 오른 팔을 아빠의 팔뚝에 둘렀다.

우리 같이 있는 거지? 우리 괜찮은 거지? 해나는 아빠를 너무도 사랑했다.

"너한테 필요한 도움을 꼭 받게 할 거야. 알겠지? 그럼 너도 괜찮겠지?"

해나가 고개를 끄덕였다. 손목은 이제 그다지 아프지 않았다.

엑스레이를 찍고 나서 종이를 깐 탁자 위에 앉아 있었다. 아빠 바로 옆에서, 어깨를 맞대고 있어서 너무 기뻤다.

"다행이네요." 무슨무슨 박사가 열린 문으로 부산스레 들어오며 말했다. "부러진 게 아니에요. 삔 것뿐입니다."

무슨무슨 박사는 아빠보다도 억양이 강했다.

아빠가 안도의 한숨을 길게 내쉬었다. 박사는 아주 어두운 눈으로 아빠에게 잠시 시선을 돌렸다. 그러나 해나에게는 다시 웃는 표정을 지어 보였다.

"그럼, 내가 붕대를 감아줄게. 아주 큼지막하고 늘어나는 붕대로."

박사는 붕대를 손목 아래 한 점에서 감기 시작해 올라가서 엄지를 감고 다시 내려왔다. "그럼, 어떻게 다쳤나…… 자전거 타다가 넘어졌니? 아니면 얼마나 용감한 묘기를 부리다가 그랬을까?"

해나는 붕대 느낌이 좋았다. 욱신거리는 손목을 아늑하고 단단하게 감싸주었다.

"이 애는 말을 안 합니다." 아빠가 말했다.

"아, 전혀요?" 박사가 해나에게 한껏 놀라는 미소를 지어 보였다. 그렇게 하면 수년간 닫혀 있던 말문이 갑자기 터지기라도 할 것처럼.

"예. 그러니까…… 저한테는요."

무슨무슨 박사는 아주 웃지 않는 표정으로 아빠를 보았다. "아내분도 치료받고 계시죠? 안뜰에서 사고가 있었다고 하던데요?"

"모닥불을 피우다가요."

의사가 고개를 끄덕였다. "그럼…… 따님은 어떻게 된 건가요?"

아빠가 망설였다. "같은 사고였어요."

해나는 의사가 두 사람을 대하는 태도를 싹 바꾸는 방식이 마음에 들지 않았다. 해나한테는 쾌활하게, 아빠한테는 엄청 심각하게.

"그럼, 말을 하지 않으니, 해나 양이 자기 입장을 설명할 수 없겠군요. 그거 참 편리하네요."

두 사람이 한 쌍의 코브라처럼 서로를 노려보았다.

아빠가 몸을 움직여 해나에게 가까이 다가왔다. 해나가 아빠의 편임을 알아주어서 아주 기뻤다. 해나는 아빠가 자기를 던져버린 것에 대해서도 더 이상 화를 낼 수 없었다. 아직 엄마의 주문에 걸려 있을 테니까.

"전 제 가족을 해치지 않았어요." 아빠가 얼굴을 딱딱하게 굳히며 말했다.

해나는 입을 딱 벌렸다. 의사가 그런 뜻으로 하는 말인 줄 깨닫지 못했던 것이다. 하지만 재빨리 입을 닫고 의사를 향해 인상을 확 썼다. 해나가 아빠를 덥석 끌어안자 아빠가 해나를 안아올렸다.

"알겠습니다. 하지만 저에겐 확인해야 할 의무가 있다는 걸 이해해 주세요."

"이제 가도 되나요? 애가 잘 시간이 지나서요."

해나는 피곤하지 않았지만 아빠의 어깨에 머리를 기대고 졸린 척을 했다. 아빠는 여전히, 그리고 앞으로도 해나가 가장 좋아하는 사람이고 무슨무슨 박사는 그들의 실패한 사형 집행에 대해서 전혀 알 필요가 없었다.

"계산할 때 데스크에서 이후 조치를 인쇄해 줄 겁니다."

아빠가 성큼성큼 걸어나갔고 해나는 아빠의 강한 팔에 안겨 있는 게 좋았다. 아빠가 해나를 위해 다시 힘을 얻었다. 다시 완전히 해나 편이 되었다. 서로를 너무나 깊이 이해하고 있다는 게 행복했다.

그럼 이제 그들은 엄마를 어떻게 해야 할까.

SUZETTE
수제트

의사의 젊음과 미모가 인상적이었다. 끝내주게 풍성한 머리와 구릿빛 피부도. 이름이나 피부색으로는 인종을 짐작하기가 어려워, 어디 출신이냐고 묻고 싶었다. 하지만 그런 질문은 부적절하며 사실이긴 하되 묻는 말에 대한 답은 아닌 대답을 듣게 될 가능성이 컸다. 캘리포니아주 버클리 출신이라거나, 뉴저지주 뉴어크, 오하이오주 컬럼버스라고 해도 되었다. 부모와 조부모가 세계 여러 곳에서 왔을 수도 있었다. 어쨌든 수제트는 지금이 그런 호기심이나 보일 때가 아님을 받아들였다. 무엇보다 이 의사는 섬세한 손길과 마음의 위로가 되는 태도를 보여주었고, 수제트에게 중요한 건 그거였다.

의사가 수제트의 왼쪽 무릎과 뺨의 화상이 손의 화상보다 심하다고 확인해 주었다. 감사하게도 피부에서는 아주 작은 천 조각만 떼어내면 되었다. 젤과 거즈로 둘둘 싸맨 손은 이제 거의 따끔거리지도 않았다. 예전에 올 풀린 오븐 장갑으로 뜨거운 접시를 꺼내다가 더 심각한 화상을 입은 적이 있었다. 하지만 왼쪽 무릎에는 흉터가 좀 남을지도 모른다고 했다. 그리고 뺨에도. 수제트가 밀려오는 구토를 참으며 침상에 눕자 의사는 뺨을 먼저 살폈다.

"많이 안 좋은가요?" 수제트가 물었다.

의사는 처치를 계속하며 조심스레 상처 가장자리를 닦아냈다. "꽤 정확히 동전 크기에요. 다행히 이 검은 것들은 죽은 피부가 아니라 숯검정이었어요. 완전히 나은 다음에도 피부 변색과 수축은 좀 있을 수 있겠지만요. 성형외과의를 소개시켜 드릴게요. 이런 2도 화상에 도움이 될지는 잘 모르겠네요."

수제트는 잠시 자기 몸에 난 흉터들의 지도를 헤아리며 멍해지고 말았다. 바로 얼마 전에 복부 흉터도 재수술했는데. 새 복부 절개와 복강경 자국들도 깔끔한 선을 남기며 치유되고 있었다. 다리에 남게 될 화상 흉터와 합쳐도, 그 조합만으로는 아직 구멍이 있던 자리만큼 끔찍하지 않았다. 하지만 얼굴을 망쳐놓은 흉터는 어쩔 것인가? 얼마나 두드러져 보일까? 모두의 시선이 제일 먼저 향하지 않을까? 불쌍해하며 시선을 돌리면, 무슨 일이 있었냐고 물어보면, 뭐라고 대답해야 한단 말인가? 아, 우리 가족이 피크닉을 하는 동안 나의 사랑하는 딸아이가 나를 불태우려고 했어요.

그리고 알렉스는 어떻게 생각할까? 여전히 아름답다고 말은 할지 모른다. 하지만 이 흉터는 아픈 해나와 그들의 모든 부모 노릇이 실패했음을 늘 떠올리게 만들 것이다. 다시는 수제트의 얼굴을 보려 하지 않을지도 모른다. 같은 이유로 수제트 자신도 거울을 피하게 될 것이다. 추함은 둘째 치고, 돌이킬 수 없는 상해였다. 내부적으로

나 외부적으로나. 해나가 저지른 일이었다. 돌이킬 수 없는 상해. 용서할 수 없었다. 비록 엄마 노릇을 완벽하게 하지는 못했더라도, 이런 낙인이 찍힐 정도는 아니었다.

붕대를 붙였다. 두터운 거즈가 상처의 진물을 흡수하고 치료 연고를 공급해 줄 것이다. 아예 계속 붕대를 붙이고 다니는 게 좋을지도 몰랐다. 수술 흉터가 나아가는 중인 것처럼. 차라리 그 편이 견디기 쉬울 듯했다. 아직은 낫지 않은 불운이, 자신이 낳은 악마를 떠올리게 해주는 영원한 흉터보다는 나았다. 알렉스에게도 그 편이 나을까? 그 편이 여전히 수제트를 매력적으로 보이게 할까? 수제트는 남편을 위해 자신을 아름답게 유지하려 무진 애를 썼다. 그 강하고 진정으로 유일한 관계를 다시는 해나가 위협하도록 내버려 두지 않을 것이다.

의사는 다리 치료를 마치고 나서 여름휴가 계획에 대해 가볍게 잡담을 했다. 의사는 산으로 가고 싶어 했다. 수제트는 알렉스 부모님의 7월 방문 이외에는 아무것도 생각할 수 없었다. 그들은 매년 유럽에서 돌아오며 아들의 집에 정기적으로 들렀다. 두 사람 사이엔 잠시 침묵이 흘렀다.

"내원하는 분들에게 공통적으로 묻는 기본적인 질문이 몇 가지 있어요. 지난 6개월간 심각하게 넘어진 적 있었나요?"

"아뇨."

"우울한 적은요?"

"아뇨. 조금은 그랬지만 우울증은 아니었어요."

"집에서 당신을 해치는 사람이 있나요?"

"그것도 공통 질문인가요?" 배 속에서 불안의 촉수가 퍼져나가는 듯했다. 이전의 흥겨운 잡담은 이 질문을 위한, 수제트의 믿음을 얻기 위한 의도였던가? 어깨가 잔뜩 굳었다. 수제트와 그녀의 가족이, 내내 피하고 싶던 종류의 엄중한 조사를 받게 된 것이다.

아름다운 젊은 의사는 미소를 지어 보였다. "네. 환자 분의 경우에는 특히나 필요한 질문 같아요."

"제 발 때문에요?" 침상에 오르는 데 도움이 필요했고 어쩌다 불 옆에서 발을 헛디뎠는지도 설명해야 해서, 발 부상에 대해 말했다. 그냥 "뭘 밟았다"고만 말하고 의사가 봐주겠다는 건 거절했다.

"여러 군데 부상을, 그것도 시차를 두고 입었어요. 게다가 따님도 치료를 받았고요."

수제트는 얼굴을 찌푸렸다. 같은 질문들을 알렉스가 받게 되면 기분이 어떨까 싶었다. 그는 이런 의심을 받아야 할 사람이 아니었지만, 이런 질문을 해주는 의도와 배려에 대해서는 감사한 마음이 들었다. 알렉스는 화를 내서 더 의심을 받고 있을까?

"남편은 아니에요. 그는 저를 해친 적 없어요."

"그럼 다른 사람인가요? 같이 사는?"

아드레날린이 솟구쳤다. 수제트는 의사의 동정이나 걱정을 더는 원하지 않았다. 자신의 불완전한 가정으로 돌아가 불완전한 잠을 자고 싶었다. 열패감에 휩싸여 설명하려 노력하는 자신의 목소리가 멀리서 들렸다. 아동보호국이나 다른 곳에 전화를 해서 알렉스를 지목할까 봐 걱정이 되었다.

"……아마 이해하기 힘드실 거예요. 복잡한 문제라서."

"여기선 안전해요. 위험에 처해 있다면 집으로 돌아가선 안 돼요."

"이해를 못할 거예요. 내 딸이……" 말해야 할 것이 너무 많은데,

이곳은 그럴 장소가 아니었다. 그래서 수제트는 고개를 저었다. 호흡이 가빠지며 사방에서 벽이 조여왔다. '제발 우리를 보내줘······.' 이미 사실을 좀 알고 있는 비어트릭스와 함께 다뤄야 할 문제였다.

"따님이 위험에 처해 있다고요?"

다시 고개를 저었다. 수제트는 정신을 차리려 애쓰며, 어리둥절한 표정의 의사를 마주볼 수도 없었다.

"따님이······ 당신을 해친다고요?"

누군가 다른 사람의 입을 통해 말이 이루어지자 현실이 완전히 존재감을 찾았다. 해나는 수제트에 대한 어두운 의중을 품고 있었다. 살해 의도를 가지고 있을지도 몰랐다. 뭔가가 내부에서 폭발하며 무너졌다. 부정과 희망의 소중한 성채가 무너지고 있었다. 팔다리에 힘이 풀렸다. 패배의 무게로 고개가 팍 꺾였다.

"왜 그러는지 모르겠어요." 쿡쿡 쑤시는 뺨보다 더 큰 고통이 몰아닥쳤다. "제가 그런 일을 당할······ 정도는 아닌 것 같아요. 저는 절대 의도적이 아니었어요. 우리는, 남편이랑 저는, 뭔가 잘못됐다는 걸 알아요. 그래서 노력을 하고 있고요. 아동 심리치료사랑 월요일 아침 일찍 만날 거예요."

의사가 경악한 표정으로 말없이 고개를 끄덕였다. 수제트는 의사의 얼굴에서 공포를, 생소한 딜레마의 상황을 읽을 수 있었다.

"그럼, 우리가 도와드릴 게 있다면 말씀하세요······." 빈말이나 다름없었다. 의사는 벌써 자리를 떠나 푸른 위생 장갑을 벗었다. 몸가짐이 바뀌었다. 이 상황에서 자신을 닫아걸고 있었다. 너무 괴상하고 낯설고 사악한 일이었으니까.

수제트는 떨리는 손을 입으로 가져갔다. 말을 해버린 것은 실수였다. 수제트도 알렉스도 다시는 연기를 하지 못할 것이었다. 폭력적인 아이는 자라서 연쇄살인마가 될 뿐이다. 그 점은 해결할 수 없는 공포였다.

몇 분 후 휠체어에 실려 대기실로 나왔다. 알렉스가 해나를 무릎에 앉히고 앉아 있었다. 무릎에. 아무 일도 없었다는 듯이. 그들은 후속 치료 정보와 의사가 써준 성형외과의 추천서를 받았다. 알렉스가 문서들을 접어서 바지 주머니에 집어넣었다.

해나가 수제트의 휠체어 손잡이를 잡고 밀기 시작했다.

"그렇게 빨리는 안 돼. 그쪽 손을 쓰면 안 되잖아. 부러지진 않았어도 삐었다고. 쉬게 해줘야지." 알렉스가 말했다.

"오른쪽 손만 써. 아빠가 다른 쪽을 잡게." 수제트가 말했다. 도와주려는 딸의 노력은 가상했다. 가끔 그럴 때가 있었다. 하지만 버스 앞으로 밀어버리려는 것일 수도 있었다.

그들은 휠체어를 밀며 주차장으로 나왔다. 알렉스가 수제트의 왼쪽 귀에 대고 속삭였다. "내가 당신을 학대한다고 생각해."

"알아. 나도 같은 질문을 받았어."

"그래서 어떻게 했어?"

"사실대로 말했어."

집으로 돌아와서 해나는 터덜거리며 자기 방으로 갔다. 누구도 따라가서 이를 닦는지 확인하지 않았다. 알렉스가 수제트의 목발과 기념일의 잔해들을 가지고 들어왔다. 더러운 접시들은 조리대 위에 그냥 놔두었다. 부부는 함께 소파 위에 무너졌다. 서로의 팔 안에서 안식을 구했다.

새벽에 위층에서 종들이 울렸다. 해나가 일어난 것이다.

"가. 샤워해." 수제트가 알렉스에게 말하며 밤새 굳어 있던 근육을 폈다. 알렉스는 망설였다. "우리가 무너질 순 없어."

알렉스가 샤워하는 동안 해나가 살금살금 내려왔다. 주방에 잔뜩 쌓인 접시를 살펴보더니 코를 찡그렸다. 생선과 양파 냄새가 지독했다. 수제트는 딸아이가 골라 입은 옷이 마음에 들지 않았다. 좀 너무 큰 여름 원피스와 보색으로 조합했지만 짝짝이가 된 노란 무릎 양말을 신었다. 하지만 적어도 해나는 꽤 깨끗해 보였다. 손목에는 여전히 붕대를 감고 있었지만 더 이상 조심하지는 않을 정도로 나은 것 같아서 다행이었다.

"배고파?"

해나가 어깨를 으쓱했다.

"빗 가져올래? 머리 고쳐줄게."

해나가 몸을 돌려 다시 계단을 올라갔다.

수제트는 조금 신음을 흘리며 조심스레 몸을 일으켜 앉았다. 셔츠를 바로잡았다. 외출 전에 브라를 해야 했다. 붕대와 흉터들을 가릴 헐렁한 긴바지도. 얼굴은 숨길 수 없을 터였다. 구두도 안 되고 슬리퍼를 신어야 할 것이다. 지난 며칠 동안 잠옷이나 마찬가지인 옷에 익숙해졌다. 편해서 좋았다.

얼른 소변을 보고 절뚝이며 화장실에서 나오자 해나가 빗과 빨간 머리끈 두 개를 들고 돌아왔다. 수제트는 힘겹게 탁자에 가서 앉았다. 알렉스가 수제트의 화상을 식혀주려고 노력한 흔적인 물자국은 말라 있었다. 딱딱해진 행주들이 여기저기 버려져 있었다.

해나는 평소대로 수제트의 다리 사이에서 뒤돌아섰다.

"내 머리 먼저 좀 빗고." 보라색 반짝이 빗을 제일 덜 쑤시는 손가락 사이로 조심조심 잡고 머리를 몇 번 빗어내렸다. 안 하는 것보다는 나았다.

화려한 날은 끝났다. 수제트가 흉보던 유형의 사람들처럼 옷을 입고 심리치료사의 사무실에 가도 이젠 상관없었다. 공공장소를 자기들 침실인양 돌아다니는 사람들. 카페, 약국, 슈퍼, 사방에서, 막 침대에서 나온, 혹은 자러 가기 직전의 차림인 사람들이 보였다. 이제는 수제트도 어떻게 기본예절이 포기되는지 알았다. 그 사람들도 이렇게 삶이 망가진 상태일까? 다들 겨우 움직일 힘만 남은 것일까?

수제트는 딸아이의 머리를 빗어내렸다. 조금도 아프게 만들지 않으려 조심했다. 해나가 머리끈 두 개를 들어보였다.

"하나로 땋아줄까, 둘로 땋을까?"

해나가 두 번째에 고개를 끄덕였다. 수제트는 해나의 머리를 뒤에서 갈라, 한 쪽을 앞으로 보냈다.

"내가 무슨 짓을 저질렀는지 나도 알았으면 좋겠다. 되돌릴 수만 있다면." 수제트가 해나에게 조용히 말했다. "날 믿어야 해. 난 네가 고통받기를 원하지 않아. 하지만 너도 나를 계속 해쳐서는 안 돼."

더 이상 할 말이 없었다. 해나는 아무 말도 하지 않았다.

머리 옆쪽 높이에서부터 양 갈래로 땋아내렸다. 완벽하게 대칭이었다. 머리칼 한 올도 흐트러지지 않았다. 수제트가 해나의 어깨를 치자 해나가 돌아섰다. 수제트는 머리 양끝을 한 번씩 비틀어서 둥글게 방향을 잡았다. 공포가 다시 내려앉았다. 모든 것이 바뀌려 하고 있었다. 비어트릭스는 그들의 딸아이의 미래에 대해 무슨 말을 할까? 해나는 자신의 길을 가기 시작했다. 하지만 해나는 가족을 어디로 끌고갈 것인가? 가족이 다시 회복될 수 있을까? 어색했지만 꼭 해야 할 일이었다. 수제트는 딱딱하게 굳어 저항하는 해나의 몸에 주저주저 팔을 둘렀다.

"나도 기억해." 수제트가 속삭였다. "어렸을 때 너무나 외로웠던 기분. 하지만 약속할게. 계속 이렇지는 않을 거야."

그리고 딸아이의 완벽한 장밋빛 뺨에 입을 맞췄다. 사랑스러운 얼굴을 쳐다보았다. 해나는 여전히 무표정이었다. 수제트는 어릴 때 아침에 몇 번 어머니가 침대 속에서 안아주려 했던 기억이 났다. 그때 수제트는 어머니의 팔을 베고 누웠지만 폭 안겨들지는 않았다. 어머니가 마치 썩어가는 육체에서 얼마 안 남은 부위들로 이루어진 듯했다. 애정의 시간이 끝나기만을 기다리며 목석처럼 딱딱하게 누워 있는데, 어머니가 아기 같은 목소리로 말을 걸었다. 어쩌면 어머니도 노력을 했던 것이리라. 수제트가 그걸 거부했던 건지도 모른다. 그래서 어머니는 포기를 해버렸는지도 모른다. 그들은 서로 잘 맞지 않았지만 수제트는 어머니의 포기 않는 노력이 필요했다. 그것은 자식들의 이기적인 욕망이었지만 어머니들은 늘 헌신적이어야 했으니까.

수제트는 해나를 와락 얼싸안았다. 진심을 다해 꼭 안는 진짜 포옹이었다.

수제트와 알렉스는 둘 다 안절부절 못했다. 아침으로 말없이 나눠 마신 커피 한 주전자는 도움이 안 되었다. 해나는 시리얼을 우물거리며 숟가락이 그릇에 부딪쳐 소리가 나지 않도록 아주 조심했다. 해나의 과장된 조심은 지금의 분위기에 잘 어울렸다. 수제트는 곧 뭔가 터질 것 같은 느낌을 떨칠 수 없었다. 그들 중 하나가 입을 열면 집 전체가 수백만 개의 파편으로 산산조각 날 것 같았다. 그들이 기거해왔던 환영을 산산이 부숴버릴 듯했다. 수제트와 알렉스는 계속 각자의 휴대폰을 흘금거리며 어서 떠나고 싶어 했다.

야마모토 박사의 사무실에 15분이나 일찍 도착했다. 해나가 문으로 달려갔다.

"그녀를 좋아하는 것 같아. 장난감을 좋아하든지." 수제트는 알렉스에게 팔짱을 끼고 기댔다. 손에도 수포가 생긴 지금, 목발은 더 이상 도움이 안 됐다. 수제트는 천천히 걸으며 돌이나 갈라진 틈을 밟지 않도록 조심했다. 거즈 붙인 손에, 슬리퍼 신은 발에, 암담하고도 우스꽝스러웠다.

해나는 여전히 짝짝이 양말을 신고 맑은 날씨에도 불구하고 무당벌레 장화를 신었다. 아침에는 아직 추워서 가디건을 입혔지만 해나는 소매를 걷어붙이고 있었다. 덥거나 아니면 붕대 감은 손목을 뽐내려고? 셋 중 제일 깨끗할 알렉스조차 평소처럼 산뜻해 보이지 않았다. 운동 바지에 파란 티셔츠를 입고 위에 단추 달린 셔츠를 걸쳤다. 수염은 텁수룩했고 눈 주변 주름이 더 깊어졌다.

해나가 초인종에 손을 올리고 엄마를 쳐다보며 허락을 구했다. 수제트가 끄덕이자 해나가 버튼을 눌렀다. 비어트릭스가 문을 열었다. 세 사람의 모습을 보고 환영의 미소가 사그라들었다. 절뚝임, 붕대, 구겨진 옷.

"아, 세상에. 주말을 아주 잘 보내지는 못했나 보군요." 비어트릭스가 해나를 내려다보며 따뜻한 미소를 지었다. "좋은 아침이구나, 해나. 놀이방으로 들어가고 싶니?"

해나가 씩 웃고는 안으로 쌩 들어갔다.

어른들이 수제트의 절뚝임에 맞춰 천천히 복도에 들어서는 동안 해나는 놀이방으로 사라졌다.

"새로운 부상을 입은 것 같네요. 다들 괜찮은 건가요?" 비어트릭스가 물었다.

"사고가 좀 있었……"

"해나가 저를 죽이려 해요." 수제트가 알렉스의 말을 막으며 끼어들었다.

세 사람은 사무실 입구에서 멈췄다. 알렉스와 수제트는 똑같이 상처받은 표정으로 서로를 바라보았다. 하지만 화가 나지는 않는, 받아들이는 표정이었다.

"우리가 만난 게 얼마 안 되지만, 처음 만나 이야기를 나누는 동안 해나의 '냉혹-냉혈한 성격 특성'에 대해서 몇 가지 메모를 했어요."

"그게 무슨 뜻입니까?" 알렉스가 물었다.

"오늘은 해나와 먼저 얘기해야겠어요. 제가 좀 더 밝혀낼 수 있는지 볼게요."

HANNA
해나

비어트릭스는 다른 쪽 방의 블라인드를 내려서 프라이버시를 지키겠다면서, 금방 다시 오겠다고 했다. 해나는 실물 크기 성채 퍼즐을 발견하고 탁자로 가지고 왔다. 잠시 후 비어트릭스가 들어와 문을 닫았다.

"오늘 와줘서 고마워." 비어트릭스는 꿀과 데이지꽃처럼 멋진 목소리를 가졌다. 벽에 세워져 있던 이동식 선반에서 종이와 플라스틱 상자를 꺼내 해나 옆에, 조그만 의자들 중 하나에 앉았다.

"내가 해나 엄마 아빠와 얘기하는 동안 퍼즐을 할 시간은 아주 많을 거야. 지금은 나랑 잠깐 뭐 좀 같이 할 수 있을까?

해나는 그녀가 '같이'라고 말하는 게 마음에 들었다. 비어트릭스는 아주 멋진 방식으로 해나가 귀를 기울이고 이해하고 싶게 만들었고, 멍청한 질문이나 낱말 카드 같은 건 들이대지 않았다. 좋아했던 책 속 인물, 모든 자연 속 생명들의 할머니와 비슷하다는 생각이 들었다. 때로 그 책 속의 나이든 여자는 미소를 지으면 보조개가 생기는 요정 대모처럼 보였고 때로는 바다의 파도나 나뭇가지들이 손짓하는 나무처럼 보였다. 그녀는 모든 것을 알고 있었고 모두에게서 좋은 점을 찾아냈다. 비어트릭스는 해나가 빛나는 보물로 가득한 보석함이 된 듯한 기분을 느끼게 해주었다. 그래서 고개를 끄덕이고 퍼즐 박스를 밀어냈다.

"손목을 다친 것 같은데, 괜찮니?"

해나가 고개를 끄덕였다. 이젠 더 이상 아빠의 잘못이라는 생각도 들지 않았다. 그 순간 아빠는 꼭두각시였다. 엄마가 줄을 확 잡아당겼던 것이다.

"너희 가족 모두 꽤 극적인 주말을 보낸 것 같던데."

크게 끄덕.

"너무 무섭지는 않았어?"

해나는 고개를 약간 기울이고 흔들흔들 하면서 눈을 굴렸다.

비어트릭스가 미소를 지었다. 그래서 해나도 미소를 지었다.

"넌 너무 용감해서 무섭지 않은 거야?"

크게 끄덕 끄덕.

"그래, 내 생각엔 말이야." 비어트릭스가 서로 다른 색의 판지를 좀 늘어놓고 플라스틱 상자를 열었다. 크레파스와 연필이 가득 들어 있었다. "나한테 그림 좀 그려줄 수 있을까 해서. 그러니까, 엄마를 그려줄 수 있니?"

해나는 어리둥절해하며 인상을 찡그렸다. 그리고 다른 방을 가리켰다.

"나도 알아. 저기 계시지. 내가 이미 해나 엄마가 어떻게 생겼는지 안다고 생각하는 거지?"

해나가 끄덕였다. 비어트릭스는 정말이지 똑똑했다.

"하지만 있잖아. 가끔 사람들은 다른 것들을 봐. 그리고 나는 네가 엄마를 어떻게 보는지 알고 싶은 거야."

아, 그래. 정말 똑똑했다. 비어트릭스는 엄마가 늘 가면을 쓴다는 것을 알고 있었다. 그래서 그 아래 무엇이 있는지 알고 싶은 것이다.

해나는 빨간 종이와 검은 크레파스를 들었다. 엄마가 가르쳐주긴 했지만 해나는 사람을 잘 그리진 못했다. 그래서 그냥 얼굴만 그렸다. 커다랗게 얼룩덜룩한 머리, 비열한 작은 눈, 으르렁거리는 입, 비죽 튀어나온 이. 그리고 비어트릭스가 정확히 알아채도록, 넓은 챙의 세모난 모자를 그리고 안을 마구 색칠했다. 종이를 돌려서 비어트릭스에게 내밀었다.

"마녀의 모자니?"

응, 응, 응.

"엄마가 마녀야?"

빙고!

"엄마가 마리앤 얘기를 해주었는데, 마리앤이 마녀라던데."

끄덕.

"그녀가 너를 돕고 있다고?"

그렇다. 하지만. 해나는 엄마의 모자를 검은 크레파스로 두들겼다.

"하지만 엄마도 마녀라고?"

해나는 눈을 휘둥그레 뜨고 천천히 고개를 끄덕여서 비어트릭스가 상황의 심각성을 인지할 수 있게 했다.

"엄마가 무서운 마녀니?"

아, 물론이지. 해나는 연필을 들고 지팡이처럼 휘둘러서 비어트릭스에게 엄마가 주문을 거는 모습을 보여주려 했다. 얼굴을 오므리고 비열한 표정을 지으며 연필로 허공을 쿡쿡 찔러댔다.

"그거 지팡이니? 엄마가 주문을 거는 거야?"

해나는 대답 대신 다른 종이, 하늘색 종이와 진한 파란색 크레파스를 들어 아빠를 그리려 했다. 기다란 다리와 턱 아래 구불구불한 선으로 수염을 그려 비어트릭스가 알아보도록 했다.

"그게 아빠니?"

끄덕. 해나는 엄마의 그림을 가리킨 다음, 연필을 내밀고 아빠의 그림을 탁 쳤다.

"엄마가 아빠에게 주문을 걸어?"

그렇지!

"오, 세상에나. 그거 아주 심각해 보이네. 왜 엄마가 그러는 거지?"

해나는 빨간 크레파스로 아빠의 가운데 울룩불룩한 심장을 그렸다. 그런 다음 두 손을 자신의 가슴 위에서 모았다. 그리고 아빠의 크레파스 심장에서 자신의 심장을 번갈아 가리켰다.

"아빠가 널 사랑하는구나. 아빠가 너를 아주 많이 사랑해."

해나는 자신의 심장에서 아빠의 심장을 가리켰다.

"너도 아빠를 사랑하고."

큰 끄덕임.

"해나, 이 말을 꼭 하고 싶어. 너는 정말 표현력이 탁월하구나."

씩 웃음.

다음 부분은 설명하기 좀 더 어려웠다. 팬터마임처럼 해나와 아빠가 나누는 사랑을 두 심장 사이에서 손을 움직여 표현하고, 화나고 좌절한 표정으로 엄마의 지팡이를 검처럼 휙 내리그어 그 사랑을 잘랐다. 비어트릭스가 얼굴을 찌푸려서 해나는 다시 한번 자르는 시늉을 하고 기다렸다.

"아빠가 너를 사랑하지 못하도록 엄마가 방해한다고?"

안도감에 맥이 탁 풀렸다. 해나는 깡충 뛰며 비어트릭스의 뺨에 뽀뽀를 해주었다.

"누가 이해를 해주니 기분이 좋구나?"

그럼, 그럼, 그렇지.

"네가 아직 준비가 안 된 거 알아. 하지만 언젠가, 어떤 힘든 일들을 극복하고 나면 다른 일들은 쉬워질지도 몰라. 말을 하고 상호작용하는 사람이 된다는 건 힘든 일일 수 있지만, 막상 하게 되면, 보상을 받게 돼. 다른 사람의 반응이랑, 이해를 받는다는 게 얼마나 기분 좋은 일인지 알게 될 거야."

해나는 어깨를 으쓱했다. 다른 사람들처럼 주절주절 말을 주고받는 자신의 모습이 그다지 상상이 안 됐다. 그리고 여전히, 가장 중요한 말들이 죽은 벌레들이 되어 나올까 봐, 기겁할 만한 허튼 소리가 되어, 아무것도 얻는 것 없이 이상하게 바라보는 눈초리만 받게 될까 봐 좀 두려웠다. 해나는 발을 오므리고 의자에 다시 앉았다.

"그럼, 다시 그림으로 돌아가 보자. 왜 엄마는, 아빠가 너를 사랑하지 않기를 바라는 거야? 그렇게 생각하는 이유를 설명해 줄 수 있을까?"

해나가 엄마 그림을 한 손에, 아빠 그림을 다른 손에 들었다. 둘이 서로 마주 보게 한 다음, 딱 붙였다.

비어트릭스는 어리둥절해 보였다.

해나는 노란 종이와 보라색 크레파스를 잡고 양갈래 머리를 한 조그만 막대기 같은 인물을 그렸다. 그리고 자신과 그림을 차례로 가리켰다.

"너를 그린 거구나."

맞다. 해나는 엄마와 아빠의 그림을 내려놓은 다음, 엄마의 그림을 가리키면서 연필을 들었다. 그리고 아빠의 그림을 톡톡 치면서 주문 외우는 흉내를 냈다. 두 그림을 다시 든 다음 서로 맞대고, 둘이 쪽쪽 하는 것처럼 조금 비틀기도 했다. 그리고 입을 비죽 내밀어 보여주었다. 그런 다음에 자신을 그린 그림을 집어 올려 박박 찢고 바닥에 흩어버렸다. 해나는 엄마와 아빠의 그림을 마치 걷고 있는 것처럼 움직이게 했다. 바닥에 흩어진 해나의 그림 조각들로부터 멀리 떠나갔다.

"그럼 너는…… 엄마가 아빠한테 주문을 건다고 생각하는구나. 엄마도 너를 사랑한다고 생각하지는 않니?"

크게 고개를 내저음.

"엄마의 주문이 아빠가 너를 사랑하지 않게 만드는 거고, 부모는 너를 내버려 두고 함께 떠나려는 거니까 너를 원하지 않는다고?"

슬픈 끄덕임.

"그거 참 기분 나쁘겠다. 나라도 정말 슬플 것 같아."

한숨과 함께 끄덕임.

"그럼 내가 제대로 이해한 게 맞다면…… 너는 아빠가 계속 너를 사랑하게 만들려고 엄마를 해치려 하는 거구나."

끄덕 한 번. 고개 저음 한 번.

해치려는 게 아니었다. 해나는 엄마의 마녀 얼굴 위에 큰 X를 그렸다. 그리고 종이를 반으로 쭉 찢었다.

"엄마가 사라지기를, 죽기를 바라니?"

그래야 했다.

"엄마와 많은 시간을 보내는데, 없어지면 그리울 거 같지 않니?

아니. 해나는 아빠의 그림을 가리켰다.

"그럼 아빠가 모두 네 것이 될 테니까."

정확했다.

"이 모든 것들을 나에게 알려줘서 정말 고마워. 네가 나를 믿어줘서 기뻐."

비어트릭스는 해나가 두 번째로 좋아하는 사람이었다. 게다가 비어트릭스는 모든 것을 이해했다. 말없이도.

해나는 엄마를 생각해 봤다. 그림 그리기를 좋아하며 물감 같은 걸 선물해 주던 엄마는 그림이 말을 대신할 수 있다는 걸 알고 있던 걸까?

해나는 손가락으로 반쯤 자란 이를 만져보며, 색칠 도구들로 자신만의 언어를 창조해 낼 방법에 대해 고려해 보았다. 아빠한테도 가르쳐주면 둘은 그렇게 소통할 수 있을 것이다.

"내가 너에게 관심이 많다는 걸 알아주면 좋겠어. 난 너를 도우려는 것뿐이고 너한테 가장 좋은 걸 찾아주려고 노력할 거라는 점을 기억하는 게 중요하단다. 알겠지?"

해나는 너무 기분이 좋아서 노래가 터져 나올 것 같았다. 비어트릭스가 해나에게 가장 좋은 게 뭔지 아니까, 이런 어른의 도움을 받으면, 둘이 함께 드디어 엄마를 사라지게 할 수 있을지도 몰랐다.

SUZETTE
수제트

수제트는 다리를 소파 위에 뻗고 앉았다. 알렉스는 다른 쪽 끝에 걸터앉아 암울한 기운을 발산하며 혼자만의 생각에 빠져 있었다. 흐린 블라인드가 놀이방 창문을 흐릿하게 가렸다. 한때 해나는 줄 끝에 차분히 매달려 있던 풍선이었다. 언제 한 줄기 돌풍이 불어 풍선을 휩쓸어 가버렸을까? 왜 눈치 채지 못했을까?

질척한 시간이 흘러간 후 비어트릭스가 들어왔다. 블라인드를 올리자 해나가 보였다. 상자에서 퍼즐을 꺼내고 있었다. 비어트릭스는 거울 창과 소파 사이 의자에 앉아 해나와 그 부모를 번갈아 바라보았다.

"해나는……?" 수제트는 말을 잇지 않았다.

"의사소통에 꽤 열심이었어요." 비어트릭스가 말했다. "말을 하지 않고도 놀라울 정도로 능숙하게 해내더군요."

"해나가 혹시……" 알렉스가 몸을 움츠렸다. "그런 일이 일어난 건 제 잘못이에요. 발푸르기스 행사 같은 건 하지 말았어야 했는데."

비어트릭스가 눈썹을 한데 모으며 입을 벌렸지만 수제트가 끼어들어 발푸르기스를 맞아 해나의 위험한 '다른 자아'를 내보내려 했던 과정을 들려주었다. 화재와 긴급 진료소 이야기도.

"가족 옆에서 불을 피우다니. 그런 짓을 벌여서는 안 됐는데. 한심해요. 대체 무슨 생각이었는지." 알렉스가 자기 손에 얼굴을 묻었다.

수제트는 알렉스를 토닥여주고 싶었지만 손이 닿지 않았다.

"창의적인 발상이었어요." 비어트릭스가 말했다. "상황을 종합해 볼 때……"

"수제트를 죽일 뻔했어요." 알렉스가 비어트릭스의 말을 잘랐다.

"난 괜찮아." 수제트는 설명할 수는 없었지만 훨씬 침착해진 것을 느꼈다. 지난 수개월 간의 마음속 소용돌이가 많이 잠잠해졌다. 그리고 배 속 통증도 사라졌다. 비록 손이 뺨에 붙인 거즈로 자꾸 향하는 건 참기 힘들었지만 말이다.

"그리고 해나는…… 모르겠어요. 정말 마녀에 사로잡힌 걸지도."

"아뇨, 그렇지 않아요." 비어트릭스는 좀 생각에 잠긴 투로 천천히 말했다. "할 말이 정말 많습니다. 주말이 그렇지 않았다면 다른 검사를 진행했을지도 몰라요. 하지만 지금은 그런데 쓸 시간이 없을 것 같아요."

"어떻게 하자는 말씀이시죠?" 수제트가 물었다.

"금요일에 기억나세요? 제가 뭘 좀 알아보고 싶다고 했었죠. 몇 년 전에 폭력적인 아이를 둔 가족을 면담한 적이 있어요. 그 아이는 가정에서 분리되어야 했죠. 그때 조사를 많이 했었고 금요일에 그

시설에 전화를 해봤어요. 혹시 필요할 경우에 대비해서요. 이제는 필요한 때라고 생각합니다."

알렉스가 드디어 고개를 들었다. 수제트는 그의 표정을 읽으려 애썼다. 알렉스의 일부는 어떤 경우에도 해나에 대한 의리를 저버리지 않을 것이었다. 해나의 다정함과 숭배를 먹고 살았으니까. 하지만 이제 그는 어느 편에 설 것인가? 해나의 행동은 너무나 개인적인 방식으로 알렉스에게 고통을 주었다. 그는 속아 넘어갔고 배신을 당했다. 외부의 개입과 도움 없이는 그들의 삶이 지속될 수 없었다. 수제트는 눈을 감았다. 자신의 공상이 실현될 가능성에 안도했다. 해나를 어딘가로 보내버릴 수 있게 되었다. 적어도 짧은 기간 동안만이라도. 하지만 안도하는 모습, 표면으로 끓어오르는 환희를 알렉스에게 보여줄 수는 없었다.

"집에서 내보낸다고요?" 알렉스가 물었다.

"네, 입원시키는 겁니다."

"정신 병원에요?"

"생각하시는 것과는 다를 거예요."

"해나가…… 사이코패스인가요?" 알렉스의 목소리가 갈라졌다. 주먹으로 입을 막고 목소리를 골랐다. 스스로를 진정시키려 애썼다.

간밤에 내내 저 생각을 하고 있었을까? 자신의 아이가 최악 중의 최악, 폭력적인 괴물이라고?

"제 임시 진단에 대해 모든 걸 설명해 드리고 싶어요. 그리고 마시즈라는 시설에 대해서도요." 비어트릭스가 일어섰다. "잠시만요. 그전에 10시 예약을 취소하고 마시즈에 짧은 이메일 하나만 보낼게요. 알겠죠? 조금만 기다려 주세요."

비어트릭스가 문을 열어놓고 복도로 나갔다. 각진 팔의 흔들림에도 불구하고 복도를 걸어가는 자태는 댄서처럼 섬세했다. 수제트는 몸을 움직여 알렉스의 손을 잡았다.

"어떻게 생각해? 입원에 대해서?" 수제트가 물었다.

"나도 모르겠어. 아직은 아무것도 모르잖아. 내 말은…… 우리가 그런 상태인 거야? 그런 것 같네. 난 그저…… 겨우 일곱 살이야. 어떻게 우리랑 떨어져 살 수가 있지?"

"그럴 수 있어, 알렉스." 수제트는 말투를 부드럽게 조절했다. 알렉스가 여전히 몇 발자국 뒤처져 있음을 알았기에. "우리와 지낼 수는 없어. 나한테 한 짓을 봐. 우리는 해나를 다루는 법을 알지 못해."

"그래서 모든 게 너무 절망적이야. 희망이 없는 것 같아." 알렉스의 몸이 확 굳었다. 수제트는 그의 꽉 쥔 손을 풀었다.

"그렇지 않아. 해나가 아픈 거라면…… 천식이나 백혈병에 걸렸다고 해도 이런 과정을 거쳐야 하잖아. 오래 끌 걸 예상하고 과정을 시작하잖아. 해나를 돕기 위해 모든 일을 다 할 거야. 그렇지?" 딸아이에게 그 정도는 해주어야 했다.

알렉스가 눈을 문지르고 수제트를 보았다. "그래도 나아지지 않으면 어떡해."

그거였다. 그가 키워내고 있던 괴로움의 정체. 정복될 수 없는 괴물에 대한 공포.

"만일 가능하다면?" 가능하다고 믿어야 했다. 수제트는 치유될 수 없는 질병을 안고도 그럭저럭 살아가는 법을 몸소 배워왔다. 아이 때문에 그들의 생명을 위협받으며 살 필요는 없었다. 해나 역시 소란과 혼란의 내부적 악몽으로 취급받으며 살 필요가 없었다. 수제트는 징후를 더 빨리 알아채지 못한 자신을 용서하기 힘들었지만 좋은 부모라면 아이에게 필요한 치료를 받게 해주어야 한다. 비록 그것이 아이를 집에서 내보내는 것이라 하더라도. 영원히 그렇지는 않을 것이었다.

부부는 침묵 속에 앉아 딸아이가 다른 방에서 아무것도 모르고 만족스레 퍼즐을 맞추는 모습을 바라보았다.

비어트릭스가 향기로운 캐모마일차를 가지고 돌아왔다. "차와 베이글을 가지고 왔어요. 혹시 밀가루 음식 못 드시는 건 아니죠?" 부부는 고개를 저었다. 비어트릭스가 탁자에 쟁반을 내려놓았다. "따뜻한 거라도 드셔야 할 것 같아서요. 해나는 아침 먹었나요?"

"시리얼 먹었어요." 수제트가 대답했다.

"어서 드세요."

"감사합니다." 수제트가 한 모금 마셨다. "아, 좋네요."

"해나도 간식 좀 먹으라고 주고 저희가 한동안 얘기할 거라고 알려줄게요." 비어트릭스가 베이글에 딸기잼과 크림치즈를 바르고 해나에게 갔다.

다시 한번 그들은 비어트릭스가 아이와 상호작용하는 모습을 지켜보았다. 해나는 너무나 사랑스럽고 예의발랐고 베이글을 받더니 반쯤 자라난 이로 조금씩 갉아먹었다. 비어트릭스가 다시 들어와 문을 닫았다.

"그럼 좋아요. 먼저 이 말을 해둘게요. 정신 질환은 다른 질병과 마찬가지로 실제로 존재해요. 하지만 발현되는 방식 때문에 더 무서울 수 있죠." 비어트릭스는 다리를 포개며 몰스킨 수첩을 무릎에 놓고 펜을 들었다.

알렉스와 수제트도 각각 베이글에 잼을 바르고 차를 마시면서 비어트릭스에게 시선을 고정했다.

"해나와 얘기한 후…… 그림뿐이었다면 전 그냥 질투를 불러일으키는 문제가 뭔가 따로 있다고 결론을 내렸을지도 몰라요. 아니면 일종의 공상 역할 놀이 뒤에 숨어 있는 모종의, 보다 전형적인 모녀 간 혹은 양육자와 아이 간의 문제이거나요. 물론 현실과 공상의 구분 문제는 좀 있을 수 있어요. 하지만 이건 극심한 '적대적 반항 장애'보다도 더 심각한 겁니다. 해나가 그린 그림은 두 분이 설명한 사건들 뒤에 자리한 의도를 정말 명확히 드러내 주었어요. 압정, 모닥불, 그 흉터의 이유를요."

망가진 얼굴을 말하는 거겠지.

"저는 우리가 그 의도들을 아주 진지하게 받아들여야 한다고 생각합니다. 특히나 상황이 얼마나 빨리 악화되고 있는지를 생각할 때요. 마시즈는 아까 말했듯이 몇 년 전 다른 가족을 위해 찾아낸 독특한 시설입니다. 영국의 시설을 모델로 만들어졌고 심각한 행동 장애를 지닌 아이들을 위한 집중 치료를 제공합니다. 해나는 거기서 지내게 될 거예요. 학교도 가고 치료도 받을 겁니다. 그리고 하루 24시간 동안 일대일 감독을 받을 거예요. 수업을 받을 때도, 놀 때도, 밤에도, 누군가 지켜볼 겁니다."

"감옥처럼 들리는군요." 알렉스가 베이글을 입에 가득 물고 적대적으로 말했다.

"마시즈는 아주 효과적인 전략을 발전시켜 왔습니다. 그중 일부는 아이의 문제 행동을 악화시킨 환경으로부터 아이를 분리시키는 것이죠." 비어트릭스는 잠시 두 사람을 번갈아 보았다. "거짓말하지는 않겠습니다. 마시즈의 일부 아이들은 극도로 학대받던 가정에서 자랐습니다."

수제트는 씹는 것을 멈추었다. 목이 확 메었다. 정신 질환 진단으로 수제트는 놓여날 줄 알았다. 부모 노릇에 대한 비난으로부터 해방될 줄 알았다. 알렉스가 벌떡 일어서지 않을까 싶어 흘긋 보았다. 하지만 그는 번뜩이는 눈을 비어트릭스에게 고정하고 아무 말 없이 듣기만 했다.

"그곳 아이들에게는 분노 문제와 애착 문제가 있고 대다수가 의사소통에 어려움이 있어요. 하지만 때로는…… 우리가 이해하게 된 것들 중 하나는, 많은 아동의 행동에는 환경적 요소가 존재하지만, 또한 각각의 아동은 자기만의 고정된 행동 양식이 있다는 겁니다. 때로는 환경과 행동 양식이 유난히 서로 맞지 않기도 해요. 그래서 마시즈와 같은 곳이 도움이 될 수 있는 겁니다. 그들이 해나를 이해하고 이해시키는 방법을 알아낼 거예요. 그러고 나서 그걸 두 분께 알리고 집에서도 활용할 수 있게 도울 거고요."

"그건 정말 다행이네요. 우리에겐 그게 필요해요." 수제트는 열심히 말했다. 하지만 알렉스는 넘어온 것 같지 않았다.

"혹시 그런 게…… 만일 아픈 거라면 처방해 줄 약 같은 게 있지 않나요?" 알렉스가 물었다.

비어트릭스가 잠시 망설였다. "죄송합니다만 그렇게 간단하지 않아요. 어떤 경우에는 약물이 치료의 일부가 될 수 있지만, 다른 경우에는 행동 교정이라고 할 만한 것들이 더욱 필요해요. 마시즈의 의사들이 검사를 더 한 다음에 약을 추천할 수도 있습니다. 마시즈는 '소시오패스-사이코패스' 진단 범위에 속하는 아이들에 대한 전문적인 경험을 가지고 있어요."

"해나의 경우인가요?" 알렉스가 상체를 퍼뜩 세우며 물었다. 문제의 명명을 확인받고자 하는 절박함이 보였다.

"해나의 경우는…… 독특해요. 대부분의 시간 동안은 잘 지내는 듯 보입니다. 심지어 차분하고 예의바르지요. 자신을 잘 드러내지 않는 편이기도 하고요. 하지만 침묵은…… 이번 주말 동안 말을 한 적이 있나요? 해나의 '마녀 자아'가 마지막 말은 안 남겼나요?"

"아뇨, 아무것도." 수제트가 말했다.

비어트릭스는 기록을 계속했다. "마시즈에 기본적인 정보는 보냈습니다. 지금까지 알게 된 망상, 정신 질환의 요소들은요. 해나는 대단한 상상력을 가진 아이입니다. 그러니 어른이었다면 질병으로 보였을 것도 아이에게는 꽤 다른 의미일 수 있죠. 하지만 큰 걱정은 폭력을 사용하는 계산된 방식이에요. 명확한 목표와 의지, 그리고 전반적인 죄책감의 결핍은……"

"그렇지 않아요. 자신이 저지른 짓을 후회했단 말이에요." 알렉스가 말했다.

"아니, 해나는 일을 완수하지 못한 것을 후회했어." 수제트는 남편이 그 차이점을 알기를 바라며 말했다.

"지금은 분명한 진단을 내릴 수 없어요. 해나는 아빠를 향해서는 공감을, 혹은 모종의 감정을 느낄 수도 있어요. 하지만 엄마까지 확장되지는 않습니다. 우리가 정말 알 수는 없습니다. 해나가 무엇을 아는지 혹은 해나가 어떤 경험을 하고 있다고 스스로 생각하는지요.

그러니 해나가 사이코패스일 가능성도 배제할 수는 없죠."

"아, 안 돼……." 알렉스가 신음을 흘렸다. 수제트가 팔짱을 끼며 바짝 몸을 붙였다. 알렉스가 가쁜 숨을 들이쉬었다.

"치료 가능한가요?" 수제트가 높게 떨리는 목소리로 물었다. 자기 살자고 딸아이를 저버리기엔 해나를 너무 사랑했다. 해나가 잘 살기를 바랐다. 자신의 아이 앞에 냉혹한 미래만이 펼쳐져 있다고, 끝없는 구렁의 위협을 받고 있다고 생각하니 무시무시했다.

"잠시만요. 두 분 다 충격이 심한 얼굴이네요. 한 번에 한 단계씩만 밟읍시다. 우리는 계속 배워가는 중이에요. 소시오패스가 되는 것과 사이코패스가 되는 것은 다르다고 전 생각합니다. 또한 어릴 때 진단을 받는 것이 근본적인 도움이 된다고 믿습니다. 아이들은 어른보다 치료하기 쉬워요. 여전히 성장하는 중이고 새로운 패턴이 양육될 수 있거든요. 행동 교정과 공감 능력 강화를 통해서요. 두뇌의 그런 부분이 다시 활발해지게 노력하는 겁니다.

소시오패스에 대한 제 견해는 이렇습니다. 후천적으로 습득된 행동 양식을 보이는 경우가 더 빈번하고, 학대나 뇌병변에 의해 질병이 유발될 수도 있어요. 소시오패스는 기본적으로 원하는 결과를 얻기 위해 사람들을 조종하는 거짓말쟁이지만 사이코패스처럼 냉혈한은 아닌 경향이 있습니다. 사이코패스의 뇌 구조를 보면 선천적일 수 있어요. 화학적, 물리적인 구성 요소들, 즉 소시오패스와는 별개로, 두뇌의 특정 부위에 변병이 존재할 수 있죠. 또한 더 공격적이고 죄책감이 없는 특성을 보입니다. 소시오패스가 조작을 한다면 사이코패스는 공격을 합니다."

수제트는 탈출구를, 최악의 진단을 피할 수 있다는 일시적 안도감을 느꼈다. "시티 촬영을 하면 뭔가 보이나요? 병변이요? 해나는 촬영한 지 얼마 안 됐어요. 잘못된 게 하나도 없다고 했는데요."

알렉스의 표정도 희망으로 조금 밝아졌다.

하지만 비어트릭스는 찌푸렸다.

"보통 이런 비정상성은 자기 공명 영상 장치를 이용해 촬영해야 발견됩니다. 찍어보는 것도 한 방법이죠."

수제트와 알렉스는 풀이 죽어 끄덕였다.

"많이 상심하셨겠지만, 특히나 이렇게 어릴 때는, 행동이 교정될 수 있어요. 공감을, 이해하는 법을 배울 수 있습니다. 자연스럽게 체득되지는 못했다고 해도요. 그러니 너무 절망적으로 받아들이지 마세요. 무엇보다 어린 나이잖아요. 길고 힘든 길이 되겠지만, 만성 질환을 치료할 때랑 똑같다고 생각하면 돼요."

"내 크론병처럼 말이야." 수제트가 알렉스에게 말했다. 희망을 잃고 싶지 않았다. "힘들지만, 대처하는 법을 배우게 될 거야."

수제트를 바라보는 알렉스의 눈에서 눈물이 반짝였다.

"해나에게 기쁨이 넘치는 면이, 헌신적인 면이 있다는 걸 아시죠. 해나와 함께 진정한 즐거움을 느낀 적이 많았을 겁니다. 게다가 아주 창의적이고 영리하죠."

비어트릭스는 해나의 긍정적인 면들을 모두 짚어주었다.

"실질적이고 고무적인 교육 가능성이 존재합니다. 희망을 버릴 필요가 없어요."

알렉스가 고개를 끄덕였다. 아까보다 훨씬 긍정적으로 보였다. 하지만 수제트는 자신이 해나를 학대했다고, 그래서 이 지경으로 만들었다고 판단될만한 잘못을 저질렀다는 두려움을 떨칠 수 없었다.

"그 가족은 어떻게 됐나요? 다시 같이 살게 됐나요? 아이는 괜찮아졌나요?" 수제트가 물었다.

"그렇습니다. 잘 지내고 있어요."

비어트릭스가 조심스럽게, 미적지근하게 말해서 수제트는 화가 났다. 마시즈가 의미하는 가능성이 수제트에겐 너무 절박했다. 그곳은 두 가지 핵심적인 기능을 수행할 테니까. 짧은 기간이나마 해나를 집에서 내보내는 것, 그리고 돌아올 때는, 이제 행복하게 살 수 있도록 준비가 되는 것.

하지만 비어트릭스의 표정은 그게 아니었다. 미래의 행복을 약속하는 밝은 대답이 아니었다.

"다른 방법은 없나요?" 알렉스가 물었다. "통원 치료는요? 정기 상담은……"

비어트릭스가 고개를 저었다. "그걸로는 충분하지 않아요. 해나가 집에 계속 머물면 수제트의 목숨이 진짜 위험해질 겁니다. 그 점은 무엇보다도 명확해요."

수제트는 거의 숨도 못 쉬고 알렉스가 돌아봐 주기를 기다렸다. 그는 누구를 택할 것인가? 해나를 입원시키지 않기 위해 수제트에게 나가 사는 게 어떠냐고, 해나와 둘이서 지내겠노라고 할까 봐 너무나 두려웠다.

하지만 알렉스는 그리움이, 눈물이 담긴 눈으로 수제트를 보았다. "당신을 절대 의심하지 말았어야 했는데. 해나가 더 이상 집에 있을 수 없게 된 건 내 잘못인지도 몰라. 내가 더 일찍 당신 말을 들었더라면…… 난 그냥 믿을 수가 없었어. 누구의 말도, 얼마나 학교에서 못되게 구는지 아무리 말을 해도, 다들 그렇게 말해도…… 그리고 가끔 나는, 말을 할 수가 없었어. 그런 말을 할 수가 없었어. 우리 사이가 너무 멀어진 것 같아서. 당신이 너무 그립다고 어떻게 말하겠어. 너무 미안했으니까. 당신이 옳았다는 걸 깨달았으니까. 부모가 된다는 게 우리를 바꿔놓았어. 예전에 우리가 어땠는지 떠올리면 너무 괴로웠어. 해나를 낳기 전에는, 당신은 나만의 것이었으니까. 그런 생각이 들면 나는 해나에게 더욱 미안해졌어. 무슨 아빠가 딸을 낳은 걸 후회할······"

"아, 알렉스!" 수제트가 알렉스와 이마를 맞댔다. 수렁에서 건져내려는 것처럼 알렉스의 머리를 움켜잡았다. 내내 둘이 똑같은 생각을 하고 있으면서도 너무 죄책감이 들어 인정을 할 수 없었던 것이다.

"어젯밤에······ 의사가 나를 의심했어. 그러자 해나가 의사 앞에서 연기를 했어. 내가 자기를 구한 사람인 것처럼 안겨들었지. 내가 그런 짓을 했는데도······ 그제야 나는 알아챈 거야. 대체 몇 번이나, 당신이 얼마나 오랫동안 수없이 말했는데······ 난 내내 보호하려고만 했지. 우리가 가진 것을, 가져야 한다고 생각했던 것들을. 난 이제 그게 뭔지도 모르겠어. 당신을 보호해야 했는데 미안해, 미안해." 알렉스가 흐느끼며 수제트의 품 안으로 무너졌다.

비어트릭스는 근처에 놓여 있던 휴지를 살며시 밀어 건넸다. 알렉스가 한 움큼 뽑아 코를 풀었다. 수제트는 알렉스를 꼭 안고 약간 흔들었다. 얼마나 많은 사람이 여기 비어트릭스의 소파에 앉아서 그들이 잃은 것을, 되찾을 수 없게 된 것을 깨달으며 당혹감에 울었을까? 다른 부모들도 비슷한 방식이었는지 모른다. 이렇게 앉아서 무시무시한 진단을 마주하고, 덧없는 희망이 철저히 부서지는 경험을 했는지 모른다.

"힘들다는 거 알아요. 하지만 두 분은 혼자가 아닙니다. 저는 아이들을 보내놓은 다른 가족과 계속 상담을 해왔어요. 두 분과도 그렇게 하고 싶습니다. 해나 가족의 역학에 대해서 아직 잘은 모르지만, 제가 알게 되는 것을 마시즈에도 전하도록 두 분이 허락한다면, 그들도 해나를 이해하는 데 큰 도움이 될 거예요."

"물론이죠." 알렉스가 망설임 없이 대답하고 일어나 앉으며 붉어진 뺨에서 눈물을 닦아냈다.

수제트는 알렉스가 부러웠다. 만일 해나가 결국 사이코패스로 진단받는다면 부부 중 누구의 잘못도 아니었다. 하지만 만일 그들이 해나의 문제를 제 기능을 하지 못하는 가정, 혹은 잘못된 부모 탓으로 결론 내린다면 그 비난은 수제트가 뒤집어쓸 것이었다.

"그럼 우리는 이제 뭘 하면 되죠?" 수제트가 물었다.

"마시즈에서는 미리 준비하고 있을 거예요. 언제 가실지 제가 일러놓겠습니다. 그들은 수요일과 토요일을 선호하지만 오늘이나 내일이라도……"

"수요일이면 이틀밖에 안 남았잖아요." 수제트는 모든 일이 너무 빨리 진행되는 데 놀랐다.

"아직 아무것도 모르는데요. 준비도 안 됐고요." 알렉스가 목소리를 높이며 항의했다.

"되도록 시간 끌지 않기를 권합니다. 해나가 수제트에게 더욱 직접적인 공격을 시도할 가능성이 있어요."

알렉스가 침묵에 빠졌다. 침을 꿀꺽 삼켰다. "내가 내내 집에 있을게." 알렉스가 수제트에게 말했다.

수제트가 물었다. "마시즈는 어디에 있죠? 우리가 얼마나 자주 방문할 수 있죠?"

"해리스버그 외곽에 있어요. 차로 세 시간 정도 걸립니다. 교화 농장이었던 부지에요. 꽤 넓고 아름답습니다." 비어트릭스가 망설였다. "방문 스케줄은 마시즈에서 정할 거예요. 해나에게 가장 좋은 결과를 생각해서요. 솔직히 말씀드릴게요. 1년에 서너 번밖에 방문을 허락하지 않을 수도 있어요. 때로 가족의 방문은 치료 과정을……"

"1년? 1년에요?" 알렉스는 충격을 숨기지 못했다. "해나가 거기 얼마나 오래 있어야 하는 거죠?"

"다시 말씀드리지만 좋은 면만 말하지는 않을게요. 보통 1년에서 3년 사이입니다.

수제트의 입이 딱 벌어졌다. 해나가 열 살이 될 때까지 한 집에서 살지 못한다는 게 상상이 안 됐다. 그런 걸 원한 게 아니었다. 수제트는 휴식이, 몇 주, 혹은 몇 달이 필요했다. 몇 년이 아니었다.

수제트와 알렉스는 서로를 보았다.

"당신은…… 괜찮겠어?" 알렉스가 물었다.

"아니면 어쩌겠어?" 용서받지 못할 생각 하나가 꿈틀꿈틀 피어났다. 다시 둘이서만 지내고 싶은 게, 그렇게 나쁜 생각일까?

"해나가 싫어하면요?" 알렉스가 물었다.

"처음부터 좋아하는 아이는 없습니다. 적응 기간이 필요할 거예요. 힘든 일이라는 거 압니다. 가족의 상황이 아무리 안 좋아도 어린 자녀를 멀리 보내는 건……"

"가까운 시설은 없나요?" 수제트가 물었다.

"마시즈는 아주 특수한 시설입니다. 이만큼 가까이 있는 것도 행운이에요. 주 경계를 벗어나야 하는 경우도 많습니다. 가족 전체가 이사를 가기도 하지요. 어떻게 생각될지는 압니다만, 이건 처벌이 아니에요. 해나에게도 두 분에게도요."

수제트는 조금 위안이 됐다. 하지만 알렉스는 마지막 근심에서 벗어나지 못했다. "적응을 못하면요? 어느 정도는 동의가 되어야…… 우리는 그냥 해나를 보내놓고 거기서 비참하게 지내든 말든, 어떻게 지내는지 상관 안 할 수는 없어요. 만일 해나가 불행하다면, 더 나빠진다면……"

"감옥이 아니에요. 마시즈 쪽에서 두 분에게 계속 연락을 할 겁니다. 저와 상담을 할 수도 있고요. 저도 그들과 연락을 할 수 있습니다. 방문 기회도 있고요. 만일 해나가 말을 한다면…… 통제 하에 전화를 하거나 화상통화를 할 수도 있을 거예요. 해나를 돕는 길입니다. 두 분이 해나를 사랑하고 가능한 최상의 미래를 바라니까 그렇게 하는 거예요."

"해나가 꼭 해내도록 도울 거예요. 포기하지 않을 겁니다."

우리는 우리를 구할 것이다.

수제트가 알렉스의 손을 꼭 쥐었다. 말을 잘 골라야 했다. 현재 벌어지고 있는 일을 알렉스가 받아들이게 만들어야 했다. 얼굴이 예상보다 잘 회복될지도 모르지만, 그때까지는…… 해나를 곁에 둘 수 없었다. 끊임없이 흉터를 환기시키는 끊임없는 위험 요소를. 알렉스를 되찾는다는, 해나를 낳기 전처럼 다시 둘만 있게 된다는 생각에, 수제트의 마음은 어지러울 정도를 부풀어 올랐다.

알렉스는 흐릿한 눈으로 기계적으로 고개를 끄덕였다. "해나에게 뭐라고 말하죠? 어떻게 준비시키죠?"

"많은 말은 하지 마세요. 불안하거나 괴롭게 해서 좋을 게 없습니다. 수요일에 새로운 학교로 갈 거라고 하세요. 시골에 있는 조용한 곳으로. 조용한 곳을 좋아하는 것 같더군요." 비어트릭스는 창을 가리켰다. 해나가 퍼즐을 맞추며 흥얼거리고 있었다.

"우리가 두고 올 거라고 말해야 하나요?" 수제트가 물었다.

"해나만 그냥 놔두고 올 순 없어요." 알렉스가 덧붙였다.

"몇 가지 물건을 챙기도록 도와주세요. 모든 걸 챙길 필요는 없습니다. 옷은 필요해지면, 계절에 맞춰 나중에 더 가져갈 수 있을 겁니다. 아이에게 정직하게 얘기하고 준비시켜야 한다는 생각이 자꾸 들 거예요. 하지만 해나는 전형적인 아이들처럼 반응하지 않습니다. 이미 힘든 상황을 더욱 힘들게 만들 수는 없습니다. 두 분 다요. 수요일 아침에는…… 긍정적인 면에 초점을 맞추세요. 멋진 드라이브를 간다, 좋은 사람들을 만나러 간다고요. 시설에는 치료용 말들도 있습니다. 말을 좋아하지 않는 소녀는 본 적이 없어요. 해나가 이해를 못하거나, 두 분이 감당 못 할 반응을 불러일으킬 세부 사항은 알려주지 마세요. 그곳에서, 마시즈에서 감당하게 하세요."

비어트릭스가 컴퓨터로 마시즈의 웹사이트를 보여주었다. 싱그럽고 너른 대지와 여러 채의 건물들 사진이 나왔다. 건물은 현대적인 것도 있고 고풍스러운 것들도 있었다. 내부는 방들이 밝고 쾌적해 보였다. 병원이라기보다는 기숙학교 같았다. 알렉스와 수제트는 온라인으로 양식을 작성했다. 서명은 직접 가서 하게 돼 있었다. 학교에 다양한 권한을 주고 보험과 비용 지급 정보도 기입했다.

수제트는 극도로 지쳐서 낮잠이 절실했다. 생각할 게 너무 많아서 머릿속이 소용돌이쳤다. 어떤 면에서는 엄마로서 실패했는지 몰라도 자신의 아이에게 필요한 도움을 거부하지는 않을 것이었다. 문득 분노의 불꽃이 내면에서 확 치솟았다. 수제트의 어머니가 조금의 노력이라도 기울였더라면 수제트도 배운 게 있었을 것이다. 그냥 방임되었다가 해나를 위해 자신이 원했던 어머니상을 얼기설기 꿰맞추는 대신에 말이다. 수제트의 이런 생각은 이성적이지 않을지도 모른다. 하지만 더 좋은 어머니를 가졌더라면 더 나은 부모 노릇을 할 수 있었을 거라는, 이런 일은 일어나지 않았을 거라는 생각을 떨칠 수가 없었다.

머릿속에서 목록이 작성되었다. 해나가 가져가게 하고 싶은 물건들의 목록. 제일 좋아하는 옷과 잠옷, 노란 이불, 베개, 칫솔과 원숭이 목욕 수건, 무향-무염료 비누. 동물 인형도 몇 가지 챙겨야 할 것이다. 하지만 어느 것이 아직도 해나의 사랑을 받고 있는지 확신이 안 섰다. 새끼 오리? 갈색 토끼? 어떻게 모를 수가 있지? 그리고 해나가 그렇게 좋아하는 책. 오히려 향수병을 불러일으킬까? 수제트를 더욱 싫어하게 만들까?

비어트릭스의 집에서 절뚝이며 나올 때쯤엔 말할 힘도 없었다. 알렉스가 둘 사이에 서서 한 손은 수제트를 잡고 다른 손으로는 해나의 손을 잡았다. 알렉스는 죄책감을 줄줄 흘리며 아마 이틀 동안 해나에게 호들갑을 떨 것이었다. 그래도 괜찮았다. 수년 동안 알렉스가 과잉 보상을 하는 걸 봐왔으니까. 이제 그럴 날은 얼마 남지 않았다.

알렉스가 수제트를 집에 내려주었다. 수제트가 낮잠을 자는 동안 알렉스가 해나를 놀이터에 데려가기로 했다. 죄책감의 무게를 좀 덜려는 것이겠지만, 그의 얼굴에는 고통이 너무나 절절히 드러나 있었다. 수제트는 같이 슬픔의 수렁으로 굴러떨어질까 두려워 알렉스를 마주볼 수도 없었다.

"이따 봐." 수제트가 차에서 내리며 말했다. "먼저 짐 좀 챙기고 있을게."

알렉스가 끄덕이고는 뒷좌석에 앉은 해나에게 말했다. "재미 좀 볼까?"

기쁨에 겨워 뒷좌석에서 몸을 흔드는 아이에게는 정신 병원이 필요 없어 보였다.

어쩌면 수제트를 없애버리려고 한 해나가 옳았는지도 몰랐다. '어쩌면 내가 진짜 문제인지도.'

수제트는 텅 빈 집으로 들어갔다.

HANNA
해나

그동안의 모든 일에도 불구하고 집은 이상하게 더 좋아졌다. 아빠와 엄마는 해나를 기쁘게 해주고 싶어 했고 마치 여행이라도 온 것 같았다. 엄마를 불태우려 했던 건 실수인지도 몰랐다. 물건이든 사람이든 완전히 불이 붙으려면 얼마나 오래 걸리는지 미리 알았더라면. 더 힘센 마녀가 되어서 번개를 불러 내릴 수 있게 되기 전까지는 그런 주문을 다신 시도하지 않을 것이다. 축제를 망치고 아빠를 화나게 만들기만 했으니까. 이제 아빠는 엄마에게 특별한 주의를 기울이고 있었다. 결국 아래층도 전부 엉망이 되었다. 싹 치운 후에도 여전히 고약한 생선 냄새가 나는 걸 분명히 느낄 수 있었다. 하지만 손목에 두른 탄성 붕대는 사실 좋아졌다. 뭔가를 주먹으로 때려도 안 아프고 레이저 총도 막아낼 것 같았다. 벌써 더러워지기 시작했지만 오랫동안 하고 있고 싶었다.

가끔 아빠는 해나가 엄마의 얼굴을 빤히 보는 것을 알아챘다. 거즈 패드를 붙이고 테이프를 붙인 뺨을.

"엄마는 잘 나을 거야. 그냥 작은 동그라미만……"

해나는 아빠가 엄마를 위해서 그렇게 말한다는 걸 알 수 있었다. 해나를 위해서 하는 말이 아니었다. 엄마의 가면이 벗겨질 때면 엄마는 금방이라도 울음을 터뜨릴 것처럼 보였다. 엄마의 피부가 녹아내려서 저 거즈가 구멍을 가리고 있는 건지 궁금했다. 엄마의 이가 드러나 보일지도 몰랐다. 음식이 뚝뚝 떨어져 나올지도 몰랐다. 분명 아빠는 엄마를, 저 냄새 나는 엉덩이랑 끔찍한 얼굴을 더 이상 사랑할 수는 없을 것이었다. 하지만 엄마는 가면을 그대로 쓰고 있으려 무진장 노력했다. 그래서 화가 나거나 해나를 죽일 것 같아 보이지는 않았다.

모든 일이 매끄럽게 풀리는 것에 대해서, 비어트릭스에게 감사해야 하는 게 분명하다고 해나는 생각했다. 비어트릭스가 요정 대모였고 그녀도 나름의 마법을 지니고 있는 것이다. 아빠가 회사를 그만둔 건지, 아니면 비어트릭스가 특별한 힘을 사용해서 회사가 필요 없게 만든 것인지는 확실하지 않았다. 아빠가 집에 있으니 좋았다. 하루 종일 같이 있으면서 너무나 많은 시간을 해나와 함께 놀아주었고 "엄마는 위층에서 하고 싶은 일 하게 놔두자"라고 말했다. 아빠도 엄마랑 같이 있기 싫은 것 같았다.

해나와 아빠는 축구를 하다가 비가 내리기 시작해서 집 안으로 들어갔다. 엄마는 해나를 보더니 기쁜 듯 미소를 지었다. "이제 들어왔구나." 내내 유리로 보고 있었으면서.

엄마는 온갖 물건들을 탁자 위에 늘어놓고 있었다. 가위, 실, 천과 펠트 조각, 짝짝이 단추들이 담긴 단지 등. 만들기를 하려는 듯했다.

아빠와 해나가 신발을 벗고 천천히 가보았다.

"뭐 만들어?" 아빠가 물었다.

"우리 같이 뭐 좀 만들 수 있을 것 같아서. 힘을 합해서." 엄마가 해나를 보고 말했다. "나도 네 책 좀 보고 배웠어. 그 꿀잠붕붕짐승이 이런저런 조각들이 모여서 만들어지는 거라며. 그래서 내가 좀 모아봤어. 바늘과 실도. 우리가 너만의 특별한 꿀잠붕붕짐승을 만들어 줄 수 있을 것 같아."

해나가 눈을 반짝 빛냈다. 그리고 아빠를 보았다. 해나와 같은 생각을 하는 게 분명했다. 이게 정말 엄마라고? 엄마가 이런 좋은 생각을 해냈다고?

"정말 환상적이야, 앨스클링." 아빠가 엄마 뺨에 키스했다. 좋은 키스였다.

엄마는 더 이상 손과 발을 몽땅 칭칭 감고 있지 않았다. 그래서 해나는 모든 게 거의 괜찮아졌다는 표시로 받아들였다. 이제 다음에 할 일을 생각해 낼 시간이었다. 가장 큰 공격, 최고의 공격은 아직이었다. 만일 해나가 엄마였다면, 좀 더 오래 화가 나 있었을 것이다. 어쩌면 엄마는 아직 모종의 복수를 계획 중인지도 몰랐다. 해나는 조심할 것이다. 혹시 모르니까. 하지만 아빠와 함께라면 안전했다. 그리고 해나는 정말, 정말, 정말, 꿀잠붕붕짐승을 가지고 싶었다.

해나는 서둘러 의자에 앉았다. 아빠가 옆자리에 앉아서 천과 펠트로 손을 뻗었다.

"그럼 뭘 해야 하지? 뭐부터 시작해?" 아빠가 물었다.

"먼저, 해나가 어떤 천으로 몸통을 만들고 싶은지 골라. 낡은 청바지, 눈송이 양말, 펠트……"

해나가 청바지 조각을 잡았다. 바래고 부드러워져서 거의 회색이
었다. 더 중요하게는, 아빠가 입다가 반바지를 만들려고 잘라낸 것
이었다.

"어떤 모양이 좋아? 둥근? 타원형? 네모? 직사각형?" 엄마가 물
었다.

해나는 손가락으로 허공에 도형을 그렸다.

"그래, 직사각형. 모서리는 둥글게 할까?" 엄마는 많은 질문을 했
다. 정말 오랜만에 해나는 전혀 성가심을 느끼지 않고 끄덕이고 고
개를 젓고 가리키고 수많은 결정을 빠르게 내렸다.

엄마가 바느질은 다 했지만 해나가 모든 부위를 골랐고 아빠는 커
다란 가위로 모양을 오려내는 일을 도왔다. 엄마가 거의 비슷한 단
추로 꿀잠붕붕짐승의 얼굴에 눈을 바느질했다. 그리고 조그만 반구
형 방울 단추 두 개로 코를 달았다. 하지만 해나는 입은 전부 퇴짜를
놓았다. 아냐, 아냐, 아냐. 녀석에겐 입이 필요 없었다. 아기 때 썼던
모자에서 작고 노란 털방울 두 개를 골라 발을 만들었다. 아빠는 긴
빨간 펠트 천을 접어 홀쭉한 팔을 만들었다. 엄마가 그걸 꿰매고 하
늘색 펠트 손을 끝에 달아서 장갑을 낀 것처럼 보이게 했다.

한 바퀴 다 바느질을 하고 나자 엄마가 안팎을 뒤집어서 해나에게
마른 검은 콩으로 속을 채우라고 했다. 그러고 나서 구멍을 봉했다.

해나가 눈송이 양말을 돌돌 말아 겨울 모자처럼 꿀잠붕붕짐승의
머리에 씌우자 엄마와 아빠가 정말 좋은 생각이라고 칭찬을 쏟아냈
다. 해나는 마음속이 너무 불그레해지는 걸 느끼고 자신도 접어 넣
어 잠시 사라지고 싶었지만 그러지 않았다. 한 순간도 놓치고 싶지

않았으니까. 엄마가 작은 모자를 바느질로 고정해 주었다.

다 마치고 나서 해나는 꿀잠붕붕짐승을 발딱 세워보고 앉혀보았다. 그는 콩주머니 몸의 무게로 잘 앉아 있었다. 그의 두 손을 맞대게 하고 코에 키스를 했다. 해나는 그가 너무 좋았다. 그는 자신의 이름을 해나의 귀에 속삭였다. '스코그', 즉 스웨덴 말로 '숲'이라는 뜻이었다. 해나는 킥킥거리며 그를 아기처럼 팔에 안고 그의 수다를 들었다.

"네 작은 친구가 마음에 드니?" 아빠가 물었다.

해나는 대답으로 스코그의 배에 뽀뽀를 하고 높이 들어 올린 다음 춤을 추며 돌아다녔다. 노래하는 듯한 소리를 내면서.

부모가 같이 해나를 바라보았다. 근육도 없이 얼어붙은 미소를 가진 조각상들 같았다. 다른 날이었다면 해나는 자기 방으로 뛰어가 부모가 자신을 보지 못하게 했겠지만 이제는 스코그가 있으니 상관없었다.

"훌륭한 생각이었네." 아빠가 엄마에게 중얼거렸다. 엄마는 눈가를 훔쳐내고 천 조각들과 도구들을 모았다.

"이전에 생각해 냈더라면……" 엄마의 목소리가 높다랗게 갈라졌다. 징징거리는 아이처럼.

아빠가 엄마에게 뭐라고 속삭였고 엄마는 다시 눈가를 훔쳤다. 그리고 느릿느릿하고 어색한 걸음으로 계단을 향해 갔다. "해나 빨래 마쳐야 해……."

아래층엔 아빠만 남았지만 해나는 춤추는 자신을 아빠가 하염없이 바라보기만 해도 상관하지 않았다. 스코그는 좋은 춤 상대였기에 그들은 돌고 또 돌았다.

수요일은 '드라이브 가는 날'이었다. 아빠가 차에 짐을 넣는 동안 엄마가 머리를 빗었다. 엄마는 다시 예전 자아로 돌아가 모두를 멋져 보이게 만들려고 했다. 그래서 그들은 뛰어놀 수 없는 옷을 입었다. 엄마의 머리가 반짝반짝 빛났고 몸에선 달콤하고 향긋한 과일 냄새, 번쩍이는 하얀 욕실에 보관된 특별한 병들에서 나는 냄새가 났다. 버터스카치 캔디 목걸이도 했다. 엄마가 해나의 머리를 마무리 지으려고 돌려세웠을 때 해나는 그걸 너무, 너무, 너무 핥아보고 싶었다.

"거기엔 말도 있대." 엄마가 역겨운 명랑한 목소리로 말했다. "아이들만 타는 말. 조랑말 탔던 기억나니? 오래 전에 시골에 갔을 때? 우린 다시 그 시골에 갈 거야."

시골은 커다란 동물들이 사는 곳이었다. 도시에서는 차들과 버스가 풀을 다 먹어버리기 때문에 큰 동물들을 위한 공간이 없었다. 해나는 시끄럽게 방귀를 뀌는 트럭과 차들보다는 풀과 동물들을 훨씬 좋아했다. 시골이 더 살기 좋은 장소 같았다. 지난 이틀 동안 비어트릭스의 이름이 종종 나왔다. '드라이브 가는 날'과 시골 방문 등도 요정 대모의 마법 덕분인 것 같았다. 먼저 아빠가 일을 멈추었고, 이제 그들은 아무리 가도 사람 하나 보이지 않는, 말과 나무가 있는 조용한 장소로 가고 있었다. 게다가 해나는 자신만의 꿀잠붕붕짐승까지 가지고 있었다. 비어트릭스의 마법이 해나보다 뛰어났다. 해나는 기분이 너무 좋았고 아빠가 같이 있으니 엄마조차도 그다지 나쁘지 않았다. 해나는 크림 없은 쿠키로 만든 벽에 젤리 사탕으로 지붕을 이은 시골집에 살러 가는 거였으면 좋겠다고 생각했다.

해나가 스스로 안전띠를 맸고 아빠가 문을 닫았다. 스코그는 어깨에 앉힌 다음 창밖을 내다볼 수 있게 했다. 그리고 그들은 천천히, 졸린 뱀 같은 긴 차량 행렬을 따라서 가기 시작했다. 아빠가 좋아하는 음악을 틀었다.

"기악곡이야." 아빠가 백미러로 해나와 눈을 맞추며 말했다. "그러니까 말이 없는 음악이라는 뜻이지. 우리한테 늘 말이 필요한 건 아니야." 그리고 한쪽 눈을 끔뻑했다.

해나는 차가 빨리 달릴 때 내는 소리가 싫었다. 그리고 콘크리트 도로 양옆에 테두리가 이어져 있는 것도 마음에 들지 않았다. 공중에 떠서 가면 훨씬 좋을 것이다. 아니면 모든 혼돈 위로 로켓선을 타고 모든 것들이 아주 조그마해질 때까지 날아오르든지. 조그만 것들은 무섭지 않았다. 왜냐하면 더 이상 보기 싫어지면 밟아버리거나 손바닥으로, 심지어 스코그의 손으로도 덮어서 가릴 수 있으니까.

해나는 잠이 들었고 일어나보니 스코그가 무릎 위에서 낮잠을 자고 있었다. 창밖에서는 더욱 많은 초록이 보였다. 재미있는 냄새가 났다. 마치 코를 찌르지는 않는 똥 냄새 같았다. 젖소들이 잘 맞지 않는 퍼즐 조각들처럼 모여 있었다. 해나가 스코그를 들어 올려 보여주었다. 그도 풍경이 아주 멋지다고 생각했다. 해나는 젖소들이 모두 한데 맞춰지는 상상을 했다. 어떤 것들은 눕고 어떤 것들은 머리로 서서 퍼즐이 맞춰지게 만드는 것이다. 스코그는 웃으며 팔짝팔짝 뛰었다.

이른 점심을 먹기 위해 휴게소에 들렀다. 아빠는 베이컨을 2인분 시키고 엄마는 몸이 별로 안 좋다며 토스트를 시켰다. 배가 아픈 게 아니라 머리가 아프다고 했다.

"알레르기 때문인가 봐."

해나는 이런 데서 팬케이크나 프렌치토스트를 시키지 않는 게 좋다는 것 정도는 알고 있었다. 왜냐하면 집에서 먹는 게 훨씬 맛있고 이런 데서 먹는 건 질척하고 밍밍했으니까. 그래서 그릴에 구운 치즈와 프렌치프라이를 시켰다. 아빠가 자꾸 프렌치프라이를 뺏어먹었다. 아빠가 아닌 척 바보 같은 표정을 지어서 해나는 웃지 않을 수 없었다. 스코그에게는 피클을 잘라서 주었다.

너무 오래 간다, 언제 도착하나, 하는 생각이 들 때쯤 차가 좁은 길로 들어섰다. 언덕 위에 건물들이 보였다. 풀밭 경사면들도 보여서 스코그가 속삭였다. "저기서 구르면 되겠다!" 그런 좋은 생각을 해낸 스코그를 간질여주었다. 언덕 위에 주차장이 있었다. 해나는 안전띠를 풀고 뛰쳐나갈 준비를 했다.

미소를 띤 남자가 그들을 맞으러 다가왔는데, 해나는 그가 농부라고 생각했다. 흙 묻은 청바지를 입고 스웨트 셔츠는 걷어 올리고 주머니는 뜯겨진 상태였다. 농부는 아빠와 엄마와 악수를 나눴다.

"짐은 제가 갖다 놓을까요?"

아빠가 가방을 꺼내자 농부가 제일 큰 건물을 가리켰다. 네모난 현대식 건물에는 거울 같은 창문들이 나 있어 시골과는 어울리지 않아 보였다. 어느 문으로 들어가야 하는지 농부가 설명해 주었다.

해나가 아빠의 손을 끌며 부채 모양으로 펼쳐진 언덕을 가리켰다. 녹색 풀밭이 손짓하는 듯했다.

"곧 밖에 나가 놀게 될 거야." 말하는 아빠의 표정이 어두웠다. 엄마는 심지어 해나를 쳐다보지도 않고 평평한 신발을 신고 휘청거리며 자갈 깔린 주차장을 걸어갔다.

건물 안으로 들어서자 해나는 즉시 그곳이 싫어졌다. 공식적인 장소, 학교와 너무 비슷하게 생겼으니까. 손으로 만든 물건들이 벽에 진열돼 있고 복도를 따라 목소리들이 우렁우렁 울렸다. 곧장 사무실로 가면서 해나는 다음에는 또 뭐가 나올까 싶어 공포스러웠다. 또 다른 교장, 또 다른 대화…… 어떻게 해야 하나 생각해 보았다. 짖고 으르렁거리는 건 언제나 효과가 좋았다. 아빠 앞에서 그런 행동을 보인 적은 없고 아빠한테 그런 모습을 보여주는 게 어떨지 확신은 안 섰지만 말이다.

주절거리는 늙은 여자 둘이 사무실에서 그들을 맞이했다. 한 명은 이가 누랬고 다른 한 명은 이가 아주 하얬다.

"기다리고 있었어요." 하얀 이가 말했다.

또 악수하고 인사하고 미소 짓고. 해나가 발을 굴렀다.

"이 지루한 어른들 일은 놔두고 우리는 좀 둘러보러 갈까?" 누런 이가 눈을 반짝이며 말했고, 해나는 그 눈웃음이 마음에 들었다. "인사하고 갈까?"

해나는 아빠에게 손을 흔들었다. 하지만 놀랍게도 아빠가 무릎을 꿇고 해나를 꼭 껴안으며 입을 맞췄다. "사랑한다, 릴라 굼만. 너를 너무 사랑해."

해나도 그를 껴안으며 팔딱거리는 심장 소리를 키워서 자신의 사랑이 들릴 수 있게 했다.

엄마의 작별인사는 그다지 강요적이지 않았다. 해나의 머리칼을 손가락으로 잡더니 뺨에 입을 맞췄다. "나중에 보자, 악어."

해나가 누런 이랑 떠나려는데 엄마가 갑자기 킥킥거렸다. 모두 돌아보자 엄마가 입을 틀어막고 사과의 말을 중얼거렸다. 해나는 부모 둘 다 감정 상태가 왜 저렇게 엉망인지 이해할 수 없어서 고개를 좀 흔들어 혼란스러움을 털어버리려 했다. 누런 이가 손을 내밀었지만 해나는 잡지 않고 따라갔다. 밖으로 나가는 거면 좋겠다고 생각했다. 요정 대모가 나뭇가지로 만든 오두막을 세워놓았을지도 몰랐다. 하지만 건물을 나가서는, 짧은 포장된 보행로를 지나 다른 건물로 들어갔다. 계단을 올라가 복도를 지나갔다.

"내 이름은 오드리야." 누런 이가 말했다. "우린 앞으로 아주 가깝게 지내게 될 거야. 너에게 필요한 만큼 내가 곁에 있을 거야." 오드리가 해나를 어느 방으로 이끌었다. 창문이 있고 침대와 책상, 서랍장이 있었다.

해나가 우뚝 멈춰서 침대를 가리켰다. 해나의 이불이 잘 접혀져 놓여 있었다. 미소 짓는 데이지 베갯잇도. 왜 해나의 물건들이 이 이상한 방에 있을까? 이곳은 해나의 방이 아니었다. 누런 이가 여행가방을 열었고 그 안에서 로봇 잠옷이, 무당벌레 장화가 나왔다. 가까이 다가가 보았다. 해나의 물건들로 가득 차 있었다.

"옷은 서랍장에 넣으면 돼. 직접 정리하고 싶니?"

해나가 얼굴을 일그러뜨리며 옆방을 가리켰다. 거기가 아빠의 방일까?

하지만 누런 이는 이해하지 못했다. "화장실? 다른 여자애 셋과 같은 화장실을 쓰는 거야. 그리고 여기 야간 감시 장치가 있어." 문간으로 가더니 해나에게는 보이지 않는 무언가를 가리켰다.

해나는 고개를 젓고 발을 굴렀다. 아빠를 놔두고 오는 게 아니었다. 스코그를 겨드랑이에 단단히 끼고 해나는 방에서 달려 나갔다. 누런 이가 쫓아왔다.

복도를 지나, 계단을 내려가, 문을 열었다. 잠시 한결 나아졌다.

다시 밖으로 나온 것이다. 공기 중에서는 흙에서 나는 냄새가 느껴졌다. 말들이 울타리 안에서 코를 힝힝거리며 서로에게 메시지를 전달하고 있었다. 건물 앞에서 피어나고 있는 꽃들은 해나가 남겨두고 온 것들보다 작고 친절해 보였다. 누런 이가 주위를 둘러보는 해나 곁에서 참을성 있게 기다렸다.

"말을 보고 싶니?"

누런 이는 상냥한 목소리를, 핫초코처럼 달래주는 목소리를 가지고 있었다.

스코그가 말들의 긴 코를 쓰다듬고 싶어 했다. 하지만 해나는 그에게 좀 더 기다려야 한다고 말해주었다. 아빠를 찾아야 했다. 빙 돌아서 건물 앞으로, 자갈 깔린 주차장으로 갔다. 누런 이가 따라왔다.

"구경하게 놔둘게. 네가 길을 잃지 않도록 따라다니기만 할 거야. 알겠지? 볼 게 아주 많……"

해나는 청각을 꺼버렸다. 주차장을 훑어보았지만 아빠의 차는 보이지 않았다. 바로 그때, 아빠의 차가 멀리 보였다. 좁은 길을 따라 굴러가고 있었다. 벌써 큰 도로에 다 갔다. 해나는 깜짝 놀라 소리를 빽 지르고 뛰기 시작했다.

기다려! 기다려!

외치고 싶을 정도였다. 자신의 목소리를 찾아보려 했지만 머릿속에서 퉁탕거리기만 할 뿐, 혀는 입속에서 미이라처럼 꽁꽁 묶여 움직일 수 없게 된 듯했다.

누런 이는 생각보다 빨랐다. 바로 쫓아왔다.

"기다려! 해나, 아기곰아, 기다려!"

아빠의 차가 큰 도로로 진입하더니 쌩 가버렸다. 해나는 멈춰 섰다. 천둥번개가, 비와 폭풍을 가득 품은 커다란 검은 구름이 목에서 끓어올랐다.

"우어어어!" 해나가 소리를 지르며 자동차를 가리켰다. "다아아아아!" 눈물이 시야를 흐리며 쏟아져 나와 집으로 가는 길을 지웠다.

"알아, 아기곰아." 누런 이가 길 위에 앉아 해나를 무릎에 앉혔다. "부모님은 너를 사랑해. 너에게 가장 좋은 일을 해주고 싶어 해. 다시 함께 살게 될 거야. 약속할게, 약속해." 우는 해나를 달래주었다.

스코그가 기어 올라와 해나의 턱과 어깨 사이에 자신을 끼워 넣으며 위로해 주려 애썼다. 하지만 해나의 일부는 여전히 아빠에게 붙어 있었다. 그들 사이 거리가 멀어질수록 점점 잡아당겨지다가 해나의 내부에서 찢어졌다.

해나는 누런 이의 품속으로 무너져내렸다. 피를 흘리다 죽게 될 것이라 확신했다. 아빠가 왜 해나를 낯선 이의 품에서 죽게 남겨두고 떠나는지 헤아릴 수가 없었다.

SUZETTE
수제트

블라인드가 걷히자 놀이방으로 난 창에는 아무도 없었다. 수제트의 아이는 그 안에 없었고 벌떡 일어나 찾아보고픈 충동으로 근육이 꿈틀거렸다. 해나 없이 비어트릭스의 사무실로 오다니, 비현실적으로 느껴졌다. 자동차 뒷좌석에는 유령이라도 앉아 있는 것처럼 자꾸 뭔가 느껴졌다. 그 주 내내 비슷한 기분이었다. 수제트의 말없는 아이가 얼마나 많은 소음을 만들어내는지, 전에는 별로 생각해 보지 못했다. 계단을 오르내리는 소리, 텔레비전에서 흘러나오는 만화를 따라 재잘대는 소리, 작게 깍깍대거나 끙끙대던 해나의 소리, 알아들을 수 없는 단어들로 이루어진 언어를 흥얼거리며 부르던 노랫소리.

수제트의 시선을 따라 비어트릭스도 텅 빈 놀이방을 곁눈질했다.

"해나의 부재가 괴로운가 보군요?"

수제트가 어깨를 으쓱했다. "이상해요. 계속 바나나와 치즈를 사야 한다는 생각이 들어요. 무슨 말을 해주려고 해나의 방으로 갔다가 문 앞에 서 있어요. 식사를 준비하면서 해나를 부르려다가 멈춰요. 오랫동안 해오던 정해진 일과가 있었으니까요." 그 일과가 없어서 얼마나 자유를 느끼는지는 말하지 않았다.

"알렉스도 괴로워하나요?"

"그런 것 같아요. 특히 자기 전에요. 낮에는 해나와 같이 있지 않았으니까요. 다시 회사 일이 바빠졌어요. 텅 빈 침대를 보면 괴로운 것 같아요. 문 뒤에 숨어 있는 게 아니라 해나는……" 놀랍게도 수제트는 그 주 내내 잘 잤다. 짐을 내려놓은 기분이었다.

"차분해 보이시네요. 우울한 기분도 드나요? 과거에 우울증을 앓은 적 있나요?"

"우울은 아니에요. 기분이…… 온갖 감정이 들어요. 제가 아직 엄마인지 잘 모르겠어요. 마치 어릴 때 누가 자라서 뭐가 되고 싶으냐고 물었을 때 같아요. 어떤 면에서는 한 번도 느껴본 적 없는 그런 기분이에요. 제가 누구인지 잘 모르겠어요. 하지만……"

"죄책감이 느껴지지 않기는 힘들죠. 하지만 그럴 필요는 없어요."

수제트는 단호히 머리를 젓고 쓰게 웃으며 비어트릭스의 말을 부인했다. "전 살면서 그렇게 많은 일을 해보지 않았어요. 건강 문제 때문에 늘 일종의 은둔자처럼 살았죠. 그런데 이렇게 되니 생각할 수밖에 없는 게…… 머릿속에서 내가 다르게 했어야 했던 모든 일의 목록을 만들고 있어요. 나의 인생, 그리고 해나의 인생에 대해서요. 했어야 했던 말과 하지 말았어야 했던 말. 더 참았어야 했던 때와 더 단호해야 했던 때 그리고…… 계속 이런 생각들을요."

"만약 해나에게 청각 장애가 있었다면 자신을 비난하지는 않았겠죠." 비어트릭스가 고개를 갸웃하며 격려의 미소를 보냈다.

"비난했을지도 몰라요. 전 아마 그랬을 거예요." 수제트가 냉소적인 미소를 지었다. "민감한 아기 귀에 해가 될 어떤 환경에 노출시켰나 생각했겠죠. 아니면 유전적 결함을 물려주었나 자책했을 거예요. 임신하기 전에 알렉스에게 아이도 크론병을 얻게 되면 어쩌나 너무 걱정이 된다고 한 적이 있었어요. 해나에게 물려줄까 두려웠죠. 그랬더니 알렉스가 말했어요. 그러면 제 경험 덕분에 어떻게 치료해야 하는지 아니까 다행이라고요. 혼자서 고생하지 않아도 될 거라고요. 하지만 해나는 결국 혼자서 고생하게 됐어요. 우리는 해나를 이해한 적이 한 번도 없을 거예요. 어쩌면 해나는 늘 뭔가 다른 말을 하려고 애를 쓰고 있었는지도 몰라요. 이제 마시즈가 알아내야 할 차례죠."

비어트릭스는 오랫동안 수제트를 묵묵히 바라보기만 했다. 그리고 의자에 앉은 채로 앞으로 몸을 기울였다.

"마침 잘못한 일에 대해서 말하고 있으니까 어려운 질문을 하나 할게요. 특히 두드러지게 생각나는 한 가지가 있는지 궁금하네요."

수제트가 창 쪽으로 고개를 돌렸지만 시선은 나무들 너머 더 먼 곳을 보았다.

"여자아이가 태어날 거라는 걸 알고, 스웨덴식 이름을 짓고 싶었어요. 특이한 이름으로요. 알렉스의 동업자인 매트에게도 쌍둥이가 태어났는데, 딸아이 이름은 스트라이커이고 아들 이름은 사운드예요. 알렉스는 좀 괴상하다고 생각했지만 전 이해할 수 있었어요. 매트가 자기 아이에게 바라는 어떤 모습을요. 스트라이커라는 이름을 가진 여자아이는 그 무엇에도 패배하지 않을 거예요. 사운드라는 이름을 가진 남자아이는 침착하고 합리적이고 강할 거예요.

제가 좋아한 이름들도 조금 이상했던 것 같아요. 사가, 블릭스, 마이켄, 솔베이지. 알렉스는 사람들이, 어쨌든 이 나라 사람들이 발음을 잘못할 수도 있는 이름을 지어주고 싶어 하지 않았어요. 옌센이라는 성도 늘 바로잡아주어야 했거든요. 왜인지는 모르겠지만 전 평범한 이름을 지어주고 싶지 않았어요. 가끔 저는, 아이에게 다른 이름을 지어주었더라면 다른 아이가 되었을까 궁금해요. 하지만 그렇진 않겠죠…… 제가 정말 원하지 않았던 건…… 아이가 검은 머리로 태어난 거였어요. 내 머리로. 전 아이에게서 알렉스를 보고 싶었어요. 알렉스를 닮은 아이를 원했어요. 하지만 그 애는 저를 닮았어요. 제 어머니를 닮았죠. 전 알렉스가 이름을 고르게 했어요. 그 애가 알렉스의 아이임을 내가 늘 기억할 수 있도록. 알렉스, 내가 사랑하는 알렉스. 결국 제가 원한 것은 늘 알렉스였어요."

첫 주가 가장 힘들었다. 마시즈에서 작별을 고한 후 발작적으로 터져 나오는 킥킥거림을 그럭저럭 혼자 있을 때만 할 수 있게 됐다. 안도감과 믿기지 않음, 수치심이 때로 터져 나왔다. '정말 이런 일이 내게?'라는 행복하고도 슬픈 감정이 북받쳤다. 둘째 주가 되자 부모로서의 번민이 많이 누그러졌다. 그래서 시간이 초현실적으로, 해나의 부재로 인한 간헐적 비탄의 기진맥진한 박자가 아닌, 정상적인 속도대로 흘러갔다.

수제트는 맨발로 싱크대 앞에 서서 고개를 숙이고 요리법을 보았다. 쏟아지는 머리칼을 귀 뒤로 넘기며 집중했다. 거미줄처럼 부드러운, 헐렁한 티셔츠를 입고 청바지는 무릎까지 걷어 올렸다. 젊은 복장이 기분에 맞았다. 정원은 태양광 아래 누워 있고 열린 문으로 산들바람이 불어들어 탁자를 뒤덮은 스케치한 종이들을 부스럭거렸다. 일련의 그림들을 전체적으로 조망하기 위해 거기다가 두었다. 어느 문을 통해 보이는 광경이 담겨 있었다. 어떤 그림에서 문은 그저 뚫린 하나의 틈에 지나지 않았고, 다른 그림 속에서는 주인공이 다른 장소로 막 들어서려는 듯했다. 하지만 알렉스가 체육관에서 돌아와 샤워를 하러 올라가자, 수제트에게 다른 종류의 영감이 떠올랐다. 그림들은 한쪽으로 치워놓았다. 만들려고 했던 시나몬 번, 그게 알렉스 기분을 북돋을 것이었다.

수제트에게 베이킹은 쉽지 않았다. 조리법을 정확히 따라야 한다는 것을, 뭔가 더 넣거나 실험적 시도를 해서는 안 된다는 것을 알고 있었다. 어느 한가한 오후, 안뜰에서 커피와 시나몬 번을 즐기는, 그들만의 작은 피카를 가지는 모습을 머릿속에 그리며 최대한 알렉스의 어머니 솜씨처럼 만들고 싶었다. 그들은 함께 있는 법을 다시 배울 필요가 있었다. 매일, 둘이서만, 해나 없이. 새로운 일과를, 새로운 기쁨을 찾아갈 수 있게 수제트가 도울 것이었다. 알렉스가 계단을 뛰어 내려오며 깨끗한 비누 냄새를 풍겼다. 짐짓 자세를 잡고 수제트가 돌아보기를 기다렸다. 수제트는 돌아보다가 꺅 기쁨의 소리를 지르며 얼싸안았다. 알렉스의 목을 감싸고 뺨을 비비며 부드러운 감촉을 즐겼다. 그러고 나서 한 걸음 물러서서 분홍빛의, 갓 면도한 얼굴을 감상했다.

"내 수염을 그렇게 싫어했는지 몰랐네." 알렉스가 상처받은 척하며 말했다.

"아냐, 그런 게 아니라 이쪽이 너무 좋아서. 이 부드러운 얼굴이." 수제트가 알렉스의 얼굴을 손으로 감쌌다. "내가 사랑에 빠졌던 얼굴이잖아." 그리고 알렉스 역시 나름대로 노력하고 있다는 걸, 달라지려고 한다는 걸, 낡은 방식을 깨뜨리고 둘만의 가정을 맞이하려한다는 걸 깨달았다.

"젊어 보여?"

"덜 힙스터 같아 보여."

알렉스가 웃었다. "너무 유행을 하더라고. 이제 사무실의 모든 남자가 수염을 기르고 있어. 매트는 손잡이 같은 콧수염을 왁스까지 발라가며 가꾸고 있고."

수제트는 깔깔 웃었다. 알렉스가 수제트를 끌어당겼다. "당신도 너무 아름답다. 젊어 보이고. 난 이렇게 화장도 안 하고 근심도 없어진 당신이 너무 좋아."

수제트의 볼에서는 진물이 멈추었고 이제는 뭔가로 덮지 말고 낫게 두라는 지시를 받았지만, 사람을 만날 때는 밴드를 붙였다. 알렉스와 있을 때도 마찬가지였다. 커다란 네모난 밴드 때문에 어려 보이는 거라고 믿었지만, 알렉스의 칭찬이 고마웠다. 둘은 키스를 하고 들끓는 욕망에 몸이 다가붙었지만 수제트는 밀어내며 몸을 뺐다. "자, 난 주방 바닥에서 사랑을 나눌 준비가 안 됐어. 중요한 임무 수행 중이라고."

알렉스가 싱크대로 따라왔다. "뭐 만들고 있어?"

"깜짝 선물."

"맛있는 선물?" 알렉스가 수제트의 어깨 너머로 조리법을 들여다보며 물었다.

"방해하지 않으면 가능할 거야."

"난 맛있는 선물 좋아해." 알렉스가 탁자로 가서 수제트의 그림을 구경했다.

유리끼리 부딪치는 챙 소리를 내며 수제트가 제일 큰 파이렉스 믹싱볼을 꺼냈다. 밀가루 봉지와 이스트 상자, 흰 설탕과 갈색 설탕을 모두 꺼냈다.

"정말 흥미롭네." 알렉스가 바람이 헝클어놓은 그림들을 바로잡았다. "예전엔 이런 그림 그린 적 없었잖아. 디자인이나 건축 기술들이 이렇게 전혀 다른 쪽으로도 개화할 수 있다니."

"나도 잘 설명은 못하겠지만…… 하나를 시작하니 다른 것들도 다 생각나더라. 그냥 한 번 그려보려고."

"그래야지. 정말 멋지다. 흑백 작업이 정말 섬세해."

수제트는 서로 다른 크기의 그릇을 차례로 늘어놓고 완벽한 조리 준비를 마친 후 재료들을 섞으려 했다. 과거에 실패했을 때, 한참 요리에 들어갔는데 한두 재료가 모자라는 경우를 경험했던 것이다. 그릇에 첫 컵을 쏟아내자 밀가루가 풀썩 솟아올랐다. 그리고 한 컵 더, 세 번째 컵을 쏟아부으려 하는데 뭔가 눈에 띄었다.

처음에는 무슨 벌레인가 했다. 얼굴을 찌푸리며 손가락으로 파냈다. 매끄러운 갈색이었고 벌레의 겉껍질에 알맞은 크기였다. 하지만 자세히 살펴보니…… 다리도 없고 너무 매끄러웠다.

수제트는 뭔지 깨닫고 숨을 들이켰다.

"무슨 일이야?" 알렉스가 놀라서 물었다.

"이건……" 수제트가 밀가루를 닦아내고 보여주었다. "밀가루 안에 들어 있었어."

알렉스가 눈을 가늘게 떴다. "뭐지?"

"지사제 캡슐 반쪽이야. 내 약이 갑자기 안 듣던 기억나?"

알렉스의 얼굴색이 변했다. "이건……" 하지만 역시 말을 잇지는 못했다.

"내가 문제가 아니었어. 지사제를 너무 오래 사용했나 생각했는데. 그게 아니었어. 해나가 내 약에 손을 댄 거야."

알렉스가 빈 캡슐 반쪽을 받아들었다. 수제트의 말이 사실임을 믿기 위해선 그 견고한 물질성이 필요한 것처럼. 얼굴에 고통이 기록되었다가 해소되었다. 싱크대 아래 장을 열고 쓰레기통에 캡슐을 버렸다.

"이건……" 그 애가 악마 같은 괴물이라는 증거였다.

하지만 수제트가 더 나은 말을 찾기 전에 알렉스가 끌어안으며 이마를 맞댔다.

"우리가 옳은 결정을 했다는 증거야. 우리 딸은 도움이 필요해. 옳고 그름을 배워야 할 필요가 있어. 그들이 도와줄 거야. 가르칠 거야. 그리고 언젠가 우리에게 다시 올 수 있겠지."

"그들이 도와줄 거야." 수제트는 동의했다. 적어도 한동안은, 이 상황이 그녀의 잘못이 아니라고 확신했다.

수제트는 알렉스의 힘센 품 안에서 과거의 의혹과 근심이 흩어지게 했다. 생각해 보면 지난 2주간 그다지 나쁘지 않았다. 빨래나 청소도 많이 할 필요가 없었고 낮 동안 괴롭히는 사람도 없었고 혼자 있는 시간이 좋았다. 모든 것을 잊고 스케치에 집중하면 마법 같은 일이 일어났다. 정신을 차려보면 어디서 나타난 건지 알 수 없는 그림들이 수제트를 놀라게 했다. 그리고 아이를 영원히 잃은 것도 아

니었다. 해나는 살아 있고 다시 볼 수 있을 터였다. 미래에 함께 하
는 삶은 그 어느 때보다 나아지리라는 희망을 품을 수도 있었다.

상황은 그렇게 나쁘지 않았다. 그들은 나아지고 있었다.

스테판스키 박사는 또 한바탕 혈액 검사를 하고 나서 혈액학자에
게 보냈다. 수제트의 만성 기력 부족을 해결해 보자고 했다. 극심한
빈혈로 B_{12}와 철분, 비타민D 수치가 바닥이었다. 이런 채로 수년을
지낸 듯했다. 내장 수술을 받은 사람에게 흔한 흡수 불량 문제였다.
수제트의 기력 문제에 그 동안 무심했던 스테판스키 박사에 대해서
는 화가 났지만 그래도 해결해 줄 사람이 나타났다. 한 주 뒤에 처음
으로 철분제 주입과 B_{12} 주사를 맞았고 D_3 보충제는 이미 먹기 시작
했다. 바로 나아지리라는 희망은 너무 지나친 게 아닌가 싶었지만
그래도 희망을 품었다.

한편 수제트와 알렉스는 마침내 예전에 그랬던 것처럼 축복과도
같은 시간을 가지게 될 것이었다. 그들 관계는 강화될 것이다. 비어
트릭스와 상담하며 더 나은 부모 노릇을 배울 것이다. 마시즈는 해
나 속에서 꽁꽁 얽힌 배선을 풀어내 1년 혹은 2년, 아니면 3년 후면
어떻게 의사소통해야 하는지 다함께 알아낼 것이다.

수제트는 알렉스와 얼싸안고 있는 동안 이런 생각들을 했다. 그리
고 나중에 분명하게 말해주었다. 그 동안 알렉스에게도, 해나에게도
생각을 충분히 알리지 않았던 행동 방식을 교정하리라 맹세를 했기
때문에.

"나 훨씬 나아질 것 같아. 건강도. 우리 관계도. 그리고 해나는 준
비가 되면 집으로 돌아와서 우리 모두……"

알렉스가 수제트를 더 꼭 안아서 동의를, 수용을 표현했다. 분리

는 그들 모두를 위해 좋은 선택이었다.

"엄마가 만들어 준 것만큼 맛있는데!" 시나몬 번이 예상보다 잘 나오긴 했지만 알렉스로서는 너그러운 평가였다.

수제트가 바라던 대로 부부는 오후와 저녁 내내 안뜰에서 한가로이 보내며 알렉스의 협소 건물 프로젝트의 진전에 대해 얘기했다. 피복 입힌 합성 목재의 장점과 돛으로 쓰이던 캔버스 천을 재활용해 반쯤 떠 있는 시설물들을 만들 가능성, 백악관의 행실들, EU의 최신 추문, 그리고 그들이 정원에서 채소를 기르지 않았던 이유는 아마 잔디를 포기하기 싫어서 그랬던 것 같다는 등의 이야기가 이어졌다. 당분 과다 섭취로 좀 부루퉁하고 울적해진 후에는 말수는 줄이고 변해가는 하늘색을 바라보았다.

"이 색이 내가 제일 좋아하는 색이야." 하늘이 쨍한 파란색으로 바뀌었을 때 알렉스가 말했다.

수제트는 하늘이 보랏빛으로 물들기 시작할 때까지 기다렸다. "난 이 색이 좋아."

어둠이 내려앉고 너무 많은 것을 볼 필요가 없어 안전해지자, 수제트는 알렉스를 향한 해나의 사랑을 늘 좀 질투해 왔음을 인정했다. 그리고 알렉스는 수제트가 별 힘들이지 않고 집안을 꾸려가는 점이 부러웠다고 인정했다. "나의 뇌는 구조를 상상하고 부분을 맞춰가는 데 집착하거든. 끝없는 퍼즐처럼 말이야. 하지만 전부 기계적이지. 하지만 당신은 가정을, 환경을 상상해 내잖아. 사람들이 공간 안에서 어떻게 살고 기능할지를 말이야."

"하지만 실제 사람을 보고 하는 건 아닌데."

"우린 몽상가들이야."

그들은 라운지 의자에서 팔을 서로 얽으며 손가락으로 구애의 춤을 추었다.

"당신은 정말 좋은 아빠야. 더 많이 그 말을 했어야 했는데."

거리에서 웃음소리와 고함소리가 흘러들어왔다. 다시 조용해질 때까지 둘 다 말이 없었다.

"이번 여름엔 여행을 가자. 진짜 여행. 몇 주 동안." 알렉스가 말했다.

"정말?"

"그러고 싶어?"

"응."

생각할수록 정말 더 가고 싶어졌다. 젊었을 때는, 크론병이 잘 제어가 안 돼서 여행이 편하지 않았다. 하지만 이제는 가능했다. 신이 났다.

"어디로 갈까?"

"당신이 원하는 곳으로. 생각해 봐. 계획을 짜기 시작하자."

수제트는 알렉스와 손바닥을 마주치며 씩 웃었다.

거의 열한 시가 다 되어서야 부부는 계단을 올라갔다. 시나몬 번과 햇빛, 밤 곤충들의 최면성 자장가에 노곤해진 후였다.

2층에 올라가 알렉스가 우뚝 멈췄다.

"왜?" 수제트가 물었다.

알렉스는 해나의 방을 들여다보며 잠시 서 있었다. 그리고 나서 문을 닫았다.

HANNA
해나

    마시즈는 작은 스코그에게 안전하지 않았다. 다른 아이들이 괴물처럼 돌아다녔고 그들의 행동은 거칠고 야단스러웠다. 그들 중 반이 고함을 질렀고 반은 으르렁거리거나 수상쩍은 눈길로 물어뜯을 준비가 되어 두리번거렸다. 다 야만인들이었다. 화재경보기처럼 귀청을 찢을 듯 웃는 모습도 미개인 같았다. 해나는 스코그와 매일 매순간 같이 있고 싶었지만 너무나 작고 약한 그를 데리고 다니기가 두려웠다. 학교며 치료며 식사며 놀이며 방을 나서야 할 때는 스코그를 베개와 벽 사이에 끼워서 숨어 있는 동시에 밖도 내다볼 수 있게 했다. 다른 아이들은 해나의 방에 들어올 수 없었다. '규칙들'이 그랬고 어른들은 모두의 '개인 물건'을 존중했다. 그러니 스코그는 이론상 안전했다. 밤이면 둘은 함께 속삭였다. 때로 그가 펠트 손으로 해나의 눈물을 닦아주었다. 해나도 이미 알고 있는 이야기를 해주었다. 엄마의 주문에 당한 거라고, 마시즈는 엄마의 복수라고.

해나는 대부분 아침을, 주황색 머리 색과 종종 옷을 맞춰 입는 여자와 보냈다. 이름이 T로 시작해서 해나는 그녀를 탠저린(감귤류)이라고 불렀다. 탠저린은 많은 문장을 내놓았다. "누가 우는 것을 보면 나도 슬퍼진다"와 같은 것들이었다. 그러면 해나는 '진실' 카드와 '거짓' 카드 중 한 장을 그녀 앞의 탁자 위에 내놓아야 했다. 대부분의 경우 해나에게는 세 번째 카드가 필요했다. '그러든지 말든지 무슨 상관이야' 카드 말이다. 그래서 대신 '거짓' 카드를 내동댕이쳤다.

나는 엄마가 안아주면 행복하다. 거짓.

나는 슬플 때가 많다. 진실. 거짓. 진실.

나는 나 자신이 좋다. 진실.

나는 친구를 쉽게 사귄다. 거짓. 스코그도 포함된다면 진실. 하지만 해나는 어른들이 어떻게 생각하는지 알았다. 그들은 바로 눈앞에서 볼 수 있는, 분명한 것들을 좋아했다. 상상력은 격려하면서 상상에서 나온 건 증오했다. 현실이란 가변적인 것임을 그들은 이해하지 못한다는 걸 해나는 알고 있었다. 해나가 보기에 현실이란 파도를 타고 흘러가는 것이었고, 현실의 밖에 있을지 안에 있을지는 직접 선택할 수 있었다. 부모와 학교는 해나가 안에 있기를 원했다. 왜냐하면 그 편이 더 쉽고 그들은 다른 편으로 헤엄쳐 가는 방법을 잊어버렸기 때문이다. 그래서 해나가 이곳으로 보내진 것이었다. 해나는 자신의 행동이 괜찮은-정상적인-가능한 정도를 그렇게 많이 벗어났다고 생각하지 않았다. 하지만 다른 사람들은 모두 그렇게 생각하지 않는다는 것을, 이제는 해나도 이해했다.

그래도 마시즈는 너무 심한 처벌 같았다.

요정 대모인 비어트릭스도 마찬가지였다. 결국 사악한 마녀였던 것이다.

놀이시간에 누가 지켜볼 책임을 맡았든지 간에, 해나는 얼마나 멀리까지 도망칠 수 있는지 알아보기를 좋아했다. 하루는 누런 이가 화난 소년과 다른 보조 교사를 돕느라 정신이 팔린 사이, 해나는 놀이터를 슬쩍 빠져나가 언덕 아래로 내려갔다. 숲 지역을 지나, 풀밭을 가로질러 큰길까지 달려가 볼까 생각했다. 집까지 달려갈 수 있을지도 몰랐다. 하지만 스코그를 놔두고 갈 수는 없었다. 적어도 나무들 뒤에 숨을 수는 있었다. 두터운 검은 나무 기둥이 눈앞에 보여서 해나는 그 뒤로 가 몸을 낮추었다. 숨을 고르며 어떻게 할지 생각해봐야 했다. 그런데 해나보다 나이가 많아 보이는 소녀 하나가 거기 앉아 있었다. 얼굴은 퍼그 견종 같고 팔에는 희미한 흉터들이 얼룩져 있었다.

퍼그 얼굴이 벌떡 일어나 해나의 팔을 잡고 놀이터 쪽으로 돌려세웠다. 엄마에게선 경험해 보지 못한 힘이었다. 해나는 망설였다. 소녀의 팔에 난 주름과 흉터들, 그리고 혼자 있고자 하는 공통된 욕망에 흥미가 일었다.

"네 부모가 그런 거니?" 퍼그 얼굴이 해나의 붕대 감은 손목을 가리키며 물었다.

해나는 이제 너덜거리며 더러워진 탄성 붕대를 만졌다. 다들 그렇게 생각할까? 해나는 한 번도 아빠를 배반한 적 없었다. 그저 붕대가 좋아서 계속 하고 있었을 뿐이었다. 하지만 어쩌면 해나가 아직도 집에 갈 수 없는 이유는……

퍼그 얼굴이 다시 해나를 밀치고 주먹으로 쳤다. "그래도 싼 짓을 저질렀겠지, 이제 가버려 이년아!"

해나는 달아났다. 다시 언덕을 올라갔다. 어깨가 욱신거렸다. 더러운 붕대를 풀어 던져버렸다. 어느 죽어가는 나무의 휘청거리는 가지 위에 걸렸다. 아픈 부위를 찾아 문지르려고 했다. 스코그 생각이 났고 눈물이 샘솟았다. 스코그는 정말 안전할까? 퍼그 얼굴이나 다른 짐승 같은 아이들이 결국 찾아내지 않을까? 팔을 찢어내고 눈을 뽑고 배를 찔러 사방으로 콩들을 쏟아낼 것이다. 엄마가 감자에게 저지른 짓보다도 더 끔찍할 것이다. 스코그는 정말 진짜 친구였고 해나는 그 없이는 마시즈에서 살아남을 수 없을 테니까.

어딘가 안전한 곳을 찾아야 했지만, 어디일까? 계속 가지고 다니면 실수로 어딘가에 두고 오거나 가방에서 떨어지거나 호주머니에서 비죽 나오게 될 수 있었다. 괴물들은 그를 파괴할 물건으로밖에 보지 않을 것이다. 아이들은 다른 아이들의 취약점을 잘 알았다. 해나가 그를 사랑할수록 위험은 커졌다.

이미 늦었는지도 몰랐다.

해나가 없는 동안 다른 아이들이 벌써 찾아냈는지 모른다.

해나는 있는 힘을 다해 달렸다. 스코그를 구해야겠다는 결의에 가득 찼다.

공포에 사로잡혀 고함을 지르며 운동장을 가로질러 달렸다. 발야구를 하는 한가운데를 헤치고 지나가자 항의가 터져 나왔지만 신경 쓰지 않았다. 스코그의 손과 발이 뽑히고 검은 콩 내장이 사방으로 흩어진, 끔찍한 모습만 떠올랐다. 누런 이가 쫓아왔다.

"해나, 기다려! 무슨 일이니?"

해나가 문을 확 열고 계단을 달려 올라갔다. 누런 이가 계단참에서 따라잡았다. 해나 앞으로 달려나가 무릎을 꿇고 해나의 팔을 잡았다.

"괜찮은지 확인해야겠다. 다쳤니? 무슨 일이 있었니? 손목은 괜찮아?" 누런 이가 붕대가 벗겨진 해나의 맨살을 쓰다듬었다.

해나가 울부짖으며 자기 방을 가리켰다.

"알았어, 방으로 가자."

누런 이가 손을 잡으려 했지만 해나는 그녀 때문에 지체할 수 없었다. 방으로 벌컥 들어가 울며 침대에 몸을 던졌다.

스코그는 거기 있었다. 다치지도 않았고 해나가 놔둔 그대로 있었다. 해나는 그를 꼭 끌어안고 울음을 멈출 수 없었다.

"아, 불쌍한 것……." 누런 이가 옆에 앉아 해나의 등을 문질렀다. 누런 이의 손이 새로 든 멍에 닿자 해나가 움찔 했다. "왜 그렇게 속상해하는지 말해줄 수 있으면 좋을 텐데. 오늘이 힘든 하루인가 보구나."

스코그는 자기는 괜찮다고, 괜찮다고 말했다. 하지만 공포가 해나를 떠나지 않았다. 최악의 상황도 상상이 됐으니까. 스코그는 여기서 죽을 수도 있었다. 그리고 해나는 그 없이는 살아갈 수 없었다.

해나는 괴로움에 울부짖으며 모든 게 얼마나 그리운지 스코그에게 말했다. 자신의 방, 아늑한 침대, 색색의 보물 상자들, 햇빛을 먹여주던 커다란 유리 벽, 아빠의 서재와 기어 다니기 좋았던 부드러운 카펫, 해나를 폭 감싸주던 거실의 푹신한 소파, 원할 때면 언제든 좋아하는 간식을 먹을 수 있던 냉장고, 혼자 보던 텔레비전, 아빠와 보던 〈스타 트렉〉, 아빠가 읽어주던 동화책, 아빠의 포옹, 아빠의 말, 아빠와의 놀이. 해나는 심지어……

심지어 엄마가 그리웠다. 사실이었다. 뭐, 정확히 엄마는 아니었다. 해나가 좋아하는 그대로 음식을 만들어 주던 그 엄마가 그리웠다. 엄마는 해나가 좋아하는 것과 싫어하는 것을 알았다. 해나에게 가끔 공간도 내주었다. 늘 해나의 코앞까지 달려드는 마시즈의 각다귀 떼들과는 달랐다. 아무리 쫓아내도 그들은 해나를 그냥 내버려두는 법이 없었다. 그리고 최악 중의 최악 중의 최악은, 아무도 해나를 이해하지 못한다는 것이었다. 아빠는 늘 해나의 말을 이해했다. 엄마도 늘 그렇게 못 알아듣지는 않았다. 하지만 마시즈의 사람들은 멍청했고 멀쩡한 눈을 두고도 귀만 사용하려고 했다. 심지어 지금, 제일 좋은 사람인 누런 이조차 해나와 스코그가 처해 있는 위험에 대해 아무것도 이해하지 못했다.

해나의 얼굴이 부풀어 올랐다. 빵빵하게 부어서 더 이상 울지 못할 정도로 딱딱해지기 시작했다. 해나는 훌쩍이며 입으로 숨을 쉬었다. 누런 이가 티슈를 가져와서 코를 닦아주고 흥 불라고 했다. 누런 이가 운동화를 벗겨 못생긴 바닥에 놓는 동안, 해나는 벽을 보며 옆으로 누워 몸을 웅크렸다.

"그래, 힘들지, 아기곰아. 나도 알아……."

해나는 팔을, 등을 쓰다듬는 누런 이의 손길을 느꼈다. 손은 텅 빈 우주에 원을, 자라나는 것들이 가득한 행성들처럼 따뜻한 원들을 그렸다. 해나는 잠에 빠졌다. 밤새 얼마나 잤던 걸까? 어쩌면 이 모든 게 악몽이었고 깨어나면 집, 해나의 침대일지도 몰랐다.

"노력하면 더 잘 할 수 있어." 스코그가 말했다.

해나도 동의했다. 꿈을 꾸며 엄마를 쫓아버릴 수는 없어도, 마시즈는 그럴 수 있을지 모른다. 꿈을 꾸며 다 쫓아버리면 모든 게 다시 정상으로 돌아갈지도 모른다.

　해나는 로봇 잠옷을 입고 있었다. 누런 이가 발에도 뭘 신으라고
해서 양말 세 켤레를 신었다. 누런 이는 참을성 있게 기다렸다. 입에
는 재미있다는 미소가 초승달처럼 떠올랐다. 그리고 손을 내밀었다.
해나는 스코그를 베개 위에 잘 올려놓고 누런 이의 손을 잡았다.

　둘은 조용한 방들을 지나 걸어갔다. 해나는 다들 죽었으면 좋겠다
고 생각했다. 하지만 어린 아이들은 그저 자고 있을 뿐임을 알고 있
었다. 누런 이가 어느 사무실로 해나를 데리고 가서 불을 켰다. 둘
다 밝은 빛에 놀라 눈을 깜빡였다. 누런 이가 컴퓨터 앞에 앉아서 파
일을 찾는 동안 해나는 옆에서 기다렸다.

　"여기 있네." 누런 이가 목록을 스크롤하다가 멈추며 말했다. "아
빠 전화번호?"

　해나가 고개를 끄덕였다.

　누런 이가 휴대폰을 들어 번호를 눌렀다.

SUZETTE
수제트

    알렉스가 거대한 나무를 잘라 만든 탁자 끝으로 수제트를 밀어냈다. 수제트는 팔꿈치로 지탱하고 늘 그렇듯 고개를 뒤로 젖히며 그의 음경이 들어오는 느낌, 그녀가 제일, 제일 좋아하는 그 감각에 도취되었다. 그가 밀어 넣고 둘은 함께 헐떡였다. 그녀의 정열, 그의 사랑, 그들의 결합을 확신하는 수제트의 몸이 찌릿거렸다. 수제트는 다른 남자와 성교를 해본 적이 없었고 원해본 적도 없었다.

    그러고 나서 부부는 탁자에 벌거벗고 앉아 진짜배기 브라우니 퍼지 아이스크림 한 통을 나눠먹었다. 웬일로 배가 난리치지 않아서 놀랍고도 기뻤다. 수년간 줄어들기만 하던 세상이 다시 커지고 있었다. 그들 옆의 벽에는 수제트의 그림들이 되는 대로 붙어 있었다. 알렉스는 걸쭉한 초콜릿을 숟가락으로 파내는 수제트를 기다리며 그림들을 찬찬히 보았다.

"나 책 쓰기 시작했어." 수제트가 말했다.

"그래?" 알렉스가 아이스크림을 수북하게 뜬 숟가락을 핥았다.

"이건 구상 단계였어. 원래 생각했던 것보다 좀 큰 판형이지만 주제는 이거야." 수제트가 숟가락으로 문을 가리켰다. "몇몇 페이지에서는 바라보는 사람이 문으로 다가가는 것처럼 표현될 거야. 그러고 나서 문이 열리는 거지. 어떤 페이지에서는 마치……" 수제트가 말을 찾았다. "팝업북처럼, 3차원이 문 밖에서 펼쳐져. 초현실적인 것들이. 꿈과 악몽이. 대조를 위해서 사진도 좀 사용할지도 몰라."

"정말 끝내주게 멋질 것 같아. 그래서 어디로 가는지 방향도 알 것 같아."

수제트가 어깨를 으쓱했다. "뭔가 있긴 하지."

알렉스는 끄덕이면서 여전히 그림들을 보았지만 멍해진 듯했다. 수제트는 둘의 연결이 끊어지면서 그가 다른 상념에 잠기는 것을 느꼈다.

"난 이제 해나가 그렇게 그립지 않아. 우리 둘이 있는 게 좋아. 그 일에 대해서도 별로 곱씹지 않게 됐어. 내가 나쁜 사람일까?"

수제트는 사악한 미소가 떠오르는 것을 억눌렀다. "꼭 필요한 일이었어. 해나를 위해서도, 우리를 위해서도. 우리가 적응하는 건 좋은 일이야. 하지만 가끔은 우리가 앞으로 나아가고 있다는 기분이 안 들어. 혹시, 우리 과거로 돌아가고 있는 것 같지 않아? 예전 우리만의 그때처럼."

"그때 정말 좋았지. 우린 엄청났어. 푀랠스카드(사랑에 빠져서)."

"푀르 알티드(영원히)."

"영원히, 영원히."

둘은 꿈을 꾸듯 서로를 마주보며 만족감에 젖었다.

그때, 휴대전화가 명랑한 곡조로 울렸다.

"내 거네." 알렉스가 돌아보았다.

"문 옆에 있나봐." 수제트가 일어서는 알렉스의 엉덩이를 찰싹 때렸다.

"복수할 거야." 알렉스가 복도 탁자에서 휴대폰을 발견해 번호를 확인했다. "마시즈에서 온 거야."

수제트가 걱정스러운 표정으로 전화를 받는 알렉스를 바라보았다. "무슨 일이지?"

"여보세요?" 알렉스가 다시 탁자로 돌아왔다. "네, 괜찮아요……." 수제트에게 혼란스러운 표정을 지어 보였다. "누가 나랑 얘기하고 싶대……" 알렉스가 입을 쩍 벌렸다. "해나?" 수제트를 바라보는 눈이 커졌다. "릴라 굼만, 너니? 잠시만, 스피커폰으로 할게."

알렉스가 휴대폰을 탁자 위에 놓았다.

"야그 앨스카르 디그, 아빠. 이제 정말 나인 거 알겠지."

해나의 말은 완벽했다. 프랑스인 억양은 사라졌다. 작고 연약한 목소리여서 마리앤 같은 마녀가 아닌 참새가 떠올랐다.

"헤레구드, 이런 맙소사." 알렉스가 말했다.

두 사람은 서로 마주보며 입을 딱 벌렸다.

"해나? 아가?" 수제트가 말했다.

"안녕, 엄마."

"아, 해나, 너무 좋다……."

"네 말소리를 듣다니……." 알렉스의 눈에 눈물이 맺혔다.

"보고 싶어." 스피커폰으로 흘러나오는 아이다운 목소리가 너무 슬펐다.

하지만 해나의 목소리를, 생각지도 못한 말소리를 들은 부부는 서로 손을 맞잡고 웃음 지었다.

"우리도 네가 너무 보고 싶어, 릴라 굼만, 우리는 너를 너무 사랑한단다."

"어떻게 지내니? 학교에서 많이 배우고 있니?"

"해나가 말을!"

알렉스의 얼굴이 수제트와 마찬가지로 온통 들떠 있었다. 기적이었다.

겨우 한 달 만에 이런 진전이, 마시즈가 결국 해낸 것이다.

"너무 못되게 굴어서 미안해."

이제 수제트가 눈물을 보일 차례였다. 이런 인정을 들을 줄은 예상 못했다. 자신의 아이가 악마라고 생각하다니, 해나의 나쁜 행동들이 질병이었을 가능성을 몰랐다니, 다시 후회가 밀려들었다. 수제트가 더 일찍 조치를 취했다면 둘 다 수년간의 고통을 면할 수 있지 않았을까?

"이렇게 잘 지내는 것을 보니 너무 기쁘다." 알렉스가 말했다.

"여기가 싫어. 집에 가고 싶어."

부부는 서로를 바라보며 눈살을 찌푸렸다.

"아직 적응중이라 그래." 알렉스가 말했다. "큰 변화니까. 시간이 좀 걸리겠지만 넌 너무 잘하고 있어."

"정말 미안하고 이제부터 잘 하겠다고 약속할게." 해나가 말했다.

방 안을 잠시 달구었던 흥분은 흩어져버렸다. 수제트와 알렉스는 서로를 바라보며 뭐라 말해야 할지 확신이 안 섰다. 수제트는 해나

가 좋아지고 있다는 게 너무 기쁘긴 했지만 다시 집으로 데려온다는
건 생각조차 할 수 없었다. 게다가 해나가 이렇게 일찍 치료가 됐을
리 없었다. 모든 게 다시 예전으로 돌아가면 어쩔 것인가?

"아빠? 나 집에 가도 돼? 아빠가 보고 싶어."

"우리도 네가 보고 싶어……." 알렉스가 멈칫거렸다. "하지만 너
는 학교에 있어야……."

"난 여기가 싫어. 아이들이 너무 나빠. 제발, 이제부터 잘할게, 정
말 약속해."

수제트의 심장 표면이 벗겨져나가는 듯했다. 능숙한 칼 솜씨에 사
과 껍질이 벗겨지듯. 그들의 아이가 그들을 원했고 집을 그리워하고
있었다. 해나의 목소리에 담긴 염원이 너무 애처로웠다. 하지만 수
제트는 해나의 소망을 눌러 꺼버릴 준비를 하는 자신을 느꼈다. 아
직 비어트릭스와 해야 할 작업이 너무나 많았다. 마시즈에서 도착한
첫 보고서에는 별 내용이 없었다. 해나에게는 감정을 느낄 능력은
있지만 도덕적 나침반이 무참하게 일그러져 있다고 했다. 아이큐가
높았으나 반항과 충동 문제가 있었다. 몇 주에 걸친 검사 후에 심리
치료사는 이제 겨우 결정적, 감정적, 사회적 기술들을 습득시키고 공
감 능력을 길러주기 위한 행동 교정 전략을 수립하기 시작한 상태였
다. 그리고 해나의 망상은 정신 질환의 가능성도 배제할 수 없었다.

수제트는 고개를 저었다. 두려운 눈으로 자신의 스케치들을 흘긋
보았다. 이제 겨우 책을 시작했다. 알렉스도 되찾았다. 해나가 훔쳐
갔던 부분까지 모두. 여행도 갈 것이다. 드디어 수제트도 시도할 수
있게 된 낭만적인 모험이 될 것이었다. 이기적인 생각이었으나 모두
포기할 준비가 안 되었다. 딸아이가 집에 돌아온다면 수제트는 미쳐

버릴 것이었다. 그건 확실했다. 새로 얻은 열정, 건강도 오그라들 것이다. 다시 해나를 집 안에 들일 만큼 수제트는 강하지 못했다.

"난 못해." 수제트가 알렉스에게 속삭였다. "우린 못해. 해나는 그저 우리를 조종하려는, 떠보려는 것뿐이야. 비어트릭스가 경고한 그대로야."

신선한 방법이기는 했다. 비어트릭스가 경고한 것은 해나가 집으로 오고 싶어 할 것이라는 점이었다. 모든 아이들이 그랬다고. 극심한 학대 가정의 아이들조차도 말이다. 하지만 해나가 직접 전화를 걸어 그들이 듣고 싶어 하는 모든 말을 할 거라고는 생각 못했다. 엄마, 아빠, 사랑해, 미안해. 완벽한 발음의 사랑스러운 목소리로, 소리를 내서.

수제트는 알렉스가 넘어가지 않기를 기도했다.

알렉스가 휴대폰 아래쪽을 손으로 막았다. "앨스클링, 나도 알아. 마시즈가 잘하고 있어. 해나를 돕고 있잖아."

수제트의 몸 전체가 붉어졌다. 부끄러움으로 달아올랐다.

"해나에겐 시간이 더 필요해. 이제 겨우 시작했을 뿐인데……"

제발 이성적으로 굴자. 수제트는 첫 주가 지난 후, 모성적 자아를 버리는 게 얼마나 쉬운 일이었는지, 알렉스에게 말할 수 없었다. 비어트릭스에게든 알렉스에게든 누구에게든, 엄마 노릇에서 벗어난 데 얼마나 해방감을 느끼게 되었는지 말할 수 없었다. 마치 천천히 옷을 벗는 것처럼, 겹겹의 층을 벗고 바닥에 떨어뜨리는 것처럼. 다시 그 의상을 입을 준비는 안 되었다. 그리고 영영 준비가 안 될까 봐 두려웠다.

수제트는 다시 고개를 저으며 자신의 입을 막았다. 용서할 수 없는 생각들을 불쑥 뱉어버릴까 봐 두려웠다.

"엄마? 아빠? 듣고 있어?"

알렉스가 수제트의 손을 잡고 고개를 끄덕였다. 마치 지금 수제트가 하는 생각에 동의한다는 듯이.

"우리가 곧 보러갈 거야." 알렉스가 말했다.

무언가 수제트 안에서 폭발했다. 수제트는 벌떡 일어나 탁자에서 멀어졌다. "그렇게 말하지 마!"

"왜?"

"우린 갈 수 없어……."

알렉스가 다시 휴대폰의 마이크 부분을 가렸다. "곧 갈 수 있을 거야. 해나가 계속 저렇게 잘하면. 그리고 어쩌면 정말 곧 집에 올 수 있게 될지도 몰라."

"안 돼!" 한 손으로 뺨에 새로 자라난 섬세한 피부를 보호하면서 수제트는 알렉스에게서 멀어졌다. "온갖 일을 다 겪고, 의사들이 내 목을 잘라 열고, 사춘기를 잃어버리고, 배에 구멍이 난 채 4년을 보낸 끝에, 내 친딸이 나를 고문했어. 나에게 낙인을 찍었어. 심지어 내 눈을 찌를 수도 있었어! 그럴 의도였어! 더 이상은 참을 수 없어. 난 이런 일을 당할 이유가 없어. 우리도 행복한 삶을 살 권리가 있어. 난 당신을 사랑하고 사랑받을 자격이 있어. 이런 것들이, 해나가 우리 인생을 망칠 순 없어."

알렉스가 휴대폰을 손바닥으로 감싸고 다가왔다. 겁에 질린 짐승을 달래려는 사람처럼 수제트를 주시했다.

"괜찮아……."

"괜찮지 않아! 내 어머니도 내가 살든지 죽든지 상관 안 했어. 하지만 난 살기로 선택했어. 그리고 내 딸이 날 파멸시키도록 놔두지 않을 거야. 우리 삶을 다시 찾았어. 우리가 원래 가져야 했던 삶이야. 제발, 알렉스, 나를, 우리를 살게 해줘……."

"알았어, 알았어……." 알렉스가 수제트에게 손을 뻗었다. 감싸안았다. 수제트가 알렉스에게 온 살갗을 밀착시키며 울었다.

"아빠?"

"제발 끊어." 수제트가 속삭이며 애원했다. 알렉스는 뺨을 타고 내려오는 눈물을 훔치고 휴대폰을 들었다. "그래. 우린 너를 아주 사랑해. 하지만 넌 학교에 있어야 해……."

"안 돼!" 해나가 울부짖었다.

"힘든 거 알아. 하지만 아주 잘 지내고 있어서 엄마와 아빠는 몹시 자랑스러워."

"제발, 이제 못되게 안 굴게. 약속해." 해나가 울었다.

수제트는 알렉스가 곧 대화를 끝내려 해서 너무 고마웠다. 해나의 목소리를 듣기를 너무나 바라왔던 그로서는 큰 희생이었다.

"잘 시간이 지났다, 릴라 굼만……."

수제트는 알렉스가 얼마나 아빠 역할을 잘 하는지, 보이지 않는 대본이라도 읽는 것처럼 어떻게 저렇게 해야 할 말을 다 알고 있는지 경이로웠다.

"집에 가고 싶어! 나 보고 싶지 않아?" 해나가 흐느꼈다.

알렉스의 표정이 얼어붙었다. 그리고 얼굴이 뒤틀리며 몸이 경직되기 시작했다. 수제트는 숨을 멈추었다. 남편도 자신의 가면을 떨어뜨리고 있었다. 그렇게 오랜 세월 동안 알렉스는 자신의 역할을 너무나 잘 연기해 내는 듯했다. 하지만 이제 수제트도 알 수 있었다.

그 역시 얼마나 힘든 일이었는지. 미소의 가면을 쓰고 죄책감에 짓눌리면서.

"난 못해…… 또 당신을 다치게 하면 어떻게 해? 난 못해……." 알렉스는 휴대폰을 수제트에게 디밀고 비틀거리며 탁자로 가서 가장 가까운 의자에 주저앉아 흐느꼈다. 수치심과 죄책감만 남은 얼굴을 감싸고 울었다.

수제트는 손 안의 휴대폰을 노려보았다. 결국 또 수제트의 책임이었다.

"아빠? 왜 그래? 엄마?" 수제트가 스피커폰을 꺼서 알렉스가 자신의 유일한 자식의 애원을 못 듣게 했다. 수제트만이 해나의 마지막 말을 들었다.

"나 사랑하지 않아?"

질문에는 너무나 많은 괴로움과 의문이 담겨 있었다. 마치 전부터 의심해 왔던 것처럼. 수제트는 자신이 아이를 무조건적으로 계속 사랑할 수 있을지 알 수 없었다. 해나가 망치를 쥐고 있는 것을 본 이후부터, 해나가 주문을 웅얼거리며 종이에 그린 인물을 없앴듯이 너무나 쉽게 수제트의 부재를 의도하는 모습을 본 이후부터 말이다. 수제트는 영원히 해나를 두려워하게 되지 않을까? 알렉스도 번민하고 있지 않은가, 자신의 딸이 이미 피 맛을 보았으니? 인간의 피부를 찢은 후 구제받을 수 없게 된 동물은 잠재워졌다. 해나 역시 영원히 마음 한구석에 마리앤을 가지고 있게 되지 않을까?

"……충분하지 않아." 수제트는 거의 숨도 못 쉬고 말했다. 그리고 전화를 끊은 후 알렉스의 무릎 위로 쓰러졌다. 그의 피부는 진정제였다. 둘이 서로 안자 그의 따뜻한 입김이 그녀를 다독였다.

"우린 괜찮을 거야. 그 애는 거기 있어야 해." 수제트가 말했다.

알렉스의 눈물이 수제트의 젖가슴에 떨어졌다. "나도 알아."

수제트가 몸을 열어 알렉스를 안았다. 곧 그가 다시 그녀 안으로 들어오면 둘 다 훨씬 기분이 나아질 것이었다.

HANNA
해나

"여보세요? 엄마? 아빠? 여보세요?"

"끊어졌니?" 누런 이가 물으며 휴대폰을 가져갔다.

해나가 끄덕였다. 충격을 받아 눈도 깜빡이지 못했다. 해나의 목소리면 충분할 거라고 확신했다. 속에서 불이 일어났고 해나는 바닥으로 녹아내렸다. 자신을 내켜하지 않는 부모의 목소리엔 오해의 여지가 없었다. 아빠조차 더 이상 해나를 원하지 않았다. 엄마는 결국 최고로 강한 마녀임을 스스로 입증했다. 이렇게 멀리 떨어져서도 해나에게 불을 놓았다. 눈물이 용암처럼 흘러내렸다. 차가운 금속 책상에 힘없이 손바닥과 뺨을 댔다. 녹아내린 절망을 식혔다.

늘 위로의 준비가 돼 있는 누런 이가 무릎을 꿇었다. "자, 자, 아기곰아, 또 기회가 있을 거야. 걱정 마."

누런 이의 서늘한 손등이 해나의 뜨겁고 축축한 뺨에 기분 좋게

와 닿았다. 훌쩍거리며 눈물을 닦아내고 누런 이가 손잡아 이끄는 대로 방으로 돌아왔다. 스코그가 기다리고 있었다. 섬세한 작은 스코그. 잔인하고 망가진 세상에 해나의 가장 친한, 유일한 친구였다.

멍청하고 멍청했다. 해나는 자신의 멍청함에 분노가 치솟았다. 해나를 영원히 집에서 내보내는 것이 처음부터 엄마의 계획이었을 것이다. 해나의 목소리를 들려준다고 해서 마법에 걸린 아빠를 구할 수는 없었다. 해나의 욕망 속에서 아빠는 낙원처럼 보이는 섬이었지만 실은 익사하는 해나를 구해줄 수는 없는 울퉁불퉁한 암초일 뿐이었다. 엄마가 곁에 있는 한은 그랬다.

해나는 눈물을 닦고 침대에 누웠다. 스코그가 가슴 위로 올라와 위로해 주었다.

"넌 오늘 엄마랑 아빠를 아주 행복하게 해주었어. 목소리를 사용한 건 정말 큰 발전이야." 누런 이가 이불을 덮어주었다. "계속 그렇게 용감하게 아주 많은 것들을 배워나가면 알지도 못하는 사이에 집으로 가게 될 거야."

집에 가려면 그래야 하는 걸까? 용감해지는 거? 배우는 거?

누런 이가 해나와 스코그를 어둠 속에 남겨놓고 문을 닫았다.

"우리를 영원히 여기 가두지는 못할 거야." 해나가 속삭였다.

"우리에게는 계획을 짤 시간이 있어." 스코그가 말했다.

해나는 모두가 원하는 대로 좋은 학생이 될 것이다. 그리고 그 어느 때보다도 많은 것을 배울 것이다. 힘과 의지를 길러 돌아가는 첫날 엄마를 위해 준비할 것이다. 아빠는 해나를 배반해서는 안 되었지만 해나도 없는 곳에서 엄마의 마법은 너무 강력했다. 아빠는 이제 말도 제대로 못 했다. 해나는 엄마가 이기게 놔둘 수 없었다. 아빠의 좋은 점이 전부 사라지게 놔둘 수 없었다.

"난 너무 이기적이었어." 해나가 말했다. "아빠에게는 내가 정말 필요해."

"아빠는 네가 엄마를 해결해 주기를 기다리고 있을 거야……."

"나도 알아. 우리가 그를 구해야 해, *스코그*."

"그럴 거야."

"이제 난 아주, 아주 잘해야 해. 집에 갈 수 있도록."

스코그는 부드러운 손 하나를 해나의 뺨에 올리고 잠이 들었다. 하지만 해나는 잠이 오지 않았다. 이제까지 해나는 나쁜 소녀가 되는 수많은 방법을 고안해 냈더랬다. 하지만 그 전략은 해나를 너무 눈에 띄게 만들었다. 엄마는 해나의 모든 술수를 알아냈고 선생들도 마찬가지였다. 더 교묘한 전략이 필요했다. 학교에서나 집에서나. 시간이 좀 걸릴 터였다. 새 방법을 한꺼번에 풀어내면 의심을 살 테니까. 하지만 해나는 자신이 뭘 해야 하는지, 어떤 사람이 되어야 하는지 알았다.

최고로 착한 소녀가 되어야 했다.

감사의 말

받은 편지함에서 저를 발견해 주고, 이전의 누구도 찾아내지 못한 것을 제 작품에서 봐준 에이전트 사라 베딩필드에게 영원히 감사드릴 것입니다. 그녀의 열정은 내가 사회적 가치와 아무 관련이 없는 고독한 임무에 매달린 미친 사람이 아닐까 하는 두려움을 덜어주었어요. 그녀는 또렷한 목소리로 말했죠. "나는 당신이 보여요. 당신이 하는 말을 이해해요." 그러고 나서는 즉시 제 책을 팔 계획을 진행해 나갔습니다. 사라, 그 과정을 당신과 함께 할 수 있었던 것은 내 인생의 기쁨이었어요.

즉시 판권을 사들여 준 세인트마틴즈 프레스 출판사의 제니퍼 바이스에게도 깊은 감사를 드립니다. 이 소설에 대한 제니퍼의 관심과 믿음은 제게 정말 큰 의미였습니다. 이렇게 많은 사람들이 저를 위해, 제가 하는 말들을 세상에 전하기 위해 무대 뒤 보이지 않는 곳에서 일해주고 있다는 게 황송합니다. 설리반 크리그모어, 리사 센즈, 제니퍼 에덜린, 샐리 리처드슨, 트레이시 게스트, 브런트 제인웨이, 에리카 마르티라노, 조던 핸리, 올가 그릴릭에게도 감사를 드립니다. 또한 열정적으로 빠르게 합류해 준 프란체스카 베스트와 트랜스월드의 친구들에게 감사합니다.

피치 위즈 커뮤니티와 특히 브렌다 드레이크에 빚을 졌습니다(그중에서도 니키 로버티, 헤서 캐시먼, 마이클 멈메이, 레이철 린 솔로몬, 레베카 엔저, 켈리 가레트, 크리스텐 레피온카는 따로 언급하고 싶네요). 나의 멘토 마가리타 몬티모어는 메모 더미에서 처음으로 제 작품을 뽑아내준 사람입니다. 그녀는 저보다 더 작가로서의 저에 대한 믿음을 지속적으로 보여주었어요. 초고를 가능한 최고의 상태로 만들도록 압박해 주어서 고마워요. 당신의 조언 이전에는 교정교열이 뭔지 제대로 이해하지 못했죠. 덕분에 이제 그게 마법의 시작점이라는 걸 압니다. 당신 덕에 더 나은 글을 쓸 수 있었어요. 저의 동료 멘티들인 16교실 수강생들이 아니었다면 그 미친 두 달을 버텨내지 못했을 거예요. 저도 늘 여러분 한 분 한 분을 응원할 겁니다.

트위터의 글쓰기 커뮤니티는 정보와 격려의 놀라운 자원임이 입증되었습니다. 너무나 많은 작가들에게 너무나 많은 것을 배웠어요. 모두 감사합니다!

사전 독자이자 출중한 응원단장인 킴 챈스에게도 감사합니다. 우리의 글쓰기 여정은 달랐지만 2018년은 우리 둘 모두에게 출간 기념의 해라는 게 너무 기뻐요.

저는 뉴욕 로체스터의 먼로 브랜치 도서관에서 임시직으로 일하며 소설을 쓰기 시작했습니다. 그토록 많은 책과 독서광들에 둘러싸여 있는 일은 영감을 주었어요. 로체스터 생활의 일부였던 동료들과 친구들, 특히 메리 클레어 셰그와 그리스 프라이스에게 감사합니다.

이 이야기의 초반에 대변인 역할을 해준 스콧 카이너에게 감사합니다. 당신 덕에 제가 뭔가 해낼 수 있었습니다.

나의 수호천사 마냐 넬슨에게 감사합니다. 제가 아팠을 때 정신적으로 보살펴주고 집필을 할 수 있는 컴퓨터를 마련해 주었었죠.

그 어느 의사도 보여준 적 없는 관심을 기울여주고 제가 꿈을 좇을 수 있도록 늘 정신과 건강을 지켜준 캐서린 마카키스에게 감사합니다.

스웨덴어 자문을 해준 에바 앨버트슨에게도 감사합니다. 그럼에도 스웨덴어에 오류가 있다면 전적으로 제 탓입니다.

나의 아버지 존 스테이지, 정말 감사해요. 제가 10대 때부터 쓴 거의 모든 거친 원고에 늘 희생양이 되어주셨죠. 스티븐 킹에 대한 아버지의 모든 언급을 이해하기까지 오랜 시간이 걸렸지만, 독자들이 계속 페이지를 넘기게 만드는 방법을 드디어 파악한 것 같아요! 또한 나의 어머니 루스 스테이지에게도 감사해요. 부모님은 저에게 책과 그레이트스모키산맥, 그랜드 캐니언 그리고 나무와 산과 하늘과 더 큰 세상의 사상과 경이들에 대한 사랑을 가르쳐 주었어요. 늘 쉽지는 않았지만 부모님은 작가를 위한 알맞은 양육 환경을 제공해 주었어요.

나의 가장 좋은 친구 리사 리치와 폴라 알레산드리스가 없었더라면 아마도 전 살 수 없었을 겁니다. 우리는 연극을 사랑하는, 공통의 관심사로 친해졌지만 여러 방향으로 함께 진화해 나갔습니다. 수십 년에 걸친 우리 우정에 너무나 감사해. 너희는 내가 지금의 내가 될 수 있게 도와주었고 삶의 영광스러운 순간과 재난의 순간에 진지한 대화와 얼빠진 착취로 모두 함께해 주었어.

그리고 마지막으로 나의 자매 데버라 스테이지. 내 삶에 가장 중요한 사람. 나에게 자의식이 생긴 이래 늘 내 의식의 일부였고 성장과 노화의 위험과 어리석음과 모험을 함께 해주었지. 나의 모든 창작 노력을 격려해 주었고 몇몇 작업에는 꽤 참여를 하기도 했지. 비록 이번 작품은 (너무 무서워서) 네 지문 없이 세상에 나오는 걸 우린 그저 지켜보아야 하겠지만. 너만큼 내가 같이 웃고 싶은 사람, 침묵 속에 함께 앉아 있거나 보드 게임을 함께 하거나 함께 별을 바라보고 싶은 사람은 없어. 이 세상에서 종종 길을 잃었다고 느낄 때에도 네가 있으면 나는 늘 집으로 돌아갈 수 있었어.

수많은 세월 동안 글을 써오긴 했지만 이 책은 갑자기, 그리고 예상치 못하게 저에게 다가왔고 인생일대 격변의 사건이 되었습니다. 제가 알 수 없는 모든 것에 대해, 이루 말로 다 할 수 없을 정도로 감사합니다.

옮긴이 이수영

연세대 국문과와 같은 대학원 비교문학과를 졸업했다. 편집자, 기자, 전시기획자로 일하며 『밴디트: 의적의 역사』 등 인문서로 번역을 시작했다. 지금은 문학 번역에 전념하고 있으며 소설 『굿모닝 미드나이트』, 『XX』, 『비하인드 도어』, 에세이 『국경 너머의 키스』, 『마이 코리안 델리』, 여행기 『헤밍웨이의 집에는 고양이가 산다』, 『너의 시베리아』 등을 옮겼다.

나의 아가, 나의 악마

1판 1쇄 인쇄 2021년 1월 4일
1판 1쇄 발행 2021년 1월 18일

지은이 조예 스테이지
옮긴이 이수영

발행인 양원석
편집장 김건희
책임편집 김송은
디자인 형태와내용사이

영업마케팅 조아라, 신예은, 정다은
펴낸 곳 (주)알에이치코리아
주소 서울시 금천구 가산디지털2로 53, 20층 (가산동, 한라시그마밸리)
편집문의 02-6443-8932   **도서문의** 02-6443-8800
홈페이지 http://rhk.co.kr
등록 2004년 1월 15일 제2-3726호

ISBN 978-89-255-8931-2 (03840)